中国作家协会网络文学研究院（杭州）重点学术扶持项目

中国网络文学研究名家论丛 | 夏 烈 主编

有无之间

网络文学与超文本研究

陈定家 著

宁波出版社
NINGBO PUBLISHING HOUSE
杭州出版社

序　一

且为网文鼓与呼

陈崎嵘

历经二十余年的蓬勃生长与大浪淘沙，中国网络文学为普罗大众所接纳、熟知和欢迎，成为一种谁也无法忽视的世界级文化现象。

网文忆，最忆是杭州。这里有三秋桂子、十里荷花，更有百名大神、数个首创。在社会各界大力支持下，中国作家协会网络文学研究院、中国网络作家村、中国网络文学周，先后落户杭州白马湖畔。一时云蒸霞蔚，风生水起。

自然不能说这三块金字招牌发挥了多么巨大的作用。在笔者看来，它们的主要意义在于首创，在于拓展人们对于网络文学认知的阈值。

当然，作用还是有些的。譬如，中国作家协会网络文学研究院聘请了一批专家学者，坚持不懈地开展网络文学研究，并取得了一系列成果。“中国网络文学研究名家论丛”的推出，即是佐证。

收入此辑的9种研究专著，撰写者都是国内多年坚持网络文学研究，并为业界所广泛认可的专家学者。长期以来，他们跟踪中国网络文学的发展流变，直面网络文学现场，将自己的目光聚焦于网络文学和网络作家，从而清晰地勾勒出中国网络文学发展的历史与态势；他们将中国网络文学放到新世界、新世纪、新时代、新文坛、新媒体、新技术的大格局中，加以观察、比较、互鉴，得出关于中国网络文学性质、特质、价值、意义、成因的判断，认定中国网络文学是新型的人民文学，或许可使中国网络文学扬名立万；他们剖析千百部网络文学作品和千百名网络作家，从历史文化传统、神话知识谱系、外国魔幻奇幻因素影响、当下中国读者阅读审美习惯诸方面，梳理出中国网络文学的类型化、男频女频世界、超长文本、金手指和异能、网络文学共同体等的合理性、可持续性，为业界注入信心与动能。

需要说明的是，上述研究专著，并不是中国作家协会网络文学研究院研究成果的全部，还有几位被聘专家的专著，因各种原因而未被列入；它们更不是全国网络文学研究成果的集大成，而只是网络文学理论评论大海中几朵绚丽的浪花，是网络文学理论评论森林里几束翠绿的枝叶。但笔者依然认为，这些成果对于中国作家协会网络文学研究院乃至中国网络文学界，仍是一个可喜的收获，对于当前网络文学创作与研究亦有所裨益。

笔者并不认为我国网络文学的研究状况已令人满意。恰恰相反，笔者曾在多个场合反复阐述网络文学理论评论滞后于网络文学创作实践的观点，竭力呼吁加强网络文学研究队伍建设，强化网络文学研究工作，继续充分发挥中国作家协会网络文学研究院及其他研究基地、研究中心的作用。尤其要探索网络文学的网上评论，开辟“网来网去”的路径。研究者要“下海冲浪”，在创作现场与作者、网民互动，积极扮演“战地记者”，尝试进行“现场直播”。也许，那样的网络文学评论与研究，更接“地气”“人气”“网气”，更有可能受到网络作家和网民读者的欢迎。

我们有理由期待，并祝贺“中国网络文学研究名家论丛”的编辑出版。

2022 年 5 月

（本文作者为中国作家协会网络文学委员会主任、中国作家协会网络文学研究院院务委员会主任，中国作家协会书记处原书记、副主席。）

序　二

集结与开放

序“中国网络文学研究名家论丛”

夏　烈

“中国网络文学研究名家论丛”是位于杭州的中国作家协会网络文学研究院立项扶持的重点学术项目。2020年启动，历时两年，第一批成果9种即将付梓。作为丛书主编，照例要写几句。

首先，是关于这一丛书的起心动念。作为中国网络文学二十余年场域内的一分子，除了与广大的网络作家、产业平台乃至粉丝受众时相交流、共同成长以外，我更多的时间是在与网络文学研究、评论界的同道们聚首、开会、评审、撰稿。可以说，面对网络文学这个“一时代之文学”的大势新潮，高校文科、作协、文联以及相关文化单位的文学研究者、批评家逐渐从三三两两到小股的轻骑兵，再到今时今日蔚然生动的集团军——中南大学欧阳友权教授领衔的湘派，北京大学邵燕君教授领衔的京派，山东大学黄发有教授领衔的鲁派，安徽大学周志雄教授领衔的徽派，南京师范大学何平教授或者苏州大学汤哲声教授领衔的苏派，自然还有杭州师范大学的我和单小曦教授领衔的浙派。其余如厦门大学黄鸣奋教授，中国社会科学院陈定家教授，中国作家协会网络文学中心何弘主任、肖惊鸿研究员，鲁迅文学院王祥研究员，中国作家协会网络文学研究院马季研究员，首都师范大学许苗苗教授，等等。在时代的波澜涌起和文科知识分子的勇毅开拓中，网络文学的研究评论渐成声势，结成一片绚烂的花果园，此既可谓顺势而为、终有小成，亦可谓念念不忘、必有回响。而如果按照我所提出的中国网络文学"场域理论"讲，文科知识分子由此也基本构成了一种力量，在网络文学的发展矩阵中多少占有一股博弈与合作的话语权，他们从理解、参与入手，贯注着所主张的人文价值和审美价值，提倡网络文学的精品化和经典化。对于这些因时而起，富有学术敏感力和打破舒适区、主动迎接挑战的奠基者，我一直就想策划那么一人一册的一套丛书。

是宁波出版社的总编辑袁志坚兄主动找了我。在他之前，也有一些意向合作方，但或因我的惫懒，或因合作条件过于亏欠作者而作罢。袁兄以现当代文学专业的当行本色来劝服我合作一把，我才觉得应鼓足勇气落实实施。之后申报给中国作家协会网络文学研究院，获批了重点项目。这些成了我邀请各位师友的背景、靠山。所以，感谢这些合作方的领导，更感谢第一辑送来书稿的作者，以及那些当下虽无成稿却答应俟之将来的作者们。我深深觉得，网络文学研究评论在学界文坛走来不易，同行者之间的互相鼓励支撑是最可宝贵的财富，这一时代赋予的新的学术共同体还有待我们之间的大力合作、建设、砥砺、珍惜。

其次，是想说说"研究名家"的命名。这对于网络文学研究评论来讲还算新鲜。除了上述讲到的二十余年来渐成声势的一批代表人物，这个“研究名家”的命名，还跟当下网络文学研究评论界已然涌现的“三代”学人群体有关。也就是说，在网络文学研究评论现场，大致形成了具有传帮带传统的三个年龄代际学人的在场，他们共同构建起研究队伍的金字塔结构，从客观上、体制上完成着长幼有序、渐成学统规模的“名家”体系。比如黄鸣奋、欧阳友权从文艺理论学科介入，白烨从现当代文学史、文学评论介入，汤哲声延续前辈范伯群先生从通俗文学介入，等等，他们都是“50后”学人，构成了第一代网络文学研究队伍；陈定家、邵燕君、马季、王祥、黄发有、肖惊鸿、何平等是“60后”，夏烈、周志雄、许苗苗、庄庸、单小曦、禹建湘、桫椤、房伟、张永禄、黎杨全、乔焕江等是“70后”，黄平、丛治辰、李玮等是“80后”（80初），他们基本构成了第二代网络文学研究队伍；吉云飞、肖映萱、李强、王玉王、高寒凝等是“90后”，是正在迅速崛起的第三代网络文学研究队伍——正是这样的“三代”学人的构成与建设，为我们及时、必要地推动中国网络文学研究名家论丛做了时间上、思想上、结构上的准备。也是在这个意义上，我们希望这套丛书是开放性的，逐渐加入和整合“三代”甚至未来的网络文学学人队伍，包括海外网络文学研究（汉学界）以及网生网络文学评论家的名家之作。

目前第一辑的9种，分别是白烨的《新世纪文坛与新媒体文学》、黄鸣奋的《人工智能与网络文艺》、王祥的《人类神话：网络文学神话学研究》、周志雄的《直面网络文学现场》、夏烈的《故事与场域：以网络文艺为中心》、陈定家的《有无之间：网络文学与超文本研究》、马季的《中国网络文学简史》、肖惊鸿的《网络文学的两个世界：男频和女频名家名作研究》、庄庸的《网络文学青创爆款方法论》。他们运用了各种理论武器，并将视野扩及网络文学的内部研究和外部研究乃至更广泛的网络文艺、人类文学艺术的生态研究——只有这样，才能更好地认识、理解和发展、建构不断变化中的“一时代之文学”，但他们的共同点也是明确的：扎根网络文学场域，从网络文学的文本、现象、特点出发讲话，将网络文学放诸传统—当下—未来的三维、四维、多维结构中交流构想，力求不空论、不强制、不故陋，展卷阅读之中能够感受到研究者、评论家们丰富的学术兴奋点和饱满的思想乐趣。此外，这也可以看作是一次当下学院派（含协会派）网络文学研究代表人物的集结。

中国网络文学是有文化根的当代创作，也是充满民间性、未来性和国际性的文化厚壤。二十余年的创作长廊至今依然拥有巨大的创作活力、市场活力、传播活力和阐释活力，容得下更多的研究者、评论家如蜂子般勤奋采集与酿蜜，这是时代文学气象赐予时代学人的崭新乐土，可圈可点、可赞可弹、可庄可谐，更可以出名家而卓然为峰——“海到尽头天是岸，山至高处人为峰”。习近平总书记对哲学社会科学界讲，要“真正把做人、做事、做学问统一起来”[1]，坚持做好一个时代的文学工作，相信也能实现山高人为峰的理想境界。此与同行共勉！

是为序。

2022年6月

（本文作者为中国作家协会网络文学研究院副院长，杭州师范大学文化创意与传媒学院教授、博士生导师。）

[1] 《习近平在哲学社会科学工作座谈会上的讲话》，《中国教育报》2016年5月19日，第1版。

目　录

“万维一网”的诗学追问：从文艺学视角看超文本与互文性

随着网络空间的崛起，网络化超文本正在逐渐成为占据支配性地位的阅读和写作方式，超文本所体现的互文性特征，从根本上改变了作者的写作习惯、文本的存在方式、读者的价值观念。网络互文性的后现代特性使文学生产关系和文学消费方式出现了范式革命，文学理论及相关知识的存在形态也因之发生了“格式化”刷新。笔者曾在研究超文本与互文性问题时指出，依据互文性之思而建构的超文本体系的崛起“不仅是当代文学世纪大转折的根本性标志，而且也是理解文学媒介化、图像化、游戏化、快餐化、博客化等时代大趋势的核心内容与逻辑前提。更重要的是，超文本写作正悄然改写文学与审美的思维方式和价值标准”[1]。超文本是网络时代写作与阅读的最本质的特征，而互文性则是超文本的最重要的特征，因此，研究网络文学不可不研究超文本，研究超文本不可不研究网络互文性。

---

[1] 陈定家：《“超文本”的兴起与网络时代的文学》，载《中国社会科学》2007年第3期。

一、从文艺学视角重释互文性与超文本

互文性（intertextuality）是结构主义文学理论的一个独特概念，通常也译作“文本间性”，还有人译作“文本互涉关系”或“文本互相作用性”。这个概念首见于法国学者朱丽娅·克里斯蒂娃的《符号学》（1969）一书，她指出，正如意指作用（signification）由“无限组合的意义”（significance）不确定地反映出来，主体则被投射入一个巨大的互文性空间，在那里他或她变成碎片或粉末，进入他或她自己的文本与他人的文本之间无限交流的过程中。[1] 在她看来，“一切时空中异时异处的文本相互之间都有联系，它们彼此组成一个语言的网络。一个新的文本就是语言进行再分配的场所，它是用过去语言所完成的‘新织体’”[2]。也就是说，每一个文本都是由对其他文本的援引、吸收和转换而构成的镶嵌图案，文本之间所存在的这种错综复杂的关联就是互文性。

法国“原样派”文论家索莱尔斯认为，“互文性”概念的关键意义在于，任何文本都处在若干文本的交汇处，都是对这些文本的重读、更新、浓缩、移位和深化。从某种意义上讲，一个文本的价值在于它对其他文本具有整合和摧毁作用。“自从人类开始写作以来，世界上只有一书。这本书是一部冗长的、唯一的、不间断的、未完成的、无法完成的、无名称的文本，也就是说，世上从来就没有一本一成不变的‘神作’…… 文本与文本之间的相互渗透，不仅能够使一连串的

---

[1] ［法］朱丽娅·克里斯蒂娃：《符号学》，巴黎色依出版社 1969 年版，第 89 页。

[2] ［比利时］布洛克曼：《结构主义》，李幼蒸译，商务印书馆 1980 年版，第 162 页。

作品复活，使它们相互交叉，而且能使它们在一个普及本里走到极限意义的边缘。”[1] 从网络文学研究的视角看，我们不无惊讶地发现，所有关于互文性的理论描述几乎没有不适用于超文本的，超文本简直可以说就是互文性理论的网络化阐释。

极为巧合的是，文本“互文性”与网络“超文本”竟然是同时被提出和同步发展起来的理论，尽管二者之间的互动情况国内学界尚无确切的研究材料，但克里斯蒂娃的“互文性”概念与纳尔逊的“超文本”构想之间的惊人相似之处却是一望而知的事实。

首先，就其理论建构的致思路径而言，二者皆试图以“执一御万”的策略，寓“文本的无限”于“有限的文本”之中，在刻意抹去文本之“既在”“此在”与“潜在”的差异之后，两种没有边界且又超越时序的文本乌托邦之思，因其搭上了数字化网际快车，便很快流布开来，并迅速演化为全球化的文本新观念。

其次，就其理论资源和发展动因而言，克里斯蒂娃之前，互文性思想在巴赫金、罗兰·巴特、德里达等人的诗学著作中就已经呼之欲出，而在1965年泰得·纳尔逊杜撰“超文本”这个概念之前，超文本构想也已近乎瓜熟蒂落。如“超文本之父”范尼瓦·布什的《如我们所想》（1945）一文，从信息科学的视角呼唤在有思维的人和所有的知识之间建立一种新的关系，这种关系即隐含着“超文本”的核心意义。从一定意义上讲，“超文本”“寓万维于一网”的构想与“互文性”“世上只有一本书”的说法如出一辙。它们将文本之间存在普遍联系的观念发挥到了极致。

再次，就其基本内涵而言，互文性理论认为，无论一个文本的

[1] 王瑾：《互文性》，广西师范大学出版社2005年版，第33–34页。

寓意是什么，它必然要依托一个既有话语体系作为其表意实践的存在前提，也就是说，任何文本，无论看上去多么特立独行，本质上都只能是既有文本的派生物或延伸体，因此，任何文本背后都隐藏着既有文本的“宇宙”。有意思的是，“宇宙”概念在纳尔逊的“超文本”理论体系中竟有一个专门术语——“文献宇宙”（Docuverse），即document（文献）和universe（宇宙）的合成词，其基本含义是环球传递、发送文献的相互连接的数字化图书馆。如今，“文献宇宙”范式已运行于“万维网”，超文本范式和RUL使得“文献宇宙”正由理论变成现实。

最后，关于文本的普遍联系原本是互文性命题中的应有之义。关于这一点，宣称“文本之外无他物”的德里达有许多激进的说法，如“文学的本质不在外部，就在它自身，即它的‘文本性’；具体而言，即是一个文本对另一个文本的模仿，而‘模仿’同样被另一个文本所困，或被嫁接到另一个文本的枝条上”。因此，无论是对于作者还是对于读者来说，文学文本始终都是不断重组的“运动的连环”和“无休止的罗网”。[1] 不难看出，德里达所描述的“连环”和“罗网”也正是我们在超文本中看到的情形。随着万维网以惊人速度扩张，人类历史书上所留下的线性文本纷纷被转移到互联网上，“一切文本都是超文本”的说法，正得到越来越多的认可。

互文性所标示的文本之无限“互联性”，在网络超文本世界里得到了越来越具体的呈现。这个看似无关乎文学研究的现象，正在越来越明显地影响着当代文论的发展。从一定意义上说，文学在网络

[1] ［法］雅克·德里达：《文学行动》，赵兴国等译，中国社会科学出版社1998年版，第92、94页。

时代所遇到的所有新问题，几乎都与网络互文性有直接或间接的关联。许多至今众说纷纭的命题，如果将其置于网络互文性语境中，即刻就有了豁然敞亮的答案。譬如说，关于“文学本质”和“文学之死”等问题，按照德里达的说法，“以自身的无限性取消了自身”的文学，本来就是“虚构与想象”之物，“无论如何，不存在文学的本质，也没有文学的真理，无所谓文学性的存在或存在的文学性”。[1] 也就是说，根本就不存在一个独立于那个网络天地的“唯一文本”的文学。只是当我们从文本之网的某些“自以为是文学”的节点移开视线时，才发现那些标示文学“是其所是”的证据竟一无“是”处。这与其说是“文学之死”，毋宁说是“读者的觉醒”，或许，我们将其解释为“网络互文性的觉醒”更为合适。

从互文性的视角看，真正的文本并不是那些拘束于纸制品的独立之物，真正的作者绝不完全依赖注定要随皮囊衰朽而去的血肉之躯。也就是说，那个穷尽互文性的“唯一文本”并没有一个与之对应的“唯一作者”。杜甫在《戏为六绝句》中说：“未及前贤更勿疑，递相祖述复先谁？”他将“转益多师”作为不二法门。不言而喻，“多师”皆有“师之师”，“前贤”自有“前前贤”，无限的递相祖述，不断的“转益多师”，结果不再有“独创”的作者，只有作者中的作者；不再有独立的文本，只有文本中的文本。尤其在网络语境中，当文本失其所“本”，单以热链接交织成文时，读者便可以比拟作者的身份博弈文本主导权，读写关系也因之变得更加流转无定。

单就阅读而言，由于网络“超文本”充分激发了互文性的潜能，

[1] ［法］雅克·德里达：《文学行动》，赵兴国等译，中国社会科学出版社 1998 年版，第 95 页。本文此处所引德里达的一系列言论，均在“文学行动·马拉美”的条目下。

为建构读者的“主导权”提供了足够的备选路径，使新型的多向阅读成为文学行为的主流，文本中心随之瓦解，作者本位也因此而失去依凭。按照乔伊斯的说法，晚期印刷时代的文本面貌已遭颠覆，阅读是依设计而进行的，因此文本所能呈现的多种可能，跟读者进行意义创造和故事组合的复杂程度相关。电子多向文本的面貌是经由读者的路径挑选动作而产生，每次阅读所得的面貌仅是众多可能之一，未必与作者的原初安排相同。简言之，读者的选择构成文本目前的状态，因此读者也同书写者一样，享有生产文本意义的权利，或者干脆说“读者即作者”。[1] 批评家弗莱在《可怕的对称》一书中，谈到德国神秘主义诗人波麦（Beohme）时说：“有人说波麦的书好比是野餐，作者带来文字，读者则自带意义。这话或许是在讥讽波麦，可是一切文学作品无一例外，都恰好是这种情形。”[2] 弗莱在其后的著作中甚至干脆说：“诗只能从别的诗里产生，小说只能从别的小说里产生。”[3] 弗莱固然是从原型批评的视角来阐释西方文学某些结构原理之合理性的，但他的这些言论，恰好印证了互文性理论的核心观念，就其潜在意义而言，一切文本都是彼此依存、互相阐发的。由此可见，大多数妄言创新的人，要么是出于无知，要么是因为遗忘，要么就是故意说谎。从这个意义上来说，我们不愿相信元稹“不著心源傍古人”的那个“诗圣”，而宁愿相信黄庭坚“无一字无来处”的那个“诗圣”。

---

[1] 李顺兴：《超文本文学形式美学初探》，https：//www.docin.com/p-2472841912.html.

[2] Northrop Frye, *Fearful Symmetry: A Study of William Blake*, University of Toronto Press, Scholarly Publishing. p.428.

[3] ［加］弗莱：《批评的解剖》，陈慧、袁宪军、吴伟仁译，百花文艺出版社 2006 年版，第 97 页。

事实上，元稹本人也并没有否认杜甫的“转益多师”，相反，他认为杜甫“上薄风骚，下该沈宋，古傍苏李，气夺曹刘，掩颜谢之孤高，杂徐庾之流丽，尽得古今之体势，而兼人人之所独专矣”[1]。杜甫本人更是以“孰知二谢”为荣，以“苦学阴何”自命，以“数篇见古”夸赞友人。杜甫诗料无所不入，体格无所不备，集前代之大成，开后世之先路，诗作“浑涵汪茫，千汇万状，兼古今而有之”，“推至见隐，殆无遗事”，故有“诗史”之誉。后人对杜诗之整理编纂已有700多个版本，至于系年、分类、评点、注释、研究等著述更是不计其数，历代学者用力至勤，著述浩繁，使杜诗构成了一个无限开放的互文性世界。这也是为什么酷嗜杜诗者，历代不乏其人。如文天祥在燕京坐牢，集杜诗为绝句200余首。康有为、陈独秀皆能熟背杜诗，且不遗一字。清人仇兆鳌在《杜诗详注》自序中说：“注杜者，必反复沉潜，求其归宿所在，又从而句栉字比之，庶几得作者苦心于千百年之上，恍然如身历其世，面接其人，而慨乎有余悲，悄乎有余思也。”[2]张隆溪先生把这种“身历其世，面接其人”的深度互动称为“同一性的幻想”。从阐释学的角度来说，自然不存在这种同一性，但以互文性的视角看，这种“幻想”却是普遍存在的。当注者“反复沉潜”“句栉字比”，以至达到“其言若出吾口，其意若出吾心”的境界时，那种声应气求的共鸣现象就悄然而至，读者心中意绪与杜甫笔底波澜“庶几同一”，潜在的互文性显示出了她的魔力。尤其是在因特网的界面上，这个恍然如梦的“幻想”，居然可以虚拟为声光并作、神形兼备的“现实”，

---

[1] 〔唐〕元稹：《唐故工部员外郎杜君墓系铭并序》，《元氏长庆集》卷五十六。

[2] 〔唐〕杜甫撰，〔清〕仇兆鳌注：《杜诗详注（上）》，中华书局2015年版，原序第2页。

时尚的超文本导演着跨越时空的诗性之旅。

二、"互文性"的"超文本"特征

关于文本间无限联系和永恒发展的互文性特征，王蒙从文学构思的角度提出了一个生动活泼的例证。他认为，探索也好、创新也好，形式也好、技法也好，这一切必须深深地扎根于本民族的生活之中。正是生活本身给人以启发与提示，使借鉴和吸取古今中外一切有益有用的艺术表现经验成为可能。王蒙坦言，他曾尝试过写一些"打破时空限制"的浮想联翩之作，这种尝试之所以可能，正是由于新旧转折、拨乱反正时期的"斑驳复杂的现实"的冲击。这些冲击使王蒙百感交集，一提起笔他就觉得各种形象与思绪纷至沓来，有漫天开花的爆炸感。王蒙的这种"爆炸感"让人联想到顾恺之的"迁想妙得"、陆机所谓"浮藻联翩"、袁宏道之"森罗万象"…… 这个近似于灵感来袭的状态，其实就是互文性施展魔力的过程。

在《文之舞：网络文学与互文性研究》[1]一书中，笔者曾经指出，网络文本的"互文性"特征，决定了网络创作是一种"互动书写"。数码技术能便捷地形成"超链接设计"，整个网络就是一个庞大的"超文本"。作为巨型超文本的"网络中的每一作品都将从符号载体上体现文本与文本之间的关系，或者某一文本通过存储、记忆、复制、修订、续写等方式，向其他文本产生扩散性影响。电子文本叙事预设了一种对话模式，这里面既有乔纳森・卡勒所说的逻辑预设、文

[1] 陈定家：《文之舞：网络文学与互文性研究》，社会科学文献出版社 2014 年版。

学预设、修辞预设和语用预设，又有传统写作所没有的虚拟真实、赛博空间、交往互动和多媒体表达”。[1] 在网络超文本的海洋中，并不存在一个专为文学所有的固定区域，在这个流变不居的耗散结构中，作者、作品与读者，从内容到形式，无时无刻不在发生着急剧的变化。相较于纸媒文本而言，超文本具有无本质、去中心、尚变化、低门槛、零深度、一频制等迥异于传统文本的鲜明特性。

众所周知，对口传时代的文学而言，“在场”是“说”与“听”的前提条件；书面文字的出现打破了“在场”铁律，文学行为主体可以凭借互文性的“还魂术”摆脱其形骸的辖制，超越时空局限。往圣时贤的言语不再随风而逝，而是云集于屏间，风行于网际。刘勰所谓“太山遍雨，河润千里”“百龄影徂，千载心在”的情形，只有在网络时代才能真正得以完满实现。虽然业已作古的前人依然无力改变身后之作，但其“互文性之魂”却能依据不同读者的处境与心境，随时随地变换其文本的涵蕴与情致。一代代“读其书想见其人”的读者，在与作者“谈心”的过程中，凭借其互文性的召唤而各自建立起无数新的互文性世界。

必须指出的是，知音的神交从不拘泥于互答互应的形式，文学的读与写毕竟只是一种虚构性的互动过程，唯有这种“虚构性”称得上“文学的核心性质”。[2] 据此，我们是否可以说网络超文本的贡献在于，它把传统文学这种虚构性的书面语言艺术，变成了声情并茂的虚拟化网络语言艺术？

[1] 欧阳友权：《网络文学本体论》，中国文联出版社 2004 年版，第 71–72 页。

[2] ［美］韦勒克、［美］沃伦：《文学理论》，刘象愚等译，生活·读书·新知三联书店 1984 年版，第 15 页。

读者与作者之间的虚构化对话，在接受美学和读者反应批评那里，已经有相当透彻的论述。这种潜在的互动常常是靠互文性得以维系的，在解构主义和形形色色的后现代主义阵营里，这已是颠扑不破的通识。例如，德里达在确定文学意义时，也像韦勒克那样将其虚构功能作为本质特征。[1] 并认为这种虚构功能理所当然也包含着读者与作者之间的这种潜在的互动功能。

从某种意义上说，超文本不过是将传统文本潜在的互文性功能"显在化"了而已。说到底，超文本"互动"的动力和源泉仍然是从传统文本"进化"而来的。超文本不仅将传统文本中的"完全灵活性"发挥到了极致，而且使作者与读者之间的互动变得更加轻松愉快了。虽然目前的超文本还尚未到达某些论者所说的"读写界限消弭一空"的程度，但传统文学中的作者的权威角色的确受到了超文本读者的深度挑战。

在超文本中，读者成为集阅读与写作于一身的"作者 — 读者"。罗森伯格甚至将作者（writer）与读者（reader）两词斩头去尾后拼合了一个新单词"写读者"（wreader），用以描述这种超文本阅读过程中的新角色。"写读者"的出现使巴特所谓"读者再生"的理论设想变成了网络文学领域的普通实践。李顺兴把"写读者"的出现称作"新文学人"的诞生，"这个新读者并非凭空创造出来，而是和超文本科技的进展息息相关。'读者书写'（Readers write）正是当今网

[1] 德里达认为，谁也不可能准确无误地确定自己手里拿着一部实实在在的文学。文学不是隐藏在特定文本里的本质。用语言构成的东西，无论是口头的还是书面的，都可"当作文学"，文学取决于能否使用语言脱离坚实的社会和传记的语境，让它任意地虚构运作。参见希利斯·米勒：《德里达与文学》，陈永国译，载金惠敏主编《差异》第 2 辑，第 84 页。

络(Web)的流行现象,留言板、讨论区中读者的参与自是不在话下,新颖例子如亚马逊书店,每一本书的专属网页都提供使用者评论空间,参酌使用者所输入的正负面书评,读者可能做出比较好的购买选择。一言以蔽之,超文本含书写开放的成分,是由读者参与书写而共同形成的,因此,信息提供者与使用者共同建构起来的超文本,已不归属单一方,而是读写者的公物”[1]。超文本如同可以自动“洗牌”的扑克小说,让读者能通过作者预先设置的多向选择,自行决定故事情节的发展与走向。甚至在某些交互性更强的网络超文本,例如接龙小说的读写过程中,人人都是真正的“写读者”。在这些游戏与准游戏的网上逍遥过程中,超文本的互动性被表现得更加充分、更加本质、更加直接。

网络互文性的提出,从观念上打破了“书本王国”的界限,超文本的诞生则使读者由“书本王国的臣民”转而变成了“网络世界的公民”。随着“书本”王国的解体,作者“本位”也必将消失,网络“阅读”过程变成了一个名副其实的交往对话过程。在这个过程中,读者不再只是一个被动的接受者,更像是一个研讨会的“主持人”,一个超级编辑和出版家。

总之,蛰伏于传统文本的互文性特征,只有在超文本时代才有拨云见日的可能。当然,互文性是一种极为复杂的文化现象,任何试图一言以蔽之的概括与总结都是不切实际的。对于互文性的研究,“专攻一点”的战术也许能让人更清楚地认识某些问题,“盲人摸象”“见树不见林”固然是一种可怕的局限,但在当代学术日趋精微

[1] 李顺兴:《超文本文学形式美学初探》,https://www.docin.com/p-2472841912.html.

的科学性条块分割语境下，“小题大做”的微观研究反倒不失为一种行之有效的方式。

三、超文本与互文性的文学意义

超文本的网络结构最大的优越性在于它把德里达所构想的文本的开放性、互文性和阅读单元离散性等潜在特点和盘托出，也足以让“难状之景”尽收眼底，却又无碍于“夕阳山外山”的苍茫辽阔，它可以使“不尽之意”彰明昭显，却又不妨害“天凉好个秋”的含蓄隽永。赵一凡在《后现代史话》中说，德里达秉承了希伯来先知的狂热、以色列人出埃及的神勇。他的解构即来自犹太人的差异精神。历史上，尼采明知理性庄严，偏要鼓吹酒神疯癫。海德格尔抓住存在差异，不惜大动干戈。利维纳斯反感笛卡尔的我思，就竭力标榜他人之见。出于对意识的疑虑，弗洛伊德竟一头扎进潜意识的深渊。德里达的著名“延异论”即源于以上形形色色的差异（Difference）。[1]德里达将“差异”改写一个字母，发明了“延异”（Différance）一词，用以概括文字以在场和不在场这一对立关系为基础的运动。德里达把“延异”解释为“产生差异的差异”，一方面要表示两种因素之间的不同，另一方面还要表示这种“不同”中所隐含的某种延缓和耽搁。这种“产生差异的差异”，在时间和空间方面，既没有先前的和固定的原本作为这种运动的起源性界限和固定标准，也没有此后的确定不移的目的和发展方向，更没有在现时表现中所必须采取的独一无二的内容和形式。

---

[1] 赵一凡：《后现代史话》，载金惠敏主编《差异》第 2 辑，第 29 页。

由于这种“新的文本空间”没有固定的结构，没有稳定的形态，没有不变的规则，没有可靠的界限，因此，相关描述和评介常常相去甚远，某些讨论“延异”和超文本的论著不是人云亦云就是不知所云，使超文本研究这个原本盘根错节的问题变得更加繁杂混乱，加之“如沸如羹”的“博客”和“如蜩如螗”的“短讯”，使得当前的理论研究和学术批评如“五代十国”一样混乱无序。与超文本世界的天下大乱相比，传统文本研究领域的成果显出了稳定可靠的特性，因此，超文本研究往往要从传统文本研究的新成果中吸取养料。例如，法国学者吉尔·德勒兹在《千座高原》中所提出的“根茎说”，就对我们认识超文本的特性具有十分重要的启示作用。德勒兹认为，根茎与树或树根的放射性生长不同，根茎把节点组成一个整体化的网络，“根茎不是由单位构成的，而是由维度或运动方向构成的。它没有起始和结尾，而总是有一个中间，并从这个中间生长和流溢出来。它构成n维度的线性繁殖。…… 根茎与(网)结构不同。结构是由一组点和位置限定的，各个点之间是二元关系，而各个位置之间是双单义关系。根茎只由线构成：作为其维度的分隔和层次的线，作为最大维度的逃跑或解域的线 …… 与图表艺术、画画或照相不同，与踪迹不同，根茎与必须生产、必须建构的一幅地图有关。一幅地图总是可分离的，可连接的，可颠倒的，可修改的，有无数的进口和出口 …… 与等级制交流模式和既定路线的中心(或多中心)系统相对比，根茎是无中心的，无等级的，无意指的系统，没有将军，没有组织记忆或中央自动控制系统，仅只由流通状态所限定”[1]。

[1] 王逢振主编:《2001 年度新译西方文论选》，漓江出版社 2002 年版，第 255–256 页。

不难看出“根茎”的许多特点与网络互文性特征几乎完全一致，尽管根茎“n 维度的线性繁殖”体现的仍是一种有序的线性关系，但是，作者把它定义为一种无中心或多中心的动态过程，从一定意义上讲，这与“超文本”所体现的互文性之“非线性”特征没有本质上的差别。就通行的在线读写而言，形形色色的超文本其实就是一个典型的无中心、无等级、“无意指”的表意系统。

超文本作为人类表意系统的一种范式革命，虽然也有长期追求终有所获的必然性，但对于在 IT 领域不懈奋斗的庞大军团来说，超文本可以说只是数字技术飞速发展的附属产品或意外收获。它既没有“因特网”那种规避战争风险的国家化战略意识，也没有解构主义那种发誓要彻底颠覆传统形而上学的逻各斯中心主义的学术冲动。因此，超文本作为表意系统的一种技术性突破，它所具有的某些后现代特征并非某些学者所说的是科技与人文合谋的结果。诚然，德里达试图用一种去中心的非逻辑概念的手段和形式，以非传统语言的符号和意义的解构过程，在传统文化所建立和占据的“中心”之外，在没有边界、不断产生区分、不断“扩散”和“散播”的“边缘”地区，重建一种新的人类文化，以便在不受“中心”管制的边缘地区自由创作。这种去中心的目的，是否像网络创立者为确保中心不受摧毁而分散中心那样，以无中心或多中心代替唯一的中心？后现代主义在以不确定性、非中心化、零散化解构历史和现代性的同时，它是否又是对另一种新秩序（如工具理性主义）的重构？

有一点似乎是可以肯定的，那就是超文本的确像某些论者所说的，它在解构中心的同时激发了一种“边缘化思维”：被链接的文本位于特定文本之外，它在无限扩张边缘、野草般疯狂生长，它复制、克隆或再生出无数“无中心”的“新中心”，亦即“无边缘”的“新边缘”。在传统文本中，铭、刻、刊、印等生产方式使之成为具有稳定特性的“不朽之物”，唯因如此，人类为了确保约定不变，发明了文字。据说古埃及人把王对神的忠诚刻在金字塔上，希伯来人把上帝与摩西的立约刻在石板上，古罗马人把共和国的法律铭刻在铜表上，中国古代的某些统治者把求神问卜的结果记录在甲骨上…… 直到今天，人与人之间的信任、信赖与信誉仍常常需要“合同为文”或“立字为据”。

这种信而有征的线性文本用一根严密的逻辑链条将文本的意义以单一标准贯穿到底。而在超文本中，读者得以自由地穿梭于文本网络之间，不断改变、调整和确定自己的阅读中心，获得属于自己的意义。作为一种活的、开放的文本，超文本以多重路径提供了一种多重的信息经验。文本的边界消除了，每一个文本都向所有其他文本开放，从而使这一文本与其他文本都互为文本。因此它比传统文本更为清晰地体现了“互文性”，即电子超文本将理论形态的“互文性”现实化了。

从一定意义上说，超文本的“去中心”倾向实际上正是其“互文性”凸显的结果，所谓“互文性”，说到底是文本之间的某种相互依存、彼此释义、意义共生的条件或环境。马克思在《路易·波拿巴的雾月十八日》中指出：“人们自己创造自己的历史，但是他们并不是随心所欲地创造，并不是在他们自己选定的条件下创造，而是在直接碰到的、既定的、从过去承继下来的条件下创造。一切已死的先辈们的传统，像梦魇一样纠缠着活人的头脑。”[1] 这里所说的历史创

[1] ［德］马克思、［德］恩格斯：《马克思恩格斯选集》第 1 卷，人民出版社 1995 年版，第 585 页。

造的情况也同样适用于文本创造，作家的创造同样也只能是在“直接碰到的、既定的、从过去承继下来的条件下创造”。但这种继承，有一个去粗取精、去伪存真的甄别与选择过程。

有一种观点认为，“互文性”就是一个大幅度增强语言和主体地位的复杂扬弃过程，一个为了创造新文本而摧毁旧文本的“否定性”过程。克里斯蒂娃把关于语言和意义的几种现代理论结合起来（其中包括弗洛伊德、巴赫金和德里达的理论），强调讲话者与听众、自我与他人之间对话的重要性，修正了主体发挥在一切话语中解构的互文性功能的地位。作为文本特性的“互文性”并不是静止的，而是在阅读过程中得到揭示的。即使碰到引文或注释，我们也只在阅读时才需要交叉对照。而菜单浏览、嵌入文本等技术所构成的赛博空间，形成了最基本的互文现象，直接体现了“互文性”的特征之一，即非线性。“互文性”的另一个特征是：它关注文本与文本、语词与语词、语词与图像之间的联系，只有链接才赋予文本、语词或图像以意义。当然，链接不仅仅是形式，也是内容本身，它本身就是阅读的活动；不仅仅是点缀，也是重要组成；不仅仅是内容的一个组成部分，也是内容的生命。如果说一个优秀的文档需要“画龙点睛”，那么链接就是这个眼睛。[1] 那么，这个体现“互文性”特征的“眼睛”是否具有中心的地位呢？答案显然是否定的。因为，每一个标示隐藏节点的链接在点击之后，它便“功成身退”，在完成了界面切换的使命之后悄然消逝了，这一点与传统文本很不一样。

《旧约全书》中，路得是唯一被单独作传的普通百姓家的女子，她的故事似乎也最为平淡无奇。但是，联想到路得的曾孙大卫王使

[1]　费多益：《超文本：文本的解构与重构》，载《哲学动态》2006 年第 3 期。

以色列从一个微不足道的牧羊人部族变成了一个东方强国，想想千年后被人称为“圣母”的木匠之妻玛利亚是大卫的直系后裔，这位耶稣先人的故事就成了经书中藏珠蕴玉的篇章。这个平凡的异邦女子背后竟然隐藏着如此复杂的互文关系，即便是她手中的一束麦穗也堪称人类历史巨型超文本中闪亮的节点。没有路得就不可能有大卫和耶稣，而没有大卫与耶稣，路得之名则必将消隐于历史的烟尘里。

互文性，从根本上讲，只是人类复杂社会历史关系的一个侧面而已。值得注意的是，我们往往把“互文性”“超文本”和“互联网”三个概念不加区分地用在近似的语境中，这并不仅仅是出于修辞方面的需要，也并非笔者不知道三个概念在内涵上的差异，实在是因为它们在许多场合具有几乎相同的特征和秉性，专就文本而言，三者的相似性或同一性是如此显而易见，以至在许多情况下它们可以相互替换而不会出现任何问题。超文本原本是为计算机及网上世界而设计的发明，但是超文本首创者所追求的知识机器与信息之网，技术就是“互文性理论”的数字化图解，而“互文性理论”则如同专为超文本设计的技术蓝图。超文本在理论上与互文性学说的惊人相似绝非“巧合”所能说通的，其中的必然联系还有待学界做进一步的探究。超文本理论家兰道曾经指出，超文本作为一种基础的互文性系统，比以书页为界面的印刷文本更能凸显互文性的特征。整个超文本就是一个巨大的互文本，它将相互关联的众多文本置于一个庞大的文本网络之中，并通过纵横交错的路径保持各文本之间的链接，由此可见，最能够体现互文性本质的互联网本身就是一个典型的超文本系统。

1985 年，意大利作家卡尔维诺在《未来千年文学备忘录》前言中说："这是书籍的一千年 …… 这一千年终结的表征也许就是：我们常常感到茫然，不知道在所谓的后工业化的技术时代文学和书籍会呈现什么面貌。"[1] 在他看来，"每个人的生活都是一部百科全书、一个图书馆、一份器物清单、一系列的风格；一切都可以不断地混合起来，并且以一切可能的方式记录下来"[2]。卡尔维诺预感到，在后工业时代，"混合"和"记录"的方式必将发生重大改变，但它究竟会造成什么样的后果却不得而知。

在这个包罗万象的虚拟世界里，人们需要什么就能得到什么，即便有些一时还得不到的东西，只要读者能说出事物的名号来，网络超文本就能按照它对事物的理解，把读者"链接"到他 / 她应该或可能去的地方。

我们知道，在网络文学中，超文本的链接让读者可以在无穷尽的阅读可能性之中肆意游荡，"写读者"如同乘坐洲际旅行的空中客车，可以忽略时间的存在恣意逍遥地穿越天南海北。在网络的登录处，最初的文本或许会如机场的跑道一样清晰，但随着游览眼界的不断扩大，一条条道路渐渐变得模糊起来，作为网上逍遥客，我们究竟从何而来，向何处去有时也变得不再十分明确，开始的目的地在缤纷多彩的旅途中已变得无足轻重了，那些曾经魂牵梦萦的城市因尽收眼底而顿时丧失了神秘的魅力。一切变得如此轻而易举，果然"得来全不费工夫"。这种比腾云驾雾更为便捷的魔法竟然如此简便易行，它在挥手之间就把无数跋山涉水、背井离乡的线性故事不

---

[1] ［意］卡尔维诺：《未来千年文学备忘录》，杨德友译，辽宁教育出版社 1997 年版，前言页。

[2] 同上，第 87 页。

动声色地变成了远逝的神话，与此同时，它又不由分说地把人类带进了一个非线性的“互文性”领域——一个隐现于“有无之间”的超文本世界。

第一章

向死而生：网络时代的文学转向

科学使得个人之间的交流非常快捷；科学还提供了记录思想的手段，使人们能操作并利用这些思想，因此，知识不再限于个人的一生，而是属于人类的整个生命。

——范尼瓦·布什《诚如我思》

当然是技术正在取缔所有那些长久以来就已经如此存在的事物。

——德里达《明信片》

起于青蘋之末的网络风潮，已悄然演化成天落狂飙之势，径直把我们带进了一个“数字化生存”的世界。毫无疑问，互联网的横空出世写下了有史以来最伟大的神话。就文学这个以神话奠基的审美王国而言，一经网络介入，便立刻引发了大河改道式的族类迁移和时空跳转。千百年来辉映人类心灵世界的流岚虹霓，正被虚拟为诗意灵境中电子赋魅的天光云影。在整个审美意识形态领域，“网络文学”的“生成与生长”以及“超文本”的“兴起与兴旺”，已经成为文学世纪大转折的根本性标志。“超文本”研究也受到越来越多的关注，现已成为一个中外文论与批评开坛必说的“关键词”。但毋庸讳言，对“超文本”这个从数字技术领域引入的新概念，文论界的相关研究仍明显缺乏应有的人文烛照和审美关怀，更少见中西贯通、文理兼容的诗学化深度阐释。可以说，“超文本”的兴起已成为网络时代文学研究最迫切的课题之一，因为，“超文本”研究已成为理解和研究网络文学的关键词，而互文性则是体现超文本本质特征的核心要素，从这个意义上说，互文性可谓是研究网络文学关键词中的关键词。

可以看到，与近年来网络文学的风生水起形成鲜明对照的是，自 20 世纪 90 年代以来，书面文学边缘化态势日趋严峻，文学研究终结论更是不绝于耳。但从网络统计的数据看，文学世界似乎依旧风和日丽，春暖花开，特别是网络文学创作与批评，展露出乱花渐欲迷人眼的奇幻景象，文学研究的学术专著、论文和评论文章呈现海量激增态势，形形色色的研究成果，泥沙俱下，滔滔滚滚，俨然一派全民学术狂欢的热闹景象。然而，如果从学术研究的视角以冷眼看热点，不难发现学术界所关注的热点问题很少真正来自文学自身，这个倾向，在文学理论界表现得尤为突出。这些年来的文论热点问题，要么来自西方文化思潮，要么来自大众传播媒介，要么跟风于其他文化热点。譬如说近些年文学研究论文使用的高频词汇——全球化、现代性、后现代、文化研究、消费文化、视觉文化、生态文化、媒介批评、网络文化等，几乎都来自当代文学创作和文学批评之外的领域。从近些年中国中外文论学会年会上提交的论文看，文学理论越来越关注数字化生存与文论形态建构问题、文学“视像化”与“市场化”问题、文学本质与数字化问题、生态美学与生态批评问题、图像霸权与文艺学边界问题、移动屏媒与文学阅读问题……这些问题，都直接或间接地与网络社会的来临以及数字文化的兴起有关联。在这种背景下，网络文学研究渐渐成为学术界关注的热门话题几乎可以说是一代学人顺应时代潮流的必然结果。

笔者在《“超文本”的兴起与网络时代的文学》一文中曾经指出，在这个“数字化生存”的时代，超文本作为网络世界最为流行的表意媒介，以“比特”之名唤醒了沉睡于传统文本的开放性、自主性、互动性等潜在活力与灵性。它以去中心和不确定的非线性“在线写读”方式解构传统、颠覆本质，在与后现代主义的相互唱和中，改变了文学的生存环境和存在方式。在“如我们所想”的赛博空间里，网络文学所营造的“话语狂欢之境”交织着欣喜与隐忧——它精彩纷呈、前景无限却又充满陷阱与危机。超文本的崛起不仅是当代文学世纪大转折的根本性标志，而且也是理解文学媒介化、图像化、游戏化、快餐化、肉身化、博客化等时代大趋势的核心内容与逻辑前提。更重要的是，超文本正在悄然改写我们关于文学与审美的思维方式和价值标准。[1]

一、J. 希利斯·米勒：《文学死了吗》

2001 年第 1 期的《文学评论》上发表了 J. 希利斯·米勒（J. Hillis Miller）的一篇文章《全球化时代文学研究还会继续存在吗？》。作者开篇就以小标题的形式亮出了这样一个观点：“新电信时代会导致文学、哲学、精神分析学甚至情书的终结。”作者首先引用了雅克·德里达在他的著作《明信片》一书中的一句话，尽管这句话是德里达书中一位主人公说的，但米勒不容分辩地把这句“耸人听闻”

[1]　陈定家：《“超文本”的兴起与网络时代的文学》，载《中国社会科学》2007 年第 3 期。

的话记在德里达的账上："在特定的电信技术王国中（从这个意义上说，政治影响倒在其次），整个的所谓文学的时代（即使不是全部）将不复存在。哲学、精神分析学都在劫难逃，甚至连情书也不能幸免。"[1] 简而言之，米勒从德里达《明信片》中挖掘出了这样一条似曾相识的信息 —— 人类也已进入一个全新的电信时代，这个时代的文学命运即将发生如此重大的转折："生还是死，这是一个问题。"

诚如米勒所言，至少对爱好文学的人来说，德里达的"文学终结论"是耸人听闻的奇谈，在这个世界被称作"地球村"的时代，全世界的文学爱好者们心中都会有这样或那样的焦虑、疑惑、担心甚至愤慨，有些人心中或许还隐隐地藏着这样一种渴望："想看一看生活在没有了文学、情书、哲学、精神分析这些最主要的人文学科的世界里，将会是什么样子。"按照米勒的猜想，那一定是"无异于生活在世界的末日！"[2]

米勒对德里达之论断的心态是相当复杂的，一方面他表达了或许只是作为修辞策略的"强烈震惊"："德里达在《明信片》中写的这段话在大部分读者心目中可能都会引起强烈的疑虑，甚至是鄙夷。多么荒唐的想法啊！我们强烈地、发自本能地反对德里达以这样随意、唐突的方式说出这番话，尽管这已经是不言自明的事实。"另一

[1] ［美］J. 希利斯·米勒：《全球化时代文学研究还会继续存在吗?》，国荣译，载《文学评论》2001 年第 1 期。

[2] ［美］J. 希利斯·米勒：《全球化时代文学研究还会继续存在吗?》，国荣译，载《文学评论》2001 年第 1 期。具有反讽意义的是，在中国大众文化生活中，精英知识分子所谓"文学、情书、哲学、精神分析"通常与"但求温饱的大多数"格格不入，即便在全面建成小康社会的今天，文学、情书这类东西似乎也只是少数人的精神奢侈品，对普通大众而言，它们往往只是被调侃的对象，譬如在赵本山的小品和尚敬的《武林外传》中作为"包袱"而聊博观众一笑。

方面，他又对自己斩钉截铁的否定态度表现出了犹疑："在最主要的信息保留和传播媒介身上发生的这种表面的、机械的、偶然的变化，说得准确点儿，就是从手抄稿、印刷本到数码文化的变化，怎么会导致文学、哲学、精神分析学、情书——这些在任何一个文明社会里都非常普遍的事物——的终结呢？它们一定会历经电信时代的种种变迁而继续存在？"[1]

我们注意到，米勒的这篇文章在评述了德里达的名作《明信片》之后，还依次论述了印刷技术以及电影、电视、电话和国际互联网这些电信技术对文学、哲学、精神分析学，甚至情书写作的影响。对德里达的"在电信技术王国中文学时代将不复存在"之说，米勒的解释是，在西方，文学这个概念不可避免地要与笛卡尔的自我观念、印刷技术、西方式的民主和民族独立国家概念，以及在这些民主框架下言论自由的权利联系在一起。从这个意义上说，"文学"只是最近的事情，开始于17世纪末、18世纪初的西欧。它可能会走向终结，但这绝对不会是文明的终结。事实上，德里达是对的，新的电信时代正在通过改变传统文学存在的前提和共生因素而把它引向"终结"。

当然，米勒的文章已经超出了文学理论的范畴，这篇论文还广泛地讨论了文本、电视、电影和互联网的关系，而且还论及网络超文本写作和电子邮件时代出现的一种新的文化概念——数字文化。传媒研究领域的学者们还能从这篇文章中发掘出米勒对视觉艺术及其相关文化理论的思考。由此不难看出，米勒的这一篇文章具有

[1] ［美］J. 希利斯·米勒：《全球化时代文学研究还会继续存在吗？》，国荣译，载《文学评论》2001年第1期。

多维度的学术阐释空间和多层面的理论延展性。

值得注意的是，历史上各个时期、各个民族的文学都曾有过不同形式的“终结”理论，不管是西方还是中国，文学“死而复生”“向死而生”的戏剧一再上演。关于这方面的情况，马克思曾就希腊神话的“终结”发表过几段精彩的意见，他说：“大家知道，希腊神话不只是希腊艺术的武库，而且是它的土壤。成为希腊人的幻想的基础，从而成为希腊（神话）的基础的那种对自然的观点和对社会关系的观点，能够同自动纺机、铁道、机车和电报并存吗？在罗伯茨公司面前，武尔坎又在哪里？在避雷针面前，丘必特又在哪里？在动产信用公司面前，海尔梅斯又在哪里？任何神话都是用想像和借助想像以征服自然力，支配自然力，把自然力加以形象化；因而，随着这些自然力之实际上被支配，神话也就消失了。在印刷所广场旁边，法玛还成什么？…… 阿基里斯能同火药和弹丸并存吗？或者，《伊利亚特》能够同活字盘甚至印刷机并存吗？随着印刷机的出现，歌谣、传说和诗神缪斯岂不是必然要绝迹，因而史诗的必要条件岂不是要消失吗？”[1] 不难看出，米勒对德里达“终结论”的阐释，与马克思对古希腊神话的阐释有相似之处，我们从中可以看到这样一个朴素的道理：一个时代有一个时代的文学，文学在不断死亡中不断获得新生，这大约就是陈晓明先生所谓“向死而生”吧，吴子林先生曾引用庄子的“方生方死，方死方生”来描述文学这种“凤凰浴火”的境况，他所要表达的大约是这个意思。

我们认为，马克思所谓传说的“绝迹”同时也隐含着神话的“不

[1] ［德］马克思、［德］恩格斯：《马克思恩格斯选集》第 2 卷，人民出版社 1972 年版，第 113–114 页。

朽”，这正如缪斯的“消失”必然孕育着诗神的“再生”一样。马克思的论断，同样适用于中国文学更新换代的情况。我们看到，《诗经》《楚辞》时代的风骚雅范虽然至今仍被推崇备至，但春秋战国之后的两千多年来，为何再也产生不了第二部《诗经》或第二篇《离骚》？以“三曹七子”为核心的文学集团曾是何等壮怀激烈！他们成就过群星闪耀的文学辉煌时代，但建安风流转眼就被雨打风吹去，一个“文学自觉的时代”很快走向衰亡而终成不可复制的历史！感叹“大雅久不作”的李白和“转益多师”的杜甫赢得了“诗歌万口传”的美誉，但毕竟会有让人感觉“不新鲜”的时候；且不用说王杨卢骆，更不用说韩柳欧苏。一个时代有一个时代的文学，一个时代终结了，一个时代的文学也必将随之终结。如果从这个意义上理解米勒提出的“开始于17世纪末、18世纪初的西欧”之文学终结了，大多数中国学者或许没有任何异议。就像20世纪初面向劳工大众的白话新文学兴起之后，那种以诗文评为传统的中国文言文学传统就此走向衰亡一样，随着网络时代的悄然兴起和数字技术的飞速发展，当下以书刊报为主要发表阵地的文学必将走向消亡。

我们之所以如此关注米勒，不仅在于他提出的终结论引发了一场旷日持久的论争，更在于他是一位著名的解构主义者，著名的互文性理论代表人物，他的《传统与差异》和那篇著名的《作为寄主的批评家》等都是互文性理论的经典之作，关于这一点，将留在后面的相关章节中详细讨论。

既然书面写作不允许我们像超文本那样随心所欲地插入互文性链接，那么还是让我们回到前文提及的文学生死问题吧。正如我们不能简单地理解哈姆雷特的那句“To be or not to be”一样，我们对文学是否会走向终结的问题，也不能只看诉诸一般文学常识的表面现象。既然我们以米勒的文章为分析对象，那么，从知人论世的传统路子出发，我们不妨查查这位频频来华的美国批评家的“老底”。在美国加州大学尔湾分校的网站上，我们找到了介绍米勒的资料。以此为基础，结合中国学界与米勒交往较多的朋友们提供的信息，我们觉得可以对老米勒做出如下描述：

J. 希利斯·米勒：美国著名文学批评家、欧美文学及比较文学研究的杰出学者、解构主义批评的重要代表人物。米勒出生于弗吉尼亚纽波特纽斯的一个知识分子家庭，其父是佛罗里达大学教授、校长和主管牧师。曾就读于奥柏林大学，获学士学位（1948），后就读于哈佛大学并先后获得硕士学位（1949）和博士学位（1952）。结束了受教育生涯之后，米勒首先任教于霍普金斯大学（1952—1972），在那里的 20 年，他的主要兴趣是维多利亚时期和现代主义的作家与作品。在耶鲁大学任教时期（1972—1986），米勒渐入佳境，逐渐成为解构主义耶鲁学派的主要成员，他与保罗·德·曼、布罗姆和哈特曼被中国学界并称为“耶鲁四人帮”。这一经历，让我们惊喜地看到了互文性研究过程中最著名的一帮美国学者，几乎都是米勒的朋友。在耶鲁执教十五年之后，他移位于加州大学尔湾分校，任批评理论研究所文学教授，并担任现代语言学会会长。在此期间，他曾多次来华讲学，尤其是 2000 年秋天在北京召开的“文学理论的未来：中国与世界”学术研讨会上，米勒应邀发表的著名讲演“全球化时代文学研究还会继续存在吗？”在中国文论与美学界产生了巨大影响。尽管近 10 年来有关“文学终结”或“文学转型”的大讨论存在着极为复杂的历史文化背景，但米勒的演讲即使不能说是导火线，那么至少也可以说是为“文学终结论”推波助澜的著名的代表性力作之一。如今，“文学之死”几乎成了米勒的理论标识，以至中国学者在翻译他的《论文学》（*On Literature*）一书时，竟忍不住要将书名改为《文学死了吗》。

米勒无疑是一个勤奋的文学研究者，他把毕生心血奉献给了他“钟爱和珍惜”的文学事业，关于这一点，他的数十部著作可以为之作证：《查尔斯·狄更斯：小说的世界》（1958）、《神迹无踪：十九世纪五作家》（1963）、《维多利亚小说的形式》（1968）、《托马斯·哈代：距离与欲望》（1970）、《保罗·德·曼的经验》（1985）、《阅读伦理学》（1987）、《皮格马利翁诸版本》（1990）、《理论随想》（1991）、《阿里阿涅德的彩线：故事线索》（1992）、《插图》（1992）、《文学地形学》（1995）、《阅读叙事》（1998）、《黑洞》（1999）、《他者》（2001）、《论文学》（2002）等。这里的《论文学》即中译本《文学死了吗》。

作为米勒的朋友和米勒学术思想的研究者，金惠敏先生认为，米勒这样一位学者是不会轻言文学终结的，从情感上说，米勒也不忍心宣判文学的死亡。金先生做出这一判断的重要理由之一是，米勒属于那种视文学为事业和生命的学者。由其学术经历和研究成果观之，金先生对米勒的评价一点也不算夸张。

米勒的文章使用了他惯用的“解构主义”互文性策略，在他宣称“文学研究的时代已经过去”之后，他紧接着说：“但是，它会继续存在。”[1] 有不少学者只看到了前面“已经过去”这一层意思，而忽略了“继续存在”这一层意思，因此，对米勒的理解与批评往往会得出针锋相对的观点。有人为米勒喝彩，认为他看到了文学发展问题的本质，“文学研究的时代已经过去”的论断包含着理论大师惊人的洞

[1]　米勒对解构主义之“解构”（deconstrucion）一词的解释耐人寻味，他认为，这里的“de”和“con”两个前缀分别有“反”“倒”“去”和“合”“共”“全”的意思，解构的奥妙就隐含在此一“反（de）”一“合”（con）之间。

见；也有人认为米勒不是“信口开河”，就是“杞人忧天”，抑或是“故作惊人之语”，总之，这种“极端化预言”不足为凭。

二、杜书瀛：《文学会消亡吗》

对于文学是否会终结的问题，当代美学家、文艺理论家杜书瀛先生在《文学会消亡吗》（中山大学出版社 2006 年版）一书中，进行过深入系统的学理化探讨。他认为，在电子媒介时代，文学艺术及整个学术受到巨大冲击。20 世纪末 21 世纪初，“文学的时代将不复存在”“文学将要终结”，甚至连哲学、精神分析学也“在劫难逃”，似乎文学以及哲学等都将面临灭顶之灾。于是近几年中国学术界有许多新的学术前沿问题备受关注，并且引起热烈争论，如：电子媒介时代给世界造成怎样的影响？“电信技术王国”使人们在生产方式和内容、生活方式和内容、思维方式和内容、感情方式和内容、感受方式和内容等方面发生怎样的变化？在全球化面前学术如何发展？文学会不会消亡？“生活审美化、审美生活化”是否导致艺术与生活合一？文艺与生活还有没有边界？文艺学向何处去？等等。[1] 杜先生在条分缕析地探讨了上述一系列问题之后，令人信服地做出了“文学不会消亡”的结论。

杜书瀛先生一生以文学研究为志业，1958 年进入山东大学中文系，大学毕业后，师从著名美学家蔡仪研究员攻读研究生，毕业后留所从事文艺学和美学研究工作，直至退休。1976 年，粉碎“四人帮”

[1] 杜书瀛：《文学会消亡吗 —— 学术前沿沉思录》，中山大学出版社 2006 年版，第 1 页。

之后，他发表了一系列理论文章，和解放思想、拨乱反正的时代潮流相呼应，在理论战线上对改革开放起到了推动促进作用，其中《围绕〈创业〉展开的一场严重斗争》一文，曾得到国家最高领导人的亲笔批示，《人民日报》及中央、地方各大报纸均加编者按转载。此后，他主要致力于文艺学特别是文艺美学的研究，兼及中国古典美学。主要著作有《论李渔的戏剧美学》（1982）、《论艺术典型》（1983）、《论艺术特性》（1983）、《文艺创作美学纲要》（1985）、《古典作家论典型》（1988）、《文学原理——创作论》（1989）、《文艺美学原理》（1992）、《李渔美学思想研究》（1998）等，与人联合主编的《新时期文学与道德》（1999）、《中国20世纪文艺学学术史》（2001）等著作，对文艺学理论研究和学科建设具有重要影响。

退休以后，杜书瀛更是专心著述，笔耕不辍，先后出版了《说文解艺》（2005）、《文学会消亡吗》（2006）、《〈闲情偶寄〉评注》（2007）、《艺术哲学读本》（2008）、《价值美学》（2008）、《家族记忆》（2008）、《闲情偶寄·窥词管见》校注本（2009）、《评点李渔》（2010）、《李渔美学心解》（2011）、《忘不了的那些人和事》（2011）、《〈怜香伴〉校注》（2011）、《闲情偶寄·颐养部》译注评点本（2011）、《新时期文艺学前沿扫描》（2012）、《从"诗文评"到"文艺学"》（2013）、《李渔传》（2014）、《闲情偶寄》（2014）、《我的学术生涯》（2015）、《坐在汽车上看美国》（2015）、《美学十日谈》（2015）、《文学是什么》（2018）等数十部著作。一位文学所领导在评价杜书瀛先生时指出，作为文学所理论室的老同志，无论是做人还是做学术，杜老师都是我们学习的榜样。在我国文艺理论发展过程中的一些关键时期，他都能提出属于自己的学术思想，对推动我国文艺理论向前发展做出了重要贡献。尤其是他在退休以后，仍然笔耕不辍，每年都有论著问世，而且提出了许多针对文艺理论元问题的理论思考，得到了学界的一致肯定。可以说，作为老一代学者的优秀代表之一，杜书瀛的学术之路和治学经验为年轻一代学者的学术研究提供了可资借鉴的模范。[1]

2006年《文学会消亡吗》出版以后，立即在学术界引起了广泛关注，童庆炳、金惠敏、杨新映、张开焱等著名学者，纷纷发表书评文章，支持和推介杜书瀛的观点。童庆炳在为该书所作序言中指出，希利斯·米勒的文章在《文学评论》发表以后，引发了对文学终结论的讨论。“杜书瀛教授也热切地持久地关注这个问题，他把米勒发言前前后后的各方面的研究情况，作了细致的梳理和评论，杜书瀛教授的结论之一，认为电子媒介时代的确给文学带来巨大的变化，他把米勒所说的‘民族独立国家自治权力的衰落或者说减弱、新的电子社区或者说网上社区的出现和发展、可能出现的将会导致感知经验变异的全新的人类感受’给文学带来的巨大影响——作了充分的合情合理的描述和分析，这些都是具有现实感的。杜书瀛教授结论之二是：‘不管图像怎么冲击，电子媒介怎么冲击，但是文学还是会存在。文学不死的一个最有力的根据是，事实上它仍然健康地活着。童庆炳教授说，文学经典本身的那种“味外之旨”“韵外之致”，那种丰富性和多重意义，那种独有的审美场域，依靠图像是永远无法接近的。这话很对 …… 文学是用文字阅读唤起你在头脑中的想像，叫你自己去建立那种审美形象，这要比可视的、可听的形象更丰富。它调动了你的主观能动性 …… 语言文字提供出来的这种形象，

[1] 陈定家：《征程正未有穷期，不待扬鞭自奋蹄》，该文被收入中国社会科学出版社 2019 年出版的《皓首丹心 —— 中国社会科学院老专家风采》一书中。

这种作品，这种文本，需要你自己通过创造性的思想和想像来建立形象，这种内视审美是老天爷赋予文学的，是影视所缺少的。就此而言，文学要比影视、比其他图像艺术优越得多。'"[1] 童庆炳先生这段话，引用了杜书瀛先生对自己的引用。他以这种互文性书写的方式，意味深长地表达了自己对对方的肯定，同时也肯定了对方对自己的肯定。其实，这两位文艺学界的老学者在许多问题上都能达成默契。

总体上说，《文学会消亡吗》一书以"正面强攻"的姿态，对网络时代文学的生存发展以及其他相关的前沿问题，做出了系统而深入的回答。必须指出的是，该著除了"上编·电子媒介时代的文学"追问网络时代文学会不会消亡及其相关之外，还包含着作者一些其他相关研究成果，如对美学界、哲学界、文艺界热切关注的问题的思考和研究，如书的"中编·观照文艺学学术史"，主要关注并深刻研究中国20世纪文艺学学术史、美学学术史等前沿问题。"下编·美学的沉思"可以看作是百年美学学术史的缩写，是在总结以往美学研究的历史经验和教训的基础上，提出价值美学的构想。

笔者曾梳理过世纪之交有关文学是否消亡问题讨论的来龙去脉。其实这个问题自20世纪80年代以来就有比较深入的讨论，只是使用的概念稍有不同而已。世纪之交的讨论，源于一次国际会议。如前所述，2001年8月，北京师范大学文艺学研究中心召开了题为"全球化语境中文化、文学与人"的国际学术研讨会，米勒本人也出席了这次会议。会上，文艺学中心主任童庆炳教授作了《全球化时代的文学和文学批评会消失吗？——与米勒先生对话》主题发言，他认为，新兴网络媒体可能会改变文学、哲学的存在方式，但

---

[1]　童庆炳：《读杜书瀛〈文学会消亡吗〉》，http://www.chinawriter.com.cn.

不能就此得出文学和文学批评会因此而消亡的结论。和大多数德高望重的文艺学界的著名学者一样，童庆炳先生坚信，只要人类和人类的情感不会消失，那么作为人类情感表现形式的文学也就不会消失。童庆炳先生的观点，遭到了部分中青年学者的质疑，有学者认为童先生错误地理解了米勒的观点，以致没有形成同一层面的对话。童先生在后来的文章中不无自嘲地说："我的文章遭到一些为米勒的'文学终结'论所倾倒的学者的嘲讽，说我提出的观点根本不在米勒的层次上，言外之意是我的层次低，米勒的层次高。"[1] 我们认为，实际情况或许恰好相反，米勒站在文学表现形式的阶段性历史层面，亦即"较低层面"上宣称：自 17 世纪以来的基于机械复制时代的文学在数字化语境中即将走向终结。而童先生站在人类历史发展的"更高层次"上看文学，他认为作为人类情感表现形式的文学是不会走向终结的。这两种说法，都能自圆其说，事实上，米勒在此后的言论中多次重述过类似童庆炳先生观点的论点。

细加分辨，我们发现，正如米勒的言论还包含着许多其他方面的意义一样，童先生的理论也包含着一代中国文论家说文论艺的深刻而丰富的言外之意。从童先生对米勒的"误解"，再到那些读着童先生的《文学理论教程》而开始思考何谓文学的中青年一代对童先生的"误解"，我们不难看出，有关终结论的争鸣，绝不是一个非此即彼的简单问题。

值得一提的是，虽然米勒本人以《文学死了吗》等著作为中国文艺学界所熟知，但对于本书来说，他还有一个更重要的身份，那就是

---

[1] 童庆炳：《文学独特审美场域与文学人口 —— 与文学终结论者对话》，载《文艺争鸣》2005 年第 3 期。

他还是互文性理论思潮中的中流砥柱式的人物。他在《作为寄主的批评家》一文中，以雪莱的诗歌《生命的凯旋》为例，对其寄生物与寄主理论进行了十分精彩的阐发。他在探索雪莱穿行于“前文本丛林”所留下的蛛丝马迹时，发现雪莱竟然是众多寄主的寄生者，这些寄主从圣经的《新约全书》到《旧约全书》，从但丁到华兹华斯再到柯勒律治，雪莱在解构前人作品的同时也在建构自己的作品。在米勒看来，寄生物和寄主存在着一种相生相克、互相转化的奇妙关系，在雪莱之后，不少作家，譬如托马斯·哈代从《生命的凯旋》中汲取营养或受到启示，雪莱的这首诗便从寄生者的地位变成了这些后世作品的寄主。寄生者在解构寄主的同时建构着自身，并同时为自身成为被寄生的寄主积累资本，继而遭到寄生者的解构，然而，这种寄主与寄生物的生生不息的生态却并非线性的链条，它们之间错综复杂的关系遵循着一种反逻各斯中心的逻各斯中心主义。

米勒的寄生物与寄主理论是其解构主义的重要内容之一，在米勒看来，所谓解构主义批评“非但不是一种层层深入文本、步步接近一种终极阐释的链锁，而且是一种总会遇到某种钟摆式摆动的批评，如果它走得足够远的话。在这种摇摆中，概而言之是对文学，具体来说是对某一篇特定的文本，总有两种见解会相互阻遏，相互推翻，相互取消。这种阻遏使任何一种见解都不可能成为分析的可靠归宿或终点”[1]。不难看出，米勒所揭示的这种隐藏在传统文本中的寄生关系，在网络文本中已处于一种昭然若揭的状态，批评家们把米勒的这种观点看作互文性理论的深入与拓展可以说是一语中的。按照米

[1]　王逢振、盛宁、李自修编：《最新西方文论选》，漓江出版社 1991 年版，第 184 页。

勒这种解构即是建构的说法，所谓终结就完全可以理解为新生，也就是说文学总在以不同形式终结着，同时也在以另一种形式走向新生。

杜书瀛《文学会消亡吗》在谈到“文学不会消亡的理由”时指出：“金惠敏为米勒辩护时着重说了应该‘终结’的文学何以应该‘终结’，但没有讲哪些文学不该‘终结’，为什么不该‘终结’。而许许多多读者却急需了解这个问题。对这个问题给予解答并且论述得比较有说服力的，我认为是彭亚非，虽然他不是专门针对德里达、米勒的，也不是针对金惠敏的，但可以看作与之不同观点的一个重要代表，也可以看作对金惠敏等人忽略了的方面以及李衍柱疏漏了的方面进行补缺（彭亚非与金惠敏 — 米勒，同时与李衍柱都有相同之处，但更重要的是不同）。”[1]

彭亚非的主要观点“文学永存”的理由是它“固有的”“特定的”“人文本性”和“人文价值”：“文学为我们创造的是一个内视化的世界。这个世界看起来由语词符号组成，其实它只能由我们每一个读者在自己的内心深处创造出来。它就像梦境，像幻觉，像我们内心深处的回忆与想象，是一个无法外现为物质性的视听世界的所在。就此而言，即使我们有心用某种艺术样式或某种生理性的感性满足来取代文学所提供的审美世界，它作为一个永远不可能为感官所感知的精神性的存在，又如何能被取代呢？因此，无论图像社会怎样扩张，无论图像的消费如何呈爆炸性地增长，它对文学生存的所谓威胁其实就人文诉求方式而言并不存在。…… 说到底，没有什么文学终结的问题。文学的未来将为它自己优越而深刻的本性所指

[1] 杜书瀛：《文学会消亡吗 —— 学术前沿沉思录》，中山大学出版社 2006 年版，第 23 页。

引。在图像文化成为历史新宠的后现代社会，它仍将持之以恒地将我们带往时间的深处，在尽显语言和内视世界的能指之美的同时，通过深刻的内心体验开掘存在的诗意，共享人类灵魂探险的无穷可能性，并以此构成人性的全面而立体的交流，使失去家园的人类精神在新的信念的询唤下，在灵与肉的主体性升华中，重获救赎，直达彼岸。”[1]

杜书瀛十分赞同彭亚非“文学永存”的观点。譬如说，在鲁迅的时代，杂文是刺向黑暗社会的投枪和匕首，现在时代不同了，杂文是不是就没有存在的理由了？杜书瀛不这么看，他以他的老朋友邵燕祥的杂文为例说：“他写的许多杂文简直妙不可言！”杂文的“意蕴”、杂文的“味道”、杂文的“艺术形式”，至今都发挥着不可替代的作用，今天，它仍有强大的“生命力”。譬如说邵燕祥在一篇谈“愚人节”的短文中说，在西方的“愚人节”那一天，人们可以随意说瞎话，骗骗人，开开玩笑，节日期间，骗人无罪。邵燕祥出人意料地提出了一个看似开玩笑的尖锐问题：咱们中国何不来一个“说真话节”，规定在这一天说真话无罪？“几句话，深刻、尖锐、准确。就像一位针灸能手，一下针就扎到穴位上了。”[2]

总之，在杜书瀛看来，文学存在的理由，应该要从文学本身去寻找。“文学自身的特点和本性决定了它的存在。文学最大的特点是创造一种内视形象。这种内视审美是文学独有的，语言艺术独有的。其他艺术，比如说戏曲、戏剧、电影、电视、雕塑、绘画、舞蹈、建筑等等，它们是通过眼睛的可视性的。有的艺术除‘视’之外

---

[1] 彭亚非：《图像社会与文学的未来》，载《文学评论》2003 年第 5 期。

[2] 杜书瀛：《文学会消亡吗 —— 学术前沿沉思录》，中山大学出版社 2006 年版，第 23 页。

同时也‘听’，视听兼有。它们是直接给你感官上的感受。文学不是，文学是用文字阅读唤起你在头脑中的想象，叫你自己去建立那种审美形象，这要比可视的、可听的形象更丰富。它调动了你的主观能动性。现在电视造成人的懒惰。我就常常依靠电视。一个人若依赖于电视，那么他报也不读了，书也不看了，脑子也不愿思考了。电视给我们什么，我们就接受什么。但是文学不一样，语言文字提供出来的这种形象，这种作品，这种文本，需要你自己通过创造性的思想和想像来建立形象，这种内视审美是老天爷赋予文学的，是影视所缺少的。就此而言，文学要比影视、比其他图像艺术优越得多。”[1]

三、金惠敏：《媒介的后果》

从一定意义上说，金惠敏的《媒介的后果：文学终结点上的批判理论》是一部从哲学意义上思考“文学危机”的文化研究著作。上篇是《趋零距离与文学的当前危机》，中篇是《图像增殖、拟像与文学的当前危机》，下篇是《全球化、球域化与文学的当前危机》。作者以“三大危机”结构全书，而这里的所谓“危机”实际上是有关文学“边缘化”“终结论”“消亡论”等流行命题的不同说法而已。J. 希利斯 · 米勒评论说，《媒介的后果》堪称对新媒介如何影响当今人类精神生活这一主题的权威论述。在新媒介时代，印刷文学的文化作用已经和正在被削弱。金惠敏教授正确地警告说，媒介拟像

[1] 杜书瀛：《文学会消亡吗 —— 学术前沿沉思录》，中山大学出版社 2006 年版，第 24 页。

将导致文学所指涉的现实的丧失，而且它还将导致文学所指涉的“天”“道”“神”或者其他任何“神秘之物”的丧失！[1]这是一部重要的学术著作，应该被广为阅读。

据笔者所知，《媒介的后果》中的三大部分，在出版之前都有在期刊上“试水”的经历，这些文章发表之后，都在学界引起了较大反响。其中《趋零距离与文学的当前危机——“第二媒介时代”的文学和文学研究》发表在《社会观察》2004年第6期上，《图像增殖、拟像与文学的当前危机》发表在《中国社会科学》2004年第5期上，《全球化、球域化与文学的当前危机》曾以《球域化与世界文学的终结》为题发表于《哲学研究》2007年第10期。这些论文问世之初，就已是“应该被广泛阅读”而且也确实“被广泛阅读”的重要文本。当有人告诉金先生，《媒介的后果》中的这组文章在知网上引用率极高，可谓“影响巨大”时，金先生不无调侃地说，那叫“流毒甚广”。这位学术上谨言慎行的长江学者，日常生活不乏幽默风趣。由于金先生的文章被形形色色的网站广泛引用、转载，因此无须赘引，在此只是顺着金惠敏先生的思路，就“媒介的后果”与“文学终结论”问题谈几点肤浅的心得体会。

在中国文论与批评界诘问与反驳米勒的阵阵喧闹之中，也不乏为米勒辩护的声音。例如，金惠敏先生有感于国内学界对米勒《全球化时代文学研究还会继续存在吗?》一文多有误解。特撰文“正本清源”，将文学终结问题还原于当代国际理论语境，对米勒的文章进行了富有启示性的阐释。在金先生看来，对于“世界文论”在中国的前

[1]　金惠敏：《媒介的后果：文学终结点上的批判理论》，人民出版社2005年版，封底。

景而言，有关文学终结论的争鸣，昭示着中国文论家与外国文论家开始成为真正意义上的国际同行，即有了感兴趣的共同话题，而且对于来自全球化的挑战和威胁也有大致相同的价值判断和情感取向。因而从学术层面上说此次“争鸣”与其说是“争鸣”，毋宁说是在两条平行线上互不交锋的“共鸣”。米勒这位以文学阅读为事业、为生命的学者怎么可能骤然间就割舍了其半个多世纪以来对文学的痴情呢？

米勒在同一篇文章中明确表示：“文学研究的时代已经过去，但是，它会继续存在，就像它一如既往的那样，作为理性盛宴上一个使人难堪、或者令人警醒的游荡的魂灵。文学是信息高速公路上的沟沟坎坎、因特网之神秘星系上的黑洞。虽然从来生不逢时，虽然永远不会独领风骚，但不管我们设立怎样新的研究系所布局，也不管我们栖居在一个怎样新的电信王国，文学——信息高速路上的坑坑洼洼、因特网之星系上的黑洞——作为幸存者，仍然急需我们去‘研究’，就是在这里，现在。”[1]

对这一被广泛引用的段落，中国学者有许多不同分析和阐释。金惠敏先生的阐释，则充满了知音式的辩护和诗意化的赞美。在金先生看来，米勒的这段话“既有对文学永远‘生不逢时’的命运的清醒认识，但更洋溢着加缪笔下西绪福斯那种对命运的悲剧式抗争精神；同时又像耶稣口里慈爱的老父迎接落魄归来的浪子，对于文学这个渡尽现代媒介之劫波的幸存者，米勒老人被压抑良久的期盼和珍爱终于喷薄而出，急切切，喜欲狂，因略带神秘的节制而坚定不移，读之愀然，陡生无限敬佩”。但令人遗憾的是，尽管米勒“不失明

[1] ［美］J. 希利斯·米勒：《全球化时代文学研究还会继续存在吗？》，国荣译，载《文学评论》2001 年第 1 期。

朗、不致误读”地表达了自己对文学前途的“清醒认识”和“抗争精神”以及“期盼和珍爱”，但是，这位可怜的美国老人结果（竟然）还是被中国同行们“误解了，误批了”，“甚至还影响了一些道听途说者”。[1]或许，米勒明知自己有可能被误解，但也要说出自己无可奈何的“期盼和珍爱”来，正是从这个意义上，我们对金先生之“读之愀然”和“无限敬佩”云云，才有了一定的同情与理解。

按照金先生自己的说法，米勒是不会也不忍宣判“文学之死”的。金先生在《趋零距离与文学的当前危机》一文中以德里达《明信片》为案例进行了学理层面的探讨，他认为希利斯·米勒对于文学和文学研究在电子媒介时代之命运的忧虑，不是毫无来由的杞人忧天。对“当前文学的危机”，米勒是清醒的。而另一方面，我们也应该看到，米勒是那么执着于文学事业，历经沧桑，初衷不改。这样的“执着”是建立在一个清醒的意识之上的，唯其清醒，他才能够以变通的方法坚持文学和文学研究的不可取代性以及与人类的永恒相伴。面对图像和其他媒介文化的冲击，米勒试图以一个更高的概念即“阅读”（reading）予以海纳。[2]金先生认为，“阅读”对米勒而言本质上就是文学“阅读”，因此米勒以“阅读”所表现的开放性同时又是其向着文学本身的回归，是对文学价值的迂回坚持，他试图以文字

[1]　金惠敏：《趋零距离与文学的当前危机》，载《文学评论》2004年第2期。

[2]　米勒所谓“阅读”“不仅包括书写的文本，也包括围绕并透入我们的所有符号，所有的视听形象，以及那些总是能够这样或那样地当作符号来阅读的历史证据：文件、绘画、电影、乐谱或‘物质’的人工制品等等。因此可以这么说，对于摆在我们面前有待于阅读的文本和其他符号系统，阅读是共同的基础，在此基础上我们能够聚集起来解决我们的分歧：这些自然也包括了理论文本”。见《文学评论》2001年第1期。

的“阅读”方式阅读其他文本符号。[1] 在米勒的论述和金先生的阐释中，我们看到了一个回归歌德时代之“文学”内涵的大文学概念，以“文字阅读”等同于“文学阅读”。换言之，只要阅读没有终结，文学就不会终结。

但出人意料的是，米勒的这种“概念升级”的“解构”策略，恰好变成了某些极端“终结论”者的口实。因为形形色色的“大文学”或“泛文学”概念一向都是文学终结论者宣告文学死亡的最主要证据之一。如叶匡政在博客中称：“在文学阅读中，我们再也看不到任何比新闻更多的东西，因此人们已经不需要文学了，文学既然失去了想要的东西如何能够获得继续生存的理由？如果说，作为文化遗产的文学还有点什么实用价值的话，大约也只有修辞技巧和惯用的情感调动手法等有益于新闻写作的技巧尚可被借用，除此之外，传统文学还有什么存在的必要？”

面对这类从实用主义立场出发的“文学何为”的诘问，米勒和金惠敏的答案看上去与童庆炳的说法并没有本质差别：“文学研究或‘修辞性阅读’的存在是基于文化记忆的需要，更是为了经济有效地掌握语言，我们无法离开语言，因而我们无论如何也无法抛弃文学。只要有语言，就一定有文学和文学研究。米勒这样的辩护虽然朴素，但道理实实在在，自有其不可推倒的定力，更何况其情真意切的感染力，——这使我们最后想到，执着于文学或美学，本就是我们人类的天性；只要我们人类仍然存在，仍然在使用语言，我们就会用语言表达或创造美的语言文学。”[2] 这个结论或许“不可推倒”，但仍

[1] 金惠敏：《趋零距离与文学的当前危机》，载《文学评论》2004 年第 2 期。

[2] 金惠敏：《趋零距离与文学的当前危机》，载《文学评论》2004 年第 2 期。

然留有许多有待具体分析的余地。

撇开“文学终结”概念辨析的无尽纠缠不说，单就网络文化对文学生存状况的影响而言，学界对“终结论”的理解就呈现出一种乱象纷呈的景象。譬如说，有学者认为网络社会崛起使得世界范围内的社会权力关系和权力结构发生了分化和重组，这种权力场的变化必然会影响到文学场的存在结构和文学的实际存在状况，在这种背景下，“西方19世纪中期以来形成的以‘纯文学’或自主性文学观念为指导原则的精英文学生产支配大众文学生产的统一文学场走向了裂变，统一的文学场裂变之后，形成了精英文学、大众文学、网络文学等文学生产次场，按照各自的生产原则和不同的价值观念各行其是，既斗争又联合，既相互独立又相互渗透的多元并存格局。今天并不存在着一种包罗各种类型、意义笼统、价值取向相同的文学。…… 走向边缘的只是精英文学，大众文学通过与视听艺术的合作在扩大着自己的存在领域，而打破精英与大众区分的网络文学更体现出了一定的发展势头”。[1]

在数字化生存语境下，当代“文学性”在思想学术、消费社会、媒体信息、公共表演等领域中都发生了深刻的变化，有学者甚至认为文学在这些领域已经确立了自己的统治。在这种背景下，重建文学研究的对象是克服社会转型期文学研究危机的关键。当前文学研究的危机乃“研究对象”的危机。后现代转折从根本上改变了总体文学的状况，它将“文学”置于边缘又将“文学性”置于中心，面对这一巨变，传统的文学研究如果不调整和重建自己的研究对象，必将茫然无措，坐以待毙。概言之，重建文学研究的对象要完成两个重

[1]　单小曦：《电子传媒时代的文学场裂变》，载《文艺争鸣》2006年第4期。

心的转向：一是从“文学”研究转向“文学性”研究，在此要注意区分作为形式主义研究对象的文学性和撒播并渗透在后现代生存之方方面面的文学性，后者才是后现代文学研究的重心；二是从脱离后现代处境的文学研究转向后现代处境中的文学研究，尤其是对边缘化的文学之不可替代性的研究。[1]

如果站在传统的“纯文学”的视角看问题，我们或许可以发现，近十年来的中国文学理论与批评，一直在蓄势待发却又颓势难挽的尴尬困境中艰难前行。在通往放逐诗神和远离经济中心的道路上，确实也时有三两个精英人物走到文学虚拟的前台吆喝那么两嗓子，而且竟然也偶尔能赚得几声喝彩，但关注或回应吆喝的声音很快就趋于寂静。昔日的文学精英们无奈地摇摇头，对文学终结之不可避免也只能听之任之，充其量也不过如同闲坐说玄宗的白头宫女一样，想想当年，看看现在，发发感慨，如此而已。试想，在这个房市与股市牵动着大众每一根神经的唯利是图的时代，在一种逢人就说商机的消费文化背景下，说文论艺是多么不合时宜。因此，有关文学的话题，已越来越难以找到耐心的听众或参与者。相比之下，也只有这样一个至今尚未冷场的话题——“文学死了！”昨天，尽管陶东风先生宣称“文学死了”也“死了”，今天，蒋述卓和李凤亮先生却认为“文学的死已经死了”[2]，但至少在2011年中国中外文艺理论学会年会上还有学者将这个话题作为大会论文再次展开讨论。事实上，自20世纪80年代至今，有关文学终结的问题始终没有沉寂过，相

---

[1] 余虹：《文学的终结与文学性蔓延——兼谈后现代文学研究的任务》，载《文艺研究》2002年第6期。

[2] 蒋述卓、李凤亮：《传媒时代的文学存在方式》，广西师范大学出版社2010年版，第144页。

关讨论与争鸣也一直没有稍作停歇的迹象。至少在我们反思终结论的时候，“终结论”还没有终结。

我们知道，早在20世纪80年代，作家王蒙就宣布文学产生“轰动效应”的时代已经过去了。在市场经济大潮下，“不论您写得比洋人还洋或是比沈从文还‘沈’，您掀不起几个浪头来了。”[1] 著名批评家李洁非先生甚至断言，现代意义的“文学”这个词语，即将在21世纪的词典里消失。这些言论在当时曾经引起过一定范围的讨论与争鸣，就这个话题对中国当代文论所产生的影响而言，“外来和尚”希利斯·米勒的言论似乎产生了更大的冲击波，从论文引用率的网络统计数据看，米勒的那篇曾经产生过巨大轰动效应的论文——《全球化时代文学研究还会继续存在吗？》直到今天仍然是援引率最高的学术文章之一。而前文提到的那本米勒的大作《文学死了吗》已成为“生还是死”这一问题炒作者的“广告代言品”：

> “文学死了吗”？“小说死了吗”？“书死了吗”？网络时代来临，这些问题一度甚嚣尘上。学术界讨论，社会中关注。始终没有答案。风波过后，事实是，人们阅读的热情丝毫不减。因为，文学所承载的是回忆、现实以及梦幻互相交织的世界。只要人类还有幻想、还会做梦，那么，文学就不会死亡，纯文学也不可能终结。那么文学究竟是什么？答案就在本书之中。[2]

如果相信了书商们的广告，我们就会惊异地看到，老米勒竟然

[1] 阳雨（璘）：《文学：失却轰动效应以后》，载《文艺报》1988年10月28日。

[2] 这段话是以卓越网、当当网等为代表的数十家网络商城销售《文学死了吗》的网络广告语。

跟中国文论与批评界开了一个近似于黑色幽默的玩笑，当中国学者为他的一句“文学即将走向终结”的论断争得死去活来时，老先生若无其事地居然模仿中国学者的“北京腔”说：“只要人类还有幻想、还会做梦，那么，文学就不会死亡，纯文学也不可能终结。”[1]米勒读了童先生的文章后，对文学的永不终结论表示了敬意和认可。

2001年6月28日，《文艺报》记者周玉宁曾就传统意义上的文学理论是否已走向死亡的问题采访过米勒。米勒认为，文学理论是一种混合型的，也就是文学的、文化的、批评的理论，它是一种混合体。在作为这种混合体的同时，传统的文学理论形态依然存在，所谓传统的文学理论，是基于一种具有历史、文化功能的或者与历史、文化保持联系的文学的，是以语言为基础的。“至于它是不是走向死亡，我认为它不是走向死亡，它只是处在一种变化当中，所以是走向一个新的方向，一种新的形态。”[2]在米勒看来，新形态的文学越来越成为混合体。这个混合体是由一系列的媒介发挥作用的，他说的这些媒介除了语言，还包括电视、电影、网络、电脑游戏……诸如此类的东西，它们可以说是与语言不同的另一类媒介。然后，传统的“文学”和其他的这些形式，它们通过数字化进行互动，形成了一种新形态的“文学”。米勒强调说，他在这里使用的词，与其说是“文学”（literature），毋宁说是“文学性”（literarity），也就是说，除了传统的文字形成的文学。还有使用词语和各种不同符号而形成的一种具有文学性的东西。或许我们应该这样理解米勒有关文学之“生还

[1] ［美］J. 希利斯·米勒：《文学死了吗》，秦立彦译，广西师范大学出版社2007年版，作者简介页。

[2] ［美］米勒、周玉宁：《我对文学的未来是有安全感的》，刘蓓译，http://www.chinawriter.com.cn.

是死”的问题——米勒所谓文学之死或许是指纯粹以文字为媒介的文学之死，而文学不死，则是指与新媒介一同组成混合体的新形态文学是不死的。换言之，传统意义的文学或许会在超文本日益成为文化主流的背景下改变生存状态，但作为审美精神的文学性却不会随着网络超文本的出现而走向消亡。

跳出传统文论思维方式，转换一个新视角看问题，我们会发现，米勒提出的与语言不同的另一类媒介的说法，为我们理解未来的文学提供了一个全新的思路，我们看到，“在短暂的50年里，电子革命接踵而至：微电子革命、PC机革命、互联网革命、手机革命……一个相当于物质世界的电子世界、赛博空间进入了电脑族的生活”（何道宽《从纸媒阅读到超文本阅读》）。在这一变化过程中，我们的文学写作到阅读都在经历一个“从文本走向超文本”的大河改道般的转变。我们认为，目前有关文学“终结”或“死亡”之类的说法，多数只能看作是一种比喻或修辞策略，就问题的根本症结而言，“从文本走向超文本”，这才是问题的核心所在。

第 二 章

媒介神话：从“文本”到“超文本”

中国文论向来就有直面社会变革、深入现实生活的优良传统，对社会政治变革和文化动向异常敏感，素有时代风尚的晴雨表和风向标的美誉，但令人不解的是，在有关文论“生死存亡”的数字化变革过程中，文学理论界的感应神经却显得异常迟钝。以网络时代的文学研究而言，长期以来，“网络文学”一直没有得到文论界主流学者们应有的关注。例如，即便超文本阅读和写作成为这个时代最为普及的文本传播方式，有关超文本的研究，在文学理论界依旧是一个十分冷僻的话题。更令人惊异的是，即便在网络文学研究领域，超文本研究也一直没有得到文学理论与批评界应有的重视。关于这一点，从“中国知网”检索的研究成果数据可略知一二。2011 年 7 月 25 日，笔者对有关超文本研究的文章进行了分类检索，结果如下：

按照主题检索，论及超文本的文章共 1358 篇，但涉及文学理论与批评的只有 141 篇。

按照题名检索，论及超文本的文章共 791 篇，但涉及文学理论与批评的只有 54 篇。

如果孤立地看这个数据，或许看不出文论与批评界对这个论题之态度的厚薄，但只要与某些热门论题的检索结果稍作对比，我们就会发现“超文本”研究受冷遇的程度究竟如何。先看与“超文本”可比性程度较低的“现代性”相关检索的结果：

按照主题检索，论及现代性的文章共 27381 篇，但涉及文学理论与批评的只有 6757 篇。

按照题名检索，论及现代性的文章共 7745 篇，但涉及文学理论与批评的只有 1916 篇。

再看与"超文本"可比性程度较高的"互文性"相关检索的结果：

按照主题检索，论及互文性文章共 27381 篇，但涉及文学理论与批评的只有 6757 篇。

按照题名检索，论及互文性的文章共 2362 篇，但涉及文学理论与批评的只有 1065 篇。

就当前国内学者对超文本的研究情况看，学界对超文本的发展历程、本质特征、应用前景等问题都有比较专深的研究。但文学界对超文本的理论关注似乎远远少于超文本的具体应用。就文艺理论界对超文本的研究情况看，具有标志意义的成果当然是黄鸣奋先生主持的国家社科基金项目成果《超文本诗学》。这部 50 多万字的著作从作为历史的超文本、作为理念的超文本、作为平台的超文本、作为范畴的超文本、作为课件的超文本、作为美学的超文本、作为未来的超文本等八个方面，介绍了超文本的发展历史、先驱人物的贡献，探讨了超文本与西方马克思主义、后现代主义的联系，超文本对教育的建构化、集成化及远程化的影响，建立超文本美学的可能性，并对与超文本相适应的超写作、超阅读、超比喻，超文本的技术规范、版权规范、社会规范进行了分析，对超文本的前景做了展望。[1] 目前，该书已被相关高校列为研究生教材。此外，欧阳友权先生的两本研究网络文学的力作《网络文学本体论》（中国文联出版社，

[1] 黄鸣奋：《超文本诗学》，厦门大学出版社 2002 版。

2004)、《数字化语境中的文艺学》(中国社会科学出版社，2005)都设有专门探讨超文本写作和阅读的章节。欧阳友权主编的《网络文学论纲》(人民文学出版社，2003)和聂庆璞的《网络叙事学》(中国文联出版社，2004)两本著作也有对超文本和超媒体写作进行综合评介和学理研究的章节。“中国期刊网”所刊载的有关超文本研究的文章更是数以万计，其中计算机技术研究领域的文章是主流。不过，笔者也不无遗憾地看到，迄今为止，尚未见有从文学生产与消费角度研究超文本的力作。为此，笔者不揣浅陋，在此谈几点不成熟的看法以就教于方家。

一、超文本的发生与发展

关于超文本观念起源，人们通常会归功于范尼瓦·布什(Vannevar Bush, 1890—1974)，他在20世纪30年代提出了“存储扩充器”(memory extender)的构想。在这种被命名为Memex的设计中，范尼瓦提出了一整套非线性文本结构的理论。1939年，他开始将自己的这些开创性的想法写成文章《如我们所想》(*As We May Think*)。六年之后，即1945年，范尼瓦将文章发表于《大西洋月刊》。该篇文章呼唤在有思维的人和所有的知识之间建立一种新的关系。由于条件所限，范尼瓦的思想在当时并没有变成现实，但是他的思想在此后的50多年中产生了巨大影响。

根据“维基百科”“超文本发展史”提供的材料可知，在超文本的发展历史上，除了有“超文本鼻祖”之称的范尼瓦·布什，其先驱人物道格·英格尔伯特(Doug Engelbart)的贡献也不容忽视。美国斯坦福研究院的道格·英格尔伯特将范尼瓦的思想付诸实施，他开发的联机系统 NLS（oN-Line System）已经具备了若干超文本的特性。此外，英格尔伯特还发明了鼠标、多窗口、图文组合文件等，因此，有人宣称英格尔伯特才是超文本真正的发明者。“1999 年第十届国际超文本大会”设立的最佳论文奖即以英格尔伯特的名字命名。

范尼瓦提出了超文本的设想，英格尔伯特将范尼瓦的想法变成了现实，但是，“超文本”这一术语的创立者却另有其人，这个为超文本命名的人是美国人泰得·纳尔逊（Ted Nelson）。1964 年，纳尔逊提出了周密系统的超文本理论，直到 1965 年，他在文本（text）前加了一个前缀“超”（hyper），于是，“超文本”（Hypertext）这一术语悄然诞生了，不过，它并没有像现在微博上的某些“雷人雷语”那样，一夜之间就在网络上迅速传播开来。直到 1981 年，德特在他的著作中对“超文本”进行了这样的阐释：创建一个全球化的大文档，文档的各个部分分布在不同的服务器中。通过激活称为“链接”的超文本项目，例如研究论文里的参考书目，就可以跳转到引用的论文。如今，超文本一词得到全世界的公认，成了这种非线性信息管理技术的专用词。为此，“1999 年第十届国际超文本大会”设立的新人奖特意将奖项冠名权奉送给了纳尔逊。下面是当下流行出版物比较常用的超文本定义。

定义一：超文本是用超链接的方法，将各种不同空间的文字信息组织在一起的网状文本。超文本更是一种用户界面范式，用以显示文本及与文本之间相关的内容。现时超文本普遍以电子文档方式存在，其中的文字包含有可以链接到其他位置或者文档的链接，允许从当前阅读位置直接切换到超文本链接所指向的位置。超文本的格式有很多，目前最常使用的是超文本标记语言（Hyper Text

Markup Language，HTML）及富文本格式（Rich Text Format，RTF）。我们日常浏览的网页上的链接都属于超文本。

定义二：一种按信息之间关系非线性地存储、组织、管理和浏览信息的计算机技术。超文本技术将自然语言文本和计算机交互式地转移或动态显示线性文本的能力结合在一起，它的本质和基本特征就是在文档内部和文档之间建立关系，正是这种关系给了文本以非线性的组织。概括地说，超文本就是收集、存储和浏览离散信息以及建立和表现信息之间关联的技术。

定义三：超文本是由若干信息节点和表示信息节点之间相关性的链接构成的一个具有一定逻辑结构和语义关系的非线性网络。

黄鸣奋先生的《超文本诗学》一书，曾经引用过《牛津英语词典》（1993）对“超文本”的定义：“一种并不形成单一系列、可按不同顺序来阅读的文本，特别是那些以让这些材料（显示在计算机终端）的读者可以在特定点中断对一个文件的阅读以便参考相关内容的方式相互连接的文本与图像。”[1] 这一定义最后一句话引起了学者们的高度重视，即超文本不仅包含着相互连接的“文本”，而且也包含着相互连接的“图像”。

除此之外，我们也注意到，《牛津英语词典》的编者和许多研究者一样，把超文本看成是计算机出现后的产物，按照通行的解释，超文本以计算机所储存的大量数据为基础，使得原先的线性文本变成可以通向四面八方的非线性文本，读者可以在任何一个关节点上停下来，进入另一重文本，然后再点击，进入又一重文本，理论上，这个

---

[1] Simpson, John, and Edmund Weiner eds. Oxford English Dictionary Additional Series（Volume 2）. Clarendon Press, 1993. 转引自黄鸣奋：《超文本诗学》，厦门大学出版社 2002 版，第 12 页。

过程是无穷无尽的。从而，原先的单一的文本变成了无限延伸、扩展的超级文本、立体文本。

但是，作为一个文学研究者，根据我们对网络文学多年研究的经验和体会，超文本是一个开放的概念，它理所当然可以有不同的理解。譬如，计算机科学家、认知科学家和文艺理论家对超文本的认识就很不一致。笔者在《"超文本"的兴起与网络时代的文学》一文中就充分论证了这样一个事实，即传统文本中普遍存在着一定的"超文本特性"，这个结论，显然与牛津词典的定义不尽一致。

根据美国学者德·布拉（De Bra）的研究，创立超文本概念的纳尔逊本人实际上只是将超文本看作一种"文学手段"！它不过是"我们已知的文学联系的电子化"[1]而已。与那些过分夸大超文本与传统文本之间的差异性的论点相比，我们比较认同纳尔逊的这种"注重根本、不忘传统"观点，无论如何，超文本仍然是一种"文本"，从这个意义上讲，将超文本看成是传统书面文本的派生物的论点是有理有据的，我们不能想象谁能凭空虚构出一套完全置传统文本于不顾的"超文本理论"。

我们认为，"超文本"是网络时代文学实现数字化生存的最重要的标志之一。从一定意义上说，网络时代的文学生产和文学消费主要是以"超文本"的样态出现的。超文本通用的标记语言 HTML 是英文"Hyper Text Markup Language"首字母的缩写。作为一个计算机常用术语，超文本其实就是一些不受页面限制的"超级"文件，在超文本文件中的某些单词、符号或短语起着"热链接"（Hotlink）的作用。所谓"热链接"通常是以特殊符号（如标注下划线）或以不同颜

[1] 黄鸣奋：《超文本诗学》，厦门大学出版社 2002 年版，第 12 页。

色、不同字体将其关键词凸显于文本之中的标识，这些通往其他页面的热链接，构成了超越既定文本的超级文本网络。

这些热链接就如同罗马帝国四通八达的道路能够将罗马皇帝的权力延伸到权限所及的每一个角落，它们也可以在一个个容量有限且边界分明的文本之间架设自由往来的桥梁，使读者的情思在文本的海天之间自由翱翔。那些相关甚至不太相关的知识，只要设置了热链接，读者只需鼠标一击，便可以从一个文件跳到另一个文件。更为可贵的是，这些超级文本文件还包含图形和图像，甚至声音和视频文件。就阅读意义而言，超文本与传统文本的注释具有异曲同工之妙，但即便是作为注释，超文本也是一种既没有层级限制又没有空间限制的超级注释。自互联网问世以来，就一直有人在为古腾堡大唱“哀歌”，“告别诗书”和“文学终结”的言论沸沸扬扬，传统文本的千年帝国似乎就要分崩离析了。在这种背景下，对文学数字化生存的研究势在必行，其中，对文学数字化生存的主要方式超文本的理解，已经成了打开新世纪文学之门的一把重要的钥匙。（更详细的论述，参见本章第三节。）

二、传统文本的“超文本性”

根据2006年版《微软百科全书》的解释，“文本”（text）至少具有10种意思：1. 相对于简介、索引、图解和标题的书籍主体；2. 书写材料；3. 演讲或声明之类的成文文稿；4. 作品选；5. 供教学与科研用的书籍；6. 教学参考书；7. 圣经语录；8. 相对于翻译、梗概或改编的原文；9. 适合于铅字印刷流程的版面；10. 计算机屏幕显示资料。尽管“文本”一词在不同语境下意义不同，但其最基本的含义几乎是不变的，那就是书面文字形式。《牛津简明英语词典》就干脆把文本定义为“任何书写或印刷品的文字形式”。

当我们把“文本”作为一个文艺理论与批评概念使用时，最基本的含义虽然还是“文字形式”，但其引申义却已远不局限于文字形式了，正如西方学者贝维尔在《什么是超文本》一文中指出：“文本的观念已经扩展到绘画、行为、衣着、风景——总之，一切我们附着意义于其上的事物。通常在狭义上，我们用以为例的文本是有着文字的物理存在，然而文本的关键是，它们都具有意义。”[1]

值得注意的是，贝维尔这里所说的对象“有意义”以及“如何具有意义”是问题的关键。为此，我们必须把“文本”和“作品”区分开来才能明其大要。按照贝维尔的说法，对文本唯一可行的分析，就是把文本看作汇聚有不同作品的处所（the site of various works）。这种分析有助于解决关于文本的稳定性以及作者的意向与文本意义之间关系的难题。从一定意义上说，“文本”概念的真正价值是在与“作品”的对比中逐渐凸显出来的。在现代文艺理论和批评体系中，“文本”的地位随着作者、作品和读者三方面关系的演变不断发生变化。在 20 世纪以前，当作者具有诗人雪莱所说的“立法者”地位时，作者的中心地位是相当明显的。文本被认为是作者思想感情的真实记录，作者的真实意图是最重要的，文本只是读者接近作者的媒介。如果说文本是作者让读者猜测的谜语，那么谜底只有作者说了算。

既然文学作品是作者思想感情的表现或流露，那么，对作者生平和思想情感的研究就理所当然地成了文学研究的基本前提。提

[1] ［美］贝维尔：《什么是超文本》，载《国际哲学季刊》2022 年第 4 期。

出文学的产生取决于“时代、种族、环境”三要素的泰纳，曾经形象地把文学作品比作“化石”，认为研究化石无非是为了再现它曾经作为“活物”时的情景，研究文本也同样是为了认识那个“活人”。在这种思想的支配下，作者的身世及其社会背景的研究就变成了文学研究的中心。作品似乎只是通向这个中心的一个路标。因此，作品的渊源，作品与作家、作品与社会等方面的关系变成了文学研究的主要对象，于是，文学研究实际上与史学研究没有本质的区别。

但是，文学毕竟不是历史。早在亚里士多德的《诗学》里就有诗（文学）与历史之区别的详细论述：“史学家叙述已发生的史实，诗人则叙述可能发生的事情。因此，诗较历史更理想、更为重要，因为诗偏于叙述一般，历史则偏于叙述个别。”[1]如果对文学的研究只能以了解作者个人的身世际遇为理解作品的前提，以作者的本来意图为阐释作品意义的唯一标准，那么，文学还有什么普遍意义可言？带着这样一种疑问，俄国形式主义和新批评向传统文学批评发起了挑战。他们抛弃了社会—历史批评家强加在文学身上的种种社会的、历史的意义，把文学看作是一个独立存在的自足体，认为文学作为客体是独立于创造者和欣赏者之外的，而且也是独立于政治、道德和宗教等各种意识形态及上层建筑，甚至还是独立于社会生活的。因此，研究文学应该研究文学作品，研究作品的艺术技巧和手法，研究文学的内在规律。[2]只有把独立的文本作为研究的中心，才能避免传统文论与批评中常见的“意图谬见”和“感受

[1]　亚里士多德：《诗学》，人民文学出版社 1982 年版，第 29 页。

[2]　陈定家：《瑞恰兹与〈文学批评原理〉》，载《江汉论坛》2002 年第 8 期。

谬见”。[1]新批评这种完全无视作者和读者存在的批评观，其偏激与狭隘之处显而易见。

毕竟，文学是由作者、作品、读者共同组成的一个鲜活的整体，割断作品与作者和读者的联系，文学可能就要成为真正的“化石”了。相比之下，以读者为中心的接受美学家似乎又走了另一个极端，他们把读者的地位强调到了无以复加的地步。按照伊塞尔的说法，文学作品从作者的视角看是“艺术的”，从读者的视角看则是“审美的”。艺术的一极是作者的文本，审美的一极则是由读者对“作品的实现”。也就是说，作者所创作的文本在读者将其具体化或“实现”之前，它充其量只能说是一种“潜在的文学作品”。只有在读者的阅读过程中“文学文本”才能转化为“文学作品”。而读者在阅读文学文本的过程中需要克服各种障碍，在不断的“期待”与“回顾”中重建文本的连续性，用想象来“完形”（格式塔）或实现文本的潜能。因此，阅读的“完形”过程，其实就是读者参与文本审美对象和意义生成的再创造过程。不难看出，伊塞尔的研究重点既不是作者，也不是作品，而是在总体性研究原则的基础上，把研究重心转向了读者。毫无疑问，这有助于恢复被形式主义割断了的文学与社会及历史之间的血肉联系，能更深刻、更准确地从全方位和动态中把握文学活动的本质。因此，当不可一世的新批评理论变成众矢之的的时候，

---

[1] 新批评理论家威姆萨特和比尔兹利合写的两篇文章：《意图谬见》《感受谬见》。所谓“意图谬见”，是指“将诗与其产生的过程相混淆……其始是从写诗的心理原因中推衍出批评标准，其终则是传记式批评和相对主义”。所谓“感受谬见”是指“将诗与诗的结果相混淆……其始是从诗的心理效果推衍出批评标准，其终则是印象主义和相对主义”。参见赵毅衡编选《“新批评”文集》，中国社会科学出版社1988年版，第228页。

接受美学和其他一些新潮理论迅速取代了新批评的重要地位。

当以接受美学为理论基础的读者反应批评形成潮流时，“读者”“阅读过程”“反应”“接受”“交流”“影响”等成了文学研究论文中最流行的关键词，“文本”的中心地位已不复存在。其实，古今中外的作家批评家一般都知道读者有多么重要，即便在新批评崛起前后，读者的重要性也没有被遗忘。例如，罗森布拉特在《作为探索的文学》（1938）中，就已明确提出了“文学沟通”的观念，认为作品是通过作者与读者之间的“沟通”来实现的，因此，没有成为阅读对象的作品是没有任何意义的，这就如同马克思所说的没有人居住的房屋不是真正意义上的房屋一样。只有文本所具有的潜在形象和意义在读者的头脑中得以实现之后，文本才会变成作品。

2003 年，笔者和汪正龙等人翻译了伊瑟尔的《虚构与想象》一书，在书的译后记中，笔者写下了这样一段文字：“20 世纪的西方美学和文艺理论，思潮迭起，流派纷呈。…… 在理论风云变幻无定的一百年中，相比较而言，大体上有这样的三种类型仍旧引人注目：（1）主要以作者为中心的‘表现主义’理论，如克罗齐的直觉主义，弗洛伊德的精神分析学，荣格的神话原型理论；（2）主要以作品为中心的‘形式主义’理论，如以雅格布森为代表的‘俄国形式主义’，兰塞姆等人热衷的‘新批评’，以及罗兰·巴特等人倡导的‘结构主义’；（3）以读者为中心的‘读者反应批评’和‘接受美学’等，主要代表人物有英伽登的‘阅读现象学’，伽达默尔的阐释学以及尧斯、伊瑟尔倡导的接受美学。”[1]

---

[1] ［德］伊瑟尔：《虚构与想象》，陈定家、汪正龙等译，吉林人民出版社 2003 年版，第 396 页。

在美学和文学理论的这样一种发展“顺序”中，文本的地位、特征、功能和影响也发生了相应的变化。理论的这种变化自然有多方面的原因，其中文学实践因素往往具有决定性的意义。“只要比较一下十九世纪巴尔扎克式现实主义的小说或雨果式浪漫主义的小说与二十世纪卡夫卡或乔哀斯式的小说，谁都会感觉到现代文学的独特性。巴尔扎克对客观的历史进程的信赖和雨果对人性的期望，在现代作家身上似乎逐渐消失了……莫道作者不是英雄，就连传统作品中的英雄在越来越具讽刺性的现代文学中，也逐渐变矮变小，成了‘反英雄’。二十世纪文论不再那么看重诗人英雄的创造，却强调批评的独立性，乃至宣告作品与作者无关。”“二十世纪形形色色的西方文论如果说有什么明显的总趋势，那就是由以创作为中心转移到以作品本身和对作品的接受为中心……”[1]这种理论上的转变来源于文学实践，又反过来影响着文学的发展。罗伯－格利耶曾经指出，巴尔扎克的时代是稳定的，当时的社会现实是一个完整体，因此，巴尔扎克表现了他的整体性。但20世纪则不同了，它是不稳定的，是浮动的，是让人捉摸不透的，它有很多含义都难以揣测，因此，无论是逃避现实还是面对现实，也不管作者从什么角度去写，结果总会呈现出一种飘浮不定、难以捉摸的时代特性来。

在人类进入21世纪前后，人类精神世界的这种“飘浮不定、难以捉摸”的特性剧烈膨胀起来，并在无中心而多中心的互联网上得到了酣畅淋漓的表现。单从文学写作和阅读来说，在互联网这个无边无主无定的赛博世界里，“唯变不变”的极端化态势越来越明显。

---

[1] 张隆溪：《二十世纪西方文论述评》，生活·读书·新知三联书店1986年版，第5–7页。

由于超文本具有云水一般随物赋形的“完全灵活性”，因此，它能轻而易举地为各种繁杂而奇妙的不确定性提供自由出入文学王国的通行证。相对传统文本而言，超文本对读写的影响是革命性的，它给人类精神生产领域带来了全局性的变革，这种正在快速推进的变革，横向辐射之深远，纵向震动之强烈，可以说都是史无前例的。尽管如此，我们也应该看到，超文本毕竟没有完全脱离文本的行迹，即便是超文本引以为豪的所谓“完全灵活性”，也明显残留着传统文本的印记。

纵观文本发展的历史，从陶塑、骨雕、铜铸、缣文、帛书的文字形态到印刷文本的“粉墨登场”，由“泥与木”到“铅与火”再到“光与电”…… 在经历了一系列的渐变与突转之后，整个“表意”家族正经历着从 A 到 B，即原子（Atom）到比特（Bit）的快速跃迁，一个全新的“超文本”世界轰然洞开。在这里，超文本鼻祖范尼瓦《如我们所想》（1945）中意在借“机”拓展人脑联想功能之“所想”几成现实；克罗齐所倡导的艺术与语言的“同一化”也不再是梦幻，“人人都可以是作家”；雅格布森所谓“支配因素”与“辅助因素”之间的张力空前增长；普通读者也可以像诗人一样在瑞恰兹所描述的各类“冲动”之间建立“稳定的平衡状态”，“写读互动”也成了“博客”们的日常游戏；罗兰·巴特所预言的理想化文本的许多特性基本都已变成诗学常识 …… 但我们也不无遗憾地看到，超文本在催生大众审美狂欢的同时也制造了惊人的文化垃圾。按照超文本理论家乔治·兰道的说法，数字化超文本只不过借助网络技术的帮助，完成了结构主义以来的文本理论家与批评理论家们的设计而已，为超文本提供标志性特点之一的“超链接”（hyperlink）其实并非从天而降的“神赐妙品”，它的核心内容早已存在于巴特、德里达和克里斯蒂娃等人的文本理论之中。它在实现前人梦想的同时也为今人带来了新的难题。目前，中国文论界在这个领域的研究还远未达到国际水准，虽已出现了《超文本诗学》《网络文学本体论》《网络叙事学》等重要著作，但总体上仍处于理论建构的起步阶段。

当然，超文本及其相关研究毕竟只是蓓蕾初放的新鲜事物，从崭露头角到渐成气象都需要一个发展过程。目前已不难看出，随着超文本的日益普及，文学创作、传播与接受正在经受一次前所未有的革命，相关研究也处在风生水起的关口。基于这样一种认识，我们有理由得出一个结论——“超文本是连接历史与未来的桥梁”。虽然目前我们大多数人一时还难以真切地看到太多的动人景观，但如今已很少有人再怀疑，在这个“桥梁”的另一端的确存在着一个精彩纷呈、前景无限却又危机四伏、处处是陷阱的全新世界。

三、“文献宇宙”：超文本隐藏的“秘密”

首先，互联网吐纳天地、熔铸古今的博大胸怀，使超文本具有超乎想象的包容性。照兰道的说法，整个互联网原本就是一个硕大无朋的超文本，它最大的特点就是，能无与伦比地凸显出文本潜藏的“互文性”，使文本之间相互依存、彼此对释、意义共生的潜能得到最充分的呈现或迸发。超文本另一个非同寻常的力量在于，它能轻而易举地将传统文本千年帝国的万方疆土，悉数纳入比特王国的版图。因此，在“具备万物、横绝太空”的超文本面前，任何辉煌灿烂的传统文本都将黯然失色。

我们知道，每一部经典文学作品，都是一个既自足又开放的世界。值得注意的是，与超文本相比，即便是《红楼梦》这样的皇皇巨著也明显有其致命的弱点——形式与内容的双重局限。吴伯凡在《孤独的狂欢》中把专论“超文本”的章节命名为《“超文本”：从“死书”到“活书”》，可谓深得超文本之三昧。他把一切纸媒文本称为“死书”，因为它们不仅装订“死板”、印刷“刻板”、编排“呆板”，从内容上说也万万不及现实社会的生气勃勃、多姿多彩，在不断发展的真理面前它们更显得焦虑无依、进退失据。禅宗的创立者为了避免常青的真理之树因“刻版”而“死于言下”，甚至提出了“不立文字”的极端主张。因此，即便是《红楼梦》一样壮丽的冰山，如果与超文本的浩渺汪洋相较，至少在形式上，也会显得如同一滴水珠那样微不足道。

尼葛洛庞蒂说过：“印刷出来的书很难解决深度与广度的矛盾，因为要想使一本书既具有学术专著的深度又具有百科全书的广度，那么这本书就会有一英里厚。而电脑解决了这个矛盾。电脑不在乎一‘本’书到底是一英寸厚还是一英里厚。如果有需要，一台网络化的电脑里可能具有 10 个国会图书馆的藏书量。…… 即使我把美国国会图书馆的所有书下载到我的电脑里，我的电脑也不会增加一微克的重量。”[1]

“大而无外”的网络空间这种“不知轻重”的品格赋予了超文本无限的延展性，超文本也因此具有无中心、无构造、无主次的灵活多变的特点，显然，这是传统文本向往已久却永难企及的理想境界。按照罗兰·巴特的说法，传统文本也并非一个封闭的孤城，那些被阅读的文本，貌似一个自成一体的小世界，实际上只是为对话提供一个相对静止的场景而已。巴特在《S/Z》中所设想的理想的文本，

[1]　吴伯凡：《孤独的狂欢》，网络版，“超星图书馆”。

就是个网络交错、相互作用的一种无中心、无主次、无边缘的开放空间。文本根本就不是对应于所指的规范化图式，就其潜在的无穷表意功能而言，“理想的文本”是一片“闪烁不定的能指的群星”，它由许多平行或未必平行的互动因素组成。它不像线性文本那样有所指的结构，有固定的开头和明显的结尾，即便作者提笔时文思泉涌，搁笔时意犹未尽，但被钉死于封面与封底之间的纸本至少在形式上是一个相对独立的小世界，全须全尾，有始有终。

传统文本的情况是，有一千个读者就有一千个“哈姆雷特”，超文本的情况要复杂得多：同一个读者也可以读出一千个“哈姆雷特”来。在超文本语境中，古今中外所有的“经学家”“道学家”“革命家”“才子”和“流言家”的知识背景都浑然一体，没有孔孟老庄之别，也没有儒道骚禅之分，希腊罗马并驾齐驱，金人玉佛促膝而谈……一切学科界限，一切门户之见，在超文本世界里都已形同虚设。网络世界的浩瀚无垠，让人联想到黄兴《太平洋舟中》的慨叹：“茫茫天地阔，何处着吾身？”超文本像一个既没有此岸也没有彼岸的大海，承载着无数的舟船，虽然没有故土，却处处都是家园，无尽的连接、无尽的交错、无尽的跳转、无尽的历险……网上冲浪者，就像那汪洋中的一艘船，但他永远不用担心迷失方向。因为，网络备有包举宇内、吞吐八荒的引擎，它总能让人在文本的汪洋中随时准确地找到航道。

其次，超文本使文学得以解放经典的禁锢，冲破语言的牢笼。它不仅为创作、传播与接受提供了全新的媒介，它还让艺术家看到了表情达意走向无限自由的新希望。众所周知，妥善处理思维的多向性与语言的单线性之间的矛盾，一直是白纸黑字的“书面写作”必须跨越的铁门槛。刘勰曾经感叹“意翻空而易奇，言征实而难巧”，陀思妥耶夫斯基也曾深深地体验过“语言的痛苦和悲哀”。而超文本写作则正是一种将“翻空易奇”的千头万绪“网络”为一个整体的制作过程。“文不逮意”似乎不再是作家的心头之患。从这一点看，今天的作家是幸运的，他们找到了“超文本”这一解决传统作家“言意困惑”问题的有力武器。

世界万物之间原本就是一种非线性关系，所谓线性关系不过是非线性关系中的特例而已。现实世界中并不存在纯粹的线性关系，这就如同现实生活中根本就不存在像理论一样纯粹化的直线一样。由于超文本使用的是一种非线性的多项链接，“写读者”[1] 可以随心所欲地在相互连接的节点之间轻快跳转，形形色色的文本在聚合轴上任意驰骋。守着方寸荧屏里这个无限开放的超文本世界，便足以“观古今于须臾，抚四海于一瞬”。

从文学创作的角度看，作者的思绪路径往往是复杂、闪烁、诡变、不可意料的，关于这一点，《红楼梦》或《管锥编》都是生动的例证。从超文本的起源看，人脑本质上就是超文本最初的母本，它是既呈现多姿多彩又符合规律规则的奇妙混合体。可以说，互联网和超文本既是人脑的产物，同时也是人脑的摹本。它们的大多数奥秘都早已在观念和实践的层面悄然地成形于传统文本的潜能中。关于这一点，中外学者的论述繁杂而宏富，例如，法国学者埃德尔曼（G. Edelman）认为，人脑的进化和对语言的运用以及文字的适应是一个十分复杂的问题。“百亿细胞的大脑综合了初级神经元（接收

---

[1] 在超文本系统中，读者成为集阅读与写作于一身的“作者 — 读者”。为此，罗森伯格杜撰了一个新单词“写读者”（wreader）来描述这种超文本阅读过程中“读写界限消弭一空”的新角色。显然，这个新单词是将作者（writer）与读者（reader）两词斩头去尾后拼合而成的。

感官传递的原始信息）、高级神经元（处理信息）和十分复杂的神经元整体（组合信息并通过细胞间的联系进行大脑概括）。人类的特征性既存在于整体系统的总体合成，又存在于单独的自动转化和这一过程中经验（也就是历史）所占的位置。”[1] 文字之于人脑的情形如此复杂，由文字细胞组成的文本与大脑的依存、同构、互动、冲突、变异等复杂关系及其潜藏的奥秘，人类迄今为止的研究还只能涉及其冰山之一角。正如文本的许多特征隐藏在文字的奥秘之中一样，超文本的许多特征实际上大多可以在传统文本中探究其踪迹。

从文学接收的角度看，读者的联想往往也和作者的思路一样错综复杂，千回百转。《红楼梦》（第 23 回）中林黛玉听《牡丹亭》就是经典的例子：黛玉听到“原来姹紫嫣红开遍，似这般都付与断井颓垣”，十分感慨缠绵；听唱“良辰美景奈何天，赏心乐事谁家院”，不觉点头自叹；听了“则为你如花美眷，似水流年”这两句，不觉心动神摇；又听见“你在幽闺自怜”等句，亦发如醉如痴，站立不住，便一蹲身坐在一块山子石上，细嚼“如花美眷，似水流年”八个字的滋味。忽又想起前日见古人诗中有“水流花谢两无情”之句，再又有词中有“流水落花春去也，天上人间”之句，又兼方才所见《西厢记》中“花落水流红，闲愁万种”之句，都一时想起来，凑聚在一处。仔细忖度，不觉心痛神痴，眼中落泪。

在林黛玉的脑海里，“姹紫嫣红”“良辰美景”“如花美眷”“流水落花”等脆弱美丽、清雅虚幻的形象，以互文的形式构成了盘根错节的“超文本”—— 眼前耳边，戏里书外，往日今朝，千头万绪，凑聚

[1] ［法］弗雷德里克・巴比耶：《书籍的历史》，刘阳等译，广西师范大学出版社 2005 年版，第 11 页。

一处。于是她点头自叹，与作者形成了同声相应、同气相求的忘情交流，并渐渐进入如醉如痴的共鸣境界。此时，读者与作者、语言与情感、戏文与诗文、心境与环境、林黛玉与杜丽娘、《牡丹亭》与《红楼梦》…… 样样浑然一体，全然没有分别。至此，“心痛神痴、眼中落泪”的究竟是听《牡丹亭》的林黛玉，还是写《红楼梦》的曹雪芹？抑或是“神痴”于“林妹妹”的读书人？对于一个沉浸于《红楼梦》的读者而言，这一切不过是一团虚幻而杂乱的思绪与情感而已。如此复杂的审美体验，是很难给那些缺乏知识或缺少心境的读者带来应有的艺术想象的。相比之下，网络超文本对经典作品的通俗化、快餐化、图像化、影视化、视频化等，为满足经典文学不同消费层次的需要，提供了多种渠道和途径。“旧时王谢堂前燕，飞入寻常百姓家。”超文本把高雅艺术从贵族的深深庭院带到了大庭广众中间。

更为重要的是，在网络语境中，作为超文本组成部分的每一作品都将“从符号载体上体现文本与文本之间的关系，或者某一文本通过存储、记忆、复制、修订、续写等方式，向其他文本产生扩散性影响。电子文本叙事预设了一种对话模式，这里面既有乔纳森・卡勒所说的逻辑预设、文学预设、修辞预设和语用预设，又有传统写作所没有的虚拟真实、赛博空间、交往互动和多媒体表达”[1]。不仅文学经典平添了多重身份并获得了千变万化的本领，一般作品也可能在无休止的变形改造过程中成为优秀艺术品。

超文本的网络链接，让作者和读者可以在无穷尽的阅读可能性之中肆意游荡。“写读者”如同乘坐洲际旅行的空中客车，可以忽略时间的存在恣意逍遥地穿越天南海北。在网络的登录处，最初的文

[1]　欧阳友权：《网络文学本体论》，中国文联出版社 2004 年版，第 71–72 页。

本或许会如机场的跑道一样清晰，但随着游览眼界的不断扩大，一条条道路渐渐变得模糊起来，作为网上逍遥客，我们究竟“从何而来，向何处去”有时也变得不再十分明确，开始的目的地在缤纷多彩的旅途中已变得无足轻重了，那些曾经魂牵梦萦的城市因尽收眼底而顿时丧失了神秘的魅力。事事变得如此轻而易举，样样得来全不费功夫。

所有神话般的惊人变化，都源于这样一个秘密——“超文本”背后隐藏着一个比特化的“文献宇宙”（Docuverse）[1]。正是凭着这个“思接千载，视通万里”的 Docuverse，超文本才能施展魔法把“写读者”带到一种理想的艺术境界：“刹那见终古，微尘显大千。”

第三，超文本不仅穿越了图像与文字的屏障，弥合了写作与阅读的鸿沟，而且还在文学、艺术和文化的诸种要素之间建立了一种交响乐式的话语狂欢和文本互动机制，它将千百年来众生与万物之间既有的和可能的呼应关系，以及所有相关的动人景象都一一浓缩到赛博空间中，将文学家梦想的审美精神家园变成更为具体可感的数字化声像，变成比真实世界更为清晰逼真的“虚拟现实”。对文学而言，这是一场触及存在本质的革命，那种认为超文本写作不过是“换笔”的说法纯属肤浅的皮相之论，套用麦克卢汉的说法，数字化对文学的影响“不是发生在意见和观念的层面上，而是要坚定不移、不可抗拒地改变人的感觉比率和感知模式”[2]。从这个意义上说，超文本是文学存在本质的易位。作家首先得把数字符号转化为语言

---

[1] Docuverse 是尼尔森自创的新词，由 document（文献）和 universe（宇宙）截头去尾而成。

[2] ［加］麦克卢汉：《理解媒介》，何道宽译，商务印书馆 2000 年版，第 46 页。

文字，其次，文本形态也由硬载体（书刊等）转向了软载体（网络），在电脑中，数字书写和贮存都已泯灭了物质的当量性。

这种转变说明，真正的“超文本文学”只能存活在网络上。如迈克尔·乔伊斯的《下午》、麦马特的《奢华》等就是如此。此外，真正的超文本应该永远处于开放状态，著名的“泥巴游戏”（MUD）其实就是一部永远开放、永未完成、多角互动性的集体创作的小说。多媒体是网络文学可以利用的又一重要资源，它使我们不仅沉浸在纯文字的想象之中，还让我们直接感觉到与之相关的真实声音、人物的容貌身姿以及他生存的环境等，甚至我们还可以与人物一起生活，真正体验人物的内在情感和心理过程。因此，真正的网络文学在叙事方法上与传统文学存在巨大差异。如网络小说《火星之恋》在讲故事的过程中，不断有音乐、图片、视频相伴。在这里，体裁、主题、主角、线索、视角、开端、结局、边界这些传统文学的概念已统统失效。读者只需把鼠标轻轻一点，文本、图像、音乐、视频等数字化军团便呼啸而来，偶有感想，还可以率尔操觚，放开手脚风雅一把，互动一把。

我们只要登录某个文学网站就会看到，不少文学作品都有同名的“电影版”或“游戏版”，这些电影版与游戏版当然是极为不同的，但它们都能极为娴熟地利用先进的数码技术追求声光效果，强化感官刺激，使传统文学的艺术效果在互联网上得到魔幻般的展示和张扬。这种将“声”“图”“文”三个王国完美和谐地归为一统的新媒体技术，在网络问世以前就由影视艺术工作者捷足先登了。但影视艺术对于接受者来说，在时间和空间上都有严格的要求和限制，而在网络世界里，艺术参与者在时间和空间上则拥有更大的“自由度”。此外，网络不仅是文字的理想载体，而且还是声音与画面的极佳载体。在网络上，我们常常可以读到“会说话”“会跳舞”的文学名著。虽然，就目前的情况看，网络上配有音乐和图像的文学作品，在形式上与电视文学作品（如电视散文）没有多大差别，但网上众多相关评论和无数的相关链接，却隐藏着电视所无法比拟的精彩世界。在其他很多方面，网络文学和网络艺术的灵活性和综合性是传统文学甚至传统影视艺术所无法比拟的。还有一点尤其值得我们高度重视，那就是网络技术在影视艺术领域得到了出神入化的运用，并取得了一系列辉煌的成就，这为网络时代文学的生存和发展提供了极为可贵的借鉴。

超文本与超媒体的结合，极大地促进了文学图形化与声像化的步伐。影像作为一种更加感性的符号，它的日臻完美将对书籍——书写文化的保存形式——造成巨大压力，也使文字阅读过程中包含的理性思考遭到剥夺。尼葛洛庞蒂也曾经指出：“互动式多媒体留下的想象空间极为有限。像一部好莱坞电影一样，多媒体的表现方式太过具体，因此越来越难找到想象力挥洒的空间。相反地，文字能够激发意象和隐喻，使读者能够从想象和经验中衍生出丰富的意义。阅读小说的时候，是你赋予它声音、颜色和动感。我相信要真正感受和领会‘数字化’对你生活的意义，也同样需要个人经验的延伸。”[1] 其实，超文本不仅是我们“个人经验的延伸”，作为新兴媒介，它本质上也可以说是“人的延伸”。

[1] ［美］尼葛洛庞蒂：《数字化生存》，胡泳、范海燕译，海南出版社 1997 年版，第 17 页。

第 三 章

横岭侧峰：超文本的多重含义

苏轼的《题西林壁》妇孺皆知："横看成岭侧成峰，远近高低各不同。不识庐山真面目，只缘身在此山中。"有仿造者化句为："远近高低皆有美，横岭侧峰俱为真。能识庐山真面目，只缘身在此山中。"好事者看似与苏轼唱反调，强调"此"情"此"景的"真"与"美"，认为"眼处心生"的现实世界更真实，那种不在"此山中"的"山外人"所想象的"庐山真面目"就一定可靠吗？这类"无头公案"如何破解显然不是我们应该关注的问题。笔者关心的是，究竟应该如何揭示"超文本"这座"庐山"的"真面目"。

苏轼提出"横岭侧峰"的差异性问题，并没有否定"身在此山"的重要性，相反，他尤为重视亲临实地的在场感。其实，在写出《题西林壁》之前，他还写过这样一首五绝："青山若无素，偃蹇不相亲。要识庐山面，他年是故人。"游山如访友，素不相识者自然"偃蹇不相亲"，只有常来常往，成为故交，才能知根知底，才能识别真伪。元好问论诗，认为"图临秦川"最好的办法还是"亲到长安"。毛泽东《实践论》提出"你要知道梨子的滋味，你就得变革梨子，亲口吃一吃"。这些具有方法论意义的观念，对我们认识超文本的"庐山真面目"都具有极为宝贵的启示意义。诚然，就像大多数文学概念一样，"超文本"是一个使用相当混乱的术语。语言应用上的混乱往往是概念内涵不明晰、外延不确定等因素造成的。作为一个新生概念，"超文本"被滥用的情况必然有多方面的原因，限于学识，我们无力深究。

毕竟，依托于网络技术的“超文本”，自其问世迄今，一直处在升级换代的过程之中。对一个正在快速发展的研究对象下定义，这一向是理论研究的难题。虽然我们明知无法给超文本一个准确的定义，但是，“超文本”作为我们的研究对象，对其基本内涵做一些基本设定或界说还是必不可少的，正如研究一列飞速行进的高铁，我们有时也不得不在想象中让其静止不动一样。至少，在笔者心目中，应该对“奔腾不息”的超文本概念有一个相对稳定的学术轮廓。

一、“傍及万品”：“一切文本都是超文本”

在不同语境中，“超文本”具有不同的含义。黄鸣奋先生在《超文本诗学》一书中说：

> 当谈到“超文本是文本”时，超文本被作为文本的一种类型；当谈到“超文本不是文本”时，超文本被作为一种特殊传播手段，区别于一般意义上的文本而存在；当谈到“一切文本都是超文本”时，超文本被作为文本共有的属性；当谈到“超文本是一切文本”时，超文本被作为文本的存在环境。显而易见，“超文本”有多种含义。[1]

不难想见，如何理解“超文本”的确切含义绝不是一个简单问题。从词源学的角度说，超文本这个术语是美国学者纳尔逊（T. H. Nelson）于1965年提出来的。从字面意义看，“hypertext”是由“hyper”与“text”合成。“hyper”是一个古希腊语转化而来的词根，

---

[1] 黄鸣奋：《超文本诗学》，厦门大学出版社2002年版，第261页。

具有“超”“上”“外”“旁”等含义。在纳尔逊的定义中，“超文本”的核心意义是“非连续写作”（non-sequential writing），这与我们通常从阅读的视角来看待超文本有所不同，事实上纳尔逊并没有将“读”与“写”的界限严格加以区分，因为，屏幕上的阅读与写作没有传统读写之间的差异那么大，超文本的读与写，往往是紧密地纠缠在一起的。按照接受美学的说法，即便是传统的阅读，也是一种不动笔的重新“书写”（即“二度创作”）。更何况，屏幕上原本就没有一成不变的文本。

罗伯特·库弗甚至把超文本看作是“书籍的终结”的根本缘由。从本质上讲，“超文本”并不是一种系统，而是一个泛指的名词。在泰德·尼尔森那里，主要是指计算机写作，它为非线性和非有序性空间的叙事提供了可能性，而且，与印刷文本不同，超文本在文本各部分之间提供了多种路径，即所谓“Lexis”（文本各组成部分之间或文本与文本之间的链接）。“Lexis”这个术语是从“前超文本”（pre-hypertextual）时期颇有先见之明的作家罗兰·巴特那里借来的。由于文本互换路径的网络化（相对于印刷文本只能朝一个固定方向翻页的情形而言），超文本提供了一种具有发散性的多样化技术。这种技术有交互功能和“复调”特色，有利于读者对既定文本的多样回应，使读者得以走出作者中心论的陷阱。超文本读者和作者之间是一种“同读或共写”（co-learners or co-writers）的合作/互动关系，读者与作者就像是绘制或重绘文本“地图”的旅伴，这些文本构件并非完全由作者提供。特别值得注意的是，库弗所说的“文本构件”是一个包括视觉、动量和听觉等因素在内的复杂概念。

视觉因素的突现是超文本的一个重要特征。“对超文本来说，多义纷呈是极为流行的事情：作为文本要素的图表，无论是手绘的还是扫描的，都已成为叙述的有机构件，富有想象力的字形变化，已被用于不同声音的识别和情节因素的设置之中。同时，超文本在正规文件中还有许多有效的应用，可见它并非小说所专有，比如统计图表、抒情歌词、报刊文章、电影脚本、随手涂鸦、摄影作品、棒球卡片、盒式记分、字典条目、摇滚音乐、相册封面、天气预报、搭伙游戏以及医疗与警事报告等等，均有超文本大显身手的用武之地。”[1]

在网络或在线语境中，“文本”经典化的确定性业已丧失殆尽。一个在线读写者如何判断、分析、创作出一部常读常新的作品？不再局限于线性书写的叙述之流又究竟何去何从？这些过去别无选择的事情，现在都成了在线读写者必须面对的问题。由此，库弗重点讨论了超文本这样两个特征——不确定性和非完整性。

所谓“不确定性”，即超文本解构了传统文本不可移易的确定性。“是的，叙述之流仍在继续，但是在缺乏维度的无限广阔的超空间里，叙述之流更像是无边扩展的气浪；它冒着丧失向心力的风险四处张延，传统文本的经典化的确定性被一种静态而廉价的抒情性所取代，这种抒情性是早期科幻电影所表现的在大气中梦游的失重感觉。”[2]这就是说，在线写作首先颠覆了传统文本白纸黑字式的确定性。

所谓“非完整性”，即在超文本语境中，传统文本的完整性已经不复存在。读者要求文本具有连贯性和完整性，而文本则天然具有反完整性的叙事延展性冲动，在这种意义上说，“所谓完整性，实际

[1] 在这里，超文本是作为一种技术被应用于各种艺术文本和应用文本之中的。[美]罗伯特·库弗《书籍的终结》，陈定家译，载《南阳师范学院学报》2007年第2期。

[2] [美]罗伯特·库弗：《书籍的终结》，陈定家译，载《南阳师范学院学报》2007年第2期。

上就意味着文本的终结，于是，读者与超文本之间的矛盾就这样出现了。的确，在这种情况下，完整性便成了一个难解之谜。如果一切都处在无尽的变化过程之中，那么，无论是作为读者还是作为作者，也不管是写作或阅读，我们的工作岂不是永远没有完结的时候？如果作者可以自由地在任何地方任何时候、随心所欲地向任何方向发展故事，这岂不是太不负责任了？毫无疑问，这将是未来的叙事艺术家们，甚至包括那些固守传统印刷技术的艺术家们所面临的主要问题。完整性或封闭性过去就一直是一个主题，—— 难道不是吗？在文学的黎明时期，当《吉尔迦美什》被印在切开的泥板上的时候，完整性就是一个主要问题，当《荷马史诗》在 26 个世纪之前被革新技术的希腊文学家写在纸莎草上时，完整性就已然是一个主要问题”[1]。

当然，超文本作为一个全新的独一无二的环境还具有许多其他方面的特征。“以超文本工作的艺术家也只能获得超文本读者的理解，并很可能在超文本里接受评判与批评。文学批评也如同小说一样，正在告别书页向网上迁移，批评本身向来就容易产生思想与文本的变化。流动性、偶然性、不明确性、复数性、不连贯性等是今日超文本的热门词汇，它们似乎很快就会成为原理，就像爱因斯坦的相对论取代了牛顿的经典力学一样。”[2]

有些学者将超文本与超媒体的概念严格区分开来，这种严谨的治学态度固然可取，但于解决问题并无太多助益。我们知道，纳尔逊提出超文本概念的时候，超媒体还只是一种构想。因此，在这个

[1] ［美］罗伯特·库弗：《书籍的终结》，陈定家译，载《南阳师范学院学报》2007 年第 2 期。

[2] ［美］罗伯特·库弗：《书籍的终结》，陈定家译，载《南阳师范学院学报》2007 年第 2 期。

概念的首倡者那里，图像与声音是与超文本无缘的。但是，随着计算机技术的发展，超文本的内涵也悄然发生了变化，声音与影像也在不经意间渗透到了超文本的领域之中。

值得注意的是，权威的《牛津英语词典》(1993)在解释超文本概念时只是把图像写进了词条的解释之中："一种并不形成单一系列、可按不同顺序来阅读的文本，特别是那些让这些材料（显示在计算机终端等）的读者可以在特定点中断对一个文件的阅读以便参考相关内容的方式相互连接的文本与图像。"声音文件被排斥在外。

按照英国彼得·科林公司出版的《多媒体词典》(*Multimedia Dictionary*)的定义：超文本(hypertext)即"组织信息的系统。文档中的某些关键词连接到其他文档或把用户带到书中其他位置，或当用户选择热字时显示有关的文本"。在这个简洁的定义中，有这样几个相关概念必须得到进一步解释。首先是"热字"(Hot word)。按照该词典的解释，所谓"热字"，是指"显示文本中的字，当把光标移动到它的上面或用户选择它时，会自动执行一定的操作。通常以不同的颜色显示，用来解释复杂的词或建立文本之间的连接"。[1]

与连接相关的重要概念是"超连接"(Hyperlink)。所谓"超连接"是指"在多媒体书籍中与页面上按钮或关键词相关联的一系列命令，把它连接到其他页面，当用户单点击按钮或关键词时，超连接把用户带到连接的目的地址或显示连接的目的页面"。除此之外，我们还要引用另外两个重要概念：一个是超媒体(Hypermedia)，即能够显示图像和播放声音的"超文本文档"；另一个是"文本置标语

---

[1] [英]S.M.H. 科林编著：《英汉双解多媒体词典》，世界图书出版公司北京公司 1997 年版，第 134 页。

言”（HTML，hypertext markup language），用于定义超文本文档的标志符，一般用于定义 Internet 上 World Wide Web 屏幕显示，与 SGML（Standard Generalized Markup Language）类似，例如，代码“〈p〉”表示新的段落，代码“〈b〉”表示加粗显示。

根据专家的说法，HTML 事实上是 SGML 标准的一种应用。SGML 本身是用于描述结构化文档的通用置标语言，可用于各种类型的电子出版，用作不同文档处理系统之间进行数据交换的中间描述语言。它于 1986 年成为国际标准（ISO8879-1986）。为了行文方便，目前学术界大多数讨论超文本的文章对以上几个相关概念并没有做严格区分，广义的超文本概念，实际上包含以上“相关概念”所涉及的所有内容。本文未作特别说明时，照惯例使用广义的超文本概念，此外，本文还将科林的“连接”一律写作“链接”。关于超文本是否包括超媒体的问题学界有不同看法。考虑到超媒体是一个导源于超文本且在学术研究中使用得越来越广泛的重要词语，超媒体自然具有自己独特的内涵。但是，随着广义的超文本概念越来越被普遍接受，超文本与超媒体之间的区别在宏观研究过程中似乎没有严格区分的必要。如前所述，早期超文本是与图像和声音无缘的，但是后来图像成了超文本的重要内容，就像《牛津英语词典》所定义的那样。今天，许多研究超文本的学者，理所当然地把音频文件看作超文本的组成部分。例如，著名学者黄鸣奋先生在《超文本诗学》等一系列著作中说到，都将声音文件看成是超文本的重要组成部分。

就笔者个人而言，比较赞同将超文本因素看作一系列数据或数据库的观点，只有将超文本所能应用和调动的各种数字化因素看作其组成部分，超文本的这个“超”字才显得名副其实，因此，笔者有时候也把视频文件纳入超文本研究的视野，例如目前流行的大量使用视频文件的网络恶搞。这种文化现象也许属于影视文化研究者的地盘，但是，以艺术生产的视角观之，许多网络“恶搞”实际上完全可以看作是一种“视频文学”。西方学者施奈德曼就认为，超文本是一种有着活跃的交叉参考的数据库，他主张将“超文本”和“超文件”“超文本系统”加以区分。“超文件”指的是一种信息的内容，包括信息的项目（节点）以及它们之间的联系（链接），而不管是用什么系统从事阅读与写作。“超文本系统”是指一种可用来阅读和写作的“超文件”的软件。“超文本”是包含了“超文件”的超文本系统。根据德·布拉的这种观点，整个万维网（WWW）实际上是一个巨大的超文本。[1]

概而言之，早期的超文本系统是指一种非连续性的文字信息呈现方式，它利用链（Link）将非线性分布的结点（Node）上的信息相联结，形成具有相关性的信息体系。链的外观表现为字串，是文章的一部分，读者在浏览时可顺着“链接交叉”参考其他文章（即结点），超文本是以非顺序的、随机的访问方式安排的文件。广义的超文本是一组可供读写者灵活地交叉互动的数据库。[2] 美国学者曼纽尔·卡斯特认为，超文本这个神秘的魔盒，体现了信息时代文化传播最创新的思维方式。以超文本为标志的新兴通信方式的出现，实际上是一种新的文化的出现，它可以被同时发生的五个过程证明。

---

[1] 黄鸣奋：《超文本诗学》，厦门大学出版社 2002 年版，第 13 页。

[2] 超文本几个常用词语的基本意义：1. 节点（node）：超文本的基本信息单元，用于存放信息。2. 链（link）：超文本中标识信息节点之间的实体叫作链。3. 锚（anchor）：“链”的终点，可以设置在任何节点的任何位置上。链通过锚链接节点。4. 热区（hot spot）：在节点内以特殊方式（如高亮、变色等）显示，并且链有信息的区域。如这个区域的一个词，有时也叫它热字（hot word）。5. 浏览（browse）：用户根据自己的意愿和信息之间的关系看信息的活动。6. 跳转（jump、go to）：从一个节点转移到另一个节点的操作。

这五个过程包括：第一，集聚。将艺术形式与技术结合成表达的混合形式。第二，互动。用户直接操纵和影响他的媒体经历的能力，以及通过媒体与其他用户通信的能力。第三，超媒体。将独立的媒体彼此连接起来，创建一个个人的联系。第四，侵入。进入三维环境模拟的经历。第五，叙事。美学和形式上的策略，来自上述的概念，导致了非线性的故事形式和媒体演示。在卡斯特看来，超文本是一个真实的互动系统，在其中所有字节和文化表达都通过数字交流和电子操作。现在、过去及将来，在它们所有的表现中，超文本都能够共存并且被重新组合。这在因特网时代在技术上是可行的。[1]

必须强调的是，我们将超文本和超媒体概念不加区分使用纯粹是对约定俗成的一种妥协。在超文本的非线性网络结构的基础上，将图形、图像、视频、音频以及动画等多种媒体信息集成在一起，于是就产生了“超媒体”技术。因此，有一种观点认为：“超媒体”=“超文本”+“多媒体”。不过，从多媒体计算机技术飞速发展的前景看，仍然以单纯的文本为中心的超文本，因其“超而不越”，导致其用途极为有限，而结点中包含多种媒体信息的超媒体即“超而越之”的“超文本”则获得了越来越广泛的应用。在实际应用过程中，人们通常把超文本和超媒体这两个概念统称为超文本技术。

二、人类心灵：“理想的超文本模型”

值得注意的是，当我们将相互链接的数据看作“超文本”时，

---

[1] ［西］曼纽尔·卡斯特：《网络星河》，社会科学文献出版社 2007 年版，第 216–218 页。

这个概念流行的文化背景表面上看，似乎是人们常说的“数字化生存”。但是，为了更好地理解和运用“超文本”技术，人们并不满足于这种显而易见的关联。因为，任何有生命力的事物都不可能是无源之水或无本之木，因此，许多研究者在超文本流行起来以后，便开始从不同途径寻找它得以形成和壮大的最初根源和发展轨迹。例如，有人从先锋派文学实验中寻求原因；有人从词典和百科全书的发展历程中查考线索；也有人从古代经书的多级注解方式中挖掘理论依据；甚至还有人从司马迁写《史记》时使用的“互见法”看出了超文本产生的思想萌芽。

在讨论博客时，有人认为博客和超文本理念甚至可以追溯到古代犹太人的法典《塔木德》。（吴伯凡《博客与“蝴蝶”——对博客现象的管理学分析》）“这是一种看起来多少有些奇怪的法典。表面上，它由正文与后人的注释两部分构成，但两部分具有同等的法律效力，两部分互为正文和注释。而且，注释也是多层次的，包括对注释的注释，对注释的注释的注释……《塔木德》的特点就是：它是一种开放的文本而不是一本‘只读文本’；原创者（立法者）与再创者（法律的解释者）只有先后之分，但在权威性上没有差别，从而出现了一种泛作者和泛读者化倾向；《塔木德》的所有作者组成了一个非共时性的知识共同体，使一部法律在时间中不断优化、升级。”

如果一定要把数千年前犹太人的经书和当代时髦的超文本联系起来，借用《圣经》中上帝造人的说法大约是最省事的方式了，当然，作为一个无神论者，笔者更相信达尔文的生物进化论，所以，在将上述两种看似风马牛不相及的对象相提并论时，我们还是从人类自身说起，因为，将《塔木德》和超文本紧密联系在一起的正是人类的脑神经。在某种意义上说，人脑沟壑纵横、立体化、网络式的思维器官，几乎就是一个天然的理想的超文本“模型”。事实上，正是人类奔放不羁的思维方式启发了超文本的构想。也正是在这一点上，唯物主义和唯心主义至少有了貌似一致的公共立场：在超文本出现之前，人脑中就已经“先验地”存在着一个“理想的超文本模型”。

人类文化只存在于人类的心灵中，这通常与人类的身体相连。因此，如果我们的心灵有可能接近文化表达的所有领域，并选择它们，重新组合它们，我们就有了一个超文本：这个超文本是内在于我们的。或者更确切地说，它在我们的心灵中，能够重新组合，并且在我们心灵中能够理解所有超文本的组成部分，而这些组成部分涉及文化表达的许多领域。因特网使我们能够做得更加精确。不是多媒体，而是因特网的中间可操作性可以接近并重新组合所有种类的文本、图像、声音、寂静和空白，包括封闭在多媒体系统内的符号表达的所有领域。所以超文本不是运用因特网为媒介到达我们所有人的多媒体系统产生的。相反的，它是我们生产的，利用因特网在多媒体世界和之外吸收文化表达。这实际上是泰德·内尔森的“世外桃源”明确表达的，也是我们所应该理解的。[1]

如果从人类文化传播史的视角考察文本发生发展的嬗变轨迹，我们不难发现，人类可认知的历史，其实主要是不同形态的“文本”所呈现的历史。当文本处在陶塑、骨雕、铜铸、缣文、帛书的初级形态时，不同形态的文本就如同远古时期老死不相往来的村落，孤立

[1] ［西］曼纽尔·卡斯特：《网络星河》，社会科学文献出版社 2007 年版，第 218–219 页。

自足地散布于荒凉的大地之上，它们彼此之间长期没有太多实质性的联系。随着社会群体数量的增加，社群活动范围的逐渐扩大，形形色色的文本数量也相应地得到了快速增长，当手工缮写已无法满足人们对文本的需要时，印刷文本便“粉墨登场”了。蔡伦的造纸术和毕昇的活字印刷术，为文本的批量生产创造了条件，从此，人类建立起了一个长达千年且辉煌无比的文本帝国。这期间，文本复制经历了泥版、木版到铅版的多次变革，到 20 世纪末，又由“铅与火”的印刷发展到了今天“光与电”的复制 …… 在经历媒介载体漫长的渐变和急促的突转之后，各文本之间的复杂联系也发生了一系列的渐变与突转，在人类突然转入“数字化生存”之境的过程中，文本世界也在风驰电掣地加速 A（原子）到 B（比特）的跃迁。

当量如恒河沙数的文本以惊人的速度涌入网络世界时，形形色色的文本所隐含的多种多样的特性纷纷开始显现出来。当文本获得了超越传统线性叙事的能力时，不再局限于单向度叙事的文本，也能如同思想情感一样具有“翻空易奇”的灵活性，过去“征实难巧”的文本仿佛插上了翅膀，终于有可能与人类的想象比翼翱翔了。因此，在超文本世界里，克罗齐所倡导的艺术与语言的“同一化”已不再是美学家们的梦想，在文学超文本中，雅格布森所谓“支配因素”与“辅助因素”之间的张力空前增长，二者的和谐互动极大地增强了文本的自主性。由于文本通过“超链接”可直指自身隐含的“价值观”与“历史观”，普通读者也可以像诗人一样在瑞恰兹所描述的各类“冲动”之间建立“稳定的平衡状态”。正如许多西方学者所指出的，在超文本语境中，巴特所预言的理想化文本的许多特性基本都已变成了现实，克里斯蒂娃所构想的“互文性”特征以及德里达论述的解构阅读的特点，在网络化的超文本世界里都已变成了基本常识。如前所述，数字化超文本只不过借助网络技术的帮助，完成了结构主义以来的文本理论家与批评理论家们的设计而已，为超文本提供了标志性特点之一的“超链接”亦非“神赐妙品”，其实，它的核心内容早已存在于巴特、德里达和克里斯蒂娃等人的互文性理论之中。

无论从什么途径寻找超文本的发生学因由，我们都不能忽略这样一个事实，即超文本真正崭露头角是 20 世纪下半叶的事情，只是到了世纪之交它才逐渐显现出兴盛的气象。“它适应了人类处理数量日益巨大的各种信息的需要，与后现代主义的氛围相投契，又有日新月异的计算机技术为之推波助澜，万维网更是替它插上了腾飞的翅膀。因此，电子超文本几乎是顺理成章地成为时代的宠儿。电子超文本正在迅速进入我们的生活。使用 Windows 操作系统的人几乎都用过它的帮助文件，欣赏过多媒体光盘出版物的人或许曾为其声情兼备、图文并茂的特征所倾倒，上了万维网的人则尽可以领略在信息海洋中‘冲浪’的情趣。在上述场合，我们都受益于超文本。”[1] 正是基于这样一种认识，我们才有充足的理由得出这样一个结论 —— 超文本是连接历史与未来的桥梁。虽然目前我们大多数人一时还难以真切地看到太多的动人景观，但如今已很少有人再怀疑，在这个“桥梁”的另一端的确存在着一个精彩无限的新世界。

说到超文本的历史，我认为有几位先驱是人们不应该忘记的。第一位是美国早期计算机科学家范尼瓦 · 布什，他是计算机界公认的超文本鼻祖。早在 1945 年，这位布什先生发表了一篇题为《如我们所想》（*As We May Think*）的文章，他认为应该创造一种设备，用于

[1]　黄鸣奋：《超文本诗学》，厦门大学出版社 2002 年版，第 10–11 页。

存贮书籍、文章、照片、信件等信息，并且用户可以以一种类似人脑的联想思维法快速、方便地查到这些信息。他还把这个想象中的机器（Memory extender，存储扩充器）命名为“美美克斯”（Memex）。在布什心目中，“美美克斯”与其说是一种工具，还不如说是一种方法，它应该使任何一条信息都具有召之即来的灵活性，并可以快速切换到另外的相关信息。这种看起来特别复杂的事情，实际上不过是重复这样一个简单的过程而已，即将两条信息自动连接到一起。换个角度说，在《如我所想》中，范尼瓦·布什呼唤在人的“活动的”思维和人类积累的“固定的”知识之间建立一种全新的互动关系，这正是“超文本”的核心思想。因此，当代网络文化批评者把布什说成是超文本的鼻祖。事实上，今日大行其道的“超文本”概念也确实萌芽于布什这篇发表于半个世纪之前的文章。尽管他的天才想法在当时还只能停留在“纸上谈兵”的层面，但他这一先知般的预见，却给研发“超文本”的后继者提供了重要的思想武器。

然而，真正赋予超文本以生命的是美国另两位科学家——道格·英格尔伯特（Doug Engelbart）和泰得·纳尔逊（Ted Nelson）。美国斯坦福研究院的道格·英格尔伯特将布什的思想付诸实施，他开发的联机系统 NLS（oN-Line System）已经具备了若干超文本的特性。英格尔伯特从人机交互问题入手，创设了一个叫“扩展人类智力”的项目。这个项目的目的是开发一个计算机系统来帮助人类思维，也就是要找到使用计算机解决复杂问题的方法。他认为用传统的计算机系统几乎解决不了这个问题。1963 年，英格尔伯特发表文章《扩展人类智力的概念性框架》阐述了他的思想。1968 年，他在一次计算机科学家的交流会上演示了他的部分研究成果——NLS（oN-Line System 联机系统）。NLS 系统已经具备了若干超文本的特性。它可以用于管理研究人员的文章、报告和备忘录等。数据项达到10万多条。

自20世纪60年代以来，超文本系统的研究与开发一直在阔步前进。早期比较著名的超文本系统有美国布朗大学在1967年为研究及教学开发的“超文本编辑系统”（Hypertext Editing System）。有资料表明，这是世界上第一个实用的超文本系统。此后不久，布朗大学又于1968年开发了第二个超文本系统——“文件检索编辑系统PRESS”。专家们认为，这两个早期的系统已经具备了基本的超文本特性：链接、跳转等，不过用户界面都是文字式的。

超文本编辑系统问世之后十多年，能够将图片自由链接到用户界面的“超媒体系统”才研发成功。有媒介文章介绍说，1978年，美国麻省理工学院开发的“白杨树镇电影地图”（Aspen Moviemap，简称Aspen）是最早的超媒体系统。这个系统使用了一组光盘，光盘里存有白杨树镇所有街道秋、冬两季的图像以及一些建筑物内部的照片。所有图片都按相互位置关系链接。用户使用Aspen时，可以在全镇漫游，甚至浏览建筑物的内部。

大名鼎鼎的Intermedia（1985）也是布朗大学开发的超文本系统，罗伯特·库弗在撰写《书籍的终结》时，这个系统仍在使用中。这个系统是为教学应用而建立起来，因此，它也曾经是布朗大学众多超文本小说爱好者乐而忘返的娱乐中心。与同年开发的Note Cards系统相比，Intermedia的优越性相当明显，前者只能在施乐的Lisp机器上运行，而后者的每个用户既可以在界面上自由建立链接，随意添加批注，还可以保留自己的私有版本。

20世纪80年代流行的超文本软件还有Symbolics工作站联机手册SDE（Symbolics Document Examiner）。它的超文本版本有1万个节点和2.3万条链，足足占据10M存储空间。英国肯特大学开发的 Guide 也有一定影响力。直到今天，Guide 的升级版仍旧是世界软件市场上举足轻重的超文本创作工具之一。当然，80 年代末期，世界上最流行的超文本系统当推 Hyper Card。从 1987 年到 1992 年，Apple 公司把 Hyper Card 软件作为销售计算机的赠品，出人意料的是，这一商业促销行为，不仅使 Hyper Card 软件大为流行。而且还使超文本的基本概念得到了普及化推广，并真正使超文本从专家研究阶段进入了大众使用阶段。

不过，相对成熟的开放超文本系统的建立还是 20 世纪 90 年代的事情。90 年代比较流行的是丹麦计算机专家开发的超媒体系统 DHM（DEVISE Hyper Media），美国加州大学信息与计算机科学系开发的 Chimera 系统，英国人开发的 Microcosm 系统等。其中，Microcosm 不在信息上强加任何标志，所有的数据都可以自由访问、编辑。应用系统还可以建数据库。所有与链接有关的信息都被储存在 Microcosm 指定的链库中。

三、理想文本：“闪烁不定的能指的群星”

超文本是自然科学家提出的一个概念，它作为一种以非线性为特征的数据系统，明显属于数学范畴。这里所谓“非线性”就是一个专业化的数学术语。它指两个量之间在笛卡尔坐标上没有呈现出正比那样的“直线”关系。自然科学和工程技术中有许多问题都要用到非线性的数学模型。例如，采用了非线性模型以后，可以说明为什么同一个前提会导致几种不同的后果，可以说明什么时候两种效应不能“叠加”（superposition），这两种现象会怎样彼此影响、发生“耦合”作用。自伽利略、牛顿时代精确自然科学起步开始，非线性问题就日渐成为科学家关注的对象，例如，伽利略研究过的摆和牛顿研究过的天体运动，这些都是非线性力学中的典型问题。前些年学术界颇有影响的“三论”——普里高津（I. Prigogine）的耗散结构论，哈肯（H. Haken）的协同论，以及托姆（R. Thom）的突变论也都属于非线性科学的范畴。20 世纪 80 年代，这些自然科学理论都曾不同程度地在社会科学领域展现过各自的风采，在所谓“方法年”（1985）前后，“新三论”和“旧三论”[1] 俨然成了社会科学引领风骚的前沿理论。现在看来，这些理论能够如此自由地跨越学科疆域，这在很大程度上与其“非线性”特征是分不开的。

在超文本理论体系中，所谓“非线性”指的是非顺序地访问信息的方法。由于构成超文本的基本单位是节点，而节点又可以包含文本、图表、音频、视频、动画和图像等因素，因此，超文本包含文本、图表、音频、视频、动画和图像等因素似乎也是顺理成章的事情。毫无疑问，当各节点还不能通过广泛的链接建立相互联系时，单一线性联系必然无法应对信息爆炸的局面，于是打破时空顺序的非线性链接便成了信息得以及时传播与回馈的必然趋势。

世界万事万物之间的关系原本就是一种非线性关系，所谓线性关系不过是一种特殊的非线性关系而已。现实世界中并不存在纯粹的线性关系，这就如同现实生活中根本就不存在像理论一样纯粹化的直线一样。由于超文本使用的是一种非线性的多项链接，用户可以随心所欲地在相互连接的节点之间跳转，在一个无限开放的超文本世界里，过去被封闭于森严壁垒中的“大观园”变成了一个任人

[1] 系统论、信息论（或讯息论）、控制论三者俗称“旧三论”，耗散结构论（dissi-pative structure theory）、协同论（synergetics）、突变论（mutation theory）俗称为“新三论”。

观光的公共空间，“观古今于须臾，抚四海于一瞬”。形形色色的文本在聚合轴上获得了无限扩展的可能性。

超文本这种没有边缘，永无尽头的延展性，无中心、无构造、无主次的灵活多变的特点，都是传统文本向往已久却永难企及的理想境界。按照罗兰·巴特的说法，传统文本也并非一个封闭的世界，那些被阅读的文本，貌似一个自成一体的小世界，实际上那只是为对话提供一个相对静止的场景而已。巴特在《S/Z》中所设想的理想的文本，就是众网络交错、相互作用的一种无中心、无主次、无边缘的开放空间。文本根本就不是对应于所指的规范化图式，就其潜在的无穷表意功能而言，“理想的文本”是一片“闪烁不定的能指的群星”，它由许多平行或未必平行的互动因素组成。它不像线性文本那样有所指的结构，有固定的开头和明显的结尾，即便作者提笔时文思泉涌，搁笔时意犹未尽，但被钉死于封面与封底之间的纸媒文本至少在形式上是一个相对独立的小世界，全须全尾，有始有终；即便在超文本中，对于某一单个文本例如小说《金碗》来说，它就如同童庆炳先生所说的，与传统文本没有什么区别，自然是一个有头有尾的整体。但是，就整个超文本世界而言，《金碗》只不过是撒哈拉的一堆沙子和太平洋上的几朵浪花。它们与别的尘埃组成沙漠，它们与另外的水珠组成海洋。因此，当《金碗》作为超文本的一个节点时，它已不再是传统意义上的一篇小说了。诚然，作为传统文本的《金碗》自然可以一字不差地呈现于读者的界面，但是，那只是超文本《金碗》的万千阅读形式中的一种。传统文本也许有“一千个读者会读出一千只《金碗》”的说法，超文本的情况则更是复杂得多：“同一个读者，也可以读出一千只《金碗》。”毫无疑问，超文本的《金碗》已远远不再是小说《金碗》了。

福柯在《知识考古学》中指出，书的物质单位同书支撑的话语单位相比只是一个无力的、次要的单位，而这个话语单位又是非同质的，因而也是不能统一使用的。例如，一部司汤达的小说或一部陀思妥耶夫斯基的小说的各自差异不同于《人间喜剧》诸篇的各自不同，而《人间喜剧》中的各不相同的诸篇又相异于《奥德赛》《尤利西斯》之间的差异。这是因为书的界线从来模糊不清，从未被严格地划分。在书的题目、开头和最后一个句号之外，在书的内部轮廓及其自律的形式之外，书还被置于一个参照其他书籍、其他文本和其他句子的系统中，成为网络的核心。然而，这种参照的游戏与我们所涉及的数学论著、文本评论、历史叙述、小说叙事中的插曲相比，不是同形的。无论在这儿或在那儿，书的单位即使被理解为关联的一束，它仍不能被认为是同一性的东西。书籍枉为人们手中的物品，白白地蜷缩在这小小的将它封闭的平行六面体之中，它的单位是可变和相对的。当有人问及它时，它便会失去意义，本身不能自我表白，它只能建立在话语复杂的范围基础上。[1] 可见，被阅读的文本的意义总是在与其他书籍、文本和语句的参照系统中呈现出来的，任何文本都不过是文本潜在的巨型网络中的一个节点而已。

一个“胸藏万卷书”的读者，在阅读一部作品时，他所接受与理解的“言外之意”必然要比一个胸无点墨的读者复杂得多、丰富得多。同样满腹经纶的人同读一部《红楼梦》，却因“胸中书卷”不同而产生鲁迅所说的巨大差异：见易、见淫、见排满、见缠绵、见宫闱秘事……因人因事而异，因时因地不同。

---

[1] ［法］福柯：《知识考古学》，谢强、马月译，生活·读书·新知三联书店1998年版，第26–27页。

在超文本语境中，古今中外所有的“经学家”“道学家”“革命家”“才子”和“流言家”的知识背景都混合一体，没有孔孟老庄之别，也没有儒道骚禅之分，希腊罗马并驾齐驱，金人玉佛促膝而谈……一切学科界限，一切门户之见，在超文本世界里都已形同虚设。互联网世界的浩瀚无垠，有时正如《太平洋舟中》的黄兴一样虽心连广宇却难识归程：“茫茫天地阔，何处着吾身？”况且，超文本如同一个既没有出口也没有门墙的“超级迷宫”，只有无尽的连接、无尽的交错、无尽的跳转、无尽的想象……网上冲浪者，的确有些像那汪洋中的一条船。因此，“网络读写者”在进行超文本阅览时，面对如此纷繁复杂的选择，作为“用户”的“写读者”在乱花迷眼的山重水复之“迷宫”中，出现形形色色的“迷路”问题几乎是不可避免的事情。

事实上，“迷路”（get lost）一开始就是超文本系统中一个使用频率较高的专有名词，用以描述超文本写读过程中思维与界面相脱离的状况。在浏览过程中，由于写读者在不同界面之间进行过多次的游移和跳转，他 / 她突然“迷路”了：我从哪里来？我要到哪里去？何以来自所来？何以去其所去？下一步该怎么办？读写者没有了主张，迷失了方向，这是超文本阅读过程中极为常见的事情——方位迷失（disorientation）。按照专家伊尔姆（Elm）的说法，这种“迷路”主要有三种情况，即不知道自己现在的位置、不知道自己要去哪儿、知道自己要去哪儿但是不清楚怎样通达。另一位科学家福斯（Foss）认为，除了上述三种情况，常见的超文本迷路至少还有以下四种情形：第一，到达既定的地点，但是不清楚自己到达的原因；第二，绕道后忘记返回；第三，忘记自己的绕道计划；第四，忘记哪些部分曾经阅览过。在此基础上，福斯对于迷路问题进行了分类。（1）内嵌的绕道问题（Embedded Digression Problem）。用户阅览时，由于超文本提供的选择空间过大，用户偏离既定的道路。（2）博物馆现象（Art Museum Phenomena）。用户无休止地在超链接之间跳转，忽略对超文本内容的阅览，从而使用户不能掌握系统的内容和结构。也就是说，在通常情况下，超文本阅览中的迷路问题，主要是指用户对于自己位置的不确定，以及对于自己的阅览历史和阅览计划的模糊。对于文档结构，而不是对于信息内容的陌生是导致迷路问题的主要原因。

不难看出，非线性的超文本交互系统是由用户、任务、界面组成的一个复杂的人机交互系统，超文本系统信息量大，强调用户对阅览进程的自主控制，用户在享受超文本非线性的丰富多彩和自由便捷的同时容易出现迷路、遗漏等问题。根据目前相关研究的新成果，超文本在未来相当长的时期内，都将一直处于一种持续发展和不断完善的过程中。有专家提出，系列化组织文本，合理设计节点和超链接，结合使用导航工具，是提高用户阅览绩效和舒适度的有效手段。[1]

[1]　沈模卫、崔艳青、陶嵘：《超文本阅览中的人的因素》，载《浙江大学学报》2002 年第 3 期。

第四章

同出异名：超文本与互文性

罗兰·巴特始终用“网”“网络”等术语描述他心中的一种文本性理念，这种与正典“著作”形成对照的文本“完全是由引文、参考资料、重复以及文化语言编织而成……它们以一种宏大的立体音响形式，反反复复穿越其中”[1]。这里强调的是，文本是一种引言和语义增长所组成的无边际的结构。这种观点完全适合于描述超文本的“连接性”，许多批评家都采纳了罗兰·巴特的这些术语，但批评家们几乎无一例外地只用于同印刷文字相关的语境之中，且主要用来描述现代文本之间的“连接性”。在对超文本和后结构主义的关系的描述方面，著名批评家乔治·P. 兰朵的一些观点颇值得注意。他提出：“批评理论有望对超文本进行理论化，而超文本也有望体现并因此验证理论的诸多层面，特别是那些与文本性、叙事以及读者和作者的角色或功能有关的层面。”[2] 从这个意义上讲，超文本就如同一个理论检验的实验室，可以对许多始终滞留于概念区域的文学理论加以检验，并能把有关文本的种种奇思妙想充分“连接”起来。

我们在讨论超文本的“迷路”问题时，搁置了一个重要的方面，即用户的身份问题。这个看似简单明了的问题，实际上隐含着许多

---

[1] ［美］迈克尔·格洛登、［美］马丁·克雷斯沃思、［美］伊莫瑞·济曼主编：《霍普金斯文学理论和批评指南》，王逢振等译，外语教学与研究出版社 2011 年版，第 793 页。

[2] 同上。

剪不断理还乱的学术谜团。例如，互联网自主性的增强，并没有像某些技术乐观主义者所言的那样，使“迷路”问题得到了合理解决，事实恰恰相反，与“我们从哪里来”“我们到哪里去”密切相关的“我们是谁”的问题，在超文本世界里反倒变得异常突出。首先遇到的问题是，读者与作者身份的模糊，这使得文本的意义变得更加暧昧不清，更加千头万绪，更加无法确定。“全新意境的创造之外，超文本能提供读者多重路径选择的事实，也催生了新型的多向阅读行为，同时给传统读者和作者的身份定义带来冲击。依据乔伊斯的看法，晚期印刷时代的文本面貌（topography）已遭颠覆，阅读是依设计而进行的，因此文本所能呈现的多种可能，跟读者进行意义创造和故事组合的复杂程度相关。电子多向文本的面貌是经由读者的路径挑选动作而产生，每次阅读所得的面貌仅是众多可能之一，未必与作者的原初安排相同。简言之，读者的选择构成文本目前的状态，因此读者也同书写者一样，享有生产文本意义的权利。或者干脆说‘读者即书写者’（reader-as-writer）。”[1] 单就作者读者身份的变化而言，我们只要想一想这样一种情形——曾经被认为是“代神立言”的作者权威尽失，读者反而有可能变成作者的上帝！这一惊心动魄的“倒转”，还只是超文本改造传统文本这场历史大戏的一个小片段，而更多惊天动地、波澜壮阔的大戏，应该说还只是刚刚拉开大幕的一角，历史老人究竟为这个数字化生存的世界撰写了什么样的剧本，我们自然无法预知，那么，姑且拭目以待吧！

[1] 李顺兴：《超文本文学形式美学初探》，www.docin.com/p-2472841912.html.

一、“互动书写”与“多媒体表达”

西奥多·H. 尼尔逊在1965年首次提出“超文本”这个术语。对这个术语，《文学机器》（*Literary Machines*）将其描述为“非序列性书写物”。所谓“非序列”也就是我们通常所说的“非线性”，有如在纵横交叉的小径，游人可以随意游走一样，读者在超文本阅读过程中可以随意选择感兴趣的文本路径，当然，这种选择最好能在互动屏幕上操作。随着个人电脑和因特网的出现，人们越来越多地将这一术语与这样的电子文献联系在一起：“它们由文本、图表、视频剪辑物或声音录制品等个体叉点组成，并通过可编程的链接系统同其他叉点连接起来。读者用他或她的鼠标或其他指示设置，来点击链接点、被突出的词或图像。这便可以把他或她，从一个叉点带向另一个叉点。”[1] 超文本的这一非线性链接特点，与书面线性阅读的读者必须按页码顺序寻找阅读内容不同，它既可横向浏览，也可纵向跳读。这样，读者根据自己的兴趣，随时从一个节点跳到另一个节点。因此，早期的超文本被广泛地应用于百科全书、图书馆目录之类的电子参考书。正是在这个意义上，人们一致认为相互连接的搜索引擎以及热点链接的因特网，就是一个可无限拓展和不断演进的“巨型超文本”，即我们已在强调的“互联网”即“超文本”。

笔者曾与甫玉龙先生合写过一篇文章《超文本与互文性》，在这篇文章中，我们采用了“互超互释”（或“超互对释”）的方法来理解超文本与互文性。这种以“互”释“超”或以“超”释“互”的思路，多

[1] ［美］迈克尔·格洛登、［美］马丁·克雷斯沃思、［美］伊莫瑞·济曼主编：《霍普金斯文学理论和批评指南》，王逢振等译，外语教学与研究出版社2011年版，第792页。

少有点“循环论证”的嫌疑，但这种比较性研究，的确为我们提供了一个深入探讨超文本与互文性的全新视角，对我们深入理解二者的本质特征及其相互关系具有极大帮助。我们主要表达了这样一种观点：互文性是隐含在传统文本中的超文本潜能，超文本是传统文本互文性的网络化呈现。超文本是一种以“热链接”突破页面限制的电子文档，其优越性在于能充分呈现文本的开放性、互文性和阅读单元离散性等潜在特点。整个超文本就是一个巨大的互文本，它将相互关联的众多文本置于一个庞大的文本网络之中，并通过纵横交错的路径保持各文本之间普遍而深入的联系。互联网作为一个典型的超文本系统最充分地开发出了传统文本潜在的“互文性”特征。当超文本将禁锢于印刷文本的互文性从书页界面中解放出来后，必将引发一场数字化生存的文本革命。

西方文艺理论界的学者们，早就关注到超文本向传统文论发出的挑战。譬如说，传统文本理论的前提是，文学文本研究理所当然应该有一个相对稳定的研究对象，无论是一部小说、一篇散文，或一首诗，所有读者都可以以大致相同的方式阅读作品。但超文本阅读的情形却可能大相径庭，因为千头万绪的热链接引导阅读者朝着不同的路径行前。“每一次阅读所产生的，都是对异质的文本和图像材料潜在的独特装配。超文本只能在阅读行为的过程中，以一种自由即兴的方式或可无限制地再操作的拼贴方式形成。这样，重点就不能放在文本本身及其可辨识的主题和意象组合形式上，而应放在它借以进入存在的种种过程上，亦即置于这种文化和技术能力的集合上：它们要求的，与其说是对文献加以解读，不如说是加以表演。因此，在超文本的研究中，传统的文学注解也就让位于对文学、技术和文化之间有问题的界面的分析。”[1]在这个意义上讲，传统文本的阅读有如看戏，文本如同作者写好的剧本，读者只能看到一种固定的结局，但超文本作品的阅读，则在很大程度上像是作者与读者下棋，不同的玩家会下出不同的棋局。即便是同一读者阅读同一作品，每次阅读的体验与体会的巨大差异，也绝非传统阅读可比。

从这个意义上讲，超文本文学写作者，在一定程度上具有游戏程序设计者的某些特点。尤其是那些以“互动书写”形态出现的网络“超文本”的创作，在网络“多媒体”呈现的语境下，“读”与“写”甚至已不再局限于文字世界。数码技术能便捷地形成“超链接设计”，即便整个网络这样一个巨型“超文本”都主要是文字组成的，网络读写行为的复杂程度，也远非纸质媒介可望其项背的。作为巨型超文本的“网络中的每一作品都将从符号载体上体现文本与文本之间的关系，或者某一文本通过存储、记忆、复制、修订、续写等方式，向其他文本产生扩散性影响。电子文本叙事预设了一种对话模式，这里面既有乔纳森·卡勒所说的逻辑预设、文学预设、修辞预设和语用预设，又有传统写作所没有的虚拟真实、赛博空间、交往互动和多媒体表达”[2]。

在一定意义上说，任何文学活动都是一种“交往与对话”，任何“交往与对话”都是一个互动过程。不言而喻，口传时代的文学主要是一种及时互动行为，书面文字出现以后，面对面的交流已不再是

[1]　[美]迈克尔·格洛登、[美]马丁·克雷斯沃思、[美]伊莫瑞·济曼主编：《霍普金斯文学理论和批评指南》，王逢振等译，外语教学与研究出版社2011年版，第792页。

[2]　欧阳友权：《网络文学本体论》，中国文联出版社2004年版，第71–72页。

互动的必要条件，但这并不是说作者与读者之间的“把酒论诗文”会受到局限。如切如磋、如琢如磨，白居易写诗，常常边写边读给身边人听，与身边人共同字斟句酌。以写作和阅读来说，从来就没有一个毫无对象的作者。卡尔维诺写《未来千年文学备忘录》，面对此大而无当的标题，作者心中仍不乏相对明确的读者群体，他在向“潜在的读者”阐释自己的文学观念。歌德说过，“读一本好书就是和无数心灵高尚的人谈心”，这种与虚拟对象的互动原本是文学文本的重要特征之一。读者与作者之间的这种虚拟的对话，在接受美学和读者反应批评那里，已经有相当透彻的论述。这种潜在的互动，即便在解构主义和形形色色的后现代主义阵营里，也是颠扑不破的通识。例如，德里达在确定文学意义时，正是将其虚构功能作为本质特征的。[1] 这种虚构功能理所当然也包含着读者与作者之间的这种潜在的互动功能。

从这个意义上说，超文本不过是将传统文本的互文性潜在功能“显在化”了而已。说到底，“互动书写”的动力和源泉仍然从传统文本“进化”而来。超文本不仅将传统文本中的“完全灵活性”发挥到了极致，而且使作者与读者之间的互动变得更加轻松愉快了。虽然目前的超文本还尚未到达某些论者所说的“读写界限消弭一空”的程度，但传统文学中作者的权威地位的确受到了超文本读者的深度挑战。在超文本中，读者成为集阅读与写作于一身的“作者－

[1] 德里达认为，谁也不可能准确无误地确定自己手里拿着一部实实在在的文学。文学不是隐藏在特定文本里的本质。用语言构成的东西，无论是口头的还是书面的，都可“当作文学”，文学取决于能否使用语言脱离坚实的社会和传记的语境，让它任意地虚构运作。参见［美］希利斯·米勒《德里达与文学》，陈永国译，载金惠敏主编《差异》第 2 辑，第 84 页。

读者”。罗森伯格甚至杜撰了一个新单词“写读者”（wreader）来描述这种超文本阅读过程中的新角色。显然，这个新单词是将作者（writer）与读者（reader）两词斩头去尾后拼合而成的。“写读者”的出现使巴特所谓“读者再生”的理论设想变成了网络文学领域的普通实践。李顺兴把“写读者”的出现称作“新文学人”的诞生，“这个新读者并非凭空创造出来，而是和超文本科技的进展息息相关。‘读者书写’（Readers write）正是当今网络（Web）的流行现象，留言板、讨论区中读者的参与自是不在话下，新颖例子如亚马逊书店，每一本书的专属网页都提供使用者评论空间，参酌使用者所输入的正负面书评，读者可能做出比较好的购买选择。一言以蔽之，超文本含书写开放的成分，是由读者参与书写而共同形成的，因此，信息提供者与使用者共同建构起来的超文本，已不归属单一方，而是读写者的公物”。[1]超文本不仅如同可以自动“洗牌”的扑克小说，读者可以通过作者预先设置的多向选择，自行决定故事情节的发展与走向，在某些交互性更强的网络超文本例如接龙小说的读写过程中，人人都是真正的“写读者”，在这些游戏与准游戏的网上逍遥过程中，超文本的互动性被表现得更加充分、更加本质、更加直接。

超文本本质上就是一种呈现于网络“写读者”面前的互动文本。“文本嵌入互动设计（interactive design），所造就的表现形式，最能突显超文本文学之不同于平面印刷文学（print-based literature）。互动设计如超级链接可创造多向阅读路径，而超级链接的媒介可以是简单的纯文字、具联想性的动静态影像，或一组互动游戏。这样的

[1] 李顺兴：《超文本文学形式美学初探》，www.docin.com/p-2472841912.html.

互动设计造就了互动阅读行为。”[1] 因此，有人宣称：“超文本标志着一场革命，因而可以与谷登堡活字版的发明所造成的那场革命相提并论。坚持这种主张的人，因后结构主义的文本性观念和能组织数据新的电子扉段之间存在着显而易见的类似性而可以心雄胆壮。新批评一般将文学文本视为内在连贯的、有限的——用克里斯·布克斯所写的有关约翰·济慈的名剧的话中来说，‘一个精制作瓮’——而后结构主义者强调的则是，它的内在矛盾及其无限制性。”[2]

在传统文本中，文本之间的连接主要是靠目录、页码、注释或相关说明文字来完成，超文本与此极为相似，只不过超文本的注释是可以无限延展，传统文本对注释作注释并不罕见，但是，对“注释的注释”再作注释的情况就不太常见了。即便是《诗经》这样古奥难懂的文本，也少见超文本式的多层级注释。从《诗经》的一些著名的注释看，注释无论如何拓展，由于页码的限制，总不可能离《诗经》原著太远。无论是西汉毛亨的《毛诗故训传》、东汉郑玄的《毛诗笺》、唐代孔颖达的《毛诗正义》、宋代朱熹的《诗集传》，还是清代马瑞辰的《毛诗传笺通释》、陈奂的《诗毛氏传疏》、王先谦的《诗三家义集疏》，《诗经》传统文本的解释之网撒得再远，它覆盖的直径和吃水的深度总是非常有限的，因为，传统的线性文本给“注家”提供的空间大体只是一个直接以中心文本为节点的相关区域。

“传”“笺”“疏”也许可以各有侧重，但说到底，它们主要还是“围绕一个中心”、在“同一个水平面”作业的阐释行为。且不说“郑

[1] 李顺兴：《超文本文学形式美学初探》，www.docin.com/p-2472841912.html.

[2] ［美］迈克尔·格洛登、［美］马丁·克雷斯沃思、［美］伊莫瑞·济曼主编《霍普金斯文学理论和批评指南》，王逢振等译，外语教学与研究出版社 2011 年版，第 793 页，此处译文略有改动。

笺”只不过是对“毛传”的补充，同属于对《诗经》的直接注释，即便是孔颖达的“疏”也只是对毛传、郑笺作注，他的主要目的仍然是注解《诗经》的意义。也就是说，传统文本在注解经典文本时，通常只能在有限的层次内发挥阐释学的作用。孔颖达的“疏”充其量也只是在“二级与三级注释之间游弋的次生文本”而已。显而易见的是，传统文本很难像超文本那样把“注释的注释……的注释……”如此无限地深入下去。这也是为什么我们要把传统文本称为线性文本、把超文本称为非线性文本，用希利斯·米勒的话来说，超文本是一种“立体的高幂次文本”[1]，而传统文本所具有的平面性特征在超文本的映衬下就不再那么飘忽不定了。

当然，超文本是一种极为复杂的文化现象，任何试图一言以蔽之的概括与总结都是不切实际的。对于超文本的研究，“专攻一点，不及其余”的战术也许能让人更清楚地认识某些问题。“盲人摸象”“见树不见林”固然是一种可怕的局限，但当代学术日趋精微的科学性条块分割，使得“小题大做”的微观研究成为一种相对流行的方式。在知识爆炸、网络崛起的时代，百科全书式的通才已不可能再现辉煌了。虽然形形色色的学科壁垒正在不断被打破，学术团队的跨学科研究也日益成为一种必然，但就单个学者而言，在庞大的学术机器面前，除了充当齿轮与螺丝钉的角色，似已别无选择，而这种情形已越来越明显地成为新一代学人的职业化宿命。

近年来，国内有关超文本基本特征的研究已取得了可观的实绩。例如黄鸣奋先生在数码或网络艺术研究方面已积累数百万字的评介与创新成果，其中《电脑艺术学》中关于“机媒交往”的描述和

---

[1] J. Hillis Miller, *The Ethics of Hypertext Diacritics*, Diacritics, 1995.

设想引人入胜;《电子艺术学》中的“全球化与艺术交流”和“电子艺术前瞻”令人向往;《数码戏剧学》中关于“交互性戏剧”的“仿生交流”更是精彩纷呈;《网络媒体与艺术发展》中对“因特网与间性理论”的探讨别开生面;《数码艺术学》中对“艺术随机方式”的论述同样具有可贵的开创性意义……这些研究成果，虽然都是作者对超文本深入探究和精辟论述的书面化文本，但它们共同组成了一个开放的“准超文本”的学术研究空间，为超文本的理论建构开辟了一条新路。特别是在具有筚路蓝缕之功的《超文本诗学》中，作者更是对超文本的“互动性”关注有加。在“超文本理念构成”（第2章）、“网络华文文学”（第3章）和“超文本美学构成”（第6章）[1]等章节中，作者从不同视角对超文本的互动特征展开了系统化研究。在《电子超文本文学理念初探》一文中，黄鸣奋先生认为，超文本的互动性主要体现在如下几个方面：第一，高度统一的交互性。包括有意识交互与无意识交互、自向交互性与他向交互性、绝对交互性与相对交互性。第二，高度发达的交叉性。包括文文交叉、图文交叉、视听交叉。第三，高度自由的动态性。包括动态操作、动态时空、动态路径。这些论述言之成理，持之有故，令人叹服。笔者自知无法就超文本全局说出更多的新道理，因此，这里只就几个窃以为有点体会的具体问题，谈点肤浅的看法，如能对孤峰耸立的《超文本诗学》起到些微点缀与陪衬作用，则吾愿足矣。

[1] 黄鸣奋：《超文本诗学》，厦门大学出版社2002年版，第136、306、442页。

二、“互文性”与“文本间性”

如前所述，“互文性”即“文本间性”。但是，这两个概念包含的意义似乎也有微妙的差异。这两个概念的核心词分别是“互文”与“间性”，进而言之，是“互”与“间”。对这两个同出而异名的概念做一番词源学考证，或许是一场颇为有趣的文字游戏。但在超文本语境下，由于网络检索使得这样的考证变得太容易，反倒损害词源学考证的兴致。姑且从上述两个概念的关键词“互”与“间”做一蜻蜓点水式的比较，聊博同道一哂。

《说文》解“互”：“笠，可以收绳者也，从竹象形。中象人手所推握也。互、笠或省。”[1] 有人据此做出了进一步的解释：互的本意是指一种绞绳子的工具，引申为交错。虽有过度阐释之嫌，却不失为一家之言。单从字形“望文生义”，“互”字确乎似有拼合铰接、“合二为一”之意，即所谓“象手推握”，合丝为绳。“百度百科”所采用的解释就是上述“绞绳工具”之说，认为“互”字本义就是绞绳用的工具。段玉裁对“互”有这样一则注解：“今绞绳者尚有此器。从竹，象形，谓其物象工字；中象人手推握也。”

《说文》解“閒”：“隙也。从门从月。会意，亦形。”徐锴曰：“门夜闭。闭而见月光，是有閒也。”[2]“间”的繁体字为“閒”。如果与“互”字作比较的话，閒字似乎有从中分开、“一分为二”的意味。据“百度百科”，“閒”字“最早见于甲骨文，本义指缝隙；由本义引申为置身其中，有参与之意；由于缝隙的距离都十分短近，因此又引申为

[1] 《说文解字注》第 2950 页，国学大师网。

[2] 同上，第 2355 页。

抄近路；由缝隙、间隙引申为人与人或国与国之间的嫌隙、隔阂等”。学界谈“间性”时，“间”字读作 jiàn。在“时间”“空间”中则使用其引申义“当中”或“中间”，这时“间”读作 jiān。

我们研究“互文性”或“文本间性”，对“互”与“间”略加考索，可能会获得一些意想不到的启示。譬如说，“互文性”虽被众多学者放置在“解构主义”的框架里，但“互”与“间”的比较，或许会让我们在给某些文学观念贴标签的时候多一些思考，相对“文本间性”理论鲜明的“解构主义”特性而言，“互文性”一词是否保留着更多的“结构主义”特色呢？

“互”的解释，相对较简单，通常有如下七种含义：

1. 古代挂肉的木架。《周礼·地官·牛人》：“凡祭祀，共其牛牲之互。”

2. 门，巷门。《周礼·秋官·修闾氏》：“邦有故，则令守其闾互。”

3. 交互；交错。李陵《答苏武书》：“夜不能寐，侧耳远听，胡笳互动，牧马悲鸣。”萨都剌：“更展诸方图画看，高低远近互纵横。”

4. 相互；彼此。何晏《〈论语集解〉序》：“所见不同，互有得失。”韩愈《县斋有怀》诗：“指摘两憎嫌，睢盱互猜讶。”范仲淹《岳阳楼记》：“渔歌互答，此乐何极！”

5. 并。陆机《文赋》：“情曈昽而弥鲜，物昭晰而互进。”萧统《〈文选〉序》：“各体互兴，分镳并驱。”

6. 甲壳动物的总称。

7. 通“枑”。阻拦人马通行的木架。古称“行马”。[1]

显而易见，上述1、2、6、7项与我们理解的“互文”之“互”的意义无关。3、4、5项与我们理解的互文关系密切，第5项将“互”解释为“并”，似乎与通常意义上的“互文”之“互”有些差距，但此书列举的例句，恰好都是中国古代文论中的名人名作之名句。

相比之下，“间”的解释就要复杂得多：

1. 空隙；缝隙。《墨子·经上》：“有间，中也。”毕沅校注：“间隙，是二者之中。”

2. 指空子，可乘的机会。赵翼《瓯北诗话·李青莲诗》：“必至败乱时，始可得间逃出耳。”

3. 嫌隙，隔阂。《左传·哀公二十七年》：“故君臣多间。”

4. 阻隔；间隔。《穆天子传》卷三：“道里悠远，山川间之。”

5. 差别；距离。杨宾《柳边纪略》：“其中万木参天，排比联络，间不容尺。”

6. 间杂，夹杂。曹植《美女篇》：“明珠交玉体，珊瑚间木难。”

---

[1]　参见《现代汉语大词典》2.0版。词典对“互文”解释如下：1. 谓上下文义互相阐发，互相补足。孔颖达：“《论语》云：‘宋不足征也’，此云：‘杞不足征’，即宋亦不足征。此云：‘有宋存焉’，则杞亦存焉，互文见义。”《南史·儒林传·司马筠》：“经传互文，交相显发。”沈德潜注王昌龄“秦时明月汉时关”：“备胡筑城，起于秦汉。明月属秦，关属汉，互文也。”2. 指错综使用同义词以避免字面重复的修辞手法。唐刘知几《史通·题目》：“子长《史记》别创八《书》，孟坚既以汉为书，不可更标《书》号，改《书》为《志》，义在互文。”清俞樾《古书疑义举例·错综成文例》：“《思齐篇》：‘古之人无斁，誉髦斯士。’……无斁，谓不见厌恶也；‘誉’与‘豫’通，《尔雅》曰：‘豫，乐也、安也。’言其俊士无不安乐也。‘豫’与‘无斁’互文见义，无厌恶则安乐可知，安乐则无厌恶可知。”3. 指互有歧义的条文。唐吴兢《贞观政要·论赦令》：“国家法令……宜令审细，毋使互文。”唐白居易《论姚文秀打杀妻状》：“其律纵有互文，在理终须果断。”

7. 离间。《逸周书 · 武纪》："间其疏，薄其疑。"

8. 间谍。《孙子 · 用间》："非圣智不能用间，非仁义不能使间。"

9. 伺候；侦伺。《国语 · 鲁语下》："昔栾氏之乱，齐人间晋之祸，伐取朝歌。"

10. 私下。《韩非子 · 外储说右上》："惠王爱公孙衍，与之间有所言。"

11. 非难；毁谤。《论语 · 先进》："子曰：'孝哉闵子骞！人不间于其父母昆弟之言。'"

12. 参与。《左传 · 庄公十年》："肉食者谋之，又何间焉！"

13. 引申为介绍。《太平广记》："顷有一秀才，年及弱冠，切于婚娶，经数十处，托媒氏求间。"

14. 干犯。《墨子 · 备梯》："古有亓术者，内不亲民，外不约治，以少间众，以弱轻强，身死国亡，为天下笑。"

15. 更迭，交替。《尚书 · 益稷》："笙镛以间，鸟兽跄跄。"孔传："间，迭也。"

16. 引申为代替。《尚书 · 立政》："相我受民，和我庶狱庶慎，时则勿有间之。"

17. 痊愈。《太平广记》："其人曰：'君之疾当间矣。'"

18. 间或。南朝梁沈约《〈棋品〉序》："是以汉魏名贤，高品间出。"

19. 拔去或锄去多余的。如：间萝卜苗。

20. 乘，趁（时间、机会）。王建《相和歌辞 · 短歌行》："有歌有舞间早为，昨日健于今日时。"

从上述20条解释看，哪几条与间性有关，哪几条与间性毫无关联，要做出非此即彼的判断似乎不太容易，严格地说，这里的20种解释，几乎没有一条与我们理解的"间性"意义相同，不少选用"互文性”而不用“文本间性”的学者，是否与“间性”一词不易把握有关尚未可知。但笔者常用前者而几乎不用后者，原因却比较明确：除了“互文性”与“超文本”在读音和字数上更符合修辞学优选标准，我们认为“互文性”比“文本间性”更容易从文学的视角去理解和把握，对于文学研究者而言，宜使用“互文”，对于哲学研究者而言，“间性”似乎是更好的选择。

单字的意义取决于词语，词语的意义取决于语句，语句的意义取决于段落，段落的意义取决于篇章，篇章的意义取决于语境，语境的意义取决于时代，时代的意义取决于整个人类历史。“互”与“间”这两个字，放在不同语境中，会有不同的意义，由此也不难想见，理论家们总是强调学术的逻辑性该是多么正确、多么必要！但是，互联网语境中，传统线性思维逻辑往往会有失效的时候。例如，即便铁路信号系统工作一切正常，也难保列车绝对不会发生撞车事故，即便所有操作人员都警觉地坚守着工作岗位，核反应堆依然会发生灾难性的熔化事故……为什么看似万无一失的设计总难免会出现问题呢？德国最高科学奖获得者，《失败的逻辑》一书作者迪特里希·德尔纳认为，很多错误，并不在于当事人的粗心大意，而缘于他所谓“失败的逻辑”：我们思维模式中的某些倾向——诸如一次只做一件事、因果关系，还有线性思维——它们适合于过去的简单世界，对于我们现在所生活的复杂世界却有着灾难性影响。当今世界，一切事物都是相互关联的。我们不能一次只做一件事情，因为每件事都有多重结果，“根据孤立的因果关系进行思考的倾向”[1]是导致各种灾难性事件的主要原因。大数据作者提出，互联网时代，

[1] ［德］迪特里希·德尔纳：《失败的逻辑》，王志刚译，上海世纪出版集团2010年版，第32页。

“相关关系”越来越明显地侵占“因果关系”的地盘，也从另一个维度对线性逻辑思维发出了挑战。

尽管如此，任何时候我们都不能低估逻辑的力量。超文本与互文性得以成为描述数字文化和网络文学的奥秘，离开了逻辑的支撑，一切都将成为谵语与妄言。例如，古人所谓“刹那见终古，微尘显大千”，这种微言大义的箴言背后是否隐藏着某种类似互文性的逻辑？诗评家所谓“推隐至显，殆无遗事”，这种见微知著的推理方式是否与超文本的“热链接”有相通之处？“罗塞塔石碑”[1]上的几行文字，为世人打开一个金字塔装点的古埃及世界，不少人将其归功于商博良找到的那根连接古埃及与现代世界的“互文性”纽带。

在“旧约”和“新约”的互文性关联中，路得的故事具有一定的代表性意义。路得是唯一被单独作传的普通百姓家的女子，她的故事似乎也是最为平淡无奇的。但由于路得的曾孙是大卫王，且耶稣在“新约”开篇第一句话中就被马太说成是“大卫的子孙”。从这个意义上来看路得，这寻常百姓家的女子，在圣家族中所占据地位的重要性就不言自明了。众所周知，正是大卫王使以色列从一个微不足道的牧羊人部族变成了一个东方强国，路得的重要性由此可见一斑。从《马太福音》开头的“家谱”看，没有路得就不会有大卫，没有大卫，就没有以色列第一圣殿时期辉煌灿烂的文明。想想千年后被人称为“圣母”的木匠之妻玛利亚是大卫的直系后裔，路得作为“圣

[1] 罗塞塔石碑刻有古埃及象形文、古埃及草书和古希腊文三种文本，是解密古埃及文的钥匙。由于碑文对翻译起到了关键作用，且常被用来暗喻破解疑难的关键线索，因此，不仅有语言学习软件被贴上了“罗塞塔”的标签，就连欧洲航天局也将一款太空探测器命名为“罗塞塔”。词语和概念的这一类互文性引申和演绎，在超文本体系中具有极强的衍生力。

母”之前的“圣母”，作为“耶稣圣族故事的前传”就成了经书中藏珠蕴玉的篇章。这个平凡的异邦女子背后竟然隐藏着如此复杂的互文关系，即便是她手中的一束麦穗也堪称人类历史巨型超文本中闪亮的节点。没有路得，大卫和耶稣的故事链就会缺失所由来的重要的一环；当然，没有大卫与耶稣，路得之名则必将如芸芸众生中沉默的大多数人一样，静悄悄地消弭于历史的烟尘与时间的灰烬。人类的“家谱”如此，“概念的家谱”或“文本的家谱”也是这样。文本自身的意义也许就像路得一样普普通通，但相关文本也有可能像大卫和耶稣赋予路得意义一样，赋予其非同一般的意义。

从一定意义上说，我们所理解的互文性，实际上是一种具有超越性的文本关系，这种关于文本间交错贯通、相互呼应却永远呈现为无限开放态势的观念，可以在马克思、恩格斯关于事物的永恒发展和普遍联系的学说中找到哲学依据。在我们看来，互文性就是那将有限的文本寓于无限的叙事关系之网络的一根根妙不可言的“草蛇灰线”。雨果说莎士比亚的作品字字有白天黑夜，句句有相互照应，如果仅从具体的文本看，难免有些夸张。有人说雨果是充满浪漫主义情怀的小说家，而且也颇有诗名，他的诗学理论就像他的小说和诗作一样，包含着大量的非理性成分，似乎不足为据，但他的莎剧“句句有照应”的说法，如果从互文性的视角看，的确算得上深得诗学三昧的高论。

互文性，从根本上讲无非是文本之间普遍联系的特性，因此，“文本间性”这个哲学色彩更为浓厚一些的概念或许更能恰如其分地揭示其本性。关于“文本间性”的解释，因其在不同语境中含义会有差异，所以，不同学科的解释也会呈现出较大差异。单就命名而言，“文本间性”也往往被称为“文间性”“互文性”或“文本互涉性”，单就英语中的“文本间性”（intertextuality）这个词来说，其前缀 inter 突出地表明了一种相互交织的意思，中国学界拈出“间性”二字来表达这种“交织”之意，看似无懈可击，若加深究，或许还有可商榷的余地。譬如说，黄鸣奋先生就指出：“文本间性可以区分为内互文性（intertratuality）与外互文性（extratextuality）。”[1] 由此可见，“文本间性”与“互文性”还是有差异的，由于这类探究极其烦琐，在此就不加深究了。

此外，据黄鸣奋先生考证，“间性”亦称为“雌雄同体性”（hermaphrodism），指的是某些雌雄异体生物兼有两性特征的现象。“‘间性’一词目前也被人文社会科学工作者所使用，指的则是一般意义上的关系或联系，除了‘你中有我，我中有你’这一点相通外，与其生物学意义几乎风马牛不相及。”[2]“主体间性”，指力图克服主客二分的近代哲学思想和思维模式，强调主体与客体的共在和主体间对话沟通、作用融合及不断生成的动态过程。作为主体间性在文化领域具体体现形式的“文化间性”，“体现了从属于两种不同文化的主体之间及其生成文本之间的对话关系”。这种“对话关系”在一定意义上也有自己遵循的类似“万有引力定律”的法则，似乎也可以说，它们无时不有，无处不在。

从普遍性意义上说，互文性的这种无时不有、无处不在的互联性特征，是人类与自然、社会和精神世界各种复杂关系的呈现，是这些复杂关系文本化镜像的突出表征之一。《易经》中说，包牺氏在观

---

[1] 黄鸣奋：《数码艺术学》，学林出版社 2004 年版，第 363 页。

[2] 黄鸣奋：《网络间性：蕴含创新契机的学术范畴》，载《福建论坛》2004 年第 4 期。

察天象、地法和鸟兽之文的基础上，取诸身物，类以阴阳，创立八卦，“以通神明之德，以类万物之情”，由此可见，五千年前的古人对事物的这种普遍联系原理已有深刻认识。网络互文性利用超文本的无限链接方式，使传统文本“通神明”“类万物”的互文潜能得以充分呈现，从这个意义上说，超文本也不过是互联网成功地开发了“互文性”潜能的副产品而已。超文本的许多特征，在传统文本中实际上都是有端倪的。

在笔者的不少文章中常常会出现这样一种情况，即把“互文性”“超文本”和“互联网”三个概念不加区分地用在相近似语境中，如此“轻薄为文”并非仅仅出于修辞方面的考虑，也并非故意混淆不同概念的内涵，实则是因为它们在许多场合具有几乎相同的特征和秉性。专就文本而言，三者的相似性或同一性如此显而易见，以至在许多情况下它们相互替换而不会出现语法、修辞或逻辑问题。超文本原本是为计算机及网上世界而发明的，但超文本首创者所追求的是知识机器化与信息网络化，超文本技术本质上可视为“互文性理论”的数字化图解，“互文性”理论则如同专为超文本设计的技术蓝图。超文本在理论上与互文性学说的惊人相似绝非“巧合”所能说通的，其中的必然联系还有待学界做进一步的探究。超文本理论家兰道曾经指出，超文本作为一种基础的互文性系统，它比以书页为界面的印刷文本更能凸显互文性的特征。互联网就是一个无限生长着的超文本，而所有超文本都是互文本，由此可见，互联网在一定意义上说是一个互文本的世界，它将相互关联的众多文本置于一个庞大的文本体系之中，并通过纵横交错的路径保持各文本之间的联结。一言以蔽之，最能够体现互文性本质的互联网本身就是一个典型的超文本系统。

三、“美好的无限”与“致命的局限”

超文本的问世无疑是传统文学生产与消费的一次伟大革命。这场深刻革命具有必然性、必要性，令人欢欣鼓舞，但它同时也给文学的生存发展制造了空前的危机。事实上，“一切以印刷媒介为基础的现代精神生活形式——它们以‘距离’、‘深度’和‘地域性’为生命内蕴——所面临的深刻的存在论危机，即使算不上一个终结，亦堪称一次脱胎换骨的转型”[1]。在网络艺术领域，我们听到了更为焦虑的声音——“谋杀即将开始”：

> 也许这是一个“虚幻”对于真实的“谋杀”。也许这将是一种最庞大的艺术样式，参与人数最多的艺术盛会。她没有所谓的正式开幕，更无法想象将来会如何收场。过去的先锋艺术，自达达主义运动以来的所有激进实验，自杜尚、凯奇、劳申伯、克莱因、波依斯以来的所有激进人物，无不已经成为现代传统的主要部分。当今的总体艺术混合了美术、音乐、戏剧、舞蹈、电影、文学等等所有的艺术形式，并借助地理空间的膨胀和社会历史的激变，一举打破了艺术与其他领域尤其是日常生活的界限，几乎使整个世界成为了一个悲壮（或狂欢）的舞台剧场。（谢旺《“谋杀”即将开始：关于“网络艺术”的提纲》）

当艺术与日常生活的界限即将消失殆尽时，“生活艺术化”和“艺术生活化”之间的界限渐渐模糊不清时，这究竟是艺术的终极

[1] 金惠敏：《媒介的后果》，人民出版社 2005 年版，前言。

解放还是艺术的末日来临？这究竟是审美文化的灾难还是人类文明的福音？在对大众文化欣喜与惊恐相交织的激情日益高涨的过程中，对网络文化的焦虑和不安也日益成为人文学者心中挥之不去的阴霾：谁能告诉我们，网络文学与艺术的无限开放性究竟隐含着什么样的危险与危机？历史的经验一再证明，美好的"无限"往往也是致命的"局限"，社会如此，人生如此，网络如此，文学也是如此。

几乎每个文学工作者都很清楚，近年来风雨满城的文学终结论，主要是针对电子超文本颠覆文学传统这类情况流传起来的。被誉为"继弗洛伊德和爱因斯坦之后最伟大的思想家"的麦克卢汉在《理解媒介》中提出了"媒介是人的延伸"的著名论断，他认为，媒介与人的关系是相对独立的，不同媒介对不同感官起作用。书面媒介影响视觉，使人的感知成线状结构；视听媒介影响触觉，使人的感知成三维结构。[1] 按照麦克卢汉的说法，超文本语境中的文学大约已不能再简单地称为文学了。如果，一切文学作品都已转化为超文本形式，那些宣告文学终结的理论似乎真的有理有据。至少，超文本化将是传统文学一次历史性的大转折。

生，还是死，这大约是进入 21 世纪以来文学界面临的最为深刻的焦虑。2000 年，作家张辛欣说："21 世纪恐怕根本不是纯文字阅读时代，平面阅读，是不是像老一辈听戏一样，是小众的退化行为？盘根错节的文字编织术，是不是像 16 世纪的荷兰画派的精心工笔，一种太古老的手艺？…… 在未来的新时代，看书翻书的动作，是一个少数人的古典动作么？E 书不需要纸，屏幕可以扩大，而新形式的书，仍然是沉默的阅读的么？作家发声和沉默的文字究竟是什么关

[1] ［加］麦克卢汉：《理解媒介》，何道宽译，商务印书馆 2000 年版，第 1–2 页。

系？是不是破坏了文字本身的美感？是不是像电视出现一样，声图俱全，使文化大流行并大流俗？”[1] 这类悲喜交集的文字遍布媒体。

“娱乐阅读”“读图时代”不值得欢呼，更不能够讴歌为时代进步，没有深度的阅读会使人心智枯竭、心灵生锈。正面的引导当然要使人学会分辨不同目的、功能和层次的阅读：浏览、专题、研究、拓展、创造，步步前进，在充实的生活中逐渐向网络阅读和纸媒阅读的深度进军。…… 我们不能让图片遮蔽文字、游戏取代阅读、娱乐替代思考。…… 我们不能够在培养网络人和动漫人的同时又造就一代文字阅读的文盲。（何道宽《从纸媒阅读到超文本阅读》）

书写文化依赖于文学符号系统。文字的能指与所指是疏离的，这种疏离本身即已包含了人类思维对于外部世界的凝聚、压缩、强调或删除，电子媒介系统启用了复合符号体系，影像占据了复合符号体系的首席地位。崭新的符号体系形成了新型的艺术，新型的艺术产生了前所未有的文化和政治功能。电子媒介系统提供了消愁解闷的大剂量迷幻药，使人们放弃了对历史不依不饶的提问，而“虚拟生存”的数码技术更显示出不可估量的前景。南帆甚至认为，除了入口的美味佳肴，“比特”可以随时制造一个令人向往的天堂。超文本的局限与妙处也正在于此 —— 分明虚无一物，俨然包罗万象！让人看不清究竟是福音还是陷阱。

更新鲜的是，“非线性”超文本拆穿了故事只能向结尾发展的神

[1] 张辛欣：《怎么在网络时代活出一个自己》，载《南方周末》2000 年 3 月 31 日第 22 版。

话。网络文本没有边界，只有无尽的环节和不断的展开，每个超文本页面都可以作为通向其他超文本的电子门厅。在这种情形下，就如德里达所说，创造性叙述的核心从作家转到设计文本联系的制作者手中，或是利用这些联系的读者手中。“传统文本之中的固定框架撤除了，读者冲出了情节式叙述逻辑的拘禁，他们的鼠标可能在一些有趣的字眼后面豁然打开另外一个文本，从一个空间跃入又一个空间。可是，如果将这种纵横驰骋想象为读者的自主，那将是一种错觉。事实上，读者仅是进入了一个软件设计师重新配置的叙述关系网络。这制造了解放的假象，并且在假象背后设置了更为强大的控制。”[1] 这种尴尬境况表明，数字媒介系统控制下的文学，同样难以避免解放与控制的双重交织。

人类文明是否真的像尼葛洛庞蒂所断言的发展到了一个临界点？所谓“数字化生存”果真是现代人注定无法逃避的谶语？现代技术革命在大幅度推动社会进步和改善物质生活的同时，是否一定要留下无数意念中的奇幻诱惑和谜一般令人困惑的现代神话？现代人匆匆忙忙涌向“网络新大陆”，仿佛找到了一只逃避过去、通向未来的诺亚方舟。“作为一个敞开的全新的世界，计算机网络对于许多富于好奇心的人来说确实产生了一种‘挡不住的诱惑’。…… 一位尚未入网的朋友在看过网上漫游的演示后大发感慨说：现在忽然觉得自己就像刚从树上下来那么原始！”[2] 这种感慨其实只是网络社会无数“正常”的奇怪感受的一种正常表达而已，因为网络社会是由无数惊人的奇迹组成的，网络本身就是一个史无前例的迷人神话。

---

[1]　南帆：《电子时代的文学命运》，载《天涯》1998 年第 6 期。

[2]　李河：《得乐园 · 失乐园》，中国人民大学出版社 1997 年版，第 7 页。

有人认为网络就是现代版的“巴比塔”，它将给人类带来无比美好的全新的文明，它不但能轻而易举地实现人们的愿望，甚至在帮你实现愿望的同时，还为你设计了无数你根本就没有想过的愿望。它为人类创造幸福生活提供了无限广阔的前景。但也有人担忧，网络这个伟大的神话，实际上是人类发展史上最大的一个陷阱！网络召唤人们逃离“原子”组成的现实家园，纷纷奔向“比特”组成的“太虚幻境”，它把现代人变成匆匆过客——现实生活也因此成了一个失去家园的驿站。应该说，这样的担忧并非多余。仅就网络文学而言，其纷繁芜杂、失衡失范的情况的确十分严重，网络“超文本”的局限与陷阱随处可见。

第一，由于“CtrlC+CtrlV”大行其道，“千部一腔，千人一面”几成绝症。机械复制给文学所造成的所有缺陷都加倍地出现于超文本写读之中，“数字化的冷酷宇宙吞噬了隐喻和转喻的世界”[1]。“韵”的瓦解，艺术膜拜价值的丧失在所难免，这些在本雅明那里就已“言尽矣”。这里着重谈谈超文本被肆意曲解为“抄文本”的“剪贴诗学”问题。克里斯蒂娃说：“一切时空中异时异处的文本相互之间都有联系，它们彼此组成一个语言的网络。一个新的文本就是语言进行再分配的场所，它是用过去语言所完成的‘新织体’。”[2] 在克里斯蒂娃看来，每一个文本都是直接或间接的引用语或仿造语的大集会，每一个文本都是对另一个文本的吸收和改造。任何作品的文本都是由许多引文镶嵌而成的，是对其他文本的吸收和转化。按照诗人

---

[1] Jean Baudrillard & Jean Baudrillard (auth.), Mark Poster (ed): *Selected Writings*, Stanford University Press, 1988. p.147.

[2] [比利时]布洛克曼:《结构主义》,李幼蒸译,商务印书馆1980年版,第162页。

T.S. 艾略特的说法就是初学者“依样画葫芦”，高手“偷梁则换柱”。马歇雷甚至对“创作论”进行过哲学层面的清算，他根本就不信有什么平地起楼或另辟蹊径的创作，任何作者都不过是在运用前人的文本“制造”新文本而已。甚至有人说，《红楼梦》全凭“曹雪芹的抄写勤”，《管锥编》也无非是“钱锺书抄千种书”。于是，“天下文章一大抄”竟成网络写作暗流汹涌的谶语。

毫无疑问，满腹经纶者的旁征博引自然与不学无术者的投机取巧不可同日而语。鲁迅讲“拿来主义”却不忘消化、吸收和创新，毛泽东讲“古为今用，洋为中用”但更强调“推陈出新”。如果不加甄别，恶意克隆，为名利计，为稻粱谋，剽窃他人作品，冒充为自己的成果，这种行为，于作者是一种行窃，于读者是一种欺骗。当然，我们也应该看到，赝品与原作之间也并非毫无互文关系，正如有机物之于排泄物一样，什么时候都无法割断二者间几乎是必然的联系。但那不过是一种与审美文化精神和社会道德理想相背离的情况而已，不提也罢。古人赋诗撰文，在讲究“无一字无来处”的同时更标榜“点石成金”式的“化腐朽为神奇”。如果只有前者，没有后者，“文必先秦，诗必盛唐”，空有互文而毫无创新，或者是互文变成赘文，其结果就是新作与旧章一同腐朽，一同成为古董或垃圾。

更令人不安的是，许多超文本写读完全混淆了抄袭与创新的标准。萨莫瓦约说：“乔伊斯以剪切和粘贴（scissors and paste）为写作的主要目的；普鲁斯特则是‘文献串联（paperoles）’，他通过在手稿上连接或叠加一连串的文献来延展作品。”[1] 由此可见，即便是“剪

[1] ［法］蒂费纳·萨莫瓦约：《互文性研究》，邵炜译，天津人民出版社 2003 年版，第 25 页。

剪贴贴”，只要别有匠心，也同样可能成为不朽的艺术。反倒是那以独创名义制造的文化垃圾令人无法容忍。例如，悬河裂岸的信口开河，话语失禁的讲经布道，随地便溺的文字发泄，哗众取宠的视频“恶搞”…… 这些网络“灰客”的危害常常有甚于“黑客”，它们制造的“尘暴”已给赛博空间造成了严重污染。

第二，主体的过度分散和传统艺术惯用手法的纷纷失效，使超文本写读失去了往日的艺术魅力，文学赋予主体的那种诗意对话和审美交往，蜕变成了网络写手恣情快意的文学发泄，“脱帽看诗”的适意与优雅变成了网上冲浪的“随波逐流”。艺术与生活，精英与大众的界限正在逐渐消失。在这个所谓“数字化时代”，越来越多的人正在变成机器的一个组成部分（或者说被机器延伸），信奉“效率就是生命”的现代人长期处于一种非我的“耗尽”（Burnout）状态，超文本的设计者意在借“机”（Memex）扩展（Expend）体验世界的能力，结果反倒让人“无法体验完整的世界和自我，无法感知自己与现实的切实联系，无法将此刻同历史乃至未来相依存，无法使自己统一起来，这是一个没有中心的自我，一个没有任何身份的自我。在人不自觉地物化为机器的附属后，世界已不是人与物的世界，而是物与物的世界，人的能动性和创造性消失了”（吴冠军《数字化时代：危机与精彩同在》）。网络主人已身不由己地变成了网络奴隶。

马克·波斯特在《德里达与电子写作》一文中，分析了电子写作对西方传统思想所刻画的主体形象的消解。他说：“笛卡儿（尔）的主体是站在客观世界之外的，那个位置能使主体获得关于相关的客观世界的某些知识；或是康德的主体，它既作为知识的本源立于世界之外，又作为那种知识的先驱对象而站在世界之内；或是黑格尔的主体，它身处世界之内，改变着自身，但因此而实现了世界存在的终极目的。我认为电子写作分散了主体，因此不再是电子写作出现以前那样起着中心作用了。”[1] 事实上，主体的消解由来已久，早在网络问世之前，哲人们就曾一再描绘主体的黄昏，商讨主体的退隐，宣告主体的死亡，尽管主体依然顽强地坚守着书面语言构筑的传统阵地。我们注意到，西方大多数哲学流派如分析哲学、结构主义、系统理论，甚至交往理论都没有关注主体范式的热情，尽管也有人坚持以饱满的热情探讨主体回归论题，但更多人倾向于相信主体范式即将山穷水尽。网络社会崛起之后，主体的退隐和死亡则更是不再给“回归论”者留下任何幻想。

如果说传统文本是一个“日月经天，江河行地”的“地球人”世界，那么，漫无边际的网络文本就是一个“天地齐一，和光同尘”的“太空人”世界，这里的太阳和月亮都不过是浩瀚星河中的两粒普通的沙尘。读者与作者之间“众星捧月”的关系业已消逝。因此，在超文本世界里，对于任何“写读者”来说，不但柏拉图“代神立言”的崇高理想遥不可及，就连巴尔扎克那种要当一个时代秘书的愿望也成了过世狂人的幻想。甚至有人断言，21 世纪原著将不复存在，传统作家也必将消亡。2007 年初，高调复出的王朔就声称自己“再也不出纸媒书了”，他要走美国头号畅销书作家斯蒂芬·金的《子弹骑士》的路子，在互联网上以超文本的形式发行自己的新作。可谁知道，这个书面世界的文学“大腕”是否从此消失于网络江湖？

杰姆逊曾把“主体性的丧失、距离感的消失以及深度模式的削平”描述为后现代艺术的特点，这些都恰好与网络写作暗合，因此，有人将超文本说成是“网络版的后现代主义”。目前，大多数写手最

[1]　王逢振等编译：《网络幽灵》，天津社会科学院出版社 2000 年版，第 65 页。

通常的做法是将作品贴于BBS，优秀作品可以张贴在精品区，有点经典意味的收到文集里面，然而，一旦入了个人文集便大有入了“棺材”的意味，很少有人翻看。古人说“江山代有才人出”，网络则是“分分秒秒出才人”。当然，这也许并不是坏事，但我们对此却不可盲目乐观。一位网络写手说：“文章的耀眼时刻，其实就是在新鲜出炉子的那几分钟，网友点击之时。这种网文的独特载体，决定了网文要有快餐意味。不快成吗？一日一更新，甚至几分钟的时间，便被淹没在帖海里了。”我们不得不面对这样一个无情的事实：在网上每个人都只是一个IP，每个人都只是一个匆匆过客。

第三，个性的恶性张扬和泛滥成灾的物料“灌水”已成为超文本写作的一大公害。在博客、BBS、QQ、CG、动漫、网络游戏、视窗广告、视频“恶搞”等充斥页面的互联网上，形形色色的新鲜玩意儿无不制造严重的混乱：随手涂鸦、信口瞎话、胡编乱造、生拉硬套、低级趣味、色情暴力不一而足。当然，张扬个性和强调娱乐也有种种复杂的表现。有批评者指出：“网络文学与纯文学的最大区别，正是在于说不得的话，可说而不必说的话，网络文学非说不可，一说再说，生怕读者弱智，几近密不透风，让人喘不过气来。就像现在某些所谓生活流的戏剧、电影、电视剧，从头至尾絮絮叨叨，名义上打着‘再现生活’的旗号，实则在欺骗观众，没有半句潜台词，不留一抹想象的空白。这种情况在网络文学形成伊始，还好一些。后来便急剧恶化，使网络文学成为一个偌大的文学垃圾场、情感临摹地。虽然有些情感可能是真实的，但文本却更加倾向歇斯底里的自我宣泄以及对读者无聊的媚惑。”当然，超文本也不乏“一刀封喉，一剑毙敌”的凶悍泼辣之作；“絮絮叨叨”与“一剑封喉”这两种极端不同的风格，都是个性恶性张扬的例证。

第四，网络已经介入文学生产的全过程，“这彻底改变了已有的文学社会学，网络空间的文学权威陨落了。其次，网络语言的‘速食化’倾向将对文学语言产生深刻影响。此外，网络技术形成的超文本对于传统的线性文本结构具有巨大的冲击力量”[1]。对这种“深刻影响”和“巨大的冲击力量”，我们有理由为之欢呼，我们也有理由为之忧虑。

> 正如“数字化生存”并不等于“诗意的栖居”一样，高科技迅猛发展也不都是艺术的福祉。…… 直拨电话、电脑传真、光纤通信、电子邮件等的确方便快捷，却又消弭了昔日那种“望尽天际盼鱼雁，一朝终至喜欲狂”的脸红耳热的幸福感。还有高速公路上的以车代步和蓝天白云间的睥睨八荒，的确让人体验到了激越和雄浑，但同时又排除了细雨骑驴、竹杖芒鞋、屐齿苍台的舒徐和随意。[2]

毕竟，网络带给文学的不只是“现代性”的创造效率和“全球化”的传播便利，它同样也带来了形形色色的广告陷阱和机械复制的文化垃圾。

网络时代，最明显的变化是，昔日艺术家特立独行的万丈光芒已经变得越来越黯淡，传统艺术生产的独唱歌声，将被分工精细的大合唱彻底淹没。今天，电脑进入影视制作，对传统表演艺术发起了挑战。有人感叹银幕荧屏将失去真正的艺术家，电影电视将因电

[1]　南帆：《游荡网络的文学》，载《福建论坛》2000 年第 4 期。

[2]　欧阳友权：《网络文学：挑战传统与更新观念》，载《湘潭大学社会科学学报》2001 第 1 期。

脑退化到魔术时代。网络写作的命运也不容乐观，由于写作主体的转移和“分散”，人人都可以在网上率性而为，信笔涂鸦，传统的功利主义和唯美主义被声色娱乐和情感倾泻的强烈冲动打得落花流水，文学正在被网络进化或者说退化为一种“游戏”，一种随心所欲的“游戏”。王安忆曾有过“网络写手类似于音响发烧友”的说法。这个“发烧友”的比喻看似随手拈来，实则大有深意。发烧友对技术和器材的兴趣远胜于音乐本身。同样，在多数超文本“写读者”心中，软件的升级也远比文学的神韵重要。

从文学理论与批评的视角看，超文本的种种局限性似乎正在不断被克服，因而逐渐得到改进。在著名的《霍普金斯文学理论和批评指南》中，编写者对罗伯特·库弗在《书籍的终结》一文中热情夸赞超文本前景无限颇有微词，因为说到底，“超文本文学”始终只是某种“学院现象”，它们只不过是同作文、书籍的历史或后现代理论与文学等课程一起，以观念形态停留于大学的讲坛而已。诚如作者所言，在电子环境中撰写出的小说和诗歌，远远没有显现出同手写本“根本性的决裂”，但我们却未必就应该把超文本文学“归入手写本历史之中来理解”。有研究者指出，非线性文本也是文学传统的一个重要的组成部分。《霍普金斯文学理论和批评指南》中列举了很多例子，如劳伦斯·斯泰恩的《特利斯特拉姆·项狄》(1759—1767)、雷蒙德·格诺的《百万亿诗》(1961)、米洛拉德·巴维克的《卡萨斯字典》(1989)等。这些文本虽然是印刷出来的，但却采用了多元的叙事途径、交叉索引以及非序列性组织。根据这一事实，论者认为，上述作家显然是有意要创作出与传统文本权威形式不同的文本。在这个意义上，超文本文学未必就是数字时代摇篮中的宁馨儿，我们将其视为印刷文化“最后的喘息”或许更为恰当。有论者认为，像乔伊斯的《下午》这样的超文本文学，属于实验文学的悠久传统。按照这一传统，主要策略之一就是颠覆并抵制叙事。“如果超文本小说和诗歌确实更能吸引文学史研究者，而不是一般的电脑使用者，那么，超文本性，亦即既可横向推进、也可连通浏览的阅读行为，其重要性就更能真实地突出出来。从电子游戏到虚拟现实环境到因特网艺术画廊和多媒体设置，在层出不穷的新的创作形式中，与超文本相联系的非序列性组织和交叉连接的各种形式，都越来越为人所熟悉。随着读者的阅读行为从书本转移到电脑，尤其是具有多元阅读途径、无限制的形式以及更大的时空感的因特网，他们将会越来越多以超文本的方式进行阅读；因此，我们需要的将不再是可以揭示出他们所阅读的东西的意义的阐释学，而是一套可以扫描出他们阅读的方式的批评工具。”[1]

回想一下十多年前，笔者在撰写《超文本的兴起与网络时代的文学》的过程中，每次输入“写读者”的代码时，电脑上总会同时跳出“亵渎者”和“泻肚者”字样。笔者认为，这似乎在提醒我们，不能听任时尚的“写读者”变成传统的“亵渎者”或废话的“泻肚者”，但自此以后，笔者的个性化输入系统再也没有出现上述错误，因为具有记忆功能的输入软件，拥有强大的纠错功能。网络时代文学的生存与发展状况也是如此，尽管还会有层出不穷的新问题困扰着网络文学超文本写读者，但我们有充分的理由相信，在超文本语境下日益多样化的网络文学，一定会有一个美好的未来。

[1] ［美］迈克尔·格洛登、［美］马丁·克雷斯沃思、［美］伊莫瑞·济曼主编：《霍普金斯文学理论和批评指南》，王逢振等译，外语教学与研究出版社 2011 年版，第 796 页。

第 五 章

有限的互文性与无限的超文本

20世纪的西方美学和文艺理论，思潮迭起，流派纷呈。五花八门的理论与学说，彼此渗透，互相辩驳，交相阐发，在一个无边无际的“互文性耗散结构”之域，使源远流长的审美精神绵延不绝，使不断创新的诗性智慧生生不息。尤其是数字技术诞生之后的半个多世纪以来，日益走向“超文本诗学”的艺术哲学，在人文主义与科学主义之间，前呼后应，此起彼落。数十年间，新言旧说之多，让人眼花缭乱；流变更迭之快，犹如风驰电掣。站在无纸阅读时代的门槛，回头放眼一望，只见茫茫一派乱花迷眼的芜杂与斑驳。当年的千军万马与猎猎旌旗，即将被无情的岁月尘封于纸花烂漫的历史画卷。但是，在理论风云变幻无定的近百年间，比较而言，大体上有这样的三种类型仍旧引人注目：一是主要以作者为中心的“表现主义”理论，如克罗齐的直觉主义，弗洛伊德的精神分析学，荣格的神话原型理论；二是主要以作品为中心的“形式主义”理论，如以雅格布森为代表的“俄国形式主义”，兰塞姆等人热衷的“新批评”，以及罗兰·巴特等人倡导的“结构主义”；三是以读者为中心的“读者反应批评”和“接受美学”等，主要有英伽登的“阅读现象学”，伽达默尔的阐释学以及姚斯、伊瑟尔倡导的接受美学。新兴网络时代，纵然不会在一夜之间使得翰墨飘香的书面世界繁华散尽，但白纸黑字的魔咒正渐渐失去往日的神威。在此背景之下，美学与文论世界最后的诸神，必将顺应互文性理论的召唤，结成跨学科联盟共同走向数字化生存的时代，在全新的乌托邦，开创一个由超文本与互文性主导的潜力巨大无限开放的数字化文论与美学的新文本世界。

关于超文本与互文性的基本关联，在我们预先设定以网络文学研究为主要对象的特定意义域中，大体可以这样理解二者的关系：超文本是互文性最重要的表现形式，互文性是超文本最重要的本质特征。

"互文性"（Intertextualité）是法国符号学家、女权主义批评家朱丽娅·克里斯蒂娃提出的一个概念[1]。这一概念的基本意义在《词语、对话与小说》一文中是以这样一种面貌出现的："任何作品的文本都是由许多引文镶嵌而成的，任何文本都是对其他文本的吸收和转化。"[2]按照这一说法，每一个文本都是蕴涵于文本海洋中的水滴，都是潜力无限的文本大家族中的一员，任何文本都要以其他文本为存在前提和延伸媒介，文本与文本之间彼此互喻，互相阐发，且互为对方之意义无限繁衍的场域。从一定意义上说，互文性就是这样一个文本与文本之间"相互参照、彼此牵连"、你中有我、我中有你的开放系统的表意功能。正如范尼瓦设想的超文本一样，基于互文性的所有文本，共同构成了一个融过去、现在、将来于一体的，无限开放的文本网络和意义永恒流转嬗变的符号系统。我们理解的互文性

[1] Intertextualité 是一个法语词，英译为"Intertexuality"，中文有多种译法，最常见的有"互文性"和"文本间性"两种，其他译法还有"文本互涉""互涉文本""文本互释性""文际关系""间文本性"等，随着研究文献的日渐增加，"互文性"（有时也简称"互文"）的译名已占压倒性多数。

[2] Julia Kristeva, *Word, Dialogue and Novel, in The Kristev Reader, Torilmoied*. Oxford: Blackwell Publisher Ltd., 1986, p.36.

文本，可以说是无数滔滔汩汩的耗散结构，是循环往复、生机无限的意识流。互文性和超文本互为表里，共同编织起一个数字化生存的网络文化世界。

超文本贯通古今和互文性无处不在的情形，让人联想到一句佛家偈语："千江有水千江月，万里无云万里天。"海阔凭鱼跃，有如互文性关联之深广；天高任鸟飞，恰似超文本潜能之无限。在互文性支撑的超文本世界里，任何文本与其他文本之间，总有看不见的千丝万缕相勾连。在一个数字化信息编制的"文献宇宙"中，既有互文性历史无往不复，又有辽阔的超文本世界无远弗届。

一、德勒兹与《千高原》的启示

在捧读《千高原》之前，笔者在网上看到这样一段文字："1995年11月4日深夜，德勒兹从巴黎17区尼埃尔大街84号自家窗户跳楼身亡，享年70岁。"这么一个"微笑的哲学家"为什么会选择这样一种极端的方式和这个世界诀别呢？据研究德勒兹的专家于奇智先生说，德勒兹不仅嗜酒成性，爱烟如命，曾经差点"酒精中毒"，且因吸烟过量而长期深受肺疾折磨，到了晚年，他的肺功能只有常人的八分之一，因此，日常生活中不得不带着人工呼吸器，大多数时间只能躺在床上苟延残喘。随着健康每况愈下，德勒兹几乎完全丧失了工作能力，既不能阅读，也不能写作，对于一个视读写为生命的哲学家来说，自杀似乎是他得已的选择。在德勒兹看来，"自杀的成功是死亡，死亡与生命同外延，是对生命的大总结，是向一切人开放的内在而好客的领域。人一诞生就向死（为了结束生命）而生，趋向于自我解放。向死而生的自我解放一旦胜利就意味着人不再受生存、劳动和言说之累”[1]。

德勒兹最后的飞身一跃，并不是一时冲动，而是其深思熟虑的选择。他对擅长画下落人体的英国画家培根情有独钟就是其“视死如归”之人生哲学的一个小小注脚。培根笔下的死者呈现出一种神秘的“介乎有无之间的微笑”，这种微笑深深地打动过德勒兹。按照哲学家于奇智的说法，“向死而生”与“向生而死”这两种趋势总是在此不断接近和碰撞，从而获得了共同的审美背景。这便是生死相通相依的真正风格。主体在生死相通相依过程中拥有了创造未来世界的可能性。于奇智写道：

在德勒兹看来，“人之死”并不是人的危机、绝望与悲剧，而恰恰是经历危机、绝望与悲剧之后的人的复兴、希望与喜剧。人不停地出游与归返、迁移与定居、展开与折叠、工作与休息、分离与结合、起床与躺下、起飞与着陆、上升与沉沦、上浮与下沉、晋升与堕落、生存与死亡，游牧地存在着，从而将自身置于这种“对折性状态”，充满危险和忙乱。对折性状态实际上是出游区域和归返区域之间（以及一切对立性区域之间）的变异性连通性区域，具有多调性和谐性风格。区域与区域之间互相嵌套，互通有无，互相发送信息。主体肩负着建立连续性复杂性平台或平面的使命。[2]

德勒兹复杂多变的人生和其多姿多彩的著作，在一定意义上构

[1] 于奇智：《思想的下沉者——法国哲学家德勒兹其人其书》，载《文景》2003 年第 5 期。

[2] 于奇智：《思想的下沉者——法国哲学家德勒兹其人其书》，载《文景》2003 年第 5 期。

成了一个超文本与互文性研究的典范性个案。例如，在李洁的《超文本文学之兴：从纸媒介到数字化》一书中，德勒兹与加塔利的《千高原》就被视为一个极为重要的研究对象。在她看来，"《千高原》非常适合于评论超文本与文化，因为 …… 这部根茎之书本身就被认为是超文本的雏形"[1]。诚如所言，《千高原》包含着许多可以用来描述超文本性特征的哲理化论述，尤其是他们有关空间描述的诸多概念，譬如说，"条纹型的""树状的""线性的"的组织，他们将这些说成是"存在的空间"，即"人占据的地方"；这些论述，作为隐喻，都可以用来描述超文本和互文性，至于什么"平滑的""根茎性的""非线性的""游牧性的"空间，即他们所谓的"生成的空间"，也就是人们可以"穿过"但不"拥有"或"占有"的某种东西，如果借以描述网络超文本与互文性现象，都有显而易见的合理性。批评家斯图亚特·莫尔斯洛普就认为"根茎说"就是描述超文本性质的一个"贴切隐喻"。不过，莫尔斯洛普断言："超文本 …… 不可能把我们从几何、理性主义方法或字母数字思维的其他惯例化副作用中解放出来 …… 超文本和其他新兴技术标志着过渡，而不是终点。"[2] 超文本可以随心所欲地"侵占"任何"存在的空间"（如书本占据的空间），它对既有文本都具有强大的"去领域化"功能，但是，历史的经验告诉我们，超文本的"占领"只能是一个动态过程，这种"存在空间"向"生成空间"的转化，只有起点，没有终点，这种游牧式的"占领"，不

---

[1]　李洁：《超文本文学之兴：从纸媒介到数字化》，世界图书出版广东有限公司 2013 年版，第 82 页。

[2]　[美]迈克尔·格洛登、[美]马丁·克雷斯沃思、[美]伊莫瑞·济曼主编《霍普金斯文学理论和批评指南》，王逢振等译，外语教学与研究出版社 2011 年版，第 793–794 页。

以建立“永久帝国”为目的，文本边界永远处在不停的游弋过程之中，基于互文性的超文本的疆界，是一道道德勒兹与加塔利所描述的那种没有确切终点，只有不断变化的“飞翔之线”（flight line）。这里所谓的“飞翔之线”，通常译作“逃逸线”。例如《千高原》：“我们所谈的并非他物：正是多元体，线，层和节段，逃逸线和强度，机器性配置和它们的不同类型，无器官的身体以及它们的构成和选择，容贯的平面，以及在每种情形之中的度量单位。”[1]

德勒兹的“逃逸线”概念，具有极为丰富的含义。在《千高原》中，“逃逸线”是与“坚硬线”和“柔软线”三足鼎立的一个概念。“坚硬线”指质量线，透过二元对立所建构僵化的常态，比方说人在坚硬线的控制下，就会循规蹈矩地完成人生的一个个阶段，从小学到大学，到拿工资生活，到退休；“柔软线”指分子线，搅乱了线性和常态，没有目的和意向；逃逸线完全脱离质量线，由破裂到断裂，主体则在难以控制的流变多样中成为碎片，这也是我们的解放之线，只有在这条线上我们才会感觉到自由，感觉到人生，但这也是最危险之线，因为它们最真实。[2] 德勒兹说：“无论作为个人还是集体，我们都是由线组成的…… 我们被线所穿越。”[3] 在他看来，“人生如线”。如人生的各个阶段，家族中的多重辈分，社会中的各种角色，都有显而易见的区分线，这一区分线就像马路上的白实线和黄实线一样不容混

[1] ［法］德勒兹、［法］加塔利：《资本主义与精神分裂：千高原》，姜宇辉译，上海书店出版社 2010 年版，第 4 页。

[2] ［法］帕特里克·莫迪亚诺：《青春咖啡馆》，金龙格译，人民文学出版社 2018 年版，第 39 页。

[3] 搓格子：《坚硬线、柔软线和逃逸线》，https://www.douban.com/group/topic/83433341/.

淆，德勒兹称其为“坚硬线”。与“坚硬线”相对应的是人生的第二种线，即所谓的“柔软线”，它不像“坚硬线”那么泾渭分明，“柔软线”的两端存在着许多不确定性，例如，一位法国教师当然可以划归为国家公务员，但在传道、授业、解惑之外，这位教师还可能拥有许多其他身份。德勒兹本人就将其授课喻为一种音乐会。[1]

当然，对于我们来说，上述“两线”不过是背景陪衬，我们真正关注的是第三种线，即“逃逸线”。在德勒兹看来，正是逃逸线既超越了各种断片也超越了各种门限，把我们带到了一个未知的、既无法预见也非预存在那儿的目的地。一方面，这种线像是后来的，像是从前两种线中脱离出来；另一方面，它是首要的，其他两种线都从它那里衍生出来，它一直在那儿。逃逸线的这种首要性正是德勒兹关注并一再强调的。他甚至认为，我们的社会并不是由各种矛盾（比如阶级矛盾）定义的，它首先是由不断从其掌控中逃逸的线定义的。同样，就个人来说，有些人只在第一种线上存在，而另外一些人则在逃逸线上达到了某种绝对的生成，并与非个人化的生命力量融而为一。仍以职业为例，在逃逸线上，我们甚至不再需要像“退休”这样的词语了——退休？我还要继续工作呢。在这里工作就是创造，而创造正是生命力量的本质。在德勒兹看来，正是基于这种生命力量，逃逸线成为一种创造线，所有生产性的事物都是在这条线上发生的。[2]

德勒兹及其哲学思想是一个丰富多彩的世界，尽管在诸如《数字美学》和众多与超文本有关的图书中，我们都能隐隐约约地看到

---

[1]　搓格子：《坚硬线、柔软线和逃逸线》，https://www.douban.com/group/topic/83433341/.

[2]　同上。

德勒兹的幽灵。但是，作为20世纪80年代以纸媒形式出版的著作，我们从中看到的所谓“超文本特性”，更贴切的说法应该是“互文性特征”。如德勒兹醉心的“游牧学”“解域化”“逃逸线”“根茎性”“非线性”“平滑和纹理空间”等，都可以视为描述互文性特征的精妙“隐喻”。当然，超文本作为互文性在网络时代的特殊表现形式，我们讨论网络超文本实际上也就是在讨论网络互文性。黄鸣奋指出：“由于电子超文本网络的建设，昔日仅仅是观念形态的互文性已经借助数码技术获得了新生。媒体（并不只是文本或意义）间的互文性早已成为值得关注的研究课题。例如，同一题材的作品（如《三国演义》）既见于电影，又通过广播传送；既以书本形态被阅读，又在电子游戏中被把玩。不仅如此，我们正在进入电力网、电信网、广电网和电子超文本网络趋于合一的泛网络时代，各种媒体上的信息流动、信息形态转换也已提上议事日程。处在这样的时代，互文性具备了更为丰富的含义。应当指出：电子超文本技术不仅展现了互文性的风采，同时也提供了检验与审视关于互文性的理论的方法。”[1]

在有关超文本与互文性相互联系的讨论中，我们获得了这样一个启示，那就是讨论超文本时一定要兼顾互文性，反之亦然。笔者在《文之舞》一书中讨论“网络文学与互文性”时，用了大量篇幅讨论超文本，正是基于这一想法。事实上，本书不少内容，与其说是新的思想，不如说是对先前部分著作的修订和补充。无论是“存在的空间”，还是“生成的空间”，它们各自的特点，只有在比较中才会显露得更加充分。

---

[1] 黄鸣奋：《超文本诗学》，厦门大学出版社2002年版，第206页。

二、超文本语境中的互文性研究

据拙著《文之舞：互文性与网络文学研究》一书记载，笔者曾于2011年8月1日凌晨2时查询“中国知网”，通过以超文本形式存在的数据库，对“互文性”研究进行“主题”检索，获得过一组比较详细的数据。2021年3月24日，笔者进行了相同“标的”的检索，得出了不同的数据。现将2011年和2021年的两次检索数据展示如下：以互文性为研究主题的文章共有2376和10036篇，涉及40个学科。它们分别是：世界文学（649和3863篇）、中国文学（438和1747篇）、外国语言文字（367和2984篇）、中国语言文字（337和1042篇）、文艺理论（287和1208篇）、戏剧电影与电视艺术（119和706篇）、新闻与传媒（90和338篇）、哲学（30和131篇）、美术书法雕塑与摄影（25和201篇）、文化（24和122篇）、贸易经济（19和88篇）、音乐舞蹈（16和213篇）、中等教育（14和220篇）、出版（9和86篇）、计算机软件及计算机应用（6和168篇）、中国政治与国际政治（1和115篇）…… 关注互文性理论的研究论文之多、涉及学科范围之广，着实令人瞠目结舌。十年间相关论文增加的数量也令人惊讶，各学科关涉“互文性”的论文增量大多是十年前的十倍或数十倍，个别甚至达到上百倍之多。

所有文论组成的这块什锦大蛋糕，文学与艺术明显占据了主要份额。其中涉及“中国文学”的互文性研究的文章（438和1747篇）的分布情况大体如下：小说、诗歌和韵文文学评论和研究，鲁迅作品及其研究的数量较多，戏剧文学、报告文学、民间文学、少数民族文学、散文、文学思想史、儿童文学等研究领域的论文，与互文性相关的相对较少。小说评论的互文性视角受到比较普遍的关注，相比之下，诗歌、散文的互文性研究相对显得薄弱一些。外国文学的情况，大抵也是如此。有关文艺理论（287 和 979 篇）学科中的互文性研究，相关论文分布情况如下：文学写作与文学创作方法、文学理论综述和各体文学理论和创作方法方面的文章相对多一些，文学理论的基本问题、艺术理论、文艺美学和世界各国艺术概况等相对少一些。创作论方面的互文性研究比较充分，文论基本问题视域的互文性研究似乎没有得到应有的重视。

对网络资料的检索，会有许多出人意料的发现。譬如，从既有资料看，互文性概念的应用明显早于"文本间性"（这与多数人想当然地认为先有"文本间性"的翻译，后有"互文性"翻译明显不一样）。按时间顺序对中国知网进行关键词检索，我们发现，由斯义宁和薛载斌共同摘译的《文学理论中的成规概念与经验研究》是中文刊物中最早使用"互文性"概念的文章之一，该文是荷兰文论家佛克马为参加中国比较文学第二届（西安）年会而撰写的专题论文，最初发表于 1987 年《文艺研究》第 6 期。该文认为，成规概念远非清晰明确的，所有关于成规的讨论似乎都陷入了一种令人不安的悖论之中。审美经验被认为或者是遵循成规的结果，或者是违背成规的结果。雪莱曾试图摆脱"成规化表达的互文性"，但是尼采却断言"成规是伟大艺术的产生条件"。[1]

张新颖的《反苹果牌即冲小说》是最早使用"文本间性"的文章之一，该文发表于 1997 年底，恰好在"互文性"概念出现于中文期刊的十年之后。在张新颖的文章中，"文本间性"一再作为概念被提

[1] ［荷兰］佛克马：《文学理论中的成规概念与经验研究》，斯义宁、薛载斌摘译，载《文艺研究》1987 年第 6 期。

及。文章以当时网络小说中流行的“玄幻句式”开头：西西创作于七十年代中期的小说《我城》中，说有家出版社发明了一种“苹果牌即冲小说”，看小说变得像冲咖啡一般简单，喝下去脑子里就会浮现出情节来。[1]这类故事，在当今的各色网站上已经成为过时的大路货，别说看小说了，借助类似于“苹果牌即冲”软件，写小说能变得如同冲咖啡一般简单，情节变化比转动万花筒还要容易。

从文献影响的角度来说，网络文献引用率检索也显示出了比较明确的信息。迄今为止，在有关“互文性”研究的著作中，至少有这样三本书如同幽灵一样在不同文章和图书中频频出现。它们是格拉汉姆·艾伦（Grahm Allen）的 *Intertextuality*（该书尚未见中译本）、蒂费纳·萨莫瓦约的《互文性研究》、王瑾的《互文性》。三本书中，引用率最高，也可以说影响最大的当属“法国大学 128 丛书”中萨莫瓦约的《互文性研究》，这不仅是因为该著的汉译本出版较早，更重要的是，它虽然在严格意义上为学术研究专著，但其篇章结构与表达方式似乎更自由、更活泼、更具有开放性。艾伦与王瑾的两本小册子则更像“文学概论”式的学术“基础 / 通俗”读本，尽管它们对互文性的概念、历史与方法的介绍可能更系统、更全面、更容易被理解。

具有反讽意义的是，在以传统文本式样出版的书面著作中，有关互文性的权威“学术成果”里，往往充斥着信口雌黄的奇谈怪论，而以“在野”姿态出现的网络批评却常常会出现一些中规中矩的“老成持重”之论。譬如，网友“tjw309”在“北大中文论坛”贴出了题为《解构主义文论的“互文性”理论浅识》的文章，对互文性理论发表了

[1] 张新颖：《反苹果牌即冲小说》，载《当代作家评论》1997 年第 6 期。

令人耳目一新的意见："互文性"理论是从当代西方文化思潮激荡更替的洪流中共生出来的一种文本理论。当代西方一些主要的文化文学理论，如结构主义、符号学、后结构主义（解构主义）、西方马克思主义、新历史主义和女性主义都或多或少对这一理论有所指涉。"互文性"表征了文本（符号）系统全新的存在方式，是一种关于文本（符号）世界的激进"哲学观"，也是一种动态开放、具有实际操作性的方法论。从价值取向来看，"互文性"理论试图揭示的是文本表象世界下意义（本真）世界的无限丰富性和共生互换性。它几乎涉及了文艺理论学科涵盖的所有重大理论问题，如作家与作品（如文本的生成过程及其作家的文学观）、作品与世界（如文本与客观世界的关系、文本的意义生成）、作品与读者（如文本意义的阐释及求解）以及作品与作品间的特殊关系（如文学的文体间以及文学与非文学文本间的关系问题）；它直接链接到文学的社会生产、消费（鉴赏）过程之中。正是这种包容特性使互文性的概念撒播在几乎所有的当代文论中。

萨莫瓦约的著作前文已有比较详细的介绍，于兹不赘。与萨莫瓦约的《互文性研究》相比，格拉汉姆·艾伦的《互文性》和王瑾的《互文性》，无论是从主旨还是结构上看，都像是一个加强版的"名词解释"，且都是10万字左右的小册子，如前所述，它们都是以"关键词"的形式作为某套文论术语丛书中的一分子出版的。格拉汉姆·艾伦的《互文性》作为兼及教学目的的评介式著作，其主要目的是对互文性概念进行一次系统而准确的深度阐释，事实上作者也正是把对"互文性"概念的起源与演变的梳理与辨析作为研究之主攻方向的。该书的这一特点，注定作者不可能有太多创新空间，这就如同一本用于教学的《文学概论》不可能提出太多新锐观点一样，作者必须尽可能忠实地转述既有研究成果所呈现的思想状况。尽管如此，艾伦还是创造性地将互文性的创新与拓展前景寄托在互联网领域，这一点似乎可以说是艾伦的小册子比另外两本小册子稍胜一筹的地方。有关《互文性》的评论注意到，格拉汉姆·艾伦“穿梭于各派理论令人眼花缭乱的术语密林”，在论述“互文性”理论的起源、发展与演变过程中，较好地注意到了互文性概念与20世纪60年代之后的各种理论之间的互文性关系，尤其作者将互文性理论的拓展与延伸“最终落脚于对万维网的思考”，给人以高屋建瓴之感。互文性与互联网的联系，使得互文性对文本之间的互动性特征得到了无以复加的强调，互动成了网络时代一切文本最显著的特征。

北大中文论坛中的一位网友指出：强调文本间的互动关系这一基本内涵，被后来所有提到互文性理论的流派所接受和继承。其实在此之前，巴赫金的对话理论和复调理论中已经显出了互文性理论的端倪。他在提到“文学狂欢化”理论时就带着非常激进的态度打破了横亘在话语之间的政治等级观念、身份贵贱区别、文化优劣划分，而把各种形式的话语混杂到一起，形成一种完全交融和平等的话语共存状态。文学话语与非文学语言、方言、职业语言、民俗语言等相互交汇自由指涉，任何话语都不拥有先决的权威性和普遍的真理性。这就为打破文本间的独立封闭世界开辟了一条通道。

艾伦指出，在20世纪60年代以前，文学批评家们对文本的内在意义孜孜以求，但在克里斯蒂娃提出“互文性”概念之后，文论与批评界才明确地意识到，任何文本都不存在超验的、自足的意义等待我们去发掘，相反，文本的意义在文本与它所指涉、所关联的其他文本之间散播了，意义游弋于文本关系的巨大网络之中。文本的本质是其与一切他者关系之和，换言之，一切文本皆互为文本，文本的独立性是相对的，文本的开放性则是绝对的，任何文本都不可能完全独立于其他文本而存在，否则，它将失去作为文本而存在的任何意义。

在艾伦看来，“互文性”理论的起源定位在20世纪初的现代语言学，尤其是两位代表人物身上——索绪尔和巴赫金。虽然此二人都不曾提出“互文性”概念，但是他们对语言的论述，体现着关于“互文性”的思想。索绪尔强调语言符号的非指涉性和差异性，认为符号存在于系统之中，通过与其他符号的相似或差异而产生意义，关注的是语言系统。巴赫金则侧重具体社会情境中的语言交际，关注的是话语。所有的话语都是对话性的，语言的对话性本质体现在语言的社会、意识形态、发话主体和受话主体的性质上。在巴赫金看来，个人意识的语言存在于自我与他者之间的边界上，语言的语词一半是他人的。这一点正是克里斯蒂娃的“互文性”概念所突出与强调的。从某种意义上讲，克里斯蒂娃为西方文论“发现”了巴赫金，是她首创了“互文性”一词，试图综合索绪尔和巴赫金的语言观念。艾伦指出，克里斯蒂娃用“文本性”置换了巴赫金的人文主体，但是却为巴赫金的对话性、双声语、杂语等概念添加了心理维度。[1]

早在王瑾的《互文性》出版之前，就有学者预言“互文性”将是中国当代文论行情不断看涨的热门词，近年来涌现出数量惊人的有关互文性研究的学位论文使这一判断获得了有力的支持。张新军在介绍艾伦《互文性》的文章中提及了一个有意思的现象：即使对当代文论极其反感的文学教授，潜意识里也存有朴素的“互文性”思想。比如说，他或她往往会告诉学生，阅读亨利·詹姆斯的《淑女画

[1] 张新军：《互文性：从索绪尔到万维网——Graham Allen〈互文性〉评介》，载《山东师大外国语学院学报》2001年第3期。

像》时应该读一读乔治·爱略特的《米德尔马契》，读凯特·肖邦的《觉醒》最好能同时读一下福楼拜的《包法利夫人》，而要阅读斯宾塞的《仙后》则不可不了解骑士传统，如此等等。“互文性”作为一种文学创作实践可以说是源远流长，而作为一种理论探索则是滥觞于当代文论中的语言学转向。

进入 20 世纪 70 年代以后，互文性理论已被广泛接受，如意大利符号学家艾柯就在其意指理论中认为，文本具有自我指涉和含混的特征，由于这种特征，“只要纠缠在一起的各种解释相互作用，文本就迫使我们重新考虑常规的代码和它们转变为其他代码的各种可能性”。在艾柯看来，文本的译解就是“持续不断将其直接意指转化为新的含蓄意指，其中没有哪一项终止于第一阐释成分上”。此后，理论界普遍认为可以把人类的一切话语都联系起来，达到破除学科间森严壁垒的效果。事实上很多理论流派的文论家都自觉不自觉地在实践着用互文性的理论来解读文本，进行文学研究。

此外，还有一个值得密切关注的现象，那就是近年来有 100 多篇博士论文涉及互文性理论，相关硕士论文多达 554 篇，这也是一个匪夷所思的惊人数据。其中部分博士论文，在前人研究成果的基础上真正做到了有所发现、有所创新、有所超越。如陈亚萍的《体裁互文性研究》（2006）、焦亚东的《钱锺书文学批评的互文性特征研究》（2006）、武建国的《当代汉语公共话语中的篇际互文性研究》（2006）、刘金明的《互文性的语篇语言学研究》（2006）、万书辉的《文化文本的互文性书写：齐泽克对拉康理论的解释》（2007）、姜怡的《基于文本互文性分析计算的典籍翻译研究》（2010）、姜辉的《“红色经典”的叙事模式与左翼文学经验》（2010）等，分别在各自的研究论题中挖掘出了前人尚未深入研究的东西，对互文性理论的深化与拓展作出了一定的贡献。

其中李玉平的博士论文《互文性研究》（2003）旨在对当今文学理论和文化研究中的重要概念“互文性”进行系谱梳理和理论探析，论述它对于文学研究的重要意义，考察它在文学和文化实践中的具体应用。作者首先纵向梳理互文性概念的学渊系谱，勾勒互文性概念生成、发展、嬗变的轨迹。认为索绪尔的结构主义语言学和巴赫金的对话主义思想直接导致了克里斯蒂娃提出互文性概念，是互文性理论最直接的学术渊源。1966年，克里斯蒂娃在向法国介绍巴赫金的学术思想时，提出了具有浓烈社会历史和主体性色彩的“互文性”概念。其后，互文性理论大致沿着结构主义和解构主义两条路径嬗变。其次，作者还尝试横向探析互文性的概念与分类。认为互文性产生于后现代语境中，关注非个人化领域，注重符号分析，倡导民主平等意识。互文性是指文学、绘画、音乐、舞蹈、广播、电影、电视、广告、互联网等众多艺术门类和传播媒体的文本之间，互相指涉、互相映射。这种互涉的程度视不同的文本而变化。互文性不是文本自发的性质，它必须通过读者的阅读和阐释才能激活和实现。从不同的角度切入，可以对互文性进行不同的分类。此外，作者还论述了互文性对于文学研究的重要意义。作者认为，互文性给传统的文学理论研究带来了一场革新，它使我们换一种眼光看文学，从而更好地认识文学的独创性，它还为我们提供了研究文本意义生成和阐释的新路径、重新审视文学史的新视角，使文学研究和文化研究得以有效地沟通。最后，作者考察了后现代文化中的互文性现象。作者认为，互文性业已成为后现代文化的一个重要特点。在后现代主义时期，互文性出现的广度和深度超过以往的任何一个历史时期。互文性在后现代主义文学中通常发挥一种解构的功能。作者指出，当前，互文性的研究与信息技术的突飞猛进息息相关，呈现出科学与人文交互渗透的趋势。超文本是互文性与网络技术联姻的产物。互文性在超文本文学中呈现出非线性的文本结构、阅读与写作界限的消弭、“极乐”的阅读体验和超媒体等全新的特点。[1]

又如万书辉的博士论文《文化文本的互文性书写：齐泽克对拉康理论的解释》，这是互文性理论应用于专题个案研究的代表性作品，作者认为，齐泽克的文化书写堪称当今时代以跨学科为根本特征的文化研究之典范。在互文性这一视角内，我们发现了齐泽克文本内部的资源要素及其复杂关系。万书辉举例说，在精神分析传统中，通常把传统意义上的经典文学艺术作品视为通俗作品来进行分析，齐泽克也不例外，通过对拉康作品中关于《哈姆雷特》《安提戈涅》等的分析，从不同角度对康德、黑格尔和马克思的哲学以及拉康的精神分析学做了极具特色的重读，从而跨越了现代以来高雅文化和低俗文化间的森严界限。从齐泽克的书写方法看，由于深受黑格尔辩证法和晚期拉康“实在界”观念的影响，齐泽克的文化书写明显表现出重返、重申、悖论等方法。对他来说，“重返”就是要寻找“真正的起源”。因此，齐泽克文本中出现了一系列的“回返”。比如，在他的文本中，有诸如向谢林的回返，向笛卡尔主体性的回返，向拉康的回返，以及“回到弗洛伊德”“回到黑格尔”“重返列宁”等不同内容。在这些回返中，最根本的还是“转向拉康”，同时这种转向又是

[1]　李玉平：《互文性研究》（2003），国家图书馆馆藏论文，http://www.nlc.gov.ch. 2014 年，李玉平的博士论文以《互文性：文学理论研究的新视野》为题在商务印书馆出版，该著是迄今为止互文性研究领域最重要的成果之一。

经由黑格尔实现的。[1]

当然，还有很多值得期待的研究成果或许会给我们带来意想不到的惊喜。北京大学外国语学院法语系秦海鹰教授承担的国家社会科学基金项目“互文性问题研究”。据介绍，该课题于 2000 年立项，2003 年 8 月结项。其最终成果形式为专著。这项成果比较系统地清点和研读了以互文性概念为中心的多种文学理论著作和相关历史资料，探讨了作为当代西方文论重要组成部分的互文性问题的缘起、流变、特征和意义。国家哲学社会科学规划办网站对秦海鹰教授“互文性研究”的具体内容、研究方法和学术创新进行了简明扼要的介绍，其中有关“互文性理论的演变轨迹和整体面貌”的寥寥数语便使看似千头万绪的互文性主脉与支流展露无遗：从互文性概念的提出到相关的文本理论在不断阐释过程中的转换与发展，作者提纲挈领地勾勒出一部互文性理论的简史。

确如秦海鹰教授所言，互文性概念从广义到狭义、从模糊到精确、从后结构主义到开放的结构主义的奇特流变过程，大致呈现出两个方向：一个方向趋于对互文性概念做宽泛的解释，把它当作一个批判武器，这个意义上的互文性理论逐渐与美国的解构批评、文化研究、新历史主义相汇合；另一个方向趋于对互文性概念做精确的界定，使它成为一个描述工具，这个方向的理论建设集中出现在 20 世纪 80 年代后的法国。秦海鹰这一研究成果最富洞见性的创新之一是对互文性理论之“解构”与“建构”的区分。就其解构意义而言，互文性概念属于后结构主义文学理论范畴，与哲学上的解构论

---

[1] 万书辉：《文化文本的互文性书写：齐泽克对拉康理论的解释》，巴蜀书社 2007 年版。

处于共生状态，其基本意图是在文学研究中突破结构主义方法的局限，把社会历史、意识形态、他人话语等诸多外部因素当作文本重新纳入文学研究的视野，把文本看作一个自身包含多种声音的意指过程，以此方式质疑文本的同一性、自足性和原创性。就其建构意义而言，互文性概念为修辞学、符号学和诗学范围的研究提供了一个操作性很强的工具，同时也从另一个角度更新了文学观念。研究者关于解构与建构的区分，一举廓清了形形色色不同性质的互文性理论之概念疑团和身份焦虑。

研究者对几种主要的互文性理论之基本特征的理解与把握也颇有特色。例如作者在符号批判理论的语境下分析克里斯蒂娃的互文性，将其主要内容概括为文本的异质性（引文性）、社会性和互动性，可谓抓住了问题的要害。更为可贵的是，研究者站在中西文化比较的立场上对相关术语所进行的清理和辨析，有一种纠偏补罅、正本清源的学术指导意义。尤其是一些常被误用误解的概念，如代码、文本、引文、生产性、互文痕迹、文本分析、线性阅读、互文阅读、跨文本性、“羊皮纸”、二级文学、阅读契约等，在特定文本中的特殊含义和不同语境中的适用范围，秦海鹰教授的相关研究有阐释和辨析。

三、“文本之外，别无他物”

萨莫瓦约在《互文性研究》的“引言”中指出：“互文性（intertextualité）这个词如此多地被使用、被定义和被赋予不同的意义，以至于它已然成为文学言论中含混不清的一个概念；比起这个专业术语，人们通常更愿意用隐喻的手法来指称所谓文中有文的现象，诸如：拼凑、掉书袋、旁征博引、人言已用，或者就是对话。但互文性这个词的好处在于，由于它是一个中性词，所以它囊括了文学作品之间互相交错、彼此依赖的若干表现形式。”[1] 作者用作“开场白”的这两句话，言简意赅地概括了全书的主旨，事实上大多数网络书店也正是把这两句话作为全书“内容简介”而放置在“商品描述”栏目之中的（如“当当网”和“亚马逊”都是如此）。

从这段类似于“内容摘要”的文字里，我们可以看出萨莫瓦约阐释互文性的几个不容忽视的“关键词”：“文中有文”“拼凑”“掉书袋”“旁征博引”“人言已用”“对话”“互相交错”“彼此依赖”。互文性或许可以简洁地表达为“文中有文”；互文性生产的最基本方法大约可以概括为“拼凑、掉书袋、旁征博引、人言已用、对话”；而我们这里所讨论的“互文性”，就其本质而言，其实正是萨莫瓦约所说“文学作品之间互相交错、彼此依赖的若干表现形式”。

即便在口头文化时代，“文中有文”的现象也必定普遍存在，这一点在后面有关巴赫金的对话理论中将有详细论述。这里我们单以文字组成的文本之生成与发展的情状，看看互文性之源头可以追溯到什么时代。按照我们对互文性字面的肤浅理解，互文性得以成立的最基本条件是必须存在足以建立“互”[2] 之关系的文本数量。文字创立之始，或许还没有足够的征引对象，因而还不具备文中有文的基本条件，这个看似合情合理的猜测，实际上并非无懈可击，因为

[1] ［法］蒂费纳·萨莫瓦约：《互文性研究》，邵炜译，天津人民出版社 2003 年版，第 1 页。

[2] 根据《现代汉语大词典》的解释，“互”字释义，除“木架”和“巷门”之外，其余各义都与“互文”之“互”意义相近，如：1. 交互、交错；2. 相互、彼此；3. 并；等等。萧统《〈文选〉序》：“各体互兴，分镳并驱。”这里“互”“并”同义且“互文”。

按照广义互文性理论的理解，即便是人类最初的文本也已经包含着极为丰富的互文性因素。譬如，关于中国最初文字的发生学过程，《易·系辞下》有这样一段精彩的描述：

> 古者包羲氏之王天下也，仰则观象于天，俯则观法于地，观鸟兽之文与地之宜，近取诸身，远取诸物，于是始作八卦，以通神明之德，以类万物之情。

按照互文性理论的理解，这段话反映的是我们中华民族自古以来“天人合一”即“天地互文”的思想——在外，观察天地万物；在内，观察自身奥妙。明白了外在“大宇宙”与自身“小宇宙”互喻互释、交相呼应的奥秘，然后人类才“发明”了“八卦”。《易经》每一卦都有“卦德”，从一定意义上讲，“卦德”之中即包含着“天道”与“人道”的互文性变化。《易经》之所以被一些人看作一切古代典籍、诸子百家思想的源头，应该说与其绵延无尽之“天文”、生生不息之“地文”以及代代相传之“人文”三者之间的互文性演化有莫大关联。

德里达说：“文本之外，别无他物。”[1]在他看来，天、地、人就如同日、月、星一样都是依照一定规律运动的符号系统，亦即文本系统。与这位犹太学者的极端言论相比，我们将中国古老的八卦看作文本系统或许可以说理所当然。儒家对《周易》的解释常使用术语“互文”。周易以雷、风、雨、日四种现象开始，然后列举艮、兑、乾、坤四

---

[1] ［法］雅克·德里达：《论文字学》，汪堂家译，上海译文出版社2005年版，第158页。

个卦名，表示这是卦，同时也是象，这种表达方式称“互文”。“互文”排列方式反映事物的由动至静、由显至藏的过程，即“雷以动之，风以散之，雨以润之，日以暄之，艮以止之，兑以说之，乾以君之，坤以藏之”[1]。其实，八卦中的天、地、日、月、风、雷、山、川常常被人看作是“天人合一”的中华文明之互文系统中的象征符号。在这个由八种基本符号无限分解和任意组合的超级“宇宙文本”中，互文性可谓是万事万物之相互依存与和谐与共的奥秘所在。基于这样一种理解，或许可以说《易经》就是一个“互文性文本”。南怀瑾先生曾经宣称：“整个宇宙就是一部《易经》。”[2] 我们是否也可以说，整个宇宙就是一个互文性文本，整个宇宙就是一个超文本？

若以马克思主义世界观审视互文性，我们不难发现，所谓互文性理论，从本质上讲，它不过是世界万事万物普遍联系和无限发展这一唯物主义辩证法思想在文本学中的基本体现。只不过有关互文性的某些理论在强调文本之间的某些关系特征时，往往会从一个极端走向另一个极端。[3] 在一定意义上说，互文性理论，有时又是一种类似德里达所信奉的一神教之具有彻底性和极端性的理论。

仍以易经和八卦为例。我们知道，八卦的情形，或许具有极为

---

[1] 甘莅豪：《中西互文概念的理论渊源与整合》，载《修辞学习》2006 年第 5 期。

[2] 南怀瑾：《南怀瑾全集》第 3 卷，复旦大学出版社 2013 年版，第 12 页。

[3] 如巴特与“无处不互文”思想密切关联的“作者之死”，彻底摧毁了独创性概念，“作者死亡了，个性不复存在了，作者在写作中的主体性和创造性被一笔勾销，有关文学独创性的话语都消失在无所不在的‘互文性’中。在文学的汪洋大海中，我们找不到任何独创性文本，只存在互相模拟和抄袭的文本”。参见王瑾《互文性》，广西师范大学出版社 2005 年版，第 55 页。

复杂的变数，就单个文字而言，是否也具有一定的互文性特征呢？仓颉造字的传说似乎可以为我们提供某些启示。《淮南子·本经训》载“昔者仓颉作书，而天雨粟，鬼夜哭”。《说文解字·叙》说：“黄帝之史仓颉，见鸟兽蹄迒之迹，知分理之可相别异也，初造书契。”这一传说，将文字的发明归结为个别文化英雄，这一说法，或许排除了初始文字的互文性之心理学内涵，但人类考古学的成果证明，个别文字固然可以由个别人物独立创造，但文字系统绝不可能是单个人的创造物。鲁迅说：“在社会里，仓颉也不止一个，有的在刀柄上刻一点图，有的在门户上画一些画，心心相印，口口相传，文字就多起来了，史官一采集，就可以敷衍记事了。中国文字的来由，恐怕也逃不出这例子的。”[1] 也就是说，文字当然不可能是仓颉之类的某个个人独立创造出来的，而是由许许多多的像仓颉这样的人慢慢丰富起来的，仓颉只不过在这些人当中比较重要，起的作用比较大而已。从一定意义上说，文字的发展过程就是一个互文性衍生与汇聚的过程。

互文性理论脱胎于索绪尔的结构主义语言学和巴赫金的对话主义思想，由克里斯蒂娃正式报幕出场，在罗兰·巴特、热奈特、利法泰尔、贡巴尼翁、洛朗·坚尼、米歇尔·施奈德等人的呼应与推动下变成热门话题，其历史演变态势和话语嬗变轨迹，已有汗牛充栋的综述资料，其中黄念然、陈永国、王瑾等人的研究成果为概念史梳理奠定了基础。如今，互文性概念的历史嬗变这一话题变为人所共知的常识，有鉴于此，这里不再作概论式系统梳理，而只是专就某些略有心得的话题谈点粗浅看法，并借以就教于读者与同行。

---

[1]　鲁迅:《鲁迅全集》第六卷，人民文学出版社第 2005 年版，第 90 页。

首先说说“一切皆文本，无处不互文”这一略显偏激的论点包含的合理性及其局限。“文本之外无一物”是德里达《论文字》中的一个重要观点，对于德里达以及许多后结构主义者来说，万物无非符号，一切皆是文本。换言之，任何一套符号都可以当作一种语言机制来研究和解释。如前所述，这一话题包含着德里达这样一位一神论者看问题的深刻性和彻底性，但这里只是将其作为一个背景论题或预设条件提出，鉴于它并非互文性理论的直接表述，暂且搁置相关争议，不予深入讨论。如果结合克里斯蒂娃及巴特的“一切文本都是互文性文本”的说法，依据德里达“一切皆文本”这一论断必然会得出“无处不互文”的结论。按照逻辑推理的游戏而言，这一说法似乎没有问题。但由此涉及的另两个问题可能会有不同理解：第一是最初的文本之互文性从何而来？第二是互文与独语是否有区别，换言之，对话与独白是否应该加以区别对待？这里的第一个问题，已在前文有关仓颉造字的讨论中述及。第二个问题大约可以在巴赫金的对话理论中找到答案。

按照巴赫金对话理论的说法，即便“茕茕孑立”，也有“形影相对”。哈代说“呼唤的与被呼唤的”总是难以“互答互应”。但在巴赫金那里，“呼唤的与被呼唤的”总能够形成“互答互应”，因为在巴赫金的对话理论语境里，任何文本都具有对话性，没有“对话性”的文本就没有存在的“意义”。即便像祥林嫂那样几乎下意识地自言自语：“我真傻，真的……”从对话理论的视角看，这样的自言自语也不能被看作是毫无对话对象的“独白”，因为这个“我真傻”的“我”，在“对话过程”中至少可以理解为说话人“祥林嫂”和对话人“祥林嫂”。在互联网上，“我真傻，真的……”居然被戏仿成了一个典型的“对话模式”。

上述两个问题，对我们从更广泛的视角看待文学之互文性有一定的启示意义。例如，在前文提及的萨莫瓦约的《互文性研究》一书中，作者的视线并没有局限于文学文本，作为一位乐于直面现实社会生活的文论家，萨莫瓦约自然不会忘记文学的现实社会之维，在肯定了文学与世界的关系之后，萨莫瓦约便从互文性视角强调了文学生产的“自根性”，提出文学不仅是在与世界的关系中写成的，更是在它同自己、同自己的历史的关系中写成的。文学的历史是文学作品自始至终不断产生的一段悠远历程。与我们通常相信的现实生活是文学的唯一源泉不同，萨莫瓦约更趋向于把既有文学作品看作新生文学作品的源头，任何文本都来源于同一个文学大家族，同时它又是这个大家族中的一员，并多多少少地反映了这一家族的存在。“文学大家族如同这样一棵枝繁叶茂的树，它的根茎并不单一，而是旁支错节，纵横蔓延。因此无法画出清晰体现诸文本之间相互关系的分析图：文本的性质大同小异，它们在原则上有意识地互相孕育，互相滋养，互相影响；同时又从来不是单纯而又简单的相互复制或全盘接受。借鉴已有的文本可能是偶然或默许的，是来自一段模糊的记忆，是表达一种敬意，或是屈从一种模式，推翻一个经典或心甘情愿地受其启发。”[1]

在论述互文性的具体方式时，作者比较正式地提出了引用（citatlon）、暗示（allusion）、参考（reference）、仿作（pastich）、戏拟（parodie）、剽窃（plagiat）以及各式各样的照搬照用，并用“不胜枚举”“一言难尽”等略微夸张的词语加深了我们对“互文方式”之多

[1] ［法］蒂费纳・萨莫瓦约：《互文性研究》，邵炜译，天津人民出版社 2003 年版，引言第 1 页。

样化的理解。在萨莫瓦约看来，对互文性的理解和研究，最重要的是回到文本自身的环境之中，设身处地地回顾文献，将历史和批评的观点综合起来，同时寻求一些途径，使我们能够对互文性有一致的看法，并以追忆的思路总体介绍互文性的各种特征。

萨莫瓦约反复强调，互文性在不同语境中被赋予了不同意义，有关互文性的概念和定义，必须结合具体语境以“具体问题具体分析”的态度讨论问题。因为，互文性可以说是一个无限开放的、极为不确定的概念，在索绪尔、巴赫金、克里斯蒂娃那里，互文性的面孔各不相同，在罗兰·巴特、热奈特、里法特尔等人笔下，互文性具有更大的流变空间，在德里达、保罗·德·曼、J. 希利斯·米勒等人那里，互文性或演化成“延异性”，或被描述成了“跨文性”，或干脆被理解为“语言修辞性”，在某些新潮文论家的著作里，“互文性”甚至被想象成一种“流质多变”的“耗散结构”。

毛崇杰先生在为王治河主编的《后现代主义辞典》撰写的“互文性”条目中指出：“它（互文性）的提出旨在打破结构主义文本的孤立与封闭性，认为作为任何文本的成文性在于同该文本之外的符号系统相关联，都是其他文本的吸收和转换，在差异中形成自身的价值。因此互文性与后现代主义文本‘意义链’的破裂相关。”[1] 毛先生认为，在后现代主义“多元”格局中，“互文性”在不同的流派那里衍生出不同的意义。他先后列举了维瑟的“文学与非文学”之互文性、拉尔夫·科恩“非文学学科与文学理论的扩展”之互文性、海登·怀特的历史文本的诗学互文性等新历史主义思潮中的互文性因素，并

[1] 毛崇杰：《互文性》，见王治河主编《后现代主义辞典》，中央编译出版社 2004 年版，第 341 页。

得出了“互文性作为结构主义、形式主义文本孤立与封闭性之反动”的结论。

王富仁等人编写的《文学百科大辞典》是较早涉及互文性概念的辞书。该书将互文性定义为：“后结构主义文学批评的一个术语，指的是对任何一个文本的解释都离不开其他文本，文本与文本之间存在着边界与沟通。”[1]其相关阐述，主要引用了德里达等人的后结构主义文本思想，认为文本的系统是自我参照的互文本系统，在互文性系统内，文本的踪迹可以把整个“结构”联结起来。文本和读者、文本和文本的清晰划分变得毫无意义，因为如果我们要接近一篇文本，它就必定有个边界，这是不可能的。按照德里达的原则，一篇文本不再是完成了的作品资料体，内容封闭在一本书里或字里行间，而是一个区分的网络，一种踪迹的织体，这些踪迹无止境地涉及它自身外的事物，涉及其他区分的踪迹。在阐释互文性概念的众多文本中，陈永国先生的“一句话概说”给出了一个言简意赅的定义：

互文性（Intertexuality）也有人译作“文本间性”。作为一个重要批评概念，互文性出现于20世纪60年代，随即成为后现代、后结构批评的标识性术语。互文性通常被用来指示两个或两个以上文本间发生的互文关系。它包括（1）两个具体或特殊文本之间的关系（一般称为transtexuality）；（2）某一文本通过记忆、重复、修正，向其他文本产生的扩散性影响（一般称作intertexuality）。所谓互文性批评，就是放弃那种只关注作者与作品关系的传统批评方

[1] 胡敬署、陈有进、王富仁等主编：《文学百科大辞典》，华龄出版社1991年版。

法，转向一种宽泛语境下的跨文本文化研究。这种研究强调多学科话语分析，偏重以符号系统的共时结构去取代文学史的进化模式，从而把文学文本从心理、社会或历史决定论中解放出来，投入到一种与各类文本自由对话的批评语境中。[1]

有关“互文性”的这一段话，首见于2003年《外国文学》第1期的《互文性》一文。作者对互文性概念的“大背景”进行了如下解说：“作为对历史主义和新批评的一次反拨，互文性与前者一样，也是一种价值自由的批评实践。这种批评实践并不隶属于某个特定的批评团体，而与20世纪欧洲好几场重要的知识运动相关，例如俄国形式主义、结构主义语言学、精神分析学、马克思主义和解构主义。围绕它的阐释与讨论意见，大多出自法国思想家，主要有罗兰·巴特、朱丽娅·克里斯蒂娃、雅各·德里达、杰拉尔德·热奈特、迈克尔·瑞法特尔。”在比较详细地介绍了巴赫金和布鲁姆的互文性思想之后，陈永国插入了“互文性革命”的解释。作者将互文性革命定义为“结构主义批评家在放弃历史主义和进化论模式之后，主动应用互文性理论，来看待和定位人文、社会乃至自然科学各学科之间关系的批评实践。这种批评的惊人之处在于它的双向作用：一方面，结构主义者可以用互文性概念支持符号科学，用它说明各种文本的结构功能，说明整体内的互文关系，进而揭示其中的交互性文化内涵，并在方法上替代线性影响和渊源研究；另一方面，后结构主义或解构主义者利用互文性概念攻击符号科学，颠覆结构主义的中心关系网络，破解其二元对立系统，揭示众多文本中能指的自由嬉

[1] 陈永国：《互文性》，载《外国文学》2003年第1期。

戏现象,进而突出意义的不确定性”[1]。

在拉曼·塞尔登主编的《文学批评理论——从柏拉图到现在》一书中,作者对朱丽娅·克里斯蒂娃的符号学理论进行了深刻剖析。拉曼·塞尔登认为克里斯蒂娃从一个非常激进的视点向“传统”与“影响”等观念提出了挑战。她提出的“互文性”概念是向“主体”的稳定性提出质疑的含义更为宽泛的精神分析理论的一部分。她把互文性定义为符号系统的互换,她不是在“陈旧的”“渊源研究”的意义上界定互文性,而是把互文性当成了超越那种致力于“引经据典”或“运用渊源”的理性控制的符号过程的一部分。在克里斯蒂娃看来,符号系统的“互换”不仅意味着从书写系统到书写系统的转换,也指从非文学与非语言学系统到一个文学系统的转换。不仅如此,她甚至把每一个指意系统看成是“各种各样的指意系统互换的一个领域”。在这里,处于系统游戏位置的主体统一性和实质性便遭到了质疑与循环。在传统文学批评看来,克里斯蒂娃的方法存在的问题是,这门学科常见的范畴如“文学作品”“传统”“作者”“渊源”等几乎无法存在下去了。[2]

历史老人就像一个条理分明的逻辑学家,它将这些纷繁复杂的理论按照一种不可移易的顺序进行了权威性的安排。不同国籍

[1]　陈永国:《互文性》,载《外国文学》2003 年第 1 期。陈永国还提到了互文性之结构与解构的双向作用,认为结构主义阵营中,列维–斯特劳斯和罗兰·巴特在其人类学和神话研究中,都采用了互文性建构方法。他们依据符号学的任意性理论,从神话、艺术和社会发展中,看到了原始思维的异质性、多元性、封闭系统性。关于这一点,王瑾的《互文性》和秦海鹰的国家社科课题研究报告都有相当详细的论述。

[2]　[英]拉曼·塞尔登编:《文学批评理论——从柏拉图到现在》,刘象愚、陈永国等译,北京大学出版社 2000 年版,第 436 页。

的好几代美学家和文论家，在近百年的时间内，居然顺着从“作者”到“作品”再到“读者”的顺序，各自建构并发展着自己的理论体系，这是否可以说是学术史上的一个奇迹？当理论研究关注的中心即将开始新一轮的“循环”时，一种综合性研究和总体性研究的趋势已变得越来越明显，越来越真切。例如，杜威的实用主义美学、英伽登的现象学美学、萨特的存在主义美学等，都不约而同地加强了对研究对象的综合性探讨和整体性把握，他们都注意到了传统美学和文论将作家、作品和读者割裂开来进行孤立研究的缺陷和不足。在这一方面，现代解释学和接受美学的理论自觉性表现得更为突出。伊瑟尔从接受美学转向文学人类学的研究，就是顺应美学和文学理论研究的综合化和总体化发展趋势的一个生动例证。[1]可以说，巴赫金的对话主义和克里斯蒂娃的互文性理论正是在这样一个拒绝区隔和走向融合的大背景下产生并快速成长起来的。

面对当下互文性理论大红大紫的热闹场面，我们不禁会想起 20 世纪 90 年代末那阵不大不小的“巴赫金旋风”，这二者之间有多大程度的承续关系似乎还有待进一步考证。但某些标志性的事件，多少会给我们启发。1998 年《巴赫金全集》在中国首次出版[2]，并很快在文论界引起轰动，钱中文先生那篇“论巴赫金意义”的《理论可以常青》，满怀深情地描绘了巴赫金从神童到大师的传奇经历，堪称是对这位 20 世纪俄国思想家、美学家、文艺理论家的“又一次发现”。钱先生主编的《巴赫金全集》的出版，为中国文学理论学术界带来了

[1] ［德］伊瑟尔：《虚构与想象》，陈定家、汪正龙等译，吉林人民出版社 2003 年版，第 396–397 页。

[2] 钱中文主编六卷本《巴赫金全集》，河北教育出版社 1998 年版。

这样一句宣言式的口号——“走向交往对话的时代!”

钱先生有关“交往对话”理论的一系列阐释，在一定意义上充当了我们理解互文性理论的一把钥匙。我们注意到，互文性概念已被习惯性地说成是脱胎于巴赫金的对话理论，法国当代著名文学评论家茨维坦·托多罗夫在《巴赫金、对话理论及其他》一书中，直接使用了“互文性”一词来描述巴赫金的对话理论。[1]无论是萨莫瓦约的《互文性研究》，还是艾伦的《互文性》，也都将巴赫金的“对话理论”视为克里斯蒂娃“互文性”概念的先导。萨莫瓦约说：“在任何一篇文本中，都是由词语引发该文与其他文本之间的对话：茱莉亚·克里斯蒂娃借用巴赫金的这一思想，并且恰如其分地引入了自己的新术语和抽象理论。巴赫金是《小说的美学和理论》以及《陀思妥耶夫斯基的文学创作》的作者。他从未使用过诸如‘互文性’或‘互文’一类的词。然而在他研究小说的时候(从20世纪20年代末开始)，为了阐明兼容文体及其语言学、社会和文化分支的可能性，巴赫金提出了通过词语来承担多重言语(multiplication des discours)的思想。”[2]

维克多·什克罗夫斯基在《关于散文理论》中，根据巴赫金的理论研究劳伦斯·斯泰恩的著名小说《项狄传》时指出：“如果说这篇

[1] ［法］茨维坦·托多罗夫:《巴赫金、对话理论及其他》，蒋子华、张萍译，百花文艺出版社2001年版。托多罗夫的《巴赫金、对话理论及其他》由两部分组成。第一部分“《文学概念》及其他”收录的10篇文章曾见于《散文体诗学》和《话语类别》两本集子里，其公开发表的刊物是1971年《诗学》和1978年《诗学》合订本。该书第二部分“米哈伊尔·巴赫金与对话理论”其实是另一本书《米哈伊尔·巴赫金与对话理论，及巴赫金小组文论》的中译本，中译者删除了原书附录中收录的“巴赫金小组文论”。该书只翻译了“巴赫金与对话理论”部分。

[2] ［法］蒂费纳·萨莫瓦约:《互文性研究》，邵炜译，天津人民出版社2003年版，第6页。

小说和以前的文学决然不同，那么首先是因为它综合了以前的文学，重新使用所有业已存在的话语形式——说教的、宗教的、政治的、司法的、文学的，同时将它们饱和、混杂和戏拟，达到不得不对这些话语进行转换的程度。”[1]艾伦《互文性》一书的第一个标题是《起源：索绪尔、巴赫金和克里斯蒂娃》，后依次罗列小标题：索绪尔与词之结构关系、巴赫金与词之社会关系、对话主义、克里斯蒂娃与《原样》生产、从对话主义到互文性、理论之互相转换、巴赫金抑或克里斯蒂娃?

尽管在互文性理论原创者究竟是巴赫金还是克里斯蒂娃的问题上学术界有不同看法，但无论如何，巴赫金的对话理论、对话思维对互文性理论形成和发展具有不可替代的理论价值，关于这一点，学术界的看法表现出了高度的一致。进入20世纪之后，中国的“巴赫金旋风”似乎渐渐由强趋弱，但相关研究却开始逐渐走向深入，尤其是他的对话理论，在文论与美学领域得到了极为广泛的关注。有论者指出，巴赫金对话理论解释了一个观点多元、价值多元、体验多元的真实而又丰富的世界，它的意义已经远远超出了文学理论自身的范围。对话成为连接古今中外文化和文学理论的桥梁。它在文学作品中具有独立性、自由性、未完成性和复调性等特点。

王瑾《互文性》中对克里斯蒂娃根据几个最常用的法语词缀和词根拼合而成的新词——intertextualité 进行了详细阐释：“语词（或文本）是众多语词（或文本）的交汇，人们至少可以从中读出另一个语词（文本）来，在巴赫金的作品中，这两者分别以对话和背反的形式出现，他没有对二者明确区分。尽管缺乏严密的论述，但这一视角确

[1] ［法］蒂费纳·萨莫瓦约：《互文性研究》，邵炜译，天津人民出版社2003年版，第11页。

实是巴赫金首先引入文学理论里来的。…… 因此，文本间的概念应该取代‘主体间性’（intersubjectivity）的概念。”[1] 和大多数论者一样，王瑾在明确指出克里斯蒂娃“生造”了“互文性”一词后，立刻指出了互文性概念与巴赫金的联系。事实上克里斯蒂娃本人也从未回避过巴赫金的对话主义对互文性理论产生的影响，并直言不讳地说，巴赫金的影响是“直接的”，是“决定性的”。王瑾还特意援引了格雷汉姆·艾伦的《互文性》的评判说：“在我看来，与其说互文性概念源自巴赫金的作品，毋宁说巴赫金本人即是一位重要的互文性理论家。”[2]

巴赫金说：“人带着他做人的特性，总是在表现自己（在说话）亦即创造文本（哪怕是潜在的文本）。”[3] 人在对话过程中，表达自己并由此获得他“作为人”的生命，这一“创造文本”的过程，是一个交往与对话的过程，一个自我与他人话语互答互应的过程。巴赫金相信，人在“表现自己”的过程中，他人话语无处不在，所有的话语都具有内在的对话性，所以艾布拉姆斯所说的文学四要素中的任何一个都具有在文本内或文本间发生对话的潜力。在巴赫金之后，随着接受美学、读者反应批评等理论为学术界所认同，批评家的目光第一次投向了长期被忽视的“读者 — 文本”和“读者 — 作者”，尽管读者反应批评所强调的前理解（Pre-understanding）以及期待视界（Horizon of expectation）很好地解释了读者对于文本的动态接受过程。而作者和读者的对话则体现在作者在创作作品时脑海中所蕴含着的进行答话的对象。伊瑟尔称之为“隐含的读者”（Implied

[1] Julia Kristeva, *Word, Dialogue and Novel, in The Kristeva Reader, Torilmoed*. Oxford: Blackwell Publisher Ltd. 1986, p.36.

[2] 王瑾:《互文性》,广西师范大学出版社 2005 年版,第 16 页。

[3] 钱中文主编:《巴赫金全集》第 4 卷,河北教育出版社 1998 年版,第 306 页。

Reader)，斯丹利・费什则称之为“理想化的读者”（Idealized Reader），而巴赫金则将之命名为“超受话者”（meta-addressee）。[1]

关于“隐含在复调小说中的对话关系”，王瑾在《互文性》中进行了精彩的分析。她认为，巴赫金对互文性的思考首先来源于他的哲学思想。“我与他人”的关系就是巴赫金哲学思想的一个基本出发点，“我”的存在是一个“我之自我”，我以外皆为他者。自我作为主体是一个生命存在的事件或进程，在存在中占据着唯一的、不可重复的、不可替代的位置，是一个确实的存在。然而，这种存在又是不完整的、片面的，因为每个自我在观察自己时都会存在一个盲区，就如同我们不可能看见自己的脸和后背一样，但是这个盲区却可以被他者所看见，这种独特的个体视野即为每个个体都拥有的“视野剩余”。这种情况就决定了自我不可能是封闭、完结、自给自足的，自我的存在与发展离不开他者，除了自我内省，还需要借助他人的外位超视，从他人对我的感受中感受到自我在人群中的存在状态。这一点与苏格拉底对真理产生于对话的认识相仿，因此，巴赫金认为，自我存在于他人意识与自我意识的接壤处。[2] 用巴赫金自己的话来说：“一个意识无法自给自足，无法生存，仅仅为了他人，通过他人，在他人的帮助下我才展示自我，认识自我，保持自我。最重要的构成自我意识的行为，是确定对他人意识（你）的关系。”[3] 这就是他所

---

[1] Kuro：《重读巴赫金——关于对话理论的几点思考》，http://blog.sina.com.cn/s/blog_470535440100008c.html.

[2] 王瑾：《互文性》，广西师范大学出版社 2005 年版，第 11–12 页。

[3] ［苏联］巴赫金：《论陀思妥耶夫斯基一书的改写》，载《话语创作美学》（莫斯科）1979 年第 311 页，转引自董小英《再登巴比伦塔——巴赫金与对话理论》，生活・读书・新知三联书店 1994 年版，第 21 页。

说的："单一的声音，什么也结束不了，什么也解决不了。两个声音才是生命的最低条件，生存的最低条件。"[1]

巴赫金从本体论角度强调存在与他性的紧密联系，因而人之自我意识的获得必须要靠"他人眼中之我"才能实现。这种"我"与"他者"生生不息的依存关系则衍生出人类社会存在的根本，对话关系。自我话语也存在于杂语（heteroglossia）之中，与他者话语相互影响，相互进入，从而形成超语言学研究中特有的双声语（double-voicedness）现象。这种对话性的双声语渗透到文学中来就形成了独特的复调小说，或对话小说。对话关系是一种特殊的语义或逻辑关系，参与对话的话语互不融合，各自具有充分的独立的价值，话语的主体各自平等。因而对话的意义不在于评判对错，而在于对话这一事件本身。对话中本身蕴含的积极理解使新意义的产生成为可能。因而对话也具有未完成性（unfinalizability），开放性，和多义性。[2] 自此，我们已经可以清晰地看到克里斯蒂娃互文性理论的基本轮廓。

中国社科院外文所董小英研究员是国内较早系统研究巴赫金对话理论的学者之一，她的《再登巴比伦塔》一书即以"对话性"作为研究的起点。作者认为，对话最初与叙事者的陈述一同进入文本的时候，它在史诗中仅是叙事的一部分，是单方叙述，即独白。在希腊悲剧发展到一定阶段后，人物从歌队中分离出来，于是就出现了悲剧中程式化的对话。人物作为当事人叙述自己的故事，歌队作为旁观者，站在听众 — 读者的立场，代表他们要求人物"请把整个故事告诉我

[1] ［苏联］巴赫金：《陀思妥耶夫斯基诗学问题》，白春仁、顾亚铃译，生活・读书・新知三联书店 1992 年版，第 344 页。

[2] Kuro：《重读巴赫金 —— 关于对话理论的几点思考》，http://blog.sina.com.cn/s/blog-470535440100008c.html.

们”，同时充当剧情的叙事者，并以问话形式，参与对话，使独白叙事成为双方叙事。[1]

巴赫金认为：“在悲剧对话之后接踵而至的是苏格拉底对话——这是历史上一个新的小说体裁的第一步。”[2] 按照巴赫金的说法，对话性并不是陀思妥耶夫斯基的首创，巴赫金给对话性下的定义——“对话性是具有同等价值的不同意识之间相互作用的特殊形式”[3] 却是我们了解对话性的钥匙。对话有对话者、对话内容、对话方式的范畴，对话性也具有同样的范畴，但比对话更复杂。首先，对话者就不只是文本中人物与人物的对话，还包括作者与人物、作者与读者、人物与读者的对话关系；其次，对话的内容就不只是引号内的内容，文字上的内容，还包括文字以外的画外音以及空白；另外对话的方式，由于摆脱了引号的束缚，更是自由自在，尤其是作者与读者的对话性形式变化最多。对话性使叙述更有深度，使形式更有韵味。尽管对话性从文本诞生的那一天起就已经存在，但人们并没有认识到它，甚至没有注意到它。直到现代，作者在写作时已经在有意识地运用对话性技巧叙述，评论家们才开始注意到对话性在文本中的功用。

小说《穷人》中，杰符什金的信里有这样一段话：“我没有成为

[1] 董小英：《再登巴比伦塔——巴赫金与对话理论》，生活·读书·新知三联书店 1994 年版，第 3–4 页。

[2] ［苏联］巴赫金：《论陀思妥耶夫斯基一书的改写》，载《话语创作美学》（莫斯科）1979 年第 316 页，转引自董小英《再登巴比伦塔——巴赫金与对话理论》，生活·读书·新知三联书店 1994 年版，第 4 页。

[3] ［苏联］巴赫金：《论陀思妥耶夫斯基一书的改写》，载《话语创作美学》（莫斯科）1979 年第 309 页，转引自董小英《再登巴比伦塔——巴赫金与对话理论》，生活·读书·新知三联书店 1994 年版，第 7 页。

任何人的累赘！我这口面包是我自己的，它虽然只是块普通的面包，有时候甚至又干又硬，但总还是有吃的，它是我劳动挣来的，是合法的，我吃它无可指摘。是啊，这也是出于无奈嘛！我自己也知道，我不得不干点抄抄写写的事，可我还是以此自豪，因为我在工作，我在流汗嘛。我抄抄写写到底有什么不对呢！"[1]

巴赫金认为这是典型的双声语，他把它展开来分析：

他人：应该会挣钱，不应成为任何人的累赘，可是你成了别人的累赘。

杰符什金：我没有成为任何人的累赘！我这口面包是我自己的。

他人：这算什么有饭吃呀?！今天有面包，明天就会没有面包。再说是块又干又硬的面包！

杰符什金：它虽然只是块普通的面包，有时候甚至又干又硬，但总还是有吃的，它是我劳动挣来的，是合法的，我吃它无可指摘。

他人：那算什么劳动！不就是抄抄写写吗，你还有什么别的本事。

杰符什金：这也是出于无奈嘛，我自己也知道，我不得不干点抄抄写写的事，可我还是以此自豪！

他人：有什么值得骄傲的！抄抄写写！这可是丢人的事！

杰符什金：我抄抄写写到底有什么不好呢！[2]

---

[1] ［苏联］巴赫金：《陀思妥耶夫斯基诗学问题》，白春仁、顾亚铃译，生活·读书·新知三联书店 1992 年版，第 296 页。转引自董小英《再登巴比伦塔——巴赫金与对话理论》，生活·读书·新知三联书店 1994 年版，第 26–27 页。

[2] ［苏联］巴赫金：《陀思妥耶夫斯基诗学问题》，白春仁、顾亚铃译，生活·读书·新知三联书店 1992 年版，第 287–288 页。

在这里展开的对话中，“两句对语 —— 发话和驳话 —— 本来应该是一句接着另一句，并且由两张不同的嘴说出来”，但实际在小说中，两者是重叠起来的，“由一张嘴融合在一个人的话语里”。[1] 无论是一个人嘴上的话移到另一个人嘴上，而潜台词变了，还是一张嘴融合了两个人的话，它们的共同特点都是，一句话“具有双重的指向 —— 既针对言语的内容而发（这一点同一般的语言是一致的），又针对另一个语言（即他人的话语）而发。”这就是双声语，它的本质就是“两种意识，两种观点，两种评价在一个意识和语言的每一成分中的交锋和交错，亦即不同声音在每一内在因素中交锋”[2]。

关于互文性的概念与历史是一个说不尽的话题，这里只就其原创者与互文性的关系略作探讨，作为该概念之历史演绎的引子，在此之后的复杂演绎情况，将以流水状铺叙转入延伸阅读参考文献中。且让水面下的冰山留在原处吧，让我们在这个论题上将足够的互文性想象空间留给网络搜索引擎，一个概览冰山全貌的最简单的方法或许是寻找一份互文性研究的著述清单，为此，我们只要看看著名的“中国知网”中有多少关于互文性的学术研究之宝藏就能略见一斑。

---

[1] ［苏联］巴赫金：《陀思妥耶夫斯基诗学问题》，白春仁、顾亚铃译，生活·读书·新知三联书店 1992 年版，第 287 页。

[2] 同上，第 255 页、第 287–288 页。

第六章

“自动写作”与“字字回文”

如前所述，"互文性"是一种强调文本关系的文学理论的核心概念，它与中国古汉语修辞格的"互文"与其说是内涵的相同，不如说是字面上的巧合。"二者属于不同的理论范畴，理论含义也大不一样，但两者在语言修辞学、诗学以及思维的认知、表达方式等方面仍存在某些联系和暗合之处。"[1] 资料表明：中国学术传统中的"互文"历来也有不同的称呼：互文、互言、互备、互体、互参、互辞、互其文、互文见义。东汉经学大师郑玄在《毛诗笺》中对"互文"的称法有互辞、互文、互言、互其文等。唐代孔颖达在《毛诗正义》中除称"互文、互言"外，还称"互相足、互见其义、互相见、互相发明"等。唐代贾公彦《仪礼注疏》："凡言。互文者，是二物各举一边而省文，故云，互文。"清人俞樾《古书疑义举例》称此类语言现象为"参互见义"。杨树达在《汉文文言修辞学・参互》中称之为"参互"，包括"互备"和"举隅"。[2] 总之，西方的"互文性"与中国的"互文"是颇不相同的两个概念，但二者的"暗合" "遇合"与"整合"过程，却使得这两个概念渐渐趋向于模糊，譬如说，"互文"作为古汉语里一种重要的修辞方式，它的主要特点被汉字学家描述为"上下文义具有彼此隐含、彼此

[1] 夏腊初：《西方文论的"互文"与汉语修辞的"互文"》，载《海南师范学院学报》2005 年第 5 期。

[2] 甘莅豪：《中西互文概念的理论渊源与整合》，载《修辞学习》2006 年第 5 期。

渗透、相互呼应、相互补充的关系”[1]。不难看出，有关中国修辞学之“互文”的这一描述基本上与西方文论之“互文性”概念相吻合。从一定意义上说，西方文论之“互文性”与中国修辞之“互文”，天然存在着一种“互文性/互文”关联。

一、“互文性”与“剪刀诗学”

“互文性”作为一个内涵极为丰富的文论概念，它的背后隐藏着许许多多令人惊奇的文学现象。例如，20世纪60年代的欧洲，“造诗机器”和“取消文学产权”等思想相当盛行，超现实主义“自动写作”的构想令人神往。当时法国一个名为Oulipo（Ouvroir de Littérature Potentielle，意即“潜在文学的开启”）的文学团体十分活跃，这个团体大胆地尝试过各种异想天开的“自动写作”文学实践。其中，特里斯坦·查拉（Tristan Tzara）“制造一首诗”的建议就令人难忘：

> 拿一张报纸。/拿一把剪刀。/在这张报纸里选一篇文本，长度和你要写的诗相当。/剪下文本。/然后仔细剪下这篇文本里的每一个词，把它们装进一个包里。/把包轻轻地晃一下。/然后依照字条从包里取出的顺序把它们一张一张地拿出来。/精心地把它们粘起来。/你要的诗就成了。[2]

---

[1] 周志锋：《“互文见义”与古书解读》，载《汉字文化》2004年第1期。

[2] ［法］蒂费纳·萨莫瓦约：《互文性研究》，邵炜译，天津人民出版社2003年版，第72页。

这种荒谬不经的“造诗”方式，让人联想到当下网络语境中流行的“恶搞”，对这种“邪门歪道的艺术”，大约一笑置之足矣。但假如我们联想到中国甲骨文时代那些历史风云人物求神问卦的情形，或者“计算机写作软件”运行原理，那我们就有理由对查拉疑似亵渎缪斯的“剪贴诗学”另眼相看了。文字作为文本的“细胞”，原本就隐含着文本的众多特征，特别是中国文字所蕴涵的天然诗性基因和“细胞”间的亲和力，使汉语文本具有超强的结构张力和意义弹性。

查拉也许想不到，相比于法文而言，他的“建议”于汉语竟更为适用。例如，同是 20 世纪 60 年代，中国学者周策纵先生写过一首“字字回文”的回文诗，足以将查拉的“剪贴诗学”演绎成一种“造诗经典”。回文诗原作由如下 20 字组成一个封闭的圆环，没有标点符号，为了排版方便，这里暂且斩断“圆环”，将其一字铺开：“星淡月华艳岛幽椰树芳晴岸白沙乱绕舟斜渡荒。”

这 20 个字，不管从哪一个字起头，也不论从哪一个方向开始，只要每 5 个字一句，顺序读来，正反都是一首五言绝句：

1. 星淡月华艳，岛幽椰树芳。晴岸白沙乱，绕舟斜渡荒。

2. 淡月华艳岛，幽椰树芳晴。岸白沙乱绕，舟斜渡荒星。

3. 月华艳岛幽，椰树芳晴岸。白沙乱绕舟，斜渡荒星淡。

……

40. 荒渡斜舟绕，乱沙白岸晴，芳树椰幽岛，艳华月淡星。

据叶维廉的《中国史学》介绍，周策纵曾称自己的诗“妙绝世界”！分明文字游戏，何以“妙绝世界”？周先生的解释说，这首诗的妙处在于其“字字回文”。但在笔者看来，周诗的“一串珠子”却始终未被打散。如果打散周策纵的“念珠”，将其重新组合，必然会得到许多不同的结果。如将已有的 40 首诗歌的第一、三句顺读为一、二句，将第二、四句倒读为第三、四句，便又可读出 40 首。第三、一句顺读为一、二句，将第四、二句倒读为第三、四句，便又可读出 40 首。如果按照查拉的“剪贴诗学”规则，打破平仄、押韵和文从字顺的限制，将有多少“新作”问世呢？计算结果是“20 的阶乘（20！）”，即可以“剪贴”出 20×19×18×17×⋯ ×5×4×3×2×1 首“新诗”。

笔者孤陋寡闻，曾以为这样的“字字回文诗”是周策纵的首创。其实，这类回文诗，是古代诗人早就玩腻了的文字游戏而已。例如，清代诗人黄伯权《茶壶回文诗》：“落雪飞芳树，幽红雨淡霞。薄月迷香雾，流风舞艳花。”几乎就是周策纵回文诗的另一个版本。黄伯权的诗曾写于清代同治年间的一把小茶壶上，以连环诗的形式展现，20 个字绕着茶壶成一圆环。从任何一个字开始读起，不论顺着读还是逆着读，皆成佳作，五字一断句，可成 40 首诗，读法和周策纵的回文诗如出一辙。

除了汉语，不知世界上是否还有其他语言能够如此“回文”？据美国学者罗伯特·司格勒斯说，语言学家索绪尔晚年痴迷于寻找隐藏在“回文”中的奥秘（如果“颠倒字母位置而形成的词句”可以组成回文的话），但显然他这一近似于怪癖的嗜好并没有给他的学术声誉锦上添花。[1] 尽管笔者也知道英语中同样有大量有趣的“回文”，例如一句有关拿破仑生平的妙语就可以倒过来读：ELBA SAW I ERE I WAS ABLE。但由于英文的音、形、义、性、数、格等的行文要求极为刻板，因此，字字回文，断无可能。叶维廉认为，在这首诗里（或应说在这 40 首诗里），读者已经不能用“一字含一义”那种“抽

[1] ［美］罗伯特·司格勒斯：《符号学与文学》，谭大立、龚见明译，春风文艺出版社 1988 年版，序言第 2 页。

思”的方式来理解作品了；每一个字，像实际空间中的每一个事物，都与其附近的环境保持着若即若离、可以说明而犹未说明的线索与关系，这一个“意绪”之网，才是我们接受的全面印象。尽管回文诗中的语法是极端的例子，但我们不能否认，在适度解放的情况下，中国古典诗的语法，利用“若即若离、可以说明而犹未说明的线索与关系”，而向读者提供了一个由他们直接参与和感受的“如在目前”的意境。[1]

其实，中国古典诗歌这种打破语法规则的现象绝不只局限于回文诗，散文中这类文字游戏更是有过之而无不及。古人有以“篇篇锦绣，字字珠玑”夸赞他人文章者，篇篇锦绣者或许有之，字字珠玑则不免有夸饰之嫌。但从周纵策的诗歌看，说其字字珠玑或许也有某些合理成分，所谓字字珠玑，打散了还是珠玑。当然，笔者并不认为周策纵的回文是诗之极品，相反，这样的回文诗充其量只是古已有之的文字游戏而已，说到底也只是20个可以勉强读成类似诗句的汉字。不过，说回文诗是游戏之作也没有贬低的意思。其实很多回文诗是具有极高艺术造诣的，唐代著名诗人皮日休和陆龟蒙之间的唱和就有一些很是精彩的回文诗，如陆龟蒙的《晓起即事寄皮袭美》。大文豪苏轼平生写过不少游戏之作，如《记梦》就是一首回文诗：“空花落尽酒倾缸，日上山融雪涨江。红焙浅瓯新火活，龙团小碾斗晴窗。”这首诗倒过来读似乎更有东坡神韵，特别是“缸倾酒尽落花空”一句，曲尽其妙地描摹出了诗人豪饮过后的莫名惆怅之态，悲欣莫辨，倒转回环，如醉如梦，颇有太白遗风。宋人李禺写过一首回文诗，顺读是夫忆妻，倒读则是妻忆夫，人称“夫妻互忆回文诗”，

[1] 叶维廉:《中国诗学》,生活·读书·新知三联书店1992年版,第28页。

耐人寻味：

枯眼遥望山隔水，往来曾见几心知？

壶空怕酌一杯酒，笔下难成和韵诗。

途路阻人离别久，讯音无雁寄回迟。

孤灯夜守长寥寂，夫忆妻兮父忆儿。

分明是文字游戏，却也算得上情真意切，更难得的是其顺畅自然、明白晓彻，颠之倒之，仍成佳句，构思如此精巧，令人拍案叫绝。有人冒吕洞宾之名写过一篇八字《酒箴》——“神伤德坏身荒国败”，也像周策纵的字字回文诗一样首尾衔接，成一圆环。按照周诗的读法，8 个字居然可以读出 32 组箴言来：

1. 神伤德坏，身荒国败。

2. 败神伤德，坏身荒国。

3. 国败神伤，德坏身荒。

4. 荒国败神，伤德坏身。

……

也许这类捣碎又重塑的文字游戏与真正的文学还有相当的差距，但就结构意义而言，我们常说的“解构”与“重构”其实也正是这样的文本游戏。我们注意到，“解构”与“重构”传统诗文，一直是骚人墨客津津乐道的游戏，直到今天仍然大有“玩家”，而且还有“大玩家”。例如著名作家王蒙就是一个把玩“解构”与“重构”游戏的“顶尖高手”。王蒙在新版的《双飞翼》一书题记中说自己——心有“双飞翼”，迷醉诗与文。痴情《红楼梦》，着魔玉溪生。他多次强调自己半生钟爱李商隐，特别是他的“无题诗”，尤其是《锦瑟》。他说自己“不知着了什么魔，老是想着《锦瑟》，在《读书》上发表了两篇说《锦瑟》的文章……仍觉不能自已”[1]。他默诵《锦瑟》的诗句：“锦瑟无端五十弦，一弦一柱思华年。庄生晓梦迷蝴蝶，望帝春心托杜鹃。沧海月明珠有泪，蓝田日暖玉生烟。此情可待成追忆，只是当时已惘然。”他感到这些字、词、句在自己脑海里“联结、组合、分解、旋转、狂跑，开始了布朗运动，于是出现了以下的诗，同样是七言：

锦瑟蝴蝶已惘然，无端珠玉成华弦。庄生追忆春心泪，望帝迷托晓梦烟。日有一弦生一柱，当时沧海五十年，月明可待蓝田暖，只是此情思杜鹃。

全部用的是《锦瑟》里的字，基本上用的是《锦瑟》里的词，改变了句子，虽略有牵强，仍然可读，仍然美，诗情诗境诗语诗象大致保留了原貌。[2]

在王蒙先前发表于《读书》的那两篇文章中，他已经多次操演过这样的文字游戏：把《锦瑟》诗的字句彻底打乱，然后将其重新组合，他将这种文本的解构与重构戏称为“颠倒锦瑟”。

除了前面引用的一首“王记”锦瑟诗，王蒙还别出心裁地把《锦瑟》改编成了如下绝妙的长短句：

杜鹃、明月、蝴蝶，成无端惘然追忆。日暖蓝田晓梦，春心迷。沧海生烟玉。托此情，思锦瑟。可待庄生望帝。当时一弦一柱，五十弦，只是有珠泪，华年已。

---

[1]　王蒙：《双飞翼》，生活·读书·新知三联书店 2006 年版，第 22 页。

[2]　同上，第 22–23 页。

作者依据《锦瑟》编撰的对联同样颇有雅意：

此情无端，只是晓梦庄生望帝。月明日暖，生成玉烟珠泪，思一弦一柱已。

春心惘然，追忆当时蝴蝶锦瑟，沧海蓝田，可待有五十弦，托华年杜鹃迷。

有些学者认为，王蒙的这些将微型文本改头换面的小把戏，似乎只能限于篇幅较小的文本中，但实际上也存在着推而广之的可能性。王蒙曾把他的“颠倒锦瑟”的游戏扩大到李商隐其他的《无题》诗中，同样产生了奇特的效果。如将“锦瑟无端”与“相见时难”掺和起来重新排列组合同样可以得到美妙的诗作：

相见时难别亦难，东风无力百花残。庄生晓梦迷蝴蝶，望帝春心托杜鹃。晓镜但愁云鬓改，夜吟应觉月光寒。此情可待成追忆，只是当时已惘然。

锦瑟无端五十弦，一弦一柱思华年。春蚕到死丝方尽，蜡炬成灰泪始干，沧海月明珠有泪，蓝田日暖玉生烟。蓬山此去无多路，青鸟殷勤为探看。

这样的“集句”游戏还可以扩展到其他诗人的作品中。如果放开游戏的字数限制，真正将“剪刀诗学”原则贯彻到底，这类改写、集句等游戏与严肃创作之间的界限便渐渐模糊起来，于是，文本与超文本的差异也渐渐被增加或减少的字数掩盖了踪迹。王蒙的文本游戏说明，《锦瑟》这样的微型文本是可以打散后重新组装的，那么，大型文本，如一篇小说是否可以如此“颠之倒之”“散之合之”？答案是不言而喻的。

二、“写作机器”与“文学工场”

2000年，高龄的英国言情小说女王芭芭拉·卡特兰（Barbara Cartland，1901—2000）去世，陆建德先生为此专门写过一篇文章《写作机器停止转动》。据陆先生介绍，非凡的卡特兰一生著述723部，在她77岁的那一年（1977）她竟一口气出版了32部作品。她曾“自嘲地把自己位于伦敦以北、占地200公顷的庄园称为‘工厂’，那里不仅有最高级的复印设备，还有她的半打秘书。原来卡特兰喜欢以口授的方式写作，那些秘书专司记录之职”[1]。陆建德先生从文化生产和读者心理学等视角分析了卡特兰的多产原因，在文章结尾处，他说：“我们也愿意向生前永不言倦的卡特兰致意。”[2]陆先生所说的“永不言倦”或许是指自强不息的人类精神，但在我看来，“永不言倦”也是一种可贵的“机器特征”。当然，陆先生所谓“写作机器”只是一种比喻，本文要讨论的却是一种正真意义上的“机器”，“写作的机器”。

从实用主义的视角看，“剪刀诗学”原理最成功的应用或许在“写作机器”的研制以及“文学工场”的机械化生产的开发方面。就像照相机问世之前人们几乎难以相信绘画的写实功能可以被摄影代替一样，“剪刀诗学”与写作软件的重要意义其实远远超出了大

[1] 陆建德：《写作机器停止转动》，载《环球时报》2000年6月2日第12版。

[2] 同上。

多数人的想象。目前，写作软件还处在摸索过程之中，从适用和商务视角看，这种软件还极不成熟。但人文学者关于写作软件的某些流行观点与观念却比写作软件本身更为幼稚、更为狭隘。如果说我们人类是大自然所有创造中最为杰作的作品，是自然创造的"'人'机器"，那么，时下流行和即将问世的形形色色的人造写作"'机器'人"，则是大自然之"产品的产品"。虽说"人是机器"的理论已经相当老套了，但人类作为自然进化的必然产物，我们没有理由把人类思维神秘化。此外，软件的开发往往是一大群时代精英通力合作的结果，从一定意义上说，它理所当然应该比一张纸、一支笔的单个人的"手工操作"更富有创造能力。

写作机器早已不是什么新闻了，如果说20世纪，有关写作机器的种种说法大多还只是在谈论某种幻想的话，那么今天的情况则完全反过来了。十多年前，《光明日报》刊登了林之的一篇文章：《作家终结者》。作者把时人对软件写作的种种猜想变成了日常生活化的细节，朱清月和欧阳飞这两个人物更是给笔者留下了深刻印象。朱清月在报社翻看着当天的日报，发现过去动笔就写错别字的老同学欧阳飞居然成了知名作家，她认为这绝对不可能。在朱清月的再三打探下，欧阳飞终于吐露了"白字大王"如何成为"先锋作家"的全部秘密：

我花了一个月时间，不包括大半年在图书馆里抄阅各类小说，写了个软件，暂取名为"作家终结者"，你还记得"邱比特之箭"吗？对了，同样的思路，更先进的算法，CPU都出了PIII了，运算的速度也跟得上。大致的过程是这样的，举个例子，我写句"夏日，黄昏，沙滩，遇，少女"，半分钟，电脑就在我编的文库里找到适合的文字，编排出一段六七百字的段落来,每次都不一样。[1]

其实,让机器代替人来从事艰巨的脑力劳动,这个梦想可谓由来已久。以写作为例,至迟在斯威夫特的《格列佛游记》中就有过对“写作机器”的非常具体的描述。尽管上述事例都只是处于一种“虚构与想象”状态,但从可能性上讲,它们暗含着不容小觑的现实性。

尽管所说的“写作机器”与“文学工场”都是文学创作领域颇为流行的老概念,但我们试图赋予它们新的含义,即把它们理解为网络文化背景下的“电脑自动写作”。笔者认为,把写作这种艰苦劳动的最基本工作交由机器来完成,这既是人类千百年来的一个梦想,也是精神生产日益数字化的必然要求。从发展的眼光看,将人工智能引入创作领域,未尝不是文学生产的一个比较理想的出路。事实上,智能化升级如此神速的计算机已经为电脑机器人的自动化写作提供了一定程度的可能性。特别是“电子克隆时代”文化消费的迫切需求和精神产品雪暴式的“比特化”,这种时代文化发展的大趋势,已为数字化写作机器的开发试验和市场推广提供了坚定的信心和强大的动力。可以毫不夸张地说,20世纪90年代以来,有关自动化写作的理论与实践,已经成为时代精神“冷风景”中的文化消费“热时尚”。

1998年,美国人研制的“布鲁图斯一号”文学软件的问世,曾成为轰动一时的新闻事件。而在二十多年之后的今天,使用任意搜索引擎输入“电脑自动写作”之类的字样稍作检索,转眼之间,就可以获得数百万条相关信息。在网上关于电脑自动写作的海量信息中,

[1] 林之:《作家终结者》,载《光明日报》1999年5月26日。

笔者选择了涉及“写作机器”和“人工智能”问题的一篇小说和一部电影作为考察对象，借以探索有效理解网络媒介与文学生产关系的方法及途径。经验告诉我们，从具体的文艺实践中归纳出来的理论和观念要比从纯粹的概念和推理演绎出来的玄学讲章鲜活得多、可靠得多。

（一）彼埃尔·伽马拉的《写作机器》

彼埃尔·伽马拉的《写作机器》与林之所谓“作家终结者”极为相似。简单地说，《写作机器》其实也是一篇亦真亦幻的微型小说，虽然它也像《作家终结者》一样明显带有概念化的痕迹，但小说所体现出的对智能机器渗入人类精神活动的好奇和疑惑，至少在社会文化心态的层面具有比较普遍的代表性。作者对写作机器的基本态度颇值得玩味：传统而不保守，警惕而不挑剔。小说的主人公名叫奥涅尔，是一位因发明“新式烤炉”而声名鹊起的科学家。但他最得意的发明却是一种“能写出名家杰作的机器”：指令一下便能一挥而就，只需 25 分钟就能得到一部具有大仲马风格的长篇小说，10 秒钟就能写出模拟拉封丹的十四行诗，让人“简直无法想象这种人间奇迹”。按奥涅尔的说法，“这全靠了神奇的电子技术。在这匣子的右边有排键钮。每个键钮都对应一种体裁：比如长篇小说、史诗、诗歌、剧本、论文等等，而左边有个麦克风。你只需要按下键钮，对准麦克风报出作家姓名，比如司汤达啦，雨果啦，莫泊桑啦……想到谁就报谁，然后你就等着作品从机器另一端出来好了，你所需做的一切就是给它供应纸张……”

奥涅尔的机器仿造品全都“惟妙惟肖，卓越无比”，但结局并不像他朋友说的，所有的文学奖都将被他“大包大揽了”。实际上，他只“收获”了各家出版社如出一辙的退稿信，因为它们太像巴尔扎克、福楼拜或莫泊桑的作品了。他决计拒绝大师的影响，在按下“长篇小说”键盘的同时叫喊了自己的名字，得到的小说居然是一篇名为《关于用新式烤炉煎烤牛排或羊排的心得体会》的技术论文！

彼埃尔·伽马拉的《写作机器》并未像他笔下的主人公预期的那样创造奇迹，机器最终仍然不过是传统意义上的机器。也就是说，计算机至今还没能找回机械复制时代业已失落的那种“灵光”。写作机器的“产品”因为与巴尔扎克、司汤达、雨果、莫泊桑等文学巨擘的作品太过相似而没有得到专业人士的认可。在自动写作的起步阶段，这样的例子是颇有代表性的。“写作机器”最终没能像真正的作家那样写出“成熟”的作品，不过，作为正在迅猛崛起的“机器人家族”中的“作家”，写作机器还只是一个呱呱坠地不久的孩子，笔者相信，总有一天它会成熟起来的。

（二）斯皮尔伯格的《人工智能》

好莱坞著名导演史蒂芬·斯皮尔伯格（Steven Spielberg）摄制的《人工智能》也讲述了一个“尚未成熟”的机器人的故事。这部电影的光盘制品的包装相当精美，其相关介绍称，这是一个自然资源有限，科学技术飞速发展的时代。你可以对你的住所进行监控，对自己的饮食进行精心制作，而为你服务的可能根本就不是人类，而是一个机器人。诚然，园艺、家务、陪伴……机器人可以满足人类的每一个需求，除爱以外。因为，科学家还无法真正赋予机器人以情感。但是，随着人类社会机械化、网络化程度日益提高，“情感资源”则呈现出相应的负增长态势，例如失去孩子的父母，失去父母的孤儿，空巢老人，失恋者等群体所受到的情感巨创无疑是迫切需要得到救助与补偿的。这就是电影故事的基本文化背景。

赛博电子制造公司（Cybertronics Manufacturing）制造出了一个具有感情的机器人——大卫。作为第一个被输入情感程序的机器男孩，大卫是这个公司的员工和他的妻子的一个试验品，他们夫妻俩收养了大卫。而他们自己的孩子却最终因病被冷冻起来，以期待有朝一日，有一种能治疗这种病的方法会出现。尽管大卫逐渐成了他们的孩子，拥有了所有的爱，成了家庭的一员。但是，一系列意想不到的事件的发生，使得大卫的生活无法继续下去。人类与机器最终都无法接受他，大卫只有唯一的一个伙伴机器泰迪——他的超级玩具泰迪熊，也是他的保护者。大卫开始踏上了旅程，去寻找真正属于自己的地方。他发现在那个世界中，机器人和机器之间的差距是那么的巨大，又是那么的脆弱。他要找寻自我、探索人性，成为一个真正意义上的人。

和彼埃尔·伽马拉的《写作机器》一样，斯皮尔伯格编导的《人工智能》也是以人工智能之梦的破灭而告终，且在故事谢幕的时候也同样保留着希望的灯火。在一种“有需要”就意味着“有可能”的理念支配下，勇于探索未来的人们对“写作机器”和智能化“文学工场”的研发、改造和革新的热情，非但没有因为暂时的失败而低落，反倒日渐高涨起来。大众和部分人文知识分子对“写作机器”的态度可以说只是一种习惯性的漠不关心或近乎本能的怀疑。写作机器？机器写作？无聊！荒谬！笑话……

诚然，写作机器的具体发展状况究竟会怎样，网络时代文学生产的未来究竟会描绘出什么样的审美或非审美的画卷，“未来会如何”人们很难确切地知道。但是，这并不能妨碍人们对未来的追问和探索。美国学者迈克尔·德图佐斯就写过一本《未来会如何》，其中许多精彩的想法都能给人以深刻的启示。例如，他说：“一个心理学家看到了一个计算机和人将和谐地相互作用的新时代。这个思想是革命性的，但在许多人看来是荒谬的。我还清楚地记得，利克利德是在 1964 年一次宴会后的演说中告诉我们这些思想的。尊敬的科学家们骨碌碌地转动着眼珠，悄悄地用力做着否定的手势。这，是一种一贯的反应。也是我们面临新发展时人人都有的一种经验：任何重大革新在刚出现时几乎都不受欢迎。然而过不多久，如哲学家阿图尔·叔本华所说，人人众口一词说，‘这一向是个显然很重要的思想’。”[1] 等到将来某一天，相对成熟的写作机器把我们从“雕章琢句”“身心互仇”的苦役中彻底解放出来的时候，我们是否会像叔本华所嘲笑的那样众口一词地说，写作机器一向就是人类一个美丽的梦想？机器写作，“这一向是个显然很重要的思想”。

根据温哥华美术馆 2002 年春举办的展览“离奇：电子人文化实验”的介绍，早在 19 世纪，亚魁特·德洛兹公司伦敦分部主管梅拉德特就制作出了一部自动写作机器。据介绍，以机器作家、艺术家为描写对象的艺术作品在 20 世纪中叶已经大量出现。1950 年 11 月 25 日，美国作家冯内果发表标题为 EPICAC 的小说，描写同名超级计算机帮助一位男士写爱情诗，以打动所钟情的电脑程序员的芳心。1951 年，美国作家科恩布鲁斯在小说《用这些手》中设想计算机能够被编程以创作视觉艺术。1956 年，美国作家西尔弗伯格在小说《电路》中想象计算机可用于谱写音乐。此外，美国作家西马克的《视觉如此明亮》(1956)、费兰的《某物发明了我》(1960)、莱柏

[1] [美]迈克尔·德图佐斯：《未来会如何》，周昌忠译，上海译文出版社 1999 年版，第 41 页。

的《银脑》(1961)、科温的《美文》(1970)，英国作家巴拉德的《5号工作室，星群》(1961)、斯拉德克的《马勒－佛克尔效果》(1971)，法国文学社会学家埃斯卡皮的《小说计算机》(1966)等都是以机器写作为主题或主要情节的作品。有人将机器作家看成人类作家的威胁。在莱柏的《银脑》中，人类利用机器人生产小说，创造性写作的任务已经改由机器"词语作坊"(word-mills)承担。人类作家所做的事情，只是在机器从事写作时坐于其旁，然后在作品出版时露脸。有些作家不甘心这样的境地，试图毁坏"词语作坊"而重新承担其历史角色。可是，他们已经无法理解创作的奥秘了。尽管对于机器作家、艺术家所可能带来的社会影响存在种种疑虑，对利用"概率论＋程序"所产生的作品的价值也存在种种非议，生成艺术却仍然在生成，并呈现出日趋成熟的气象。[1]

在研究和论述超文本的特性时，笔者曾提到法国的"潜能文学工场"。这个"文学工场"成立于1960年，其前身是一个"实验文学研究会"。据介绍，它是一个由作家、逻辑学家与数学家组成的群体，领头的是诗人格诺和数学家利奥奈斯。他们将自己定义为建造了迷宫又试图从中逃脱的猫，首要目标是系统地、正式地革新文学生产与改编的种种规则。这个群体的成员相信，所有的文学都受制于一定的规则，不论它是十四行诗、小说或其他什么东西。他们试图通过创造新的规则来创造新的文学形式。1961年，格诺生产出了《百万亿诗》(*One Hundred Trillion Poems*)。这一作品由10首十四行诗组成，每首十四行诗印在一张纸上，每张纸切成14条(每行诗一条)。读者随机地将这些纸条加以组合，便可以创造出新的十四

[1] 黄鸣奋：《数码艺术学》，学林出版社2004年版，第430页。

行诗来。所能产生的诗歌的数量是 10^{14}。这与马克·萨波塔“扑克牌小说”的小说原理完全一致，事实上，这也正是查拉“剪贴诗学”[1]的具体应用。

社会大众对待科学技术的心态暧昧多变而又矛盾重重。对尚未出现的奇特创意人们常常拭目以待，对已成现实的科学奇迹却往往视而不见。令人困惑的是，当下日益强大的科技意识形态，常常以一种反科学和非理性的亚文化现象行之于世。例如，人们对科技无所不能的盲从和依赖已接近于一种宗教式的虔敬与崇信。在大众文化语境中，科学几乎成了真理和上帝的代名词。但是，对人工智能和写作软件这一类代表着时代高科技发展新水平的新事物，大多数人甚至包括一些唯恐天下不热闹的大众媒介也煞有介事地表示忧虑和反感。甚至有个别媒体文章对机器写作百般调侃嘲讽，可谓极尽挖苦谩骂之能事。部分人文学者说到某某用软件写作或借助于软件搞翻译时的口气，俨然是在揭发他人抄袭或弄虚作假。在一个思想如此开放，科技如此昌明的网络时代，人们竟然害怕承认自己的精神劳动借用了人工智能机器的帮助，这真是咄咄怪事。

牛津大学颇负盛名的罗斯·玻勒教学讲席教授罗杰·彭罗斯说：“机器能使我们实现我们过去在体力上从未可能的事，真是令人喜悦：它们可以轻易地把我们举上天空，在几个钟头内把我们放到大洋的彼岸。这些成就毫不伤害我们的自尊心。但是能够进行思维，那是人类的特权。正是思维的能力，使我们超越了我们体

[1] 陈定家：《“超文本”的兴起与网络时代的文学》，载《中国社会科学》2007年第3期。

力上的限制，并因此使我们比同伙生物取得更加骄傲的成就。如果机器有朝一日会在我们自以为优越的那种重要品质上超过我们，那时我们是否要向自己的创造物双手奉出那唯一的特权呢？”[1]看来，害怕机器奴隶僭越主人的“特权”的忧虑是一种普遍现象。

许多人相信这样一个基本的道理：人之所以为人，主要是因为人拥有“思维天赋”。帕斯卡说过，人是一棵芦草，但是，他是一棵“会思想的芦草”。恩格斯有一个更富有诗意的比喻——人的思维是“地球上最美的花朵”。在地球漫长的进化史上，人类思维的“花朵”也许还是十分稚嫩和娇弱的，但正是思维能力的逐步发展，才使人类由脆弱的“芦草”变成了莎士比亚所说的“宇宙的精华，万物的灵长”。今天，“君临万物”的人类居然要小心翼翼地提防机器的“犯上作乱”，这难道是人类长期“冒犯”大自然所必然要遭受的报复？

尽管机器的力量和灵巧性常常让人惊叹不已和自愧不如，但人作为机器的创造者一直心安理得地把机器所有值得夸耀的品性都看成是“人的延伸”。这就如同某种宗教教义所宣扬的一切荣耀都应归于“神”一样，机器的荣耀似乎也理所当然要归于人。从一定意义上说，大自然是人的“上帝”，人则是机器的“上帝”。如果这个类比还有点合理性的话，那么，当人宣布“上帝死了”以后，机器是否也将学着人的样子宣布“人死了”？许多人文工作者已经警觉地注意到，数字化技术在越来越多的领域褫夺了人的主体意识或人的主观能动性，例如，有学者警告说，当下网络上流行的形形色色的“傻瓜

---

[1] ［英］罗杰·彭罗斯：《皇帝新脑：有关电脑、人脑及物理定律》，许明贤、吴忠超译，湖南科学技术出版社 1995 年版，第 1–2 页。

作文”软件，正在把“90后”的一代新人变成真正的“作文傻瓜”。

人虽为“宇宙的精华，万物的灵长”，但归根结底，人类毕竟也是自然界的产物。“而自然界既没有理智的计划也不提供有意识的设计，它采取的是最糟糕的反复试验的下策：试试这个再试试那个，且看结果如何。多数情况下结果并不理想，大多数进化物种都难逃很快灭绝的命运就是明显的例子。”[1] 这样看来，大自然的“创作原则”其实与前文所说的计算机软件写作的原理如出一辙：穷尽事物联系与发展的所有可能性，然后择优组合。“荒荒油云，寥寥长风”，不输诗文化境；“碧桃满树，风日水滨”，尤胜妙手丹青。即便人类最优秀的艺术家，在大自然的鬼斧神工的杰作面前，都会油然生出一种归心低首的敬畏。即便我们人类真是大自然所有杰作中最为出类拔萃的杰作，说到底，人仍然不过是大自然创造的“人机”而已。而当下流行和即将问世的形形色色的人造写作“‘机器’人”，则是大自然之“产品的产品”。谁都知道，“人是机器”[2] 的说法已经相当老套了。人类作为自然进化的必然产物，我们根本就没有理由把人类思维神秘化。

只要对科技发明和文学创作的历史稍有了解的人都知道，“试试这个再试试那个，且看结果如何”这种看似“最糟糕的反复试验的下策”，实际上是人类许多伟大的科技发明和了不起的文艺杰作所共同使用的基本方法。想想爱迪生发明电灯的千万次试验，想想托尔斯泰创作《复活》时对开篇手稿的数十次修改，想想海明威对《老

[1] [美]埃德·里吉斯：《科学也疯狂》，张明德、刘青青译，中国对外翻译出版公司1994年版，第141页。

[2] [法]拉·梅特里：《人是机器》，顾寿观译，王太庆校，商务印书馆1959年版，引自光盘版。

人与海》的 200 次审读，想想曹雪芹对《红楼梦》的十年批阅和五次增删 …… 正是如此不畏繁难的“反复试验”，成就了科学家和文学家的伟大发明和不朽创作。相比之下，“机器写作”不过是利用了计算机技术，使这种“反复试验”的范围更广、速度更快、效率更高，如此而已。

当然，作为机器的电脑是否具有思维或创造力？这是一个颇有争议的问题。对于这一问题的论争，《计算语言学》（*Computational Linguistics*）杂志上发表了一篇关于布林斯约和佛鲁西（Selmer Bringsjord & David A. Ferrucci）的《人工智能与文学创造性》（*Artificial Intelligence and Literary Creativity*）的书评文章，作者署名罗纳尔德・苏萨（Ronald de Sousa）。书评中关于图灵机（Turing machines）是否有创造性的论争相当有趣，论争双方都使用了计算机命令一样简洁的套路。

认为图灵机有创造能力的理由是：

1. 人类是创造性的；
2. 人类脑子是一个神经网络；
3. 因此神经网络是创造性的；
4. 神经网络是图灵机的逻辑对等物；
5. 因此图灵机是创造性的。

针锋相对地使用同样的推理方法可以推导出完全相反的结论：

1. 只会计算的工具只能算是真正的机器；
2. 如果它不能生产新的东西就不算创造；
3. 算法不能提供新东西；
4. 仅仅靠计算是算不出任何新东西来的；

5. 结论：没有机器能算得上是创造性的。[1]

争论双方孰是孰非，文章并没有斩钉截铁的结论，不过，作者的倾向性是一点也不含糊的。《人工智能与文学创造性》一书最后的结论性文字中有这样一段话：“计算机程序毕竟不是人，它们对人类戏剧性生活中包含的情感因素无动于衷。事实上，我们甚至很难想象，在无数的 0 和 1 组成的海洋中游泳的计算机是如何能让一个活生生的富有情感的人非相信它们的发现不可。”对此，罗纳尔德提出了旗帜鲜明的反对意见，他说：“是的，这的确令人难以想象。从同样的意义上讲，我们也一样很难想象，在无数的神经传感细胞和磷光体粒子组成的海洋中游泳的大脑是如何发现任何东西的。我们实际上也并不知道这一切究竟是如何发生的。但我们不能将无知或难以想象与逻辑上的不可能混为一谈。”[2]

罗纳尔德的话，让人想起了培根的经验之谈：“有些已知的发明在其被发现前是很难进入任何人的头脑而为人所想到的；它们总是径被认为不可能而遭搁置。因为人们凡在构想会出现什么时，总是把曾出现的东西摆在面前做样子；凡在预度新的东西时，总是出以先被旧的东西所盘踞、所染过的想象。形成意见的这种方法是很谬误的，因为从自然这一泉源所发出的水流并不是永远束在旧的槽道里面来流的。”[3] 培根在著名的《新工具》中公开宣称：“发现可以算

[1] Selmer Bringsjord & David A. Ferrucci. *Artificial Intelligence and Literary Creativity: Inside the Mind of BRUTUS, a Storytelling Machine*, pp.645–646. http://acl.ldc.upenn.edu/J/J00/J00–4007.pdf.

[2] Ibid, p.198, p.647.

[3] ［英］培根：《新工具》第 1 卷，许宝骙译，商务印书馆 1984 年版，第 84 页。

是重新创造，可以算是模仿上帝的工作。"[1] 培根还引用《圣经》中的话："上帝的光荣在于藏物，国君的光荣则在于把它搜出。"[2] 大炮发明之前，说有一种武器会有一种带火焰的疾风，猛然而爆裂地发出并爆炸起来，这种想法曾是多么难以进入任何人的想象与幻想！培根还列举了许多类似的例子。譬如说，曾经在世界范围内改变了事物全部面貌的印刷、火药和磁石的发明与发现。根据历史的经验，我们似乎有理由相信，随着文学软件的日益完善，形形色色的怀疑论将会变得越来越没有底气和缺乏市场。

就像照相机问世之前人们几乎难以相信绘画的写实功能可以被摄影代替一样，写作软件的重要意义其实一样远远超出了大多数人的想象。目前，写作软件还处在摸索过程之中，从适用和商务视角看，这种软件还极不成熟。令人吃惊的是，人文学者关于写作软件的各种观点与观念甚至比写作软件本身更为幼稚。这种情况让人联想到了本雅明在《摄影小史》中所说的摄影艺术早期的遭遇。在摄影艺术产生影响之初，理论与批评界对摄影的理解极为粗略。尽管人们对这个话题曾有过许多论辩，却净是些"无稽而简化的泛论"，很少有真知灼见闪耀其间。当时有人叫嚣应立即取消摄影这项来自法国的"恶魔技艺"。因为"要将浮动短暂的镜像固定住是不可能的事，这一点经过德国方面的深入研究后已被证实；非但如此，单是想留住影像，就等于是在亵渎神灵了。人类是依上帝的形象创造的，而任何人类发明的机器都不能固定上帝的形象；顶多，只有虔

[1] ［英］培根：《新工具》第 1 卷，许宝骙译，商务印书馆 1984 年版，第 102 页。

[2] 参见《圣经》，箴言第 25 章第 2 节。和合本译作："将事隐秘，乃神的荣耀；将事察清，乃君王的荣耀。"

诚的艺术家得到了神灵的启示，在守护神明的至高引导之下，鞠躬尽瘁全心奉主，这时才可能完全不靠机器而敢冒险复制出人的神圣五官面容。”“这种艺术观丝毫不知考量科技的任何发展，一旦面对新科技的挑衅，便深恐穷途末路已近。就是针对这种具有拜物倾向且基本上又是反科技的艺术观，摄影理论家曾不自觉地抗争了近百年之久，而当然未能取得任何成果。这是因他们做的，只是向审判者的权威挑战，只是一心一意在代表守旧艺术观的法庭面前为摄影者辩护。”[3] 不难看出，本雅明对这样沉重笨拙的愚言及其所表露出的庸俗“艺术观”十分鄙视。

今天的学术界关于写作软件的言论与本雅明所说的情况何其相似！同样是些“无稽而简化的泛论”，同样是些“沉重笨拙的愚言”和“深恐穷途末路已近”的庸俗艺术观，直到今天，“反科技的艺术观”仍然阴魂不散。例如，有人认为，文学创作软件一出，写作行业必将成为历史。电脑砸掉作家饭碗的时刻就要到来了。不仅如此，电脑写作软件将成为文学艺术的终结者，使文学这个人类心灵世界的千年帝国从此消失。也有人认为，软件写作纯属天方夜谭，如果电脑真的可以砸掉作家的饭碗，那么它总有一天也会砸掉“总统的饭碗”。

诚然，文学写作软件的出现可能使日益缩小的文学作家阵营更加岌岌可危，正如一则写作软件广告所说的：“只要付费下载了这个软件，任何人都可以当作家了。”电脑软件中储存了很多名家的经典语句、小说结构方式等，等于动用了很多著名作家的大脑来“构思”，

[3] ［德］本雅明：《迎向灵光消逝的年代》，许绮玲、林志明译，广西师范大学出版社 2004 年版，第 4–8 页。

这样“优化组合”出的文字固然不会差到哪里去。但问题是，写作变得如此容易，那还要专业作家干什么？这种担忧不是没有道理的。电脑“深蓝”既然可以打败国际棋王，那么，电脑为什么就不可能使一些靠写字糊口的人甘拜下风呢？要知道，一款软件的开发往往是一大群时代精英通力合作的结果，从一定意义上说，它理所当然应该比一张纸、一支笔的单个人的“手工操作”更富有创造能力。

20 世纪 80 年代初，叶朗先生出版了一部研究“中国小说美学”的同名论著，在该书的序言中，叶先生提到了英国作家 B.S. 约翰逊[1]的《不幸者》（*The Unfortunates*, 1969）。这部小说的主要内容是写作者到一个城市去报道足球，这是他的一位好友生活过的城市，但友人已于两年前病逝。小说的基本特点是把过去与现在互相掺和在一起，把对足球队报道和对朋友的回忆任意交织在一起，时间顺序被彻底打乱了。但是，这种任意性和装订书发生了矛盾，因为装订书必定有一个固定的顺序。于是，作者决定让小说用一种新的面貌与读者见面。他把自己的小说变成了活页文本，根本就不装订，而是像扑克牌一样装在一个盒子里。这种小说在结构上所体现出的美学思想和文学观念，与传统文论自然有很大差别。[2]这部 27 个章节组成的小说除了开头和结尾两个章节相对固定外，其他 25 个单元的

---

[1] B.S. 约翰逊（B. S. Johnson，1933—1973），20 世纪 60 年代著名前卫作家，行为怪异，屡出惊人之举，如在小说页面上钻孔，使用由灰到黑的纸张暗示小说主人公病患加重，写“活页小说”等。1973 年，约翰逊因躁狂症和穷困潦倒而自杀。据报道，英国小说家乔纳森·科埃（Jonathan Coe）以一本记述 B.S. 约翰逊的传记作品《类同怒象》（*Like a Fiery Elephant*）赢得了萨缪尔·约翰逊奖，该奖项由 BBC 四频道主办，堪称英国最著名的非小说类年度图书奖。

[2] 叶朗：《中国小说美学》，北京大学出版社 1982 年版，第 8 页。

顺序可以随机排列，读者可以按照自己喜欢的任何次序进行阅读。

由于当时中外学术界交流的资料非常有限，大多数人并不知道约翰逊使用的这种“扑克牌小说”的创立者是法国小说家马克·萨波塔(Marc Saporta，1923—2009)。萨波塔早在1962年就创造了“活页小说”(即“扑克牌小说”)《第一号创作：隐形人和三个女人》。小说要求读者“读前请洗牌，变幻莫测的故事将无穷无尽地呈现在您的眼前”。它在形式上有如下特点：(1)全书149页(中文版)，加上作者的前言和后记共151页；(2)全书没有页码，不装订成册，只将活页纸装在一个适合于存放扑克牌的盒子里；(3)每页有500—700字不等的小说故事，正面排版，背面空白或像扑克牌一样点缀一些装饰性图案；(4)每页的故事独立成篇，犹如微型小说，但全书合起来可以成为一部完整的作品，犹如长篇小说；(5)阅读前应该像洗扑克牌那样将活页顺序打乱，每洗一次，便可以得到一个新的故事。据推算，文本排列组合的方式高达10^{236}种，这是个惊人的数字，使《第一号创作》成了任何读者一辈子也读不完的小说。这种游戏式的叙事方式，欧阳友权称其为“最典型的纸介印刷的超文本作品”。但相对于电脑上的比特叙事来说，纸笔书写的超文本作品不仅互文链接的容量和难度会受到限制，而且欣赏效果也不能与前者同日而语，更何况网络超文本还具有纸介质书写所不可能具有的多媒体优势。[1]

《第一号创作》的形式如此新颖独特，一出版就在法国文坛引起轰动，并旋即被译成英、德、意等多种文字。流播所及，读者无不被其新奇的形式所深深吸引。这种别出心裁的扑克牌式的结构，巧妙

[1] 欧阳友权：《网络文学本体论》，中国文联出版社2004年版，第76页。

地宣告了作者在文学文本创作中的有限作用，把读者从阅读的桎梏中解放出来，给读者的再创造留下广阔的空间，任读者在作者留下的空白里升华出意义。正如作者所言："每部小说作品，既是知识性的宝库，又是趣味性的迷宫。读者从中吸取做人的知识，同时也寻求一种尽兴的消遣。"只不过，萨波塔的迷宫从哪里来，到哪里去，中间怎样左拐右颠，都随读者之兴；他的"尽兴消遣"是一种难为的高智商的智力游戏。[1]

如前所述，《第一号创作》除了前言、后记，151 页的组合可能性高达 10^{236} 种，即在 1 的后面加上 236 个零！这比周策纵的 20 个字组成 40 首诗的例子更为神奇。王蒙把李义山诗的结构链条剪断，然后按照诗歌结构原则重新拼接，其结果如新瓶装旧酒，没有产生与原诗迥然不同的新作品。扑克小说的情况似乎有所不同，正如作者在《第一号创作》的序言中所指出的，作品根据读者"洗牌"后所得页码顺序的不同，作品中的主人公有时是一个市井无赖，是一个盗窃犯和强奸犯；有时他又是法国抵抗运动的外围成员，虽身染恶习，但还不失爱国操守；有时他简直就是一个反抗法西斯占领的时代英雄……这种情况对埃尔佳也一样，按照某种编码，她可能是一个童贞尚未泯灭的少女，竭力维护自己的贞操，但最终还是成了男人施暴的对象；按照另一种编码，她虽然也曾纯洁过，但她逐渐沦落成一个放荡成性的女人；其中有一种编码甚至会让读者读到如此离奇的故事：埃尔佳竟然是一个混入法国抵抗组织内部的德国间谍，她不惜使出浑身解数为纳粹军方四处搜集情报……正是小说文本流动、变幻的扑克牌结构，使整个小说像魔方一样左旋右转而

[1] 王彬、涂鸿：《〈第一号创作〉结构探析》，载《天府新论》2001 年第 3 期。

八面玲珑，故事情节千变万化且又自成一局，令读者如入迷宫，如堕雾中。有人为之拍案叫绝称其为小说形式的革命，也有人视其为雕虫小技，将艺术变成了小儿游戏。当有人问及为何不把书装订成册时，作者不无幽默地反问道：“生活中的事都能用一根万能的线穿起来吗？哪儿去找这样一根万能的线呢？”[1]

马克·萨波塔的“活页小说”不仅类似于电影的“蒙太奇”和绘画的“拼贴术”，在原理上与前文所说的回文诗也如出一辙，在结构技巧方面二者难分轩轾。在这里，所有小文本都有各自的门户，但文本之间，却又千丝万缕相勾连，那些经文本碎片连缀起来的线索，可以说就是读者心中那些飘浮不定、瞬息万变的情思、心绪、趣味、意念、偏好等看不见的东西。不难看出，任何文本都有与其他文本相互连接起来的潜在可能性，按照热奈特的说法就是，所有的作品都具有超文本性。从这个意义上说，所谓超文本，不过是把文本潜藏于人心的“链接意愿”以专门的标识符号呈现于PC界面而已。

1984年，在我国首次青少年计算机程序设计竞赛中，上海育才中学年仅14岁的学生梁建章，就曾以“计算机诗词创作”得初中组四等奖。他设计的这个诗词创作软件，收录诗词常用词汇500多个，在程序运行时，以“山、水、云、松”为题，平均不到30秒即可创作一首五言绝句，曾连续运行出诗400多首，无一重复。如其中一首名为《云松》的诗是这样的：“銮仙玉骨寒，松虬雪友繁。大千收眼底，斯调不同凡。”

网络文学研究专家欧阳友权教授曾对梁建章的“软件诗”给予

[1] ［法］萨波塔：《第一号创作：隐形人和三个女人》，江伙生译，湖南人民出版社1988年版，序言。

了很高的评价，他在荣获“鲁迅文学奖”的著作《数字化语境中的文艺学》中评价《云松》说：“谁能说这不是诗呢？其绘景寓情、仙风道骨之态与诗人之诗相比亦足可乱真。”[1] 当然，以软件写诗并非梁建章首创。其实早在 20 世纪 60 年代，美国加利福尼亚州的一家精密仪器公司，就曾研制出一台名为“埃比”（Auto-beatnik）的可以写诗的计算机。令人惊讶的是，计算机“诗人”所遵循的写作原理竟然与查拉的“剪贴诗学”如出一辙。说到底，吟诗作赋不过是一种雕章琢句的文字游戏而已，其排列组合的复杂性也许比麻将牌更复杂些，但相对于国际象棋等稍微复杂些的游戏来说，按一定语法规则“重新分配词语次序”实际上是一种比较浅易的运算。[2]

类似的软件在小说写作过程中也有越来越广泛的应用。从众多无限发散敞开、自由穿越疆界的文本和超文本实例中不难看出，任何新文本的出现不过是既有文本之树上长出的新芽而已。今天，人们已清晰地认识到“文本不仅仅是某种形式的‘产品’（product），它也指涉了解释的‘过程’（process），并对其中所蕴含的社会权力关系进行一种揭露的‘思维’（thinking），它的意义是开放的，有待读者解释的。更重要的是，文本的互文性被充分关注，诸多理论流派的代表都对其进行了阐释，形成了一种表征文本系统全新的存在方式的文学理论。而且，随着计算机和网络技术的发展，文本的互文性

[1] 欧阳友权：《网络文学的学理形态》，中央文献出版社 2008 年版，第 301 页。

[2] 传统文论守卫者通常会以“诗缘情”来贬低软件写诗，武断地认为，电脑诗无非是一些“无情”的文字游戏而已。但联想到嵇康的“声无哀乐论”和 T.S・艾略特“感情逃避说”等著名的艺术理论，曾经“为‘无情’所困”的“软件诗人”从传统诗学理论中找到了“零度写作”的理论依据。

被现实地呈现出来,文本从而走向了超文本”[1]。

三、“互文性”与“超文性”

克里斯蒂娃拈出“互文性”一词时,她所依据的主要学术资源是索绪尔的符号学理论和巴赫金的对话理论。而此前此后,与克里斯蒂娃提出互文性概念彼此呼应的文本学说无计其数,例如罗兰·巴特的“可读”与“可写”文本、里法特尔的阅读理论、布鲁姆的诗学误读、德里达的延异学说、热奈特的跨文本性、贡巴尼翁的引文理论、米勒的寄生批评、德·曼的修辞性理论等等。与超文本相比,所有这些与互文性相关的概念与思想最显著的特点之一就是其强烈的人文主义色彩。如果说互文性理论是西方人文思潮互相激荡、彼此影响的必然结果,那么,超文本的产生和快速普及则主要归功于计算机技术的快速发展。互文性与超文本各自的发展史极为清晰地表明二者的差异。但是,我们必须看到,随着网络文化的兴起,互文性理论必然会走向超文本,关于这一点,格雷汉姆·艾伦的《互文性》一书曾进行过专门论证,关于这本将互文性最终归结到万维网的著作,在后面的章节中将有比较详细的论述。

在互文性理论的结构过程中,德里达的理论贡献不容忽视。尽管德里达以“后结构主义”(post-structuralism)闻名于世,但他在《论文字学》(*Of Grammatology*)等一系列著作中提出的文本理论对互文性研究产生的影响不可低估。例如他在《论文字学》的小册

[1] 刘绍静:《从文本到超文本——解析20世纪西方文学文本理论》,山东大学硕士学位论文,2005年。

子中提出了“文本之外别无他物”的彻底“唯文本论”思想，使互文性和超文本在理论上俨然变成了同一族类，德里达认为，构成“文本”的符号不是用来再现自然或外部世界，它不过是对已经存在的符号的再次符号化，在单一的文本之外不存在“真实世界”。“文本”的“意义”是由各种“文本”之间相互联系的关系决定的，因为“文本”的线索或痕迹不可避免地会跨越单一文本而相互交织在一起，一切意义或思想都要通过“文本”呈现出来。不同“文本”之间的交织关系，构成了在自身之外别无指涉的“文本性”（textuality），其中包括了文本符号的“互文性”（intertextuality）关系。在德里达看来，所谓“互文性”，是指“符号”与“符号”之间交迭、延宕、换位的关系，或者是个别文本与其他文本所组成的难以分割的网络关系。文本的意义取决于在文本组成的复杂关系中如何确认和突显某个文本，以及读者在互文性关系中的阅读方式。与此同时，由互文性所决定的意义关系也是暂时的和多重的，它是一个永远无定形的不确定的领域。[1]

由此可见，通过传统文本研究超文本可以说是顺理成章的事情。事实上，传统文本与超文本之间并不存在天然鸿沟。例如，法国学者乌里奇·布洛赫（U. Broich）曾把传统文本的互文性指涉方式概括为六个方面，它们竟无一不适用于超文本的情形：（1）作者死亡：一部作品不再是某一作者的原创，而是交互写作的文本混合，因此传统意义上的作者不复存在；（2）读者解放：互文性会使读者在文本中读入或读出自己的意义，从众声喧哗中选择一些声音而抛弃另一些声音，同时加入自己的声音；（3）模仿的终结和自我指涉的开始：文学不再是给自然提供的镜子，而是给其他文本和自己的文本

[1] 参见豆瓣文章《文化研究关键词》，http://www.douban.com/group/topic/9394591.

提供的镜子；(4)寄生的文学：一个文本可能是对其他文本的改写或拼贴，以致消除了原创与剽窃之间的界限；(5)碎片与混合：文本不再是封闭、同质、统一的，它是开放、异质的，破碎和多声部的，犹如马赛克的拼贴；(6)“套盒”效应：在一部虚构作品中无限制地嵌入现实的不同层面，或使用暗示制造无限回归的悖论。“网络文学的比特叙事文本就是这样一种‘漂浮的能指’方式，它是一篇篇被不断书写并可能被重新改写的意义螺旋体，其指涉的无限累加使它呈现为一个无穷庞大的堆积物，一种网状的扩张性文化结构。”[1] 毋庸讳言，今天，即便是“超文本与网络时代的文学研究”，也正在变成这样的“螺旋体”和“堆积物”，更遑论海涵地负的超文本了。

超文本没有固定的结构，没有稳定的形态，没有不变的规则，没有可靠的界限，因此，超文本失去传统经典文本那种明确的中心地位和稳定的权威性，但是，作为人类进化史上自“钻木取火”以来最伟大发明的互联网，也给超文本带来了传统文本永远难以望其项背的艺术魅力和技术优越性。

[1] 欧阳友权：《网络文学本体论》，中国文联出版社 2004 年版，第 72 页。

第七章

传统文学的“超文本”潜能

根据史忠义先生的《中西比较诗学新探》提供的资料，克里斯蒂娃提出“互文性”概念的相关论文《封闭的文本》写于1966年，正式出版于1969年。[1]1973年，罗兰·巴特在为《通用大百科全书》撰写“文本理论”这一词条时进一步重申了互文性概念：“表达这样一种每一篇文本都是在重新组织和引用已有的言辞”，“互文是由这样一些内容构成的普遍范畴：已无从查考出自何人所言的套式，下意识地引用和未加标注的参考资料”。巴特有关互文性的这种描述，似乎是今日网络互文性写作的一种谶语。网络写作，主体消散于隐藏于IP之后的“假面舞会”之中，似乎不再有类似“递相祖述复先谁”的追问和感叹了，“作者之死”已成为一种数字化写作的“常态”。

作者的死亡，亦即主体的消散（discentering of the subject），它必然会造成文本空间的错乱，造成独创性的消亡。当原创文本隐退之后，模拟文本就必然会变成各种引证的编织物，变成“充满零乱文化源头的混合物”，这种没有原创者、只有抄写者的写作只能是模仿之模仿的循环往复。“因为任何写作都不具有初始性、原创性，任何写作都汇入写作的大海中从而彼此模仿，作家的写作处在一种无穷无尽的字词环链中。…… 有关文学独创性的话语都消失在无所不在的‘互文性’中。在文学的汪洋大海中，我们找不到任何独创性文

[1] 史忠义：《中西比较诗学新探》，河南大学出版社2008年版，第344页。

本，只存在互相模拟和抄袭的文本。”[1]

在著名的《S/Z》中，巴特提出了所谓“可写文本”的概念，并对此进行了这样的阐发：“能引人写作之文，就是正写作着的我们，其时，世界的永不终止的运作过程(将世界看作运作过程)，浑然一体，某类单一系统减损入口的复数性、网络的开放度、群体语言的无穷尽。能引人写作之文，是无虚构的小说，无韵的韵文，无论述的论文，无风格的写作，无产品的生产，无结构体式的构造活动。”[2] 这种类似杜甫所说的“递相祖述复先谁”的“模仿之模仿”的无限循环，使写作的意义回归于写作本身，这种所谓“不及物”的写作，使任何尝试寻找固定意义的企图变得毫无意义。

巴特以近乎玩世不恭的“文之悦”，颠覆了新批评派孜孜以求的“意义之意义”，他所追求的“文之悦”，可以说是对传统一元论和逻各斯中心主义的高调拒绝，其主要动机是要“使结构在开放中消解，内容在互文中互现，意义在游戏中消除，以达到文本意义的不确定、非中心化和多元化的目的”[3]。在此，我们注意到了这样一个有趣的现象：互文性概念最早出自克里斯蒂娃的“封闭的文本”一文，但随着互文性概念“永不终止”的“运作”(将阐发和演绎看作运作过程)，“封闭的文本”逐渐从开放、再开放最终走向了“无穷尽”的开放。

---

[1] 王瑾：《互文性》，广西师范大学出版社 2005 年版，第 54 页。

[2] [法]罗兰·巴特：《S/Z》，屠友祥译，上海人民出版社 2000 年版，第 62 页。

[3] 王瑾：《互文性》，广西师范大学出版社 2005 年版，第 61 页。

一、互文性与开放的文本

在罗兰·巴特的奇书《恋人絮语——一个解构主义的文本》的中译序言中，译者对于罗兰·巴特撰写的《罗兰·巴特》进行了"罗兰·巴特"式的评价："翻开流行于西方学术界的思潮流派的经籍文献索引：马克思主义、精神分析、结构主义、符号学、接受美学、释义学、解构主义……里面总有巴特的一席之地。马克思、萨特思辨的印迹，布莱希特和索绪尔理论的折射，克丽丝特娃（克里斯蒂娃）和索莱方法论的火花，德瑞达（德里达）深沉隐晦的年轮，尼采的回声，弗洛伊德和拉康的变调在巴特笔端融合纷呈。"[1] 这篇中译序言，对巴特的互文性理论进行了精辟概括：

1. 文本不同于传统"作品"。文本纯粹是语言创造活动的体验。

2. 文本突破了体裁和习俗的窠臼，走到了理性和可读性的边缘。

3. 文本是对能指的放纵，没有汇拢点，没有收口，所指被一再后移。

4. 文本构筑在无法追根寻源的、无从考据的文间引语，属事用典，回声和各种文化语汇之上。由此呈纷纭多义状。它所呼唤的不是什么真谛，而是碎拆。

5."作者"既不是文本的源头，也不是文本的终极。他只能"造访"文本。

6. 文本向读者开放，由作为合作者和消费者的读者驱动或创造。

7. 文本的指向是一种和乌托邦境界类似性快感的体验。

在条分缕析地归纳了罗兰·巴特的文本理论之后，《恋人絮语》

[1] ［法］罗兰·巴特：《恋人絮语——一个解构主义的文本》，汪耀进、武佩荣译，上海人民出版社2004年版，序言第1页。

的中译者不得不承认巴特的激进与偏颇[1]，但是，译者马上为之辩护说：“理论支点的有失偏颇并不意味着整个建筑的崩坍，比萨斜塔的绰约风姿不更自成一格，令人惊叹吗？思辨的过程也许更富魅力。《絮语》不啻是一个万花筒，满是支离破碎、五颜六色的纸片，稍稍转动一个角度又排成了一个新的组合。”[2]罗兰·巴特的《恋人絮语》及其自传等著述，为我们所理解的“互文性和开放的文本”提供了最好的诠释。在讨论网络“互文性与超文本”的文字中，笔者曾试图从传统文本理论中发掘网络超文本的学理依据，结果发现，罗兰·巴特的文本理论几乎无不适用于网络超文本。

超文本的网络结构最大的优越性在于它把德里达所构想的文本的开放性、互文性和阅读单元离散性等潜在特点呈现得更加清晰明澈。有学者指出德里达的著名“延异论”即源于以上形形色色的差异（Difference）。[3]如前所述，德里达将“差异”改写一个字母，发明了“延异”（Différance）一词，用以概括文字以在场和不在场这一对立为基础的运动。德里达把“延异”解释为“产生差异的差异”，一方面要表示两种因素之间的不同，另一方面还要表示这种“不同”中所隐含的某种延缓和耽搁。这种“产生差异的差异”，在时间和空间方面，既没有先前的和固定的原本作为这种运动的起源性界限和固定

---

[1] 如批评家莱蒙·皮卡特曾指责巴特的“极端主观主义冒险”是允许把文本说成“任何什么东西”。参见［美］戴维·霍伊《阐释学与文学》，张弘译，春风文艺出版社 1988 年版，第 206 页。

[2] 巴特认为：“一部作品问世，意味着一道支流融入了意义的汪洋，增加了新的水量，又默默接受大海的倒灌。”参见［法］罗兰·巴特《恋人絮语——一个解构主义的文本》，汪耀进、武佩荣译，上海人民出版社 2004 年版，序言第 9 页。

[3] 赵一凡：《后现代史话》，载金惠敏主编《差异》第 2 辑，第 29 页。

标准，也没有此后的确定不移的目的和发展方向，更没有在现时表现中所必须采取的独一无二的内容和形式。这种运动的真正生命力，不是传统本体论所追求的那种“现时呈现”的真实性结构，而是一种“疑难与疯狂，是给出或许诺对于道路的思考，激发思考尚不可思考或未被思考、甚至不可能的东西的可能性”。德里达所谓的“延异”实际上是将结构理解成为无限开放的“意指链”，而超文本则使这种意指链从观念转化为物理存在，从而创造了新的文本空间。[1]

由于这种“新的文本空间”没有固定的结构，没有稳定的形态，没有不变的规则，没有可靠的界限，因此，相关描述和评介常常相去甚远，某些讨论“延异”和超文本的论著不是人云亦云就是不知所云，使超文本研究这个原本盘根错节的问题变得更加繁杂混乱，加之“如沸如羹”的“博客”和“如蜩如螗”的“短讯”，使得当前的理论研究和学术批评出现了“五代十国”般的无序状况。与超文本世界的天下大乱相比，传统文本研究领域的成果显出了稳定可靠的特性，因此，超文本研究往往要从传统文本研究的新成果中吸取养料。例如，法国学者吉尔·德勒兹在《资本主义与精神分裂：千高原》中所提出的“根茎说”，就对于我们认识超文本的特性具有十分重要的启示作用。德勒兹认为，根茎与树或树根的放射性生长不同，根茎把节点组成一个整体化的网络，“根茎不是由单位构成的，而是由维度或运动方向构成的。它没有起始和结尾，而总是有一个中间，并从这个中间生长和流溢出来。它构成 n 维度的线性繁殖。…… 根茎与（网）结构不同。结构是由一组点和位置限定的，各个点之间是二元关系，而各个位置之间是双单义关系。根茎只由线构成：作为

[1]　费多益：《超文本：文本的解构与重构》，载《哲学动态》2006 年第 3 期。

其维度的分隔和层次的线，作为最大维度的逃跑或解域的线……与图表艺术、画画或照相不同，与踪迹不同，根茎与必须生产、必须建构的一幅地图有关。一幅地图总是可分离的，可连接的，可颠倒的，可修改的，有无数的进口和出口……与等级制交流模式和既定路线的中心（或多中心）系统相对比，根茎是无中心的，无等级的，无意指的系统，没有将军，没有组织记忆或中央自动控制系统，仅只由流通状态所限定”。[1]

不难看出“根茎”的许多特点与超文本几乎完全一致，尽管根茎的“n维度的线性繁殖”毕竟仍然体现的是一种有序的线性关系，但是，作者把它定义为一种无中心或多中心的动态过程，从一定意义上讲，这与“超文本”所体现的“非线性”和“非连续性”特征没有本质上的差别。就通行的在线读写而言，形形色色的超文本其实就是一个典型的无中心、无等级、“无意指”的表意系统。罗兰·巴特的《恋人絮语》的中译者在描述罗兰的“絮语”时说：“胡话，痴言，谵语正是巴特所神往的一种行文载体，一种没有中心意义的、快节奏的、狂热的语言活动，一种纯净、超脱的语言乌托邦境界。沉溺于这种‘无底的、无真谛的语言喜剧’便是对终极意义的否定的根本方式。遥望天际，那分明的一道地平线难道就是大地的终段？不，它可以无限制地伸展。语言的地平线又何尝不是这样。”[2]

超文本作为人类表意系统的一种范式革命，虽然也有长期追求终有所获的必然性，但对于那些在IT领域不懈奋斗的庞大军团来

---

[1] 王逢振主编：《2001年度新译西方文论选》，漓江出版社2002年，第255-256页。

[2] ［法］罗兰·巴特：《恋人絮语——一个解构主义的文本》，汪耀进、武佩荣译，上海人民出版社2004年版，序言第6-7页。

说，超文本的出现可以说只是数字技术飞速发展的附属产品或意外收获。它既没有“因特网”那种规避战争风险的国家化战略意识，也没有解构主义那种发誓要彻底颠覆传统形而上学的逻各斯中心主义的学术冲动。因此，超文本作为表意系统的一种技术性突破，它所具有的某些后现代特征并非某些学者所说的是科技与人文合谋的结果。诚然，德里达试图用一种去中心的非逻辑概念的手段和形式，以非传统语言的符号和意义的解构过程，在传统文化所建立和占据的“中心”之外，在没有边界、不断产生区分、不断“扩散”和“散播”的“边缘”地区，重建一种新的人类文化，以便实现在不受“中心”管制的边缘地区的自由创作。这种去中心的目的，是否像网络创立者为确保中心不受摧毁而分散中心那样，以无中心或多中心代替唯一的中心？后现代主义在以不确定性、非中心化、零散化解构历史和现代性的同时，它是否又是对另一种新秩序（如工具理性主义）的重构？

有一点似乎是可以肯定的，那就是超文本的确像某些论者所说的，它在解构中心的同时激发了一种“边缘化思维”：被链接的文本位于特定文本之外，它在无限扩张边缘、野草般疯狂生长，它复制、克隆或再生出无数“无中心”的“新中心”，亦即“无边缘”的“新边缘”。在传统文本中，铭、刻、刊、印等生产方式使之成为具有稳定特性的“不朽之物”，唯因如此，为了确保约定不变，人类发明了文字。据说古埃及人把王对神的忠诚刻在金字塔上，希伯来人把上帝与摩西的立约刻在石板上，古罗马人把共和国的法律铭刻在铜表上，中国古代的某些统治者把求神问卜的结果记录在甲骨上……直到今天，人与人之间的信任、信赖与信誉仍常常需要“合同为文”或“立字为据”。

这种信而有征的线性文本用一根严密的逻辑链条将文本的意

义以单一标准贯穿到底。“而在超文本中，读者得以自由地穿梭于文本网络之间，不断改变、调整和确定自己的阅读中心，获得属于自己的意义。读者可以随意地在某个地方停下来，从一个页面进入另一个页面，从一个语境进入另一个语境，他所把握的文本的意义也随着上述运动而‘散播’，无所谓中心，也不存在终极。这样，超文本就被赋予了一种民主的、反中心的意义。传统文本因其线性而成为相对独立的存在，他使人们关注文本自身或眼前的文本，而忽略文本之外的东西；超文本则引导我们不断将注意力移向页面之外，使我们始终意识到边缘之外还有更为广阔的空间。网络使文档的内部结构发生了变化，而不仅仅是改变了它们之间的链接方式。它将文档拆散，使指向文档之外的链接成了文档的一个组成部分。曾经紧密的文档现在被划分为一块一块的，撒入空中。”[1]

作为一种活的、开放的文本，超文本以多重路径提供了一种多重的信息经验。文本的边界消除了，每一个文本都向所有其他文本开放，从而使这一文本与其他文本都互为文本。因此它比传统文本更为清晰地体现了“互文性”，即电子超文本将理论形态的“互文性”现实化了。

互文性作为“文本互涉关系”“文本互相作用性”，曾被克里斯蒂娃这样描述：“一切时空中异时异处的文本相互之间都有联系，它们彼此组成一个语言的网络。一个新的文本就是语言进行再分配的场所，它是用过去语言所完成的‘新织体’。”[2] 这也就是马歇雷要清算“创作论”的原因，因为不管作家如何自负地宣称其创作是平地

[1] 费多益：《超文本：文本的解构与重构》，载《哲学动态》2006 年第 3 期。

[2] [比利时]布洛克曼：《结构主义》，李幼蒸译，商务印书馆 1980 年版，第 162 页。

高楼独辟蹊径，他所谓的匠心独运都不过是在运用前人所创造的文本进行“再加工”而已。在克里斯蒂娃看来，每一个文本都是直接或间接的引用语或仿造语的大集会；每一个文本都是对另一个文本的吸收和改造。任何作品的文本都是由许多引文镶嵌而成，任何文本都是对其他文本的吸收和转化。按照诗人T.S·艾略特的说法就是初学者“依样画葫芦”，高手“偷梁和换柱”。北京大学一位著名教授在中国社科院文艺理论研究中心成立大会上说，抄一千本书成了钱钟书，抄一本书就成了某某某（北大另一位著名教授）。不难看出，这位教授的妙论与“天下文章一大抄，看你会抄不会抄”这句俗谚之间存在明显的互文关系。

从一定意义上说，超文本的“去中心”倾向实际上正是其“互文性”凸显的结果，所谓“互文性”，说到底是文本之间的某种相互依存、彼此对释、意义共生的条件或环境。马克思在《路易·波拿巴的雾月十八日》中指出：“人们自己创造自己的历史，但是他们并不是随心所欲地创造，并不是在他们自己选定的条件下创造，而是在直接碰到的、既定的、从过去承继下来的条件下创造。一切已死的先辈们的传统，像梦魇一样纠缠着活人的头脑。”[1]这里所说的历史创造的情况也同样适用于文本创造，作家的创造同样也只能是在“直接碰到的、既定的、从过去承继下来的条件下创造”。但这种继承，有一个去粗取精、去伪存真的甄别与选择过程。

有一种观点认为，“互文性”就是大幅度增强语言和主体地位的一个扬弃的复杂过程，一个为了创造新文本而摧毁旧文本的“否定

[1]［德］马克思、［德］恩格斯：《马克思恩格斯选集》第1卷，人民出版社1995年版，第585页。

性”过程。克里斯蒂娃把关于语言和意义的几种现代理论结合起来（其中包括弗洛伊德、巴赫金和德里达的理论），强调讲话者与听众、自我与他人之间对话的重要性，修正了主体作为在一切话语中解构的互文性功能的地位。作为文本特性的“互文性”并不是静止的，而是在阅读过程中得到揭示的。即使碰到引文或注释，我们也只是阅读时才需要交叉对照。而菜单浏览、嵌入文本等技术所构成的赛博空间，形成了最基本的互文现象，直接体现了“互文性”的特征之一，即非线性。“互文性”的另一个特征是：它关注文本与文本、语词与语词、语词与图像之间的联系，只有链接才赋予文本、语词或图像以意义。当然，链接不仅仅是形式，而是内容本身，它本身就是阅读的活动；不仅仅是点缀，而是重要组成；不仅仅是内容的一个组成部分，而是内容的生命。如果说一个优秀的文档需要“画龙点睛”，那么链接就是这个眼睛。[1] 那么，这个体现“互文性”特征的“眼睛”是否具有中心的地位呢？答案显然是否定的，因为，每一个标示隐藏节点的链接在被点击之后，它便“功成身退”，在完成了界面切换的使命之后悄然消逝了，这一点与传统文本很不一样。

互文在文学创作中有无数意想得到和意想不到的方式。例如，为前人的著作写续作，是中外古今文学中屡见不鲜的一种互文方法。如前所述，一代文豪曹雪芹撒手红尘之时，为后人留下的八十回《红楼梦》是一部没有结尾的残稿。这部天字第一号奇书，吸引了无数骚人墨客的注意，据一粟编著《红楼梦书录》所列，颇有脸面的续作就有 30 部之多。它的残缺破损之处，反倒为雪片翻飞的续作留下了翩翩起舞的“互文性”空间。《红楼梦》的这种“结构性缺憾”，

[1] 费多益：《超文本：文本的解构与重构》，载《哲学动态》2006 年第 3 期。

反倒成全了“互文性无憾”。著名作家王蒙把《红楼梦》的无声胜有声、无结束胜有结束说成是此书的幸运，看似无理，实为妙悟之论。他认为“不让《红楼梦》有一个符合标准的结尾乃是最好的结尾，不让完成是最好的完成。这简直是天意，苍天助‘红’！如果说遗憾，这遗憾也与整个人类对世界对人生的遗憾，与‘前不见古人，后不见来者，念天地之悠悠，独怆然而涕下’的遗憾相共振。正是这种遗憾深化了《红楼梦》的内涵，动人得紧，善哉《红楼梦》之佚去后四十回也”[1]。对成功的文本，海明威曾有过著名的“冰山之喻”。如果说八十回“红楼”不过是漂浮于海面的冰山，那么，冰山沉浸在水中的那一部分，应该是一个无言的“互文性”世界。离开了这个比文本本身丰富得多、精彩得多的“互文性”世界，再美的“红楼”也不过极尽雕梁画栋之绚烂而已。

但如前所述，互文性，从根本上讲，它只是传统文本的一种尚未完全开发的潜能，在“绝对联系”的意义上说，超文本只不过是互联网成功地开发了传统这种“互文性”潜能的副产品而已。超文本的许多特征，在传统文本中实际上都是有端倪可察的。例如，在新世纪的第一届世界杯期间（2002），选题新颖泼辣、风格犀利明快的《南方周末》发表了刘齐的一篇文章，说：“世界杯是一部现代版的《红楼梦》、地球村的《石头记》。从中，球迷看到节日；商人看到蛋糕；赌徒看到赔率；政客看到选票；警察看到流氓；媒体看到硝烟；女人看到性感男人；妻子看到‘气管炎’暴动；同性恋看到天外有天；贾宝玉看到水做的洋妞；薛宝钗看到国际足联的贾母；薛蟠看到英国晚辈；刘姥姥看到地里不种庄稼只种草；板儿看到比萨

[1] 王蒙：《双飞翼》，生活·读书·新知三联书店 2006 年版，第 163 页。

饼和麦当劳；网民看到网站比球场还挤；老红卫兵看到红海洋；新纳粹看到元首；毒贩子看到潜力；外星人看到莫名的活动体聚堆儿…… 总之，大家人手一小杯，都能从世界杯这个大杯中倒出自己想要的东西。”[1]

这段奇文显然是对鲁迅评论《红楼梦》的一段名言的“戏拟”。鲁迅说，关于《红楼梦》，“单是命意，就因读者的眼光而有种种：经学家看见《易》，道家看见淫，才子看见缠绵，革命家看见排满，流言家看见宫闱秘事……”这种无须注明出处的名言几乎尽人皆知，唯因如此，它的“互文性基因”才异常活跃。当代学者魏家骏教授在分析刘齐的文章时指出：“这位21世纪的作者由此洋洋洒洒地引申出了这么一大段文字，而这段戏言却有着多重的互文关系，它既改写了《红楼梦》，也改写了鲁迅，也就是说，它和《红楼梦》有着互文性的连接，又和鲁迅的那段名言产生互文性连接，从而开掘出了世界杯足球赛的丰富的视角，展示出这次足球盛会和人们的日常生活的多种联系，很能概括出各种不同身份的人的心态，虽然是戏拟，倒也不失幽默和风趣。”[2] 足球、《红楼梦》、鲁迅、地球村、商人、蛋糕、赌徒、赔率、政客、选票、警察、流氓、媒体、硝烟、女人、男人、妻子、“气管炎”、暴动、同性恋、贾宝玉、洋妞、薛宝钗、国际足联、贾母、薛蟠、英国、刘姥姥、庄稼、草、板儿、比萨饼、麦当劳、网民、网站、球场、红卫兵、海洋、纳粹、元首、毒贩子、外星人、莫名的活动体…… 这些原本互不相干的词语，被狂欢的世界杯无端地黏合在一起，给人一种词语尘暴和话语失禁式的“恶搞”印象，但足球一旦与《红楼梦》、鲁迅这样

[1] 刘齐：《世界杯是红楼梦》，载《南方周末》2002年6月6日。

[2] 魏家骏：《互文性和文学增值现象》，载《淮阴师范学院学报》2003年第4期。

广博深远的文学世界构成了互文关系，面目可憎的丑小鸭就蓦然变成了春光灿烂的白天鹅。由此可见，文本互文性具有多么经天纬地的神奇张力！

二、“以不类为类”的互文

俄罗斯有一个谜语：“不是蜜，却能粘住东西。”这个令高尔基着迷的谜语的谜底据说是“语言”。依我看，以“文本”作为答案也一样贴切。因为用语言打造的文本也可以说是由“蜜一样黏稠的液体”组成的。从这个意义上说，将所有语言一网打尽的网络，正在以比特化的沟渠和管道，把星罗棋布地散落于五湖四海的各种“液体”汇成一个汪洋恣肆且浩瀚无垠的“超文本”。

当然，即便在传统文本世界，这些“黏稠的液体”也并非一汪一汪的非理性、无逻辑、反意义的烂泥潭，相反，真正的“互文性文本”是既多姿多彩又符合规律规则的奇妙混合体。可以说，互联网和超文本的大多数奥秘都早已在观念和实践的层面悄然地成形于文本的“互文性”潜能中。因此，我们在讨论传统文本的过程中，超文本的许多特征就已经不言而喻。事实上，传统文本与超文本之间并不存在任何天然的鸿沟。欧阳友权先生在《网络文学本体论》中对法国的思想家乌里奇·布洛赫（U. Broich）的“国际后现代视域总互文性的文学理论与实践”进行了十分精辟的概括和评述，布洛赫的理论不仅句句都符合传统文本的情况，而且条条都适用于超文本，它为我们从学理上更深入地理解文本互文性和超文本的本质特征提供了十分可贵的镜鉴。

如前所述，在布洛赫关于“互文性”的研究著作中，互文性文本的指涉方式被概括为“作者死亡”等六个方面，这六个方面在以超文本特色的网络文学系统中表现得更加明显。(1)作者死亡：一部作品不再是某一作者的原创，而是交互写作的文本混合。网络写作的情形尤为如此；(2)读者解放：互文性会使读者在网络阅读过程中自由参与讨论与批评，其主体性地位获得极大提升；(3)模仿的终结和自我指涉的开始与(4)寄生的文学都已成网络文学的最重要特征之一，用布洛赫的话来说：一个文本可能是对其他文本的改写或拼贴，以致消除了原创与剽窃之间的界限；(5)碎片与混合和(6)“套盒”效应看上去几乎是专为网络文学而总结出来的，虽然作者原意并非如此。在一部虚构作品中无限制地嵌入现实的不同层面，或使用暗示制造无限回归的悖论。“网络文学的比特叙事文本就是这样一种‘漂浮的能指’方式，它是一篇篇被不断书写并可能被重新改写的意义螺旋体，其指涉的无限累加使它呈现为一个无穷庞大的堆积物，一种网状的扩张性文化结构。这样的话语指涉方式决定了网络文本超越了文学文本的传统分类，使文本仅仅是一个不断被书写和改写的踪迹，可以超越体裁风格、创作方法的限制，使分延的作者沿着这种踪迹去寻找新的词汇和类型、修辞方式和隐喻模式，从而使文本定位于体裁之间的边缘性和交互性，其价值旨在能指间的相互指涉所产生的新的意味性。”[1]

值得注意的是，我们往往把“互文性”“超文本”和“互联网”三个概念不加区分地用在相近似的语境中，这并不仅仅是出于修辞方面的需要，也并非笔者不知道三个概念在内涵上的差异，实在是因为它们在许多场合具有几乎相同的特征和秉性，专就文本而言，三

---

[1] 欧阳友权：《网络文学本体论》，中国文联出版社 2004 年版，第 72 页。

者的相似性或同一性如此显而易见，以致在许多情况下它们可以相互替换而不会出现任何问题。超文本原本是为计算机及网上世界而设计的发明，但是超文本首创者所追求的知识机器与信息之网技术就是“互文性理论”的数字化图解，而“互文性”理论则如同专为超文本设计的技术蓝图。超文本在理论上与互文性学说的惊人相似绝非“巧合”所能说通的，其中的必然联系还有待学界做进一步的探究。超文本理论家兰道曾经指出，超文本作为一种基础的互文性系统，比以书页为界面的印刷文本更能凸显互文性的特征。整个超文本就是一个巨大的互文本，它将相互关联的众多文本置于一个庞大的文本网络之中，并通过纵横交错的路径保持各文本之间的链接，由此可见，最能够体现互文性本质的互联网本身就是一个典型的超文本系统，这也是前文所引述的德·布拉的著名论点。

在这个包罗万象的虚拟世界里，人们需要什么就能得到什么，即便还有些一时还得不到的东西，只要读者能说出事物的名号来，网络超文本就能按照它对事物的理解，把读者“链接”到他/她应该或可能去的地方。“在这里，读者作为活动者（而不是简单的欣赏者）与超文本文学作品相互交融，彼此不可须臾分离，人融化在文中，人文合一。从某种角度来说，超文本文学的‘人文合一’是中国传统的‘天人合一’的思维方式在文学形式上的初步体现，是中国传统的‘天人合一’的高远意境的现代回归。”[1]

我们知道，在网络文学中，超文本的链接让读者可以在无穷尽的阅读可能性之中肆意游荡，“写读者”如同乘坐洲际旅行的空中客车，可以忽略时间的存在，恣意逍遥地穿越天南海北。

---

[1]　罗香妹：《超文本文学与中国传统思维方式》，载《中南大学报》2004年第2期。

雨果说：“比大地宽广的是海洋；比海洋宽广的是天空；比天空宽广当是胸怀。”[1] 今天，我们发现，还有比胸怀更为宽广的地方，那就是超文本组成的网络世界——因为它不仅能以“互文性”的魔力集合了全人类已有的一切知识和经验，而且还能以“超文本”的预言，召唤和引领人类向那无边的未知领域奋然前行，以比特之名，不断进取，不断开拓。

三、依托于网络的互文性革命

关于“互联网与文学艺术的互文性革新”这一论题，笔者曾经在《赛伯空间中当代文学艺术的命运》《现代传媒及其对艺术生产的影响》等文章中进行过探讨。笔者曾经把电报作为电子化传播新时代的标志，因为，自从电报问世以后，新的电子传媒仿佛凭着一种魔力，跨越了时空的阻碍，使文化真正变成了一种异地同现的、唾手可得的、自由自在的赛博空间中美丽的桃花源。

在电报之后，电影、无线电广播、电视等电子传媒先后登场。今天，我们放眼向四面望去，大众传媒的影响无处不在。我们无法想象离开大众传媒以后，我们将会如何生活，我们也无法想象在没有大众传媒之前人类的生活。大众传媒创造或者说构造了一个新的世界，正如麦克卢汉所说的“新的传播媒介不是人与自然之间的桥梁，它们就是自然”[2]。

[1] ［法］雨果：《悲惨世界（上册）》，李丹、方于译，人民文学出版社 2003 年版，第 226 页。

[2] ［美］丹尼尔·杰·切特罗姆：《传播媒介与美国人的思想》，曹静生、黄艾禾译，中国广播电视出版社 1991 年版，第 188 页。

从历史发展的角度来看，一般认为，传播媒介经历了口语文化、书面和印刷文化以及电子媒介三个阶段。由于口语文化易于失真和失传，受时间和地域的局限，所以麦克卢汉把口语文化称为部落文化。当文字系统出现后，人类文化就进入了书面文化的阶段。文字使文化传播和储存成为一种符号化的转换技术，“使语言脱离了口语传统，向世俗权力转变，结果对空间关系的强调超过了时间关系”[1]。这就是有文字记载以来的文化能较好地得以继承和发展的原因。

在电子媒介系统中，声音和图像不像在口语文化时期那样一闪即逝，它使文化的时间性与空间性完美地结合起来，清除了书面文化时期文字符号对大众的限制。在电子文化系统中文学和艺术不再是有文化、有教养的少数人的专利，任何人都可以通过电子媒介的声音和图像分享艺术作品。无线电波能到达全球的任何一个角落，这就使得电子传媒成为有史以来影响最广泛的传播方式。

比特电视使得文化艺术的传播在“赛博空间”中变得更加逼真生动、更加纤毫毕现。有人预言未来的电视将等同于电脑，机顶盒将变得只有信用卡般大小，只要插入一个软件，就能把电脑变成有线电视、电话或卫星通信的电子通道。可见，“赛博空间”的出现实际就是现代媒体的一场新的革命。“媒体预言家”德克霍夫在《文化的肌肤：真实社会的电子克隆》这一曾被誉为加拿大第一畅销书的著作中，就详细讨论了通信技术和电子媒体对现代社会的影响和作用。作者认为，电子媒体和赛博空间将会改变我们的心理状态；虚

---

[1]　[美]丹尼尔·杰·切特罗姆:《传播媒介与美国人的思想》，曹静生、黄艾禾译，中国广播电视出版社 1991 年版，第 169 页。

拟现实技术将会填补观念与现实之间的鸿沟；人类正在创造一种超越任何个人智慧的集体心智。这本书中还专设了《赛博空间》一章，分析了赛博空间中的媒介革命对社会生活的影响。作者以艺术作品为例，《完全回忆力》是一部利用我们新近获得的虚拟现实和科幻小说技术的电影，阿诺德·施瓦辛格在片中一身冷汗地醒了过来，他不知道自己是正在进入还是走出一种彻头彻尾的幻觉——这是由一家以致幻剂为主要手段的旅行社为他制造的，由于他重生的记忆是如此真实，以至于他无法区分事实与小说（这让人想起庄周梦蝶的故事）。作者在虚拟现实后加上一个注释说，就像AI通常代表“人工智能”（Artificial Intelligence）一样，从今以后VR也会非常通用地指称“虚拟现实”（Virtual Reality）。但是，虚拟现实正好也被称为人工想象力或人造意识，正是由于现在我们能把人工视觉、听觉和触觉等感官信息包容于我们已被延伸的意识之中，所以我们可以真正地考虑人造意识的可能性。AI其实就是没有感官参与的人造意识（AC）。只有通过增加感官的相互作用，我们才能恢复外在于我们身体的那种内省（interiority），而这正是人类意识的特点。

作者相信，或早或晚，你也会遇到这种情形，当然除了你不会一身冷汗地醒来，也不会一直做梦，为了停止这种体验，你只需摘下你的目视传音装置后关上计算机。虚拟现实机器使如下的天方夜谭似的幻想不费吹灰之力就能变成现实，即，对有些文化的操作者而言，漫步不是被视作穿越空间，而是被视为“把空间推至足下”。从理论上讲，这就意味着，任何人在任何时候都能任意发表任何作品，任何人在任何时候都能任意欣赏任何国家任何时代的艺术品。将来某一天，你足不出户就可以用手去感触（更不用说观赏）卢浮宫里的任何艺术珍贵收藏品。

德克霍夫最为大胆的理论就是“集成即触摸”。他说，教育者和许多艺术家已经想到触觉可能是人们最重要的认知工具。婴儿通过触摸学习，而成人则通过“领会”某一情境（这显然是一个触觉隐喻）学习。我们为我们已经知道或需要知道的事情形成了一种内心感受。在共用主机还大行其道的早期岁月里，麦克卢汉就以他艺术家般的敏感得出了计算机化将引起触摸的预言。

德克霍夫说，直到最近，我们才有可能变魔术般地当场考虑某件事情并把它做完。改变一页写好的文字或一幅绘好的油画至少要几分钟。而现在，相互作用的速度已提高到转瞬即可完成。不仅在 VR 模拟中有可能体验即时反应，而且借助更简单的眼睛追踪界面装置或生物反馈也有可能做到这一点。在技术上已被延伸的大脑，可以伸出其外部的智能感觉器官网络来吞下环境，其方式就像海参伸出其胃部捕获浮游生物那样。触觉延伸的作用在这里是极其重要的，因为它是基本的。触觉涉入了思维领域，不管是我们头脑中的还是机器中的，它成为思维过程中的一个参与者。模拟的触觉是首要的心理技术，其力量足以把我们从有读写能力的理论的直截了当的精神状态中拉出来。[1] 可以肯定，这一发生在赛博空间中的技术革命，必将给未来的艺术生产带来不可估量的影响。事实上，它对传统文学艺术的深刻影响正在悄悄地改变着文学艺术的内在精蕴，正在“漫不经心”地以真正的“闪电”速度改写着有着悠久历史的文学艺术的“赛博时代史”。

例如，多少世纪以来，舞蹈一直是靠身体动作流传下来的，但

[1] ［加］德克霍夫：《文化的肌肤》，汪冰译，河北大学出版社 1998 年版，第 48–60 页。

是，舞蹈已逐渐进入了电子时代，几十年来，电子技术已应用于记录并再现已有的舞蹈设计。近年来，技术手段及其成果正在以极快的速度走向尖端化。

今天的计算机技术可以对舞蹈这种天生的视觉艺术产生重要影响，而舞蹈也对技术的发展有所帮助。资料表明，舞蹈家们可以用电脑软件编写舞蹈程序，这样就可以大大减少制定和研究舞谱所需的时间，电脑还能为舞蹈教师创建全面的、档案式的网址和数据库，并记录下那些不太知名的作品。如今，技术的高度发展终于带来了由计算机创造、为计算机所用的“虚拟舞蹈”。如美国的一个名为“精灵再现”的虚拟舞蹈装置。通过这一装置，我们可以看到一个姿态优雅的形象在看起来有些古怪的三维空间中重复比尔·琼斯的舞蹈动作。而一个所谓“镜与烟”光盘只读存储器使观众可以穿过一场舞蹈表演的各个“电子空间”，从而获得多种体验。研究者说，这种形式是“现场表演的扩展”，但不是模拟实际表演，舞蹈因此成了另外的某种东西；它不是为了替代真正的表演，而是要扩展表演的界限。

也许没有什么能代替真人在舞台上的表演，真人表演是一种美妙的艺术形式。但人们乐意看到从传统形式中衍生出来的其他艺术形式，这也是研究者们的兴趣所在。在现代舞台上，演员可以通过舞台上的动作感应系统，和计算机控制的舞台媒体系统以过去无法想象的方式创造出音响、灯光和电视图像，毫无疑问，这将极大地增强舞台艺术的表现力。而由光盘只读存储器在虚拟空间中创造出虚拟布景，可以帮助舞蹈团有效地节省人力和物力。从艺术经济学的角度看，赛博空间中的技术革命确实极大地解放了艺术生产力，并为未来的艺术生产开辟了辉煌的前景。

令人意外的是，长期以来，“野心勃勃”的科学家们一直在“阴谋策划”着如何从艺术家手中夺走他们觊觎已久的“金饭碗”。早在1999年，《中外科技》曾以整版篇幅登载了日、美、俄、德等国的25名科学家就未来100年内全球高科技发展情况，及其对相关学科的冲击所拟出的100个选题。其中第26个选题是：21世纪中叶，包括电影、绘画在内的各门艺术由机器人和电脑代替的可能性及其影响。我们相信，这种科学技术的革命带来的艺术生产的革命将真正成为古典艺术终结的标志：昔日艺术家特立独行的多少有些神秘的创造精神的万丈光芒将会变得更加黯淡，传统的以单个主体为创作核心的艺术生产劳动的低吟将会被群体创作的精细分工合作的“大拼合”的“众声喧哗”彻底淹没。

现在，电脑已经杀入艺术领域，初露锋芒即剑气冲天咄咄逼人。例如，1998年以来，好莱坞生产了一批“非人”的电影，把世界影坛搅得沸沸扬扬。票房价值空前高涨，以中国传统故事《花木兰》为核心情节的同名卡通片在美国十分火爆，票房早已突破亿元大关；《蚁哥正传》《埃及王子》等亦大行其道。这批出手不凡的银幕佳作竟由电脑包揽全活，片中人物都是天生的“银幕英雄”，电脑世界的“优秀儿女”；这些电脑影星之间不再有没完没了的艺术上的争执，不再狮口大开漫天要价动辄要求百万千万美元的巨额片酬，不再为头牌的位置钩心斗角甚至大打出手。因为这些将主宰21世纪影坛的明星，实际上只不过是一些服服帖帖的计算机程序。

就目前的情况看，电脑高科技在影视领域最为威风，其中一个显著的特色是令人目瞪口呆的特技场面制作。《玩具总动员》《勇敢者的游戏》《龙卷风》等大片之所以有不俗票房，其根本原因就在于奇妙的电脑设计所产生的逼真而神奇的画面效果，使观众领略到现实生活中无法实现更无法体会到的全新感觉。例如《烈火雄心》所呈现的火场世界,《烈火狂风》等片子中让火山在人们的眼前爆开,并让观众目睹演员被龙卷风抛上半空的逼真场景,没有电脑特技是不可想象的,敢于赴汤蹈火,不怕粉身碎骨,面对惊心动魄的挑战,无论多么勇敢高超的演员也无法与“电脑大师”匹敌。至于像《侏罗纪公园》《狮子王》《未来水世界》之类几乎完全依靠电脑撑腰的电影,已经把高科技创作艺术的绝活发挥得淋漓尽致。而1998年震动全球电影界的《泰坦尼克号》和《天地大冲撞》等已注定名垂青史的大片对观众审美的强烈视听冲击和艺术震撼,高科技制作更是功不可没。有的文章说,《泰坦尼克号》一片中的海水、烟雾、云、船乃至人,有60%都由电脑合成,在夜色中巨船逐渐下沉,成百上千的人从高空跌落沉入水中的场面,都由电脑完成。影片中计算机利用数字化技术模拟出海洋、海豚以及数以千计爱德华七世时代的人物,令人无法找出任何假造的破绽,增加了艺术感染力和审美动情力。影片中所看到的沉在海底的船骸和舱内景象,绝大多数是在3800公尺的海底实地拍摄的。导演说,他所采用的复杂技术,几可与登陆火星的摄像机技术媲美。因此,这部影片利用高科技创造出高度的艺术真实,歌颂人类最美好的爱情,科技与审美联姻,获得了空前的成功。该片上演,“万人空巷,好评如潮”,为这个文化溃败的时代创造了又一个匪夷所思的艺术神话。

多年来,美国影视业如沃尔特·迪斯尼公司电影人一直在努力,希望将来的某一天电影将由电脑包打天下。现在人们似乎已对这些多少有点夸大电脑神通的说法深信不疑。用电脑代替真人表演,眼下正在成为一种潮流或至少可以说是一种趋势。形成这种趋势的原因是多方面的。一个显而易见的原因是,近年来,好莱坞巨腕们的身价一涨再涨，让唯利是图的制片商们伤透脑筋。例如，有“美国甜心”之誉的梅格·瑞安，在《有你的信》中身价高达1100万美元，令人惊讶；“漂亮女人”朱丽娅·罗伯茨出演《安娜与国王》的片酬1700万美元，更是让人咋舌；而《泰坦尼克号》中的明星迪卡普里奥目前的身价已超过2000万美元！水涨船高的明星片酬令制片商们不堪重负，如有可能的话，他们真想炒掉所有的明星。

事实上，下个世纪演员失业不是没谱的事，我们已经在《狮子王》中看到了栩栩如生的狮子，在《勇敢者的游戏》里看到了难辨真假的犀牛和大象，在《侏罗纪公园》里看到的巨型恐龙更是活灵活现。至于《真实的谎言》、“007系列”中的有关飞机导弹之类的特技镜头则只能是电脑的杰作。随着电脑技术的日益精密化，“非人影星”的出现似乎也指日可待。

电脑的全面入侵可能也会危及书法艺术，书法界已有人士发出“救救书法”的惊呼，说如果当年西洋硬笔代替中国毛笔是对书法艺术的一次巨大的打击，那么，当今各种摇笔杆子的人普遍“弃笔操电”则几近是对书法艺术的一种毁灭！有文章写道：“一个幽灵，叫作电脑的幽灵，已经在书法界附近徘徊。”但是，人们实际上并不真正清楚，幽灵到底会摧毁还是拯救这个香飘千年的笔风墨影的世界？有人认为，书写方式的改变，无情地威胁着书法艺术的生存。尽管电脑中也输入了楷隶行等书体，然而，经过打印的这些书体，实际上已成为整齐划一的新型美术字。通过电脑由手敲击成字，这种新方法，是刺向艺术的一把利剑。因为以“敲”代写，改变了人们的审美情趣，退化了人们的审美能力。汉字的内在审美特质比较隐晦，只有通过经年累月的书法研习和体味方可进入知味识趣的审美境界。另一方面，电脑正在瓦解书法的群众基础，这一趋势也会加速书法艺术的萎缩。电脑将改变我们下一代的写字能力和对书法艺术的基本认识。电脑的多功能书写能力以便捷的方法占有市场，使一批用户忘掉书法；也使一大批职业书法家变为业余书法爱好者，而过去的书法爱好者则随时有可能移情新兴的艺术领域。

随着赛博空间的开发和革新，电子文化更是如虎添翼，英国学者汤林森在《文化帝国主义》一书中把电子文化的崛起看成是现代社会的主要特点之一，认为它将意味着支配社会现实的强大体系的诞生，福建学者南帆曾在海南的《天涯》杂志上发表了题为《电子时代的文学命运》的文章，从理论上分析了赛博文化对当代文学艺术的影响，认为电子系统正在剧烈地改变既有的社会形态，创立新的社会组织形式，重新配置一系列社会集团的经济地位及相互关系，解除种种文化封锁，同时派生新的无形桎梏。文学的命运也是如此。

南帆认为：“电影的诞生同时是另一种符号体系的诞生。如今，电子媒介系统制造的复合符号全面地诉诸人们的视听感官。影像、声音，即时性与现场感提供了一套富有冲击力的经验。”[1]

书写文化依赖于文学符号系统。文字的能指与所指是疏离的，这种疏离本身即已包含了人类思维对于外部世界的凝聚、压缩、强调或删除。电子媒介系统启用了复合符号体系，影像占据了复合符号体系的首席地位，与书写文化相比，影像与对象是合二而一的，在人们的意识中，影像就是现实本身，影像的真实外观遮盖了人为性的精心设计，观众有意无意地在其呈现形式的引导下认可或服从影

[1] 南帆：《电子时代的文学命运》，载《天涯》1998 年第 6 期。

像背后某种价值体系的立场。这就是电子媒介系统的强大效果：让观众在独立自主的幻觉中接受种种意义的暗示。

崭新的符号体系形成了新型的艺术，新型的艺术产生了前所未有的文化和政治功能。电子媒介系统提供了消愁解闷的大剂量的迷幻药，使人们放弃了对历史的不依不饶的提问，而"虚拟生存"的数码技术更显示出不可估量的前景。"比特"可以随时制造一个令人向往的天堂，这意味着数码技术可能产生某种意想不到的作用：经济和社会地位的巨大差距将得到缓和，百万富翁和穷小子在"虚拟生存"中可以得到同样的享受，这种"虚拟的平等"削弱甚至释除了反抗剥削的革命冲动。一个新的问题也就随之产生了：这种虚拟的享受是思想的自由或欲念的解放，还是无聊无益的幻想或纯粹的子虚乌有？

特别是电子媒介系统的迅猛更新和发展，更预示着一个即将改写艺术生产历史的强大体系的诞生，电子系统正在剧烈地改变传统的艺术生产形态，创立新的文化文艺形式，解除种种意识形态的封锁，神话传奇般解放了艺术的生产力，开天辟地般拓展了全新艺术消费市场。不少有识之士认为，影像作为一种更加感性的符号，它的日臻完美将对书籍——书写文化的保存形式——造成巨大压力，也使文字阅读过程中包含的理性思考遭到剥夺。

在当代艺术生产过程中，赛博文化利用技术手段、技术材料、技术方式，从艺术生产的操作层面不可抗拒地渗透到艺术生产的观念层面，科学技术已成为一种"本体性"的存在支配着当代艺术生产。当代大众传播活动不断，助长了技术力量向艺术生产的本体性渗透。由于当代艺术的生产对科学和技术的依赖，不知不觉间，传统的、手工艺性质的艺术生产活动和鉴赏型的艺术消费行为逐渐消失了；对艺术创造性的追求渐渐变成了对技术和工具革新的追求。在赛博文化不可拒绝的影响下，技术作为操纵艺术行为的幕后指挥正在渐渐走向艺术舞台的中心。说到底，科技对艺术生产产生影响的主要原因是，赛博文化已经悄悄地改变了人们的思维模式和审美习惯。

值得注意的是，互文性理论绝非十全十美，事实上它也存在着不少局限性。我们知道，互文性观念虽然缘于理论家们对“封闭的文本”（the bound text）的解读，但它强调的却是一种“开放的文本”理念。通常意义上的互文性研究，着重考察文学与文学自身的关系，即文学作品与文学遗产、文学史、文类传统的关系，以及作品自身所携带的文学记忆和读者的文学“阅”历之间的关系。因此，有研究者认为，互文性问题不仅完全可以兼容许多传统的研究领域，对它们进行重新切割或“分区”，而且也意味着文学范式本身的变迁，因为互文性概念的根本意义在于用多维的、可逆的空间范式代替一维的、不可逆的时间范式。目前越来越完善的互联网世界不仅令人惊叹地直观演示了“一切文本都是互文本”这个抽象命题和它所隐含的空间范式，使巴特等人关于文学网络和文化库存的比喻变得更加生动，而且也为真正的多元阅读和具体的互文性研究提供了切实有效的技术支持。[1]

但是，我们也应该注意到，近几十年来，文学研究从学科化封闭走向跨学科开放、从技术性“区隔”日益走向人文性融合的趋势已经形成了一种大的时代潮流，从一定意义上讲，互文性理论顺应了这种潮流，为文学研究开辟了新的路径。但是，互文性理论在关注符号学共时性的同时，“往往有意忽略作品的社会与历史维度。如

[1] 秦海鹰：《互文性研究》，http://www.docin.com/p-2620560648.html.

果互文性可以理解为不同时代和地域的作品、作者之间的对话，那么它就不应该脱离具体的社会语境，对话者的主体特点也应受到重视”[1]。这一评论提醒并告诫我们，在互文性研究和批评应用中，不可不加区别地一味强调文本之间的联系与影响，当我们在文本的海洋乘风破浪之际，时刻都不要忘记了社会的陆地与历史的天空，因为文学所关注的，理应是整个世界。

[1]　陆建德：《互文性、信仰及其他 —— 读大江健三郎〈别了！我的书〉》，载《外国文学研究》2007 年第 6 期。

第 八 章

超文本与“书籍的终结”

网络是全部现有超文本的综合系统。

—— 安伯托·艾柯《书的未来》

非电脑化的知识都将惨遭淘汰！数据库成了后现代人的本性！

—— 让-弗朗索瓦·利奥塔《后现代状况》

2003年11月1日，意大利小说家、符号学家安伯托·艾柯做客埃及亚历山大图书馆，并以英文发表了题为《书的未来》的长篇演讲。艾柯在演讲中，以图书变迁的视角回顾和总结了文字、印刷术和电脑发明的历史，并明确预言一种在不远的将来必然会为超文本所取代的书——百科全书。就这一点而言，艾柯可能是正确的。不过艾柯在论及超文本阅读时显然太过狭隘。但《书的未来》却引发了笔者对“互文性语境中文学经典生存状态及其发展前景”的思考。让我们首先从后现代主义著名的“书籍的终结”问题开头吧。

“书籍的终结”(closure of the book)，作为一个具有特定意义的专有名词被收入维克多·泰勒、查尔斯·温奎斯特等人主编的《后现代主义百科全书》中，编者认为所谓“书籍的终结”，其实是与“作者死亡”的宣言一起，对总体性(totality)和固定含义的一种批判。宽泛地说，书籍的终结是后现代性的一个重要声明，同“作者的死亡”，以及对西方思想中传统语义概念的反思，恰好相吻合。以当代方式对这一概念做出贡献的，特别需要提到的是雅克·德里达（1930—2004）、罗兰·巴特（1915—1980）和让–弗朗索瓦·利奥塔（1924—1998）这三位思想家。重要的是，死亡貌似否定的隐含意义，被视为是对意指过程（signification）进行重新评估的一种肯定性的发展。[1] 关于这个问题，我们或许还是应该从艾柯的埃及演讲说起。

一、艾柯：《书的未来》

在艾柯被反复纠缠的一些问题上，这位德高望重的老作家的回答明显给人以力不从心之感。譬如有人问：“超文本的磁盘或万维网会取代供阅读的书吗？”他说：“书仍将是不可缺少的，这不仅仅是为了文学，也是为了一个供我们仔细阅读的环境，不仅仅是为了接受信息，也是为了要沉思并作出反应。读电脑屏幕跟读书是不一样的。想想学会一种新电脑程序的过程吧。通常，程序能把所有你需要的说明显示在屏幕上，但在大多数情况下，想了解此程序的用户还是会把说明打印出来，拿它们当书来读，要么就干脆买一本印刷版的说明书。”[2] 艾柯的这种说法在 20 世纪大约还算得上是一个比较普遍存在的事实，但今天的情况显然就不同了。

艾柯论及“书籍不会消亡”的理由相当简单：“到目前为止，书

[1] ［美］维克多·泰勒、［美］查尔斯·温奎斯特编：《后现代主义百科全书》，章燕、李自修等译，吉林人民出版社 2007 年版，第 64 页。

[2] ［意］翁贝托·艾柯（安伯托·艾柯）：《书的未来（下）》，康慨译，载《中华读书报》2004 年 3 月 17 日。

还是最经济，最灵活，最方便的信息传输方式，而且花费非常低。电脑通讯跑在你前面，书却会与你一同上路，而且步伐一致。如果你落难荒岛，没法给电脑接上电源，那么书仍然是最有价值的工具。就算你的电脑有太阳能电池，可你想躺在吊床上用它，也没那么容易。书仍然是落难时或日常生活中最好的伴侣。书是那种一旦发明，便无需再作改进的工具，因为它已臻完善，就像锤子、刀子、勺子或剪子一样。”[1] 在当下形形色色的电子阅读器面前，在汉王电纸书和苹果公司的 iPad 面前，艾柯的证据已经渐渐失去说服力了。

当然，像艾柯这样见多识广且善于思考的作家，在讨论问题的时候是不会轻易闹出历史和逻辑两不相顾的笑话的。譬如说，他在论证电子书籍不会使纸质书籍消亡的时候，他列举了这样一些实例：汽车跑得比自行车快，但并没有让自行车销声匿迹，新的技术进步也没让自行车焕然一新。照相术发明后，虽然画家们感到没有必要再像匠人那样复制现实了，但这并不意味着达盖尔的发明仅仅催生了抽象画法。艾柯的这些例子固然精彩，但他的结论却令人生疑：“在文化史上，从来没有一物简单地杀死另一物这样的事例。”[2] 在齐林斯基的《媒介考古学》中，我们可以轻松地找到众多“一物简单地杀死另一物这样的事例”。譬如说电灯的普及使煤油灯消失，手机的流行使 BP 机失去了存在价值，email 的流行，使得邮差变成了专业送报员，钢笔和圆珠笔的普遍使用，使得毛笔变成了书法家的专用品，电影的盛行使得流传千年的中国皮影戏几近绝迹，电视

[1] ［意］翁贝托・艾柯（安伯托・艾柯）：《书的未来（下）》，康慨译，载《中华读书报》2004 年 3 月 17 日。

[2] 同上。

走进千家万户，使得日渐寂寥的说书人少有收徒授艺的机会……[1]

当然，艾柯的演讲并非通篇都是些因循守旧的冬烘之论。譬如他对"超文本创造了无限"的阐释就相当透辟：《小红帽》，其文本始于一组给定的人物及情境——一个小女孩，一位母亲，一位外婆，一只狼，一片树林——并经过一系列限定的情节到达结局。当然，也可以把童话当作寓言来读，并赋予其情节和人物的行为以不同的道德含义，但是，《小红帽》是无法转换成《灰姑娘》的。《芬尼根守灵夜》的确是开放的，可以有很多种诠释，但它有一点是确定的，即它绝对不可能给出费马大定理的证明，或是伍迪·艾伦的全传。这一点看似微不足道，但许多解构学家的最根本错误，便是相信文本无所不能。其错谬显而易见。

现在，假设一下，一个暂时的和有限的文本，被许多词与词之间的链接超文本化地组织起来了。在辞典和百科全书中，"狼"这个字被潜在地相连至每一个部分，构成其可能定义或描述的其他词（"狼"可与动物相连，可与哺乳动物、凶残、腿、毛皮、眼睛、森林，与那些有狼生活的国家的名字等连在一起）。而在《小红帽》中，"狼"只能与这个字出现，或是使人明确感到其出现的那些段落连在一起。这一系列的可能的连接是暂时的和有限的，那么超文本的策略怎样才能被用来"打开"一个暂时的和有限的文本呢？

第一种可能性是使这一文本在物理性上受限，就这一层意义而言，一个故事可以通过不同作者的连续写作而加以丰富，在一种双重的意义上，比如说二维或三维的。但是我指的是特定的，如《小红

---

[1] ［德］西格弗里德·齐林斯基：《媒体考古学：探索视听技术的深层时间》，荣震华译，商务印书馆 2006 年版，第 33 页。

帽》，第一位作者设定了开篇的场景，（女孩进了森林，）别的作者可以一个接一个地将故事发展下去，例如，让女孩没有遇到狼，而是阿里巴巴让他们俩进入一座魔法城堡，然后邂逅一条有魔法的鳄鱼，凡此种种，这样，故事便能持续多年。但是在每种叙述都不相关的层面上，这个文本也可能是无限的，例如，当女孩进了森林，多个作者便可做出多种不同的选择。一个作者可以写女孩遇到了匹诺曹，另一位则可把她变成天鹅，或是进入金字塔，让她发现图坦卡蒙之子的宝藏。

超文本可以提供一种自由发挥的幻象，即使是一种封闭的文本：一篇侦探小说可以被解构为这样一种方式，让读者能够选择自己的解决方案，决定其结尾是否让凶手指向管家、主教、侦探、叙述者，作者或是读者。他们可以据此建立自己的个人故事。这样一种想法并不新鲜。在电脑发明之前，诗人和叙述者便梦想着一种完全开放的文本，让读者能够以不同的方式进行无限的再创作。这就是马拉美所赞美的“书”的理念。雷蒙·格诺（Raymond Queneau）也发明了一种组合算法，借助于可能性，可以从句子的有限集中创作出成百万首诗歌。在20世纪60年代早期，马克斯·萨波塔（Max Saporta）写作并出版了一部小说，变换其页码的顺序，便可组成不同的故事。南尼·贝莱斯蒂尼（Nanni Balestrini）也给一台电脑输入了一组互不相关的诗歌，让机器以不同的组合方式创作出不同的诗。许多当代的作曲家也用机器来生成乐谱，这样便得到了不同的音乐表现。[1] 艾柯的演讲还提及了许多令人难以忘怀的事例。

[1] ［意］翁贝托·艾柯（安伯托·艾柯）：《书的未来（下）》，康慨译，载《中华读书报》2004年3月17日。

在读到艾柯关于“书籍未来”的这篇演讲时，不少人会很自然地联想到米勒的《全球化时代文学研究还会继续存在吗?》，我还同时联想到了自己曾经翻译过的《书籍的终结》和被朋友们反复提及的一篇博文《网络时代出书是野蛮行为》。文论界大多数学者读了米勒的文章之后感慨万千，有人甚至用“惊恐”之类的词语表达自己的感受。“当我们依靠印刷文化背景所建立起来的价值观、写作观和阅读观烟消云散后，我们也就不得不跨上电子文化和数字文化这驾战车，与我们过去所欣赏和珍爱的一切依依作别了。”（赵勇《读艾柯〈书的未来〉》）这样的感叹说出了大多数人的真实感受，但或许我们曲解了米勒。关于这一点，金惠敏先生为米勒辩解的文章值得一读。在金先生看来，米勒并不相信文学真的会走向消亡，作为一个熟稔文学史的批评家，米勒不过是为文学的数字化转型发表一点感想而已。其实米勒说得相当清楚：文学从未有过“正当其时”的时候，过去如此，现在也是这样，将来还将处在我们今天所抱怨的“边缘状态”。米勒不无矛盾地追问这样一个问题：我们能够和文学说再见吗？米勒钟爱的莎士比亚笔下那句丹麦王子的名言——to be or not to be——至今仍然是文学王国无法解除的魔咒。

中国当代文论家，将米勒的言论与20世纪80年代以来中国文论曾经的呼风唤雨到今日的门可罗雀这一衰落过程联系了起来，从而得出了文学即将消亡的结论，这原本是中国人自己对文学日益边缘化的深切感受，作家、批评家早已表达过类似的意见，只不过这样的言论出自西方学者的鸿文之中，这种留恋文学昔日之辉煌却又恨不得今日之文学“早死早投生”的复杂情绪终于找到了一个宣泄口。一时间有关文学消亡的言论成了新世纪文论最醒目的关键词，网络时代，文学究竟是“生存还是死亡”的问题，成了学界密切关注的话题。

如前所述，米勒引发的文学“生死问题”，说到底其实就是一个关于“文学未来”的问题。关于这个问题，笔者在其他文章中已经有比较详细的讨论，于兹不赘。这里且就《书的未来》谈点不成熟的感想与看法。艾柯的《书的未来》不能不涉及网络时代“书的消亡”问题。他在文章中一再提及“书籍的死亡”。但是，他对“书的未来”仍然保持着一种乐观态度。

这种乐观的理论，在我们这样一个崇尚“诗书继世”的国度，当然不会缺少知音。问题是不少论者在论及书籍是否会消亡时，所提供的例证往往可以作相反的理解。譬如有人试图论证纸质书籍永远不会消亡却偏偏提供了可作相反理解的例证：“洋装书籍在中国的出现，短时期内成为书籍印制出版的主流，使得中国传统的竹纸棉线宣纸线装的书籍面临窘境，但多少年过去，竹棉宣纸线装的书籍依然存续下来，并成为高尚雅致的书籍品类……书写工具的变化，虽经鹅毛点水笔、自来水钢笔、圆珠笔及目前最广泛使用的签字笔的不断更新，传统的毛笔书写方式依然存在，且成为传统艺术为人们所喜。可见事物的存在与消亡，很难因某种接近或类似的物品出现，而对其未来悲观的预测，我们现在担心纸质书籍会因电子读物的出现而消亡，仅是看到新事物的表象而已，若以为新事物必定取代已有的事物，则未免有些武断。”[1] 有趣的是，作者这里所列举的“书籍不死”证据，在一定意义上反倒恰好说明传统书籍将会像“竹棉宣纸线装书”和“毛笔”一样退出历史舞台。

如今，我们已经清晰地看到了纸质书籍的未来，正如“洋装书籍”和硬笔书写工具使得中国“竹棉宣纸线装书”和“毛笔”主宰书写

[1] 杨小洲:《书籍的未来》，载《青岛日报》2010 年 4 月 21 日。

文化的时代成为历史一样，书面文化主流即将让位于网络文化主流的时代已经悄然来临。

二、陈嘉珉：《告别纸媒》

南京大学出版研究所所长张志强教授在南大开设了一门专论书籍发展史的课程——“从甲骨到因特网：书籍的过去、现在和未来”。张志强先生的课程上起上古文字的产生，下达因特网带来的书籍变革，追溯人类书籍的起源，考察世界各地书籍生产与不断发展的过程，探讨书籍对人类社会的促进作用，揭示书籍形态变革与人类社会演变之间的关联，预示书籍的未来发展。课程以大量资料揭示书籍对人类文明进程的推动作用，通过书的内容和形式的发展变化，展示了人类文明进步的历史。书籍史研究是目前国际学术界的热点之一。2008 年 1 月至 2009 年 1 月，张志强先生在美国哈佛大学担任图书文化博士后研究员期间，曾旁听了世界书籍史研究泰斗——哈佛大学特级教授罗伯特·达恩顿（Robert Darnton）的“从古登堡到因特网”的课程。该课程是哈佛大学的“新生研讨课”，探讨了西方的书籍史，对于中国纸和印刷术的发明等东方的书籍史基本未涉及。张志强先生曾与达恩顿教授就此进行过探讨，达恩顿教授认为，如果从最早的文字讲起，内容涵盖东西方书籍文化的话，将会使这一课程更为丰满。值得注意的是，作为研究书籍的专家，在谈到“因特网与书籍的未来”时，张志强先生虽然有使用“书籍消亡”之类的流行说法做标题，但他还是以客观公正的科学态度把“书籍的数字化、按需印刷、电子书的发展”看成了“书籍的未来存在方式”。

如前所述，艾柯的《书的未来》是在著名的亚历山大图书馆发表的演说，这就决定了他不可能从辉煌历史之追光灯的“光晕”与“圈套”中跳出来。他只是含含糊糊地说，当越来越多的东西放到网上之后，万维网变成了一座全世界的图书馆。你可以以最快的速度找到你所需要的书，也可以在最短的时间里获得你所需要的东西。在这个意义上，“网络是全部现有超文本的综合系统”。艾柯虽然承认部分图书失去了意义，但他不可能因此得出图书馆会因网络崛起而削弱其存在价值的结论来。艾柯略嫌保守的观点，让我想起了北大学者陈嘉珉的博客文章表达了对“旧书”的决绝之举：

昨天，四月六日，是一个特别日子——在三年之前的那个四月六日静谧的夜晚，我无声地开始了后来逐渐走向“轰轰烈烈”的“网络生活”。昨天，还是一个特别日子——我把在此之前二十多年中收藏的一千四百公斤报纸杂志（其中有过去倍加珍惜和特别收藏的近十年里出版的北京大学学报、十三年中出版的中国人民大学书报资料和自己一点一滴积累的五十一本剪报）——廉价卖给了一个捡垃圾的妇女。单是搬出和过磅就花了我一个小时零二十分钟的时间，还弄得书房、客厅和过道里满是纸屑、灰尘，打扫卫生花去将近一个小时，擦洗整理空出来的书柜、书架花去半个多小时，来不及做饭跑到门口街上吃了一碗牛肉粉，回来洗个澡——整个上午和中午的时间就这样打发掉了，还不包括尚未进行的洗衣服的时间。虽然身体有点累，但看着清爽整洁、少而精的书房，精神上感到非常愉快，就像去年减肥成功、去掉“身体垃圾”后一样感觉轻松舒畅。（难得潇洒《告别纸媒》）

笔者也有陈嘉珉式的打扫“奥吉亚斯牛圈”的英雄壮举，近几年笔者曾先后处理过《马克思恩格斯选集》《列宁选集》《管锥编》《朱光潜全集》等对我而言大约只剩下“查阅”价值的著作，假如我有《四库全书》的纸本收藏，我或许也会像陈嘉珉一样将它们快速处理掉。这些陈旧的报纸刊物和图书，都是天生的“无腿怪胎”，呼之不出，挥之不去，用之不灵，日益蚕食着我们居所的这些死气沉沉的“材料”，如同垃圾一样堆放在我们宝贵的居住空间里，用不着的时候，它们大大咧咧地在你眼前晃来晃去，真要查询点什么亟须的信息，就不知它们躲藏在什么地方了。即便是季羡林先生这样的大师级人物，也曾一再为“坐拥书山难觅书”而苦恼，酷爱收藏图书的郑振铎先生，一生都在费时费力倒转腾挪那些断简残书，他的日记中出现最多的“专业词汇”不是文学，而是“理书”，“整理书籍”几乎可以说是郑先生最殷勤的“日课”。

在这个房价升天、网价落地的日子里，“家藏万卷书”是一种既不科学也不和谐的落后生活方式，是纸媒时代的遗老遗少们明显缺乏“先进文化”的表现。如果你不是无意于文化的古旧书籍的书贩或是不善于(包括不习惯)利用网络获取信息的新文盲，“家藏万卷书”，无论是对人还是对书来说，既是莫大的不尊重，也是惊人的浪费。果断抛弃“万卷书”的陈嘉珉先生说，他的书房已逐渐变成了一间计算机房，他所有的学习和工作时间几乎都是在台式宽带上网电脑、移动办公系统、喷墨打印机、扫描仪、数码相机和数码摄像机等构成的环境中度过的。而那紧贴三面墙壁的书柜、书架以及里边堆得满满的图书报刊，每天悄无声息地占据着他的宝贵空间，渐渐变得只具有一种文化符号的意义，成了纯粹的装饰品。上网时间长了，慢慢地让他感觉这满屋子的图书报刊简直像一堆堆垃圾，与崭新的屋子、书柜和众多豪华的家具、家电设备极不协调。于是就有了前文所说的秋风扫落叶式的纸媒书刊大清理。

令人印象深刻的是，陈嘉珉教授竟然以一种“翻身网民”的口吻，对在“强势（强制）传统媒体构建的环境中生活”进行了控诉：“追求了二十年，结果却是永远找不到自我，也从未写过一篇像样的随笔文章，倍感一种生命空间的窒息和压抑。是老天爷注定了，我的‘发迹’之路必然是在自由无限的网络社会里。”最后，作者以“无限链接的互文性”手法，套用了鲁迅《为了忘却的记念》中引用过的那首白莽改写的裴多菲的诗句——“生命诚可贵，纸媒价更高；若为网媒故，两者皆可抛！（难得潇洒《告别纸媒》）在这首将裴多菲、白莽、鲁迅和陈嘉珉紧紧“链接”在一起的互文性作品中，我们分不清是纸媒帝国的夕阳西下，还是网媒世界的满天朝霞。

“难得潇洒”的《告别纸媒》一文，让笔者产生了许多近乎荒唐的设想，譬如，如果把中国教授陈嘉珉这首对裴多菲的网络戏仿诗，邮寄给意大利的艾柯教授，艾柯读后，会作何感想？面对陈教授“告别纸媒”的宣言，他是赞成还是反对？当然，这只是一种假设，不管结果如何，也只代表他个人的观点。不过，我们倒是白纸黑字地看到了艾柯在埃及的亚历山大图书馆发出了与陈嘉珉观点相反的抱怨：“在电脑前呆上 12 个小时，我的眼睛就会像两个网球，我觉得非得找一把扶手椅，舒舒服服地坐下来，看看报纸，或者读一首好诗。所以，我认为电脑正在传播一种新的读写形式，但它无法满足它们激发起来的所有知识需求。”[1] 可以肯定的是，艾柯的说法，至少在中国会遇到越来越多、越来越强烈的反对意见。且不必说有多少 IT 人

[1]　[意]翁贝托·艾柯（安伯托·艾柯）：《书的未来（下）》，康慨译，载《中华读书报》2004 年 3 月 17 日。

士和大学科研机构的精英知识分子会对“屏媒阅读不如一卷在手”多么不以为然，单就一篇中国小学生的作文习作，就可以看出未来一代人对书籍的期许与我们这一代人是多么的不同。

重庆市大足区龙水镇沙桥中心小学五年级二班的王瑞同学曾以《未来的书籍》为题写了一篇作文，设想自己“发明了”一种“美观大方，内容丰富，功能强大，随你怎么看也看不腻”的书籍：

这种书籍的式样非常多，有的是胶卷模式的，有的是传统模式的，有的是文具盒模式的…… 不管是什么模式的，它的功能都是一样的。就拿传统模式的来说吧。这种书表面和其他书本没什么两样，可里面却是丰富多彩的。书籍里安装了一台微型电脑，它控制着整本书的内容。书里有两个键，一个是红色，一种是黄色。红色负责启动和关闭，只要按一下，书上就会出现书的内容。再按一下，书上的内容便会消失。按一下黄色键，书的右上角会出现几个键。两个负责换页数。如果你想看别的内容，就可以用笔在左上角的方框里输入你想看的内容的名字，书上就会出现你想看的内容。有一个键是做习题的。如果你看累了，想做一会儿习题，直接按一下那个键，就可以做习题了。如果遇到不懂或错了的地方，书本便会细心地给你讲解，直到你弄懂为止。还有一个键是图片功能的。如果你看书看累了，按一下这个键，就可以尽情（欣赏）美丽的风景了。这本书还配有一个键盘、一个麦克风和一对耳机。插上耳机和麦克风，再按 mp3 键，书上就会出现几十万（首）经典歌曲，想听什么就听什么。如果把键盘和书本（拼上）会马上变成电脑，听音乐、聊天儿、玩游戏、查资料，想怎么样就怎么样。此外，书上还有丰富的内容，上至天文，下至地理，都储存在里面。课本还附有图案。图案栩栩如生，而且还会动，还会发出一阵阵沁人心脾的清香。如果你看累了，书本还会发出声音，读给你听呢。书籍还可以放电影等。[1]

五年级的小学生王瑞“发明”的这种书籍，尽管充满童趣和想象，但从技术上讲，王瑞的想象并无新鲜之处，我们之所以要给王瑞的“发明”这两个字上加引号，是因为与其说这是“发明”，不如说是“发现”，因为当前的许多电子阅读器，如 iPad 之类不仅具备了王瑞“发明”的书籍的所有功能，而且远比王瑞梦想的“发明”要强大得多，先进得多。因此，我们与其将王瑞的作文看成是一则童话式文学习作，还不如将其视为一篇如实描绘时下流行的电子阅读器的说明文。我们不能设想艾柯这位意大利教授如果读了中国小学生王瑞的这篇作文会作何感想。

三、本雅明:《迎向灵光消逝的年代》

“文学即梦想”的说法是一个既奇妙又陈腐、既深刻又浮泛的理论命题。只要我们随手翻翻案头的文学经典或文论著作，就能轻而易举地找到巨量与此相关的高头讲章。从屈原到曹雪芹，从柏拉图到弗洛伊德，几乎每一个关注过文学的诗人哲士，都直接或间接地涉及过这个命题。对那些以记录“白日梦”为职业的文学家来说，文学与梦的暧昧关系，几乎隐含着诗学或文论的所有奥秘。德国作家黑塞有一首以《梦》为题的长诗，笔者第一次阅读时就有这样一个强

[1]　参见“作文网”http://www.sanwen.net/z/69105-shuji-weilai.

烈的感受：黑塞在诗中讲述的这个奇幻的美梦，几乎每一个章节、每一个段落甚至每一行诗句，都是在描述互联网的情形，如果我们把题目换作《网络》，非但看不出有什么不妥之处，反倒会认为它比原题更为贴切。黑塞写道：

这儿是天堂的书库。
令我内心焦躁的一切问题，
在我脑际盘根错节的疑难，
这儿都有答案……
这里有满足求知的一切结果，
不论是幼小学生的胆怯要求，
还是任何大师的大胆探索。
这里提供最深邃、最纯净的思想，
替每一种智慧、诗和科学提供解答。
凭借魔力、符号和词汇阐释、质疑，
神秘无比的书籍为光顾者提供保证，
给予最美妙的精神慰藉。
这里为任何疑难和秘密提供钥匙，
赋予每位魔法时刻光临者以恩惠。

我们只从《梦》中摘录一个小节就足够了。黑塞的《梦》，与范瓦纳·布什那篇著名的《如我们所想》所描述的情形有惊人的相似之处。布什要在人的“活动的”思维和人类积累的“固定的”知识之间建立一种全新的互动关系，在他设想的 Memex（存储扩充器）中，我们“内心焦躁的一切问题，在我脑际盘根错节的疑难”，都应该有现成的“答案”。黑塞的梦想世界自然要比现实世界完美得多，但如果我们降格以求，真要在现实世界中找到一个近似于他所描述的神奇领域——“为任何疑难和秘密提供钥匙，赋予每位魔法时刻光临者以恩惠”，那么，除了包罗万象的互联网，我们似乎再也找不到更合适的答案了。

笔者在讨论超文本的章节中，曾经试图对互联网、超文本与人脑构造以及人工智能等问题进行比照研究，试图寻找一把破解文学“魔法时刻光临”之谜的钥匙。在这种比照研究过程中，笔者发现，从“柏拉图到现在”的诗学或文论之所以常常陷于“诗人说梦”式的学术泥淖之中，最根本的原因在于，迄今为止，关于人类自身的科学，还没有真正揭示出文学创作的发生学原理，换句话说，大自然赋予作家大脑中的“写作软件”仍然是一个未知领域，无论是心理学、脑科学还是人工智能的研究，目前似乎还都无法完全破解人脑——这个最为复杂的“写作软件”的密码。至于当下流行的文学理论或文学原理等貌似形而上学的著作，常常更像一组介于文学批评、文学史和美学理论之间的概念游戏。

法国哲学家拉·梅特里曾经说过：“从来就不曾有过一条最聪明的毛虫会想象到它一朝会变成蝴蝶。我们的情形也是一样。我们连自己的来源都不知道，又怎能知道我们的命运呢？让我们安于这个不可克服的无知吧，它是我们的幸福所依托的条件。”[1]在科学探索的意义上说，人类梦幻式的心灵世界，之所以能使文学的鲜花长盛不衰地开放下去，最根本的原因就在于我们太过于安享拉·梅特里所说的“这个不可克服的无知”了，科学意义上的“无知”，是文

[1]　[法]拉·梅特里：《人是机器》，顾寿观译，商务印书馆1959年版，第72页。

学得以存在的重要前提条件。

人们常说，“科学破除迷信，文学制造神话”。而我们的文学理论则希望在这两种对立行为中找到平衡的支点，于是，王蒙所说的那种“风流的尴尬”就成了文论家挥之不去的梦魇：是像科学家一样战胜糊涂求明白，还是像文学家一样揣着明白装糊涂，这是众多文论家们难以言说的困惑和难以释怀的焦虑。当文论经历了无数次莫名其妙的“转向”之后，终将有一天它会与脑科学或人工智能研究相遇。谁能断言，在人工智能研究领域，一定没有诞生一种全新诗学或文论的可能性呢？

美国学者西奥多·罗斯扎克在《信息崇拜》一书中曾以讽刺的笔调记载了早期人工智能研究者的一些情况。资料表明，早在 1959 年赫伯特·西蒙和艾伦·纽厄尔就宣称“在看得见的将来”，他们研制的计算机的能力“将和人类智力并驾齐驱”。马文·明斯基进行过更加雄心勃勃的预测：“在三年到八年的时间里，我们将研制出具有普通人一般智力的计算机。这样的机器能读懂莎士比亚的著作，会给汽车上润滑油，会玩弄政治权术，能讲笑话，会争吵。到了这个程度后，计算机将以惊人的速度进行自我教育。几个月之后，它将具有天才的智力，再过几个月，它的智力将无以伦比。”[1] 这是明斯基 1970 年的预测，即使麻省理工学院人工智能实验室的同事都觉得这个预测太过夸张。他们相对地比较清醒，认为达到这样的目标还需要十五年。不过他们都同意明斯基的见解：终有一日计算机将“把

[1] ［美］罗斯扎克：《信息崇拜——计算机神话与真正的思维艺术》，苗华健、陈体仁译，中国对外翻译出版公司 1994 年版，第 111 页。

人类作为宠物对待”。[1]

在罗斯扎克看来，人工智能研究进行下意识的自我吹嘘的主要原因是为了吸纳更加惊人的投资。他引用当时流行刊物上的俏皮话讽刺了“AI迷狂症患者”的种种心态。例如：“美国国防部官员一听到人工智能这几个字就会情不自禁地垂涎三尺。”[2]罗斯扎克这位以《反文化现象形成》而名声大噪的历史学教授大约把AI学说中的许多激进观点也囊括在他所归纳的“反文化现象”范畴之中了，这是《信息崇拜》中作者对AI研究顾虑重重的原因之一吧？

显然，担忧计算机“把人类作为宠物对待”，比作家丢失饭碗的忧虑走得更远。不过，我们在此重点关注的对象却是以写出《背叛》的“布鲁图斯一号”为代表的文学写作软件。设计“布鲁图斯一号”这个软件的科学家是瑟默尔·布林斯乔德（Selmer Bringsjord）和大卫·弗如奇（David A. Ferrucci）。他们在《人工智能和文学创造》[3]一书中对“布鲁图斯一号”出现的意义所进行的分析与总结颇值得玩味。他们认为，电脑要写出一则简单的故事，至少要具备以下几个方面的知识或能力：

1. 描述可能构成故事基本内容的各种事物所应具备的一般知识，包括人物、事件、身份、信念、目标、行为及反应等。

2. 语言知识，包括语言形态学、句法、段落和话语结构等。

---

[1]　［美］罗斯扎克：《信息崇拜——计算机神话与真正的思维艺术》，苗华健、陈体仁译，中国对外翻译出版公司1994年版，第111页。

[2]　同上，第112页。

[3]　Selmer Bringsjord & David A. Ferrucci, *Artificial Intelligence and Literary Creativity: Inside the Mind of BRUTUS, a Story telling Machine*. Mahwah, NJ. 2000. Pvii. http://acl.ldc.upenn.edu/J/J00/J00-4007.pdf.

3. 有关文学的一般知识，包括讲小说的具体化原则，讲故事的法则，涉及能够激发读者想象的情节，创造能够引发读者思考的人物形象。文学知识还包括比喻、评价、类比、联想等。

4. 文学创作的专业知识，包括适用于文学创作水准修辞的知识，在语言学规则中游刃有余的表达能力等。

软件写作自然不可能离开逻辑化指令的操控，但“布鲁图斯一号”所遵循的逻辑却是灵活多样的，它时或遵循现时（temporal）逻辑，时或遵循条件（conditional）逻辑，时或遵循道义（deontic）逻辑，时或遵循行动（action）逻辑，以确保小说中的情节、人物及其性格特征符合普通读者的阅读习惯。遵照逻辑指令输出相应的文字，这对于写作软件来说自然是顺理成章的事情。但是，在什么情况下遵循一种什么逻辑对于“弱智的计算机”来说就不是一件容易的事情了。事实上，《背叛》所存在的许多局限或不足，都直接或间接地与“布鲁图斯一号”的逻辑“通变性缺失”有关。

正如一些关注过《背叛》的学者所指出的，如果从艺术与审美的视角看，《背叛》根本就算不上什么出众的小说。但作为人类开发的电脑写作软件“创作”的第一篇小说，它对文学生产的意义不啻蒸汽机对于工业生产的意义。“布鲁特斯一号”软件作为当时世界上最先进的“电脑作家”，它可以构思出许多令人惊骇的情节，而且能做到文从字顺，事理通贯，结构完整，更重要的是，《背叛》还只是一个开头，它所预示的写作软件未来的辉煌前景令人神往。但在本雅明所说的那些“鞠躬尽瘁全心奉主”的人看来，写作软件的问世无疑又是一桩“亵渎神灵”的事件，因为它比照相机的发明更能使人类深入地侵入了上帝专营的“辖区”。既然照相机快门的咔哒一声响就足以把达·芬奇头顶闪耀了好几百年的光环驱散一空，那么，计算机软件的出现是否注定要将荷马以来所有诗人的桂冠全部打落在地？

印刷术问世后，荷马史诗就成了绝世珍品；照相机问世后，“蒙娜丽莎”神秘的微笑便从画布转移到相纸上。旧的艺术生产方式被效率更高的“新工艺”所取代，这是文化发展的必然规律。西蒙和纽厄尔所设想的“将和人类智力并驾齐驱”的计算机自然不仅与计算有关，还应该具有画家、乐师和诗人的才情和技能，就像明斯基所预言的那样。无论如何，对于电脑写作来说，《背叛》是个可喜可贺的历史性飞跃。在以往进行的这方面的研究中，电脑写出的故事只包含几个句子。英国科学促进会曾在基尔举办的一次科学节活动中展出过一篇电脑写的小说。该小说全文只有一个句子，讲述的是一头毛鼻袋熊收拾起它的袋子，像西伯利亚的变戏法艺人那样出发寻找新的生活。另一篇电脑小说的制作者则辩解说，该小说有可能为广播连续剧《弓箭手》提供剧情素材。不过，这两篇小说都没有涉及故事的细节和发生地点。

当然，“布鲁特斯一号”的局限也是相当明显的，例如，它只能写作欺骗和邪恶等与背叛有关的内容。如果要用它生成一篇有关单恋、复仇、嫉妒甚至弑父等内容的小说，布林斯乔德和他手下的人工智能研究人员就需要重新设计出与每一个主题相适应的数学公式。通过将特定的小说主题转换成相应的数学算法可以“教会”计算机写作。教会计算机写小说，比教会计算机下国际象棋等更有益于计算机人工智能的研究。计算机下棋只涉及对简单符号的控制，而计算机写小说所需要的“叙述”和“组织故事”的能力更能接近人类数据结构的本质。如前所述，电脑作家作为带着逻辑镣铐的舞者，必须承受“现时逻辑”“条件逻辑”“道义逻辑”“行动逻辑”等沉重锁链的拖累，但是计算机擅长的逻辑问题就已使写作软件研究者举步维艰，更不用说那些让计算机无所适从的非逻辑因素了。

写作软件研究专家承认，虽然目前先进的电脑棋手已可以击败国际象棋冠军，但计算机在写小说方面将永远无法与卡夫卡、普鲁斯特等小说大师们比肩。因为要写出真正打动读者的小说，必须能够深入人物的内心世界，这绝不是单靠逻辑思维所能够奏效的，更重要的是要有丰富的生活经验以及敏锐的感觉能力，这对计算机来说很难做到。(姜岩《世纪发现·人工智能》)显然，“布鲁特斯一号”离这个目标还有很远的路程。

无独有偶，据法国《读书》杂志(2003 年 3 月号，第 313 期)上的报道说，时年 53 岁的法国电影编剧、导演和制片人米歇尔·卢莱尔格，在新巴黎大学任教，其中有一门写作课很受作家和大学生的欢迎。他在 2001 年前发明了一个教人编剧的软件，取得极大成功。现在他又把这个软件改进成“写作故事”，即一个可以帮助所有人进行写作的软件。

米歇尔告诉著名的《读书》杂志的记者说，他曾遇到过一些心里有许多故事可写、很想写作却又写不好的人，为了帮助他们，他设计了这个简单易用、有趣高效、能被广大公众使用的软件。它的原理就是在程序里设计了关于人物、情节和词句等各种各样的问题，同时提供简要的说明和例子，帮助使用者逐个回答提出的问题。在回答问题的过程中，使用者对自己的题材必然会进行越来越深入的思考，于是零散的情节变得越来越集中，写作的意图也越来越明确，知道应该塑造几个人物、突出哪些情节等，最终在头脑里形成一个生动的故事。然后软件继续向他提出一些问题，以协助他安排故事的结构，采用适合于这个故事的风格和语言，这样一篇作品就可以大功告成了。

米歇尔表示，无论是初学写作者还是有经验的作家，无论是创作中长篇小说、回忆录，还是写短篇小说，这个软件全都适用。人们既可以用它写个小故事自娱，也可以利用它来争取获得文学奖。每个软件售价 50 欧元。不过他建议使用这个软件要一步步来，不能操之过急，不要漏掉需要回答的问题，在思路混乱的时候不要急于编撰故事，因为写作从来都不是一件轻而易举的事。[1]

是否有人使用米歇尔的软件写作自娱我们不得而知，但用电脑程序进行文学创作的尝试在计算机问世不久就已经有了可喜的进展。其中比较有名的例子是“埃比”的诗歌。1962 年 5 月，著名的美国艺术杂志《视界》(*Horizon Magazine*)发表了一位名叫“奥图－比尼克”(Auto-beatnik，大多数著述将其简称为“埃比”)的“诗坛新秀”的一组诗作。包括:《玫瑰》(*Roses*)、《孩子》(*Children*)、《风筝》(*Kites*)、《耗子》(*Mice*)、《尖塔》(*Steeples*)、《胸衣》(*Corsets*)、《巴松管》(*Bassoons*)、《牛排》(*Steaks*)、《鲸鱼》(*Whales*)、《女孩》(*Girls*)、《无题》(*No title*)等。例如:

No title
My corkscrew is like a hurricane,
Under a lamp the nude is vain.
Quiet is my plumber, cruel is your parade.
Yes, its bed mumbles by a barricade,

---

[1] 吴岳添:《帮普通人圆作家梦，法国作家发明写作软件》，载《环球时报》2003 年 4 月 4 日。

Usually does a nourishing cannon ordain,
Like salt, no adulterers were insane.
Like gasoline, some battlefields were volatile,
Thus, their revolt will gently drill.[1]

这些诗作本身并无特别之处，无论将其理解为性爱的暗示还是宗教的象征，它与一般的朦胧诗没有太多的差异。但诗人“埃比”的名头却非同凡响，因为它是软件工程师沃尔希等人设计的一个会写诗的计算机软件。“埃比”的设计源于工程师们希望用简单的英语与计算机进行有效交流的想法。沃尔希首先给计算机输入32个基本句型和850个基本词汇，并听任机器自由选择词句，结果，在计算机选择的词汇中包含着“玫瑰”“孩子”等这样一些经常出现在诗歌中的字眼。这些美妙的词汇刺激了沃尔希的审美想象力，于是，他和自己的伙伴们设法将计算机的词汇扩大到3500个单词，将机器识别的句型拓展到128个，更多具有诗意的词汇以更灵活的方式巧妙地结合在一起，诗就这样诞生了。

在讨论“超文本写作”时，笔者曾引用过上海育才中学14岁学生梁建章的“计算机诗词创作”的事例。梁建章仅用半年时间设计出来的程序，使用APPLE Ⅱ微机，收录词语500多个，以山水云松为主题，平均不到30秒钟即可创作五言绝句诗一首，曾连续运行出诗400多首，无一重复。而且，由该程序生成的作品，有些读起来竟然颇有诗意。梁建章的指导教师张寿萱说，软件诗歌写作的实践证明了这样一个构想：在某种意义上说，研究计算机创作诗词比研究

[1] http://weldongardnerhunter.blogspot.com/2005_05_01_archive.html.

机器写文章更容易见效，计算机诗词创作过程所需要的知识库相对较小，而且更容易建立。这一点恰与人们想象的情况相反。[1] 有人认为《云松》这样的诗，不过是鹦鹉学舌式的文字游戏而已，但也有人认为，这样的诗歌与诗人的创作并没有本质的差异。从表现主义等作者中心论的视角看，软件写作的确类似于鹦鹉学舌。当以形式主义或新批评的视角观之，无论是出自梁建章笔下还是诞生于他所编程的软件，对《云松》来说没有任何分别，因为在读者眼中，这 20 个字的结构和寓意一经固定，就已组成了一个独立自足的表意世界，它已不再与“神创”“人造”或“机制”发生任何关系。

无论形形色色的文论怎样总结、提炼、升华、美化甚至神化文学创作与接受的意义与功能，谁都无法否认这样一个最基本的事实：说到底，文学不过是人类交流思想感情的一种工具或方式而已。作为交流工具，文学既不是最好的，更不是唯一的。为此，斯威夫特在《格列佛游记》中甚至计划取消语言中所有的词汇。原因是取消了词汇既有益于身体健康，还能使思想的表达更加简练。“因为大家都很清楚，我们说出一个词来多多少少都会侵蚀肺部，结果也就缩短了我们的寿命。”更为重要的是，取消了词汇，改用工具交流，能使一切文明国家找到共同语言。“因为各国的货物、器具大体相同或者类似，所以它们的用途就很容易了解。这样，驻外大使尽管完全不懂外国语言也有资格和外国的亲王、大臣打交道。”[2] 可以肯定，斯威夫特绝对无法预知今天的网络多媒体作为日渐流行的交流工具，

[1]　黄鸣奋：《危机与际遇：电脑时代的中国古典文论研究》，载《东方丛刊》1998 年第 1 期。

[2]　[英]乔纳森·斯威夫特：《格列佛游记》，张健译，人民文学出版社 1979 年版，第 158 页。

正在演变成一切文明国家的“共同语言”。

当然，交流工具的改变以及相关艺术方式的变革，必然要给文学和艺术生产带来一系列历史性的巨变。例如，当人与雷神的交流工具发生变化时，避雷针戳破了伍尔坎的神话；当听众与游吟诗人的交流不再依赖现场演唱时，印刷术夺走了荷马传人的饭碗；当艺术家与描绘对象的对话方式发生变革时，照相机把“无望于写实”的莫奈推到“印象”的前沿；当戏剧与观众的互动方式出现机械化变革之后，一向熙熙攘攘的莎士比亚式剧院因电影的出现而变得门可罗雀；当影像艺术与受众的交流工具出现跨越式升级之后，电视的普及使越来越多的影院生意惨淡直至闭门关张……今天已经有不少研究者提出了这样的观点，网络艺术即将成为传统影视艺术的终结者。不难看出，在文学艺术数千年的变革过程中，科学技术的创新和发展始终都是其具有决定意义的推动力量之一。随着艺术表现方式的不断丰富，交流渠道日趋多样，文学艺术与生俱来的那种神性化的魅力如烟云般渐渐稀薄、渐渐飘散。用本雅明的话来说，文学艺术的历史就是一个“灵光”不断消逝的过程。

本雅明在《机械复制时代的艺术品》一文中所提出的“灵光”概念，在中国当代文论界和美学界有许多不同的理解和阐释，有人译作“韵”，有人译作“光晕”。在具体阐释过程中有人强调膜拜价值，有人挖掘距离感，有人强调独一性，也有人从中探寻审美本质性或领悟艺术自律性……应该说，上述概念翻译和理论阐释都具有自己的合理性。实际上，即便在本雅明自己的理论体系中，复杂模糊的“灵光”也不是一个一成不变的概念。在不同场合，“灵光”的意义常常也会有所不同。本雅明曾郑重其事把“灵光”定义为“遥远之物的独一显现，虽远，犹如近在眼前。静歇在夏日正午，沿着地平线那方山的弧线，或顺着投影在观者身上的一截树枝——这就是在呼吸那远山、那树枝的灵光。这段描述足以让人轻易地领会目前造成‘灵光’衰退的社会影响条件何在。……揭开事物的面纱，破坏其中的‘灵光’，这就是新时代感受性的特点，这种感受性具有如此‘世物皆同的感觉’，甚至也能经由复制品来把握独一存在的事物了”[1]。

本雅明的《机械时代的艺术品》发表于1936年，他把机械复制的时代称为“迎向灵光消逝的年代”，这个神圣的“灵光”概念，使本雅明的一系列著作都闪耀着令人目眩的光彩，它所包含的美学意义和在艺术史理论方面的深刻性是不容置疑的。不过，我们对本雅明的某些论断也有必要保持一定的警觉性。一方面，并非古典时代的任何艺术品都具有鲜明的独一性，换句话说，任何艺术品的独一性都不可能是绝对的，事实上，那些作为仪式崇拜物的古代艺术品常常拥有众多备份，它们一般都不同程度地存在着特定的模拟对象或复制母本，无论古埃及、古印度、古希腊，模仿和复制的观念都可以追溯到文艺复兴之前某一个时期，又甚至是远古时期。关于中国古代的情况，德国学者雷德侯（Lothar Ledderose）的《万物——中国艺术中的模件化和规模化生产》[2]等著作，为我们提供了大量资料。

另一方面，机械复制时代的艺术品也并非没有主次优劣之分，例如印刷品的版数、版次、足本、删节本等情况相当复杂，即便到了

[1] ［德］本雅明：《迎向灵光消逝的年代》，许绮玲、林志明译，广西师范大学出版社2004年版，第63–64页。

[2] ［德］雷德侯：《万物——中国艺术中的模件化和规模化生产》，张总等译，生活·读书·新知三联书店2005年版。

数字化拷贝时代，母盘与子盘之间、正版与盗版之间仍然具有很大差别。对于同一块底片洗印出的照片也许无所谓正品与赝品，但照片具有“可复制性”就必然要排斥底片的独一性和照片作为艺术的膜拜价值吗？此外，只要我们想一想艺术品究竟是如何获得“灵光”的，我们对本雅明的“灵光消逝”论就可能有更深入的理解。

《迎向灵光消逝的年代》无疑是本雅明在文化工业时代哀悼“灵光”消逝的经典之作，作者在该书首页，援引了保罗·瓦莱里《无处不在的征服》中的一段话作为“开场白”：“令人惊奇的技术进步，人们的应变能力以及由此人们所达到的精确度，创造的观念和习惯，使得古代那些美的艺术即将发生深刻的变化成为一种可能。在所有的艺术中都存在着一种已经不再能够像以前那样去观察和对待的物质，因为这种物质也要受制于现代科学和实践。近 20 年来，无论是物质还是空间和时间，都不是先前那个样子了。我们期待着伟大的创新能够改变整个艺术技巧，从而在艺术创造内部产生影响，最终会以一种最迷人的方式改变我们的艺术观念。”[1] 网络技术是否就是本雅明所期待着的伟大的创新呢？对此我们还难以得出肯定的判断，但可以肯定的是，网络技术确实以前所未见的方式改变了整个艺术技巧，并在艺术创造内部产生了无可比拟的深刻影响，此外，就时代创新所引发的艺术观念变革的程度而言，我们似乎再也找不出比网络社会崛起更加迷人的方式了。

显而易见的是，正如“灵光”的获得并不完全取决于艺术媒介一样，“灵光”的消逝也绝不仅仅是由现代媒介赋予艺术可复制性等特

---

[1] ［德］本雅明：《机械复制时代的艺术》，李伟、郭东编译，重庆出版社 2006 年版，第 2 页。

征造成的。传统艺术的灵光也许注定会逐渐消逝，但网络时代新生艺术却未必注定与“灵光”无缘。目前，关注网络文学和网络艺术的众多专家学者，正在努力寻找文艺网络生存的方法与意义，我们有充分的理由相信，数字化时代的文学生产与消费正在以一种前所未见的方式迎来属于网络文学的“灵光”。

第 九 章

网络文学：产业化危机与审美性重建

市场化语境下横空出世的网络文学，借助新媒介技术获得了爆炸式发展。作为文化创意产业源头的网络小说，恰好站在IP潜能超常释放的“风口”：产业链跨界延伸速度之快，市场研发业务拓展范围之广，全产业联营价值增幅之巨，无不令人称奇。随着产业化模式不断完善，网文全版权运营迎来了“价值爆发期”。一时间，网络文学产业化仿佛进入了足以呼风唤雨的“神魔境界”。但与此同时，网文运营机制的种种弊端也逐渐显现出来。事实上，网络文学产业化的大好机会到来之时，它所面临的危险也随之而至。假如文学的审美价值丧失殆尽，则网文产业必将随之而消亡。因此，当代网文的“诗性持守”和“审美重建”可以说是关系到网文产业之前途和命运的大问题。

2018年9月14—16日，第二届中国“网络文学+”大会在北京举办。会上，中国音像与数字出版协会负责人张毅君代表大会发布了《2017年中国网络文学发展报告》。“报告”指出，2017年网络文学驻站作者人数1400万，签约作者68万，其中半数为全职写作。目前线下出版网文作品总量累计高达1647万部(种)，其中也不乏《繁花》《遍地狼烟》《大江东去》这样的精品力作。“多态联动，持续发酵，IP改编赋能文娱产业。截至2017年12月，中国网络文学作品高达6942部，改编电影累计1195部。改编电视剧1232部，改编游戏 605 部，改编动漫 712 部。”[1]

网络文学产业链快速跨界延伸，作为文化创意产业源头的网络小说的辐射与赋能功能开始发力。网文市场开发与业务拓展，在全产业链深化过程中快速增值。随着产业化模式不断完善，网文全版权运营迎来“价值爆发期”，IP 运营服务类企业形势大好，高付费意愿的年轻人将成为网文市场的消费主体。此外，国内优质网络小说及改编作品，在出海掘金过程中显示出巨大潜力。具备优质资源和全产业链运作能力的平台厂商、具备在“内容与形式”方面的持续创新及打造爆款能力的文学平台具有较高的投资价值。[2]

随着网文出海行情看涨，有人甚至把网络文学称之为“中国的好莱坞”。众所周知，美国好莱坞大片纵横天下，在推广其价值观方面起到了潜移默化的作用。随着中国企业大规模走向世界，调动中国文化春风化雨之潜能已势在必行。尤其是在代表国家意志的孔子学院屡遭误解和挫折的时候，具有民间文化亲和力的中国网文却获得了海外读者发自内心的喜爱。如今，网络文学已走进彰显中国文化软实力的代表行列，在美国、加拿大、俄罗斯、印度、英国、菲律宾、越南、泰国等众多国家拥有大量粉丝……总之，如今的中国网络文学，正行走在星辰大海般的征途之上，作为这个伟大时代潮流的观潮者，笔者试图从“市场化”与“审美性”的视角谈点粗浅“观潮”感想，即便这些感想有如细雨尘埃，如能对当前产业化过热态势起到泼一瓢冷水的作用，则幸莫大焉。

[1] 中国音像与数字出版协会：《2017 年中国网络文学发展报告》，http://www.sohu.com/a/254939188_279374.

[2] 参见创业邦《2018 年网络文学行业报告》，https://www.cyzone.cn/article/173762.html#_Toc505606625.

一、网络文学产业化的危机与转机

稍加考察就不难发现，网络文学是在文学市场化风生水起的时代背景下呱呱坠地的，自其问世之日起，她的每一个毛孔都渗透着浓厚的商品化气息。也就是说，网络文学与市场经济之间具有与生俱来的互渗性。关于这一点，我们只要看看盛大文学的昨天与今天，个中奥秘，昭然若揭。从一定意义上说，盛大文学可谓是网络文学市场化的集大成者。众所周知，盛大文学（全称盛大文学有限公司）是盛大集团旗下文学业务板块的运营和管理实体，是自 2008 年 7 月宣布成立以来的网络文学龙头产业集团。

盛大文学运营的“原创网站”中最负盛名的是“起点中文”。其他网站，如“红袖添香”“言情小说吧”“晋江文学城”“榕树下”“小说阅读网”“潇湘书院”等，都曾有过盛极一时的“发家史”，除了上述七大原创文学网站，盛大旗下的“天方听书网”和“悦读网”也拥有大量读者。盛大文学麾下有三家图书策划出版公司，即“华文天下”“中智博文”和“聚石文华”。这些图书公司获得盛大文学的战略投资后，在经营模式和出版体系方面都发生了脱胎换骨式的变革。例如，华文天下加盟盛大之前，只不过是一家“员工不到十个人、年出图书几十种”的小公司，加盟盛大后，迅速发展壮大为“员工数百号，年出千种书”的大型专业出版公司。盛大充足的资本注入，使“华文天下”实现了“品牌 + 平台”的盈利模式，成为网文线下出版之“孵化器”的重要模板。

2010 年 12 月，“开卷”网站的出版行业统计数据表明，盛大文学已经成为国内网络文学最大的民营出版公司。2011 年 4 月 20 日，盛大文学就已以保密形式向美国证券交易委员会（SEC）递交了上市申请草案，积极为 IPO（Initial Public Offerings，即首次公开募股）做准备。此时的盛大文学，只不过成立三年而已，但其旗下网络文学网站已占据汉语网络原创文学 90% 的市场份额。在网络文学业界内外，盛大文学是整个产业无可争辩的龙头老大。盛大公司不动声色地打造了一个气势宏伟的"网文帝国"，在如此短暂的时间之内获得如此快速的发展，颇有些"以无事取天下"的气度。盛大的成功，引起了业界人士和相关媒体的广泛关注，盛大以版权交易为核心的产业链及其各种制约因素，也引起了不少研究者浓厚的兴趣。

尤其是年轻的莘莘学子在撰写学位论文时，与盛大相关的诸多问题，如盛大以"内容生产、渠道扩张、多元营销"为特色的全版权运营模式、网络文学的产业化与版权维护等，几乎进入了网络文学研究的首选论题之列。特别是网络小说及其产业链之间的相关性与延展性问题、形形色色的衍生产业之间的合作与分工问题、作为文化创意产业之源头的网文如何优化内容、如何整合产业链、如何实现思维创新和价值引领作用等，诸如此类的众多问题，都已成为研究者密切关注的对象。

单就网络文学产业化而言，尽管这一论题的"学理合法性"还存在颇多争议，但事实胜于雄辩，整个文学甚至文化的产业化已成不可逆转之势，"文学产业化是个伪命题"的说法不攻自破。"网络文学产业化创造了巨大的经济效益，给网络文学的发展提供了新的契机。"[1] 曾经强烈反对文学市场化的声音渐渐弱化了，欢呼声也相应变得越来越强劲。对网络文学产业化欢呼雀跃者，或许有些是网络

[1] 林丛、魏澄荣：《浅论网络文学产业化的利与弊》，载《学术评论》2012 年第 3 期。

文化公司赞助的媒体记者，他们为了报答老板们的红包和宴请，不得不装出兴高采烈的样子为产业化摇旗呐喊，为更有力度的政策性扶持大造声势；当然也有些人只是出于职业习惯为时代大势呐喊助威，但更多有良知的媒介人士，则以实事求是的态度客观地评价网络文学的生存状况与发展态势。各种迹象表明，网文产业化顺风顺水的大好时机到来了。

与此形成对照的是学院批评家和学术研究者，他们的批评观点虽然未必是一边倒式的口诛笔伐，但人文学者们大多强调“问题意识”和“反思精神”，对网络文学这类骤然兴起的文化时尚，“视其所以，观其所由”，保持谨慎的乐观态度和强烈的现实批判精神，因此，在网络文学发展趋势的洞悉与把握方面，往往能透过现象看本质，得出一些比单纯的“鼓与呼”更有利于网络文学健康可持续发展的结论。

诚然，网络文学产业化的积极意义显而易见。例如，产业化不仅为原创网络文学提供了优质的技术平台，而且也提供了更多的自由空间，因而着实推动了逐渐兴盛的创意产业的发展。但产业化给网络文学带来的负面效应也是有目共睹的。胡编乱造、粗制滥造、抄袭成风等现象屡禁不绝，资本驱动、技术宰制与粉丝至上等不良倾向严重损害了文学发展的内在自律性，社会效益与市场效益的矛盾十分突出，“两效统一”的良性互动机制的建立，在诸多方面都遇到严峻挑战。从居安思危的意义上讲，网络文学的产业化注定也是一场危机四伏的艰难之旅。

有论者指出：“产业化运作通过各种途径与模式，试图重新把网络文学大众化、社会化、程序化、市场化，使得网络文学成为制度化的文学样式，中国网络文学和传统文学一样，仍然被网络文学批评家群体、人文价值观念、社会制度进行福柯式的权力与意识形态的规范，网络文学发展最终进入制度性掌控之中。网络写手宣称充满自由与激情式的抒写，最终沦为满足网民窥视他人隐私欲望的一次替代性满足，成为职业化链条的螺丝钉；不断地文字狂欢，夜以继日地滴滴答答，最终沦为互联网写作制度与协议的一名文字雇员，在某种意义上这与中国现代文学家为稿费写作而生存的情形没有根本的区别。”[1] 无论对于网管人员还是网文写手来说，市场化语境下的网文产业都是一条通往“身心互搏”的“自我奴役”之路。

从更为宽泛的背景看，网文崛起适逢文人热衷下海之时。文学市场化浪潮可以堂而皇之地替“著书只为稻粱谋”洗地，就连列宁批评的“钱袋依赖症”也被某些批评家从“文学病象”的清单中删除。因此，网络文学产业化过程中的“利润优先”原则尽管受到了不少质疑和抨击，但大多数相关从业者仍然坚持认为，文学产业追求利润，光明正大，天经地义。文学网站作为资本驱动的市场化平台，追逐利润最大化的确无可厚非，但在追求利润最大化的过程中，网络文学作为语言艺术的审美属性是否能得到足够的尊重也决不是可弃之一旁的问题。当文学在市场上只能作为一个名不副实的招牌与幌子的时候，读者必然无法从网文中得到作品本该蕴含的审美精神享受。正如伪冒假劣的产品无法长期欺骗消费者一样，某些缺乏文学精神的网络小说，迟早是要遭到读者唾弃的。因此有批评者警告说，利润优先的结果必然是文学的悲剧。当赚得盆满钵满的商家与写手们举杯欢庆之时，耀眼的泡沫终将散尽，当网络文学只剩下一个空洞的骨架时，商家和写手们盘算的滚滚财源也会不可避免地走

[1] 傅其林：《文学网站的产业化与中国网络文学的发展》，载《贵州社会科学》2008 年第 10 期。

向枯竭。

毋庸讳言，在网络文学问世之前，有关文学市场化的“利弊之争”就一直是颇受关注的问题。网络文学诞生后，文学与市场之间原本就十分复杂的关系中，又加入了一个更为活跃的变量——网络技术，这无疑会让文学的艺术属性和商品属性之间的矛盾变得更加复杂。在市场语境中传统文学如何保持审美品格并以广大读者喜闻乐见的面貌抵达消费者，如何在市场效益和社会效益之间建立一种“共赢”式的生态平衡，这些问题，自改革开放至今，实际上都没有找到令人满意的答案。

社会效益和市场效益是一个对立统一的有机体。二者之间的“对立”和“统一”，说到底，是网络文学作为语言艺术的“价值二重性”决定的，即由网文的审美价值属性和商品价值属性之间的矛盾性和一致性决定的。当我们从网络文学生产的市场效益出发，试图打造网文品牌，扩大市场影响，使网络文学成为文化创意产业中的支柱产业，这些愿望在这个奋进时代的潮流裹挟下，其政治正确性自然不成问题。但是，网络文学生产毕竟属于精神生产范畴，网文作品的审美属性才是其作为艺术性存在的价值所在，因此，如果罔顾网络文学作品的审美价值和艺术特性而一味追求市场效益，则必然会使网络作家、艺术家成为“金钱的奴隶”，使得一个本该以审美追求为主要目的的艺术门类，变成一个充满铜臭味道和庸人气息的行当。如果是这样，整个网文行业就有可能在市场经济大潮中随波逐流，迷失方向，并最终遭到广大读者的鄙视和抛弃。

但是，如何坚持文艺审美理想，坚守文艺独立价值，把社会效益和审美创造真正作为网络文学的第一追求，真正实现社会效益和市场效益尽可能完美的统一，这无疑是一个事关网文事业能否健康可持续发展的重大课题。对此，我们不能幻想仅靠政府主管部门下一个文件，或靠网络运营商发发善心就能旗开得胜、马到功成。为此，有论者建议尽快建立网络文学行业的“自律”与“他律”机制，因为“健全‘他律’与‘自律’并存的约束机制，也许是庇佑新媒介文学健康前行的必要手段”[1]。的确，采取必要手段，建立长效机制，这或许是规范网络文学科学合理实现“两效统一”的良好建议。

回想当年，在网络文学的萌芽与草创期，大约从20世纪90年代中期开始，那些充斥网吧的青年写手们，大多有如“电子街头的流浪汉”，他们往往既记不得从何而来，也不知意欲何往，跟着感觉去远航，没有目的，没有方向。在一种看似万众同乐的喜庆氛围中，孤独地沉湎于虚拟的狂欢。这一时期的网络写作，几乎人人自说自话，多数“网络漫游者”，都是以一种鼓腹而游的心态转转鼠标，敲敲键盘，随心所欲，信手涂鸦。那时的网文园地，有如初春的原野，乱花渐欲迷人眼，浅草才能没马蹄。一种野性的力量弥漫于天地之间。但这种“野生力量与能源”对社会和个人来说，究竟有什么意义？借用白居易的一句诗来说：“自生自灭成何事，能逐东风作雨无？”

2003年，网络文学的“东风”果然来了。一股市场化、产业化的东风把散布于五湖四海的网上MOB（乌合之众）汇聚起来，组成了一支史无前例的“码字军团”。从这一年起，起点中文开启了收费模式，网络文学的“儿戏期”结束了。

2003年8月25日，起点中文实现了一次近乎完美的改版，在此后一年多时间内，网站的流量迅速飙升，为VIP收费制度奠定了牢靠的基础，文学网站就此迎来了一个高速发展期。同类文学网站恰

[1] 代湖鹃：《浅析我国网络文学的产业化》，载《剑南文学》2012年第1期。

如雨后春笋拔地而起，一时之间，漫山遍野，皆是绿色。万千新人跻身“网络码字军团”。单从起点网的统计数据看，仅 2003 年 9 月 17 日的起点书库，原创小说就突破 3000 部！自此之后，原创小说数量增速不断刷新。到 2003 年年底，起点访问量居然跨入了“全球 500 强”的行列。然而，正如托马斯·哈代所言，人世间的事，总是祸福相抵。机会到来之时，危险随之而至。

二、“深刻反省的时候到来了！”

当然，在收费阅读的艰难探索过程中，并不是所有网站都像“起点”一样有传奇般的起点。譬如说“幻剑书盟”的相关努力，其结果就有些“迷幻”。这个曾经以《永不放弃之混在黑社会》为主打的网站使出了浑身解数，最终也未能超出起点模式所设定的盈利范围。但市场化模式的建立，起到了凝聚人心的作用，散布于九沟二十八洞的散仙游神，都聚集到类型化小说的“码字军团”之中，形成了一个规模化批量生产的文学产业集团。于是，一鸣惊人、一飞冲天的“网文 GDP 的奇迹”出现了。

然而，在“阿拉丁的神灯”被擦亮之时，“潘多拉的魔盒”也被悄然打开了。当网络文学产业化进入呼风唤雨撒豆成兵的“神魔境界”之后，网文的艺术“神性”便渐渐被金钱“魔力”所腐蚀，网文运营机制的种种弊端也逐渐显现出来。于是，有人大声疾呼，网络文学产业到了危险的时刻，网站和大神们，深刻反省的时候到来了！

2012 年时有论者指出，网络文学的付费阅读模式有两大缺点：“一是制造垃圾；二是摧残作者。尽管网络文学不乏精品，但在现有的商业化模式下，建立的却是一个易出垃圾的机制。网站、作家以及编辑的收入其实是靠读者投票决定——不管选票是人民币还是虚拟币，在这种情况下，网上最受欢迎、网站最乐于推荐、作者最愿意创作的总是那些易讨得大多数人欢心的作品，这导致意淫小说成为中国网络文学主流，什么穿越、异能、后宫、官场等内容大行其道，而内容稍严肃的作品则乏人问津。甚至编辑也常按读者口味向作者进行要求和指导写作，在这种竞争机制下，劣币驱逐良币，想按常人逻辑严肃写作的作者很难生存。"[1] 这类说法，难免有以偏概全之嫌，但也绝非毫无根据，譬如说"劣币驱逐良币"等言论，多少触到了网文写作的痛点。

平心而论，媒介对盛大文学的赞扬与追捧，在一定程度上提振了网络文学的信心，但随着对盛大文学模式进行考察与反思的深入，部分批评者对网络文学的发展前景深表忧虑。事实上，网络文学的实际生存状况并不像媒体所鼓吹的那样深受资本市场的青睐，且不说 2013 年的情形，即便时至今日，中国网络文学赢利模式实际上远算不上成熟，整个网文产业仍然存在诸多变数。尽管收费阅读相对免费阅读而言是一个质的飞跃，这一个变化对网络文学市场化来说具有决定性意义，但现行收费模式也隐含着不少弊端，其负面影响正渐渐浮出水面，有论者甚至担忧，网文产业的某只"灰犀牛"会突然一跃而起，使初具雏形的经营模式土崩瓦解。譬如说，当前的网络小说"越来越长，创意被稀释，灵感被撕碎，被可读性挟持的作者，挖空心思重复挖坑、埋坑的单调动作……由越来越长而引发的越来越疯狂的写作状态对网络写手身体的摧残"。[2] 如此等等，都

[1] 信海光：《中国网络文学产业该反思了》，载《决策探索》2012 年第 5 期。

[2] 信海光：《中国网络文学产业该反思了》，载《决策探索》2012 年第 5 期。

是网络文学健康与可持续发展不容忽视的隐患。

当然，作品越来越长有多方面的原因。在毛笔写作的时代，长篇小说的产量受到了很大限制，钢笔普及之后，长篇小说开始出现了相应的繁荣，工具的生产力特征在文学生产过程中得到了体现。键盘和语音输入使书写能力得到了极大改善之后，作品越写越长几乎是必然的结果。这还只是文学生产工具改革方面的原因。越写越长的主要原因在于市场消费需求的增长，在于点击率的累积数据的经济刺激，在于对利润最大化不可遏制的追求。

作品越来越长，应该说这并不是网络文学的专利，但网络文学在长度方面的追求确也让传统文学甘拜下风。2013 年，长江文艺出版社出版了广东作家肖君和 220 万字的小说《龙须山》，这个数字是《红楼梦》的两倍多，但不及张炜 450 万字的《你在高原》的一半，不少评论家宣称张炜的作品创造了中国长篇小说篇幅之最，其实这也只是当代印象式批评的又一个知识性小错误，譬如说，孙皓晖的《大秦帝国》6 卷 11 册超过了 500 万字。如果说这些书面长篇巨制令人望而生畏的话，那网络上的超级长篇，简直可以说长得超乎想象！网上百万字的长篇与真正的超级长篇相比，也只是小巫见大巫。因为网络长篇上千万字早已是家常便饭了，譬如说，心梦无痕的《七界传说》，自 2009 年 1 月推出，至 2013 年 11 月就已更新 3833 章，共 1928 万字。心梦无痕的这部当然还不是最长的。事实上，没有最长，只有更长！紫峰闲人的《宇宙巨校闪级生》总字数 1.7 亿字，这个数字无论对于写手还是读者来说，都远远超出了“写”与“读”的极限，作者坦言：“本书是用 VB 语言编写的魔幻神侠小说……写作过程是全自动完成。”

该书第一卷《冷峻奇特的面条》第一章《初到厨艺巨校》是这样开头的："经过九天的路途，四个闪级生驾驶时空飞车穿越九十亿光年的空间，来到宇宙四厨艺巨学光影级的时空车站。梦幻而清幽的时空车站，像清冷幽雅的鬼雾色床柜悬浮在眨眼隐现的星空中……时空车站右侧是几串五彩缤纷、迷茫绮丽的星云，一片如同淡白色的棉花田，一片仿佛烟橙色的奇山，一片极似春绿色的峰峦，一片酷似青兰花色的湖光……"小说开篇百余字就足以让人相信，"写作软件"也可以具有缪斯的非凡魔力。"淡白""烟橙""春绿""青兰"这些描述色彩的词语，在诗人海子笔下和在软件诗歌之中，难道不是一样富有诗意吗？如今，以软件辅助写作已不是什么新闻了，不少作者承认自己的写作过程中会充分利用计算机技术的前沿成果，例如，"讯飞"语音输入正在飞速替代键盘输入就是一个值得注意的动向。可以预料，随着"自动写作"和"语音输入"等技术的快速发展，超级长篇必然会越来越多。

当然，技术更新并不是超级长篇快速增长的唯一因素。事实上，网站和作者都要靠规模来追求最大利润才是根本原因。然而，如果缺少独特技术的支撑，有规模也并不意味着真正的成功。"好的商业模式，不仅仅是收费，更重要的是再生循环，也即形成产业生态。这么些年后，收费阅读还是这么低价，还是这么讲究规模，这样的生产方式显然已经落后了。碎片化阅读的趋势也让人的阅读时间越来越零碎，网络文学依旧痴迷于修建文字长城，在手机阅读面前真无优势可言。"[1]

就网络文学当前的生存与发展状况而言，"模式决定命运"仍

[1] 李伟长：《网络文学的模式之痛》，载《深圳特区报》2012 年 10 月 22 日。

然是主导趋势。“资本市场对成熟模式如此看重，不外乎利益驱动。在利益没有明朗之前，网络文学的模式之痛还会继续。要知道，在中国，网络文学的网络还是载体，并未生出全新的文学变种，依旧是文学的一种。出路何在？答案就是以版权经营为核心的多元化经营。将网络出版、阅读器、手机阅读、数字书城和线下出版等载体发展统筹推进，实行多元化战略，将是后网络文学时代的新路标，上面刻着四个字——版权开发。”[1]

大量相关调研成果表明，在IP价值爆炸式激增的产业化语境下，如何提高网络文学的创作质量或生产水平是一个迫切需要研究的问题，这一问题也顺理成章地成了网络文学批评界讨论的焦点之一。不少研究者把当下网络文学的发展状况以及存在的主要问题作为研究对象，有人呼吁文学批评的介入，有人注重加强网络文学作品的产业化研究，也有人强调文学创作模式的转变，相关研究正在形成学术热潮，其中对网络文学发展的问题与前景进行多方位、多视角的系统全面的研判与评判，已取得一系列客观的研究成果。中宣部和部分省市宣传部门、各级文联作协，都对进一步繁荣与发展网络文学表示出前所未有的热情，政府主管部门相关工作者、网生批评家和网文研究者群策群力，纷纷出谋划策，提出了不少积极的对策和建议，以期使网络文学从正本清源走向守正创新，真正营造出一个天朗气清的网络空间，为推动精神文明建设的健康发展做出应有的贡献。

针对我国网络文学侵权日益猖獗的现状，有研究者在“对盛大文学版权纷争的分析考察中，总结出网络文学侵权纠纷在诉讼理

[1]　信海光：《中国网络文学产业该反思了》，载《决策探索》2012年第5期。

由、侵权方式、作品数量、法院判决等方面的特点，认为未来网络文学维权将呈现由单独向集体、由一方向各界、由舆论向诉讼发展的趋势。针对目前网络文学版权保护面临的制度法律两方面困境，提出相应的解决对策。”[1]

相关研究表明，“没有任何一种形式比网络文学更容易被盗版。这种自诞生之日起便生存在网络上的文字，几乎可以在更新的几秒钟内便迅速被他人‘窃取’。原创文学网站苦心经营近 10 年仍徘徊于营收的生死线上正是因为这个原因”[2]。

盛大文学首席执行官侯小强宣称，“盗版链接”每年给“盛大文学”带来的直接损失不低于 10 亿元，这一说法虽然未必可靠，但各大媒体都煞有介事地把侯小强推算的“10 亿”看作是网文盗版的“可靠罪证”。由于网文具有虚拟化生存和超时空传播的特点，盗版者几乎不要任何成本就可以在任何时间任何地点“自由作案”，对于这种“犯罪”，受害者完全可以说是防不胜防。且不说文学网站在现有环境下打击盗版的能力颇为有限，单就防盗版的成本远高于盗版的成本这一条来说，盗版就有可能成为不治之症。对于那些可以找到 IP 的盗版网站，被侵权的受害者或许可以诉诸法律，但对那些根本就查不到 IP 的盗版行为，若想追究其过失就没有那么容易了。当然，即便是查到了盗版之 IP 地址，由于网上盗版通常是动态行为，要取得可靠证据也绝非易事。有批评家称网络盗版是网络文学的“死穴”和“毒瘤”，从盗版之轻而易举和防盗之举步维艰这一点看，

[1] 黄霄旭：《网络文学版权保护的现状与未来 —— 基于对盛大文学的分析考察》，载《出版科学》2012 年第 1 期。

[2] 任晓宁、朱春霞：《网络文学生态调查：十年疯狂生长，且待大浪淘沙》，载《中国新闻出版报》2012 年 7 月 12 日。

"死穴"与"毒瘤"之说，并不算夸张。

总之，网络作品的盗版侵权被说成是网文业的"绝症"并非耸人听闻。自网站实行收费阅读以来，版权纠纷就一直是制约网文发展的一个瓶颈，正所谓"网站十年经营，盗版一招致命"。"网络侵权现象严重影响到了作者和网站的利益，威胁网络文学的业态环境。但面对侵权，作家却面临认证、版权登记和侵权行为取证困难……从根本上说，要想根治网络盗版侵权行为，一是要建立健全网络著作权法，二是依靠行业自律，创造诚信的网络环境，三是采取相应技术措施，为数字化信息安全建立有效的保障体系。"[1]

网络文学版权问题的重要性，已经引起了越来越多的学术关注，就连博士硕士论文也开始以此为选题对象。例如，华东师范大学王光文的博士论文《论我国视频网站版权侵权案件频发的原因与应对》通过对典型案例的纵深剖析，发掘视频网站版权侵权案件频发的原因，通过对不同国家、地区相关法制理念、理论、适用的比较，寻求解决视频网站版权侵权问题的最佳途径，在对现实难题的观照、对相关理论的创新、对相关法律的解读以及原因分析方面，这篇学位论文也不乏可圈可点之处。

三、网络文学的价值缺失与审美重构

如前所述，网络文学是市场化过程中产生并快速崛起的文学现象，在不少文学研究者和批评家眼中，网络文学是被作为文学热

[1]　欧阳友权：《近十年网络文学的六大热点》，载《中国艺术报》2012 年 9 月 17 日。

门事件来看待的。当针对网络文学的各种质疑和吐槽之声渐渐平静之后，网络文学自身的热点问题渐渐成了研究者们关注的对象。欧阳友权在评判近十年网络文学现存问题与发展动向时，将“人气堆”、类型化、影视改编、互动交流、网商模式、版权保护等视为“热点”问题。上述这些问题相互纠结、彼此交错，构成了当前网络文学的主要问题域，确乎值得密切关注。

我们注意到，上述热点问题，几乎都与我们所熟知的传统文学理论关注的问题相去甚远。在传统文论家眼里，这些“热点”所指向的与其说是文学问题，毋宁说是市场问题。在上述所有问题中都贯穿着这样一个主线，那就是网络文学的价值缺失与审美重构问题。

的确，“人气”“类型”“网商”“版权”等，都可以说是描述当前网络文学生存状况与发展态势的高频关键词。以“人气”为例。众所周知，网文最初是以网虫自娱自乐的游戏形式“自发形成”的，当玩家和围观者达到一定规模时，就会有好事者开始“自觉培养”人气了。随着网络文字交流群体形成足够的“人气堆”，形成一定规模的文学关注力，网络文学就顺理成章地出现在文学粉丝团队面前了。[1]从本质上讲，网络文学的兴起，正是得益于“网络人口红利”，得益于“网络粉丝经济”，所以，对于网站和作者来说，“人气”就是生产力，“人气”就是市场，如果没有人气，没有市场，也就根本不会出现我们所看到的这如火如荼的网络文学产业。

但是，在“人气票决”的市场语境下，传统文学的各种价值诉求都被牢牢地束缚在市场逻辑的链条之中，文论与批评体系中的诸

[1] 欧阳友权：《近十年网络文学的六大热点》，载《中国艺术报》2012 年 9 月 17 日。

多基本规则或被突破，或被改写，或被颠覆。例如，异军突起的类型化写作就颠覆了传统文论的“独创”膜拜和“原作”情结。类型化这种传统文学领域避之唯恐不及的现象，为什么会在网络语境中风生水起，大行其道？这仍然是网文市场化生产过程中“人气票决”的结果。

常识告诉我们，市场以资本为动力，资本以利润为目的，利润往往要以产业为依托，产业是否能盈利，其成败的要诀在产业规模和市场效率。从这个意义上讲，形成“大规模”、讲究“高效率”就成了各种产业做大做强的重要途径。有道是“市场如战场”，网络文学走上市场化道路以后，不可避免地被绑在规模和效率的战车之上，类似于工业化流水作业的“类型化”写作，就会成为作者的必然选择。在“时间就是金钱，效率就是生命”的市场化语境中，文学的艺术价值和审美精神必然会备受冷落。关于这方面的情况，我们只要看看网络诗歌与网络小说冰火两重天的生存境况即可一目了然。

诗性的流失，在网文 IP 开发过程中同样形势严峻。众所周知，网络小说改编的影视作品风行银幕荧屏已有时日，甚至在海外也大受追捧，这种改编热潮的兴起，无疑也与市场运作者对网文产业链的开发有关。文学网站商业模式渐趋成熟，某些行之有效的“销售套路”也基本成型，但网络文学产业毕竟出道不久，根底尚浅，无论就网站还是作者而言，大多是教训多于经验，因此，就网络文学的发展态势看，仍然可以说是前路漫漫，变数多多。任何真正关注网络文学前途和命运的人，只要看看网文产业多年来暗潮汹涌的行业潜规，看看作品版权保护方面频频发生的“诸神之战”，先前那些前景无限、岁月静好的乐观预判，或许因此就会笼罩在疑窦丛生、前途未卜的云翳之中。[1]更为严重的问题是，在大多数人眼里，只有产业，没有文学；只有 IP 价值，没有审美价值。

网文产业化的价值缺失和审美重建问题，实际上也都是近年来当代文学理论与批评密切关注的学术热点。学术界之所以对网文投入高度关注的热情，可以说是文学理论直击当下、关注现实的必然结果。我们注意到，上述热点问题，都有一个共同的背景，那就是传统文学的日薄西山和网络文学的风生水起。虽然我们还不能肯定网络文学是否能成为当代文学时代变迁的标志性式样，但我们可以肯定地说，传统文学的网络转型已经成为进入 21 世纪以来最受关注的时代性命题。如前所述，网文产业化过程中的诸多问题，都与其审美价值缺失或精品化关切不足关系密切。

为此，有批评者提出了网络文学的“诗性持守”和“审美重建”论题，可谓适逢其时。其实早在 2001 年童庆炳与希利斯 · 米勒有关文学终结论的一系列文章中就涉及这类问题。童先生在回顾文论史上几次著名的“为诗辩护”时，重申了文学精神不死的论断。事隔多年，这个问题仍然受到学者们的热切关注。2012 年，有论者又一次提出“守护文学传统”的口号，为传统文学的合法性与合理性提出辩护意见。

纵观中外文学史，坚持审美价值引导和重视艺术诗性持守，可以说是人类审美精神得以薪火相传的最重要原因之一。譬如说，孔子对“诗”的重要性就有极为深刻的认识：“小子何莫学夫诗？诗，可以兴，可以观，可以群，可以怨。迩之事父，远之事君；多识于鸟兽

[1] 欧阳友权：《近十年网络文学的六大热点》，载《中国艺术报》2012 年 9 月 17 日。

草木之名。”他还说：“不学诗，无以言。”[1]由此不难看出，“诗”在中国古人生活中几乎是须臾不可离的行事指南和心灵依仗。在汉儒眼中，“诗经教化”差不多就是“王道德政”的同义词：“正得失，动天地，感鬼神，莫近于诗。先王以是经夫妇、成孝敬、厚人伦、美教化、移风俗。”[2]至于近现代梁启超的“熏浸刺提”说、鲁迅的“火光”和“灯火”说等等，更是人们耳熟能详的例子。中国之所以被称为“诗的国度”不能不说与此有关。

但在西方，柏拉图要把诗人驱逐出“理想国”，亚里士多德在《诗学》中进行了系统性辩护，并提出了诗比哲学更富于哲学意味的论断。在伊丽莎白时期的英国清教徒文人中间，曾流行过一股蔑视诗歌的逆流，他们认为诗歌是诱导犯罪的学校，是传播谣言的媒介。西德尼拍案而起，在《为诗辩护》中一一驳斥了攻击者的谬言，他高调宣称诗是“光明”的信使，是文化的“乳母”，具有历史和哲学无法替代的“怡情悦性”“教化德行”功能。著名诗人雪莱的《诗辩》，具有更强的现实意义。雪莱生活在英国大工业时期，那时的英国社会，人们醉心于以科技榨取财富，一味放任钻营取巧伎俩，完全忽视心灵培养。雪莱预感到，浪漫主义的玫瑰，即将花叶凋零。而唯利是图的时代风尚更是令诗人痛心疾首。有感于此，诗人力图发挥诗歌的救赎功能，把诗的“想象力”视为物质崇拜和金钱专制的“解毒剂”。不言而喻，这些言论与观念，在当下“产业当先”“IP至上”的网络文学创作与生产语境下，仍然具有重要的借鉴和启示意义。

---

[1]　杨伯峻译注：《论语译注》，中华书局1980年版，第185、178页。

[2]　［汉］毛亨传，［汉］郑玄笺，［唐］陆德明音义，孔祥军点校：《毛诗传笺》，中华书局2018年版，正文第1页。

今天，当我们“为诗辩护”时，更多关注的是以纸质媒介为载体的诸多文学样式，在视像化霸权和数字化改造过程中，如何呵护诗神的火种，如何延续诗歌千年不朽的审美精神和艺术魅力。这与其说是“辩护”，毋宁说是“坚守”。

从媒介文化的层面上说，网络文学与传统文学经典相比，其审美精神和艺术魅力的相对缺失与基于媒介变革的写作目的多元化有关。众所周知，IP 时代的网络小说写作，不再以单纯靠文字讲故事为目的。大神们更多的时候不是针对出版写作，而是奔着影视游戏改编的目的而写作。视像化诉求，是网络文学写作最重要的特征之一。对话体、画面感和“爽点”设置等，都与传统作家的写作大不相同。作家构思作品时，对情感投入与诗意追求的思考被对视像化效果的设计所替代。

诚如海德格尔所言，我们生活在一个“图像的时代”，图像僭越文字已成为无可争辩的事实。如今，在我们提倡的生活中，视频视像几乎渗透到了所有场景之中。即便在我们的潜意识中，视频文化也已占据着各种媒介的重要地位。诚然，从一定意义上讲，“图像弥补了语言的缺陷。和文本相比，图像诉诸视觉，通过画面的转换，人物的表演等等手段，给人以最直观，最丰满甚至于最震撼的视觉体验，将文本所要表达的现实世界再现在人们面前。同时，平面化的图像还省去了由言到象的转化过程，所以今天，文字正在败给图像，文字被图像流放似乎成为了一种世界性的趋势。在大众传媒时代，影视和网络生成的基本语境是市场经济主导下的商业运作”[1]。

图像对文字的僭越，不仅会给传统文化带来巨大冲击，而且还

[1] 杨菊芳：《新媒介语境下“为诗辩护”》，载《剑南文学》2012 年第 1 期。

会造成当代文学毁坏性的“生态危机”。为此，不少学者对网络时代文学的生存现状和发展前景表示出深深的忧虑。有学者认为：“机械复制时代的艺术品转向的是‘震惊的美学’和‘奇观的美学’，其后果就是‘灵韵’的消逝；从消费来说，大众的文化消费活动成为‘非生产时间’的‘休闲’活动，娱乐化取向使得大众文化消费中对于‘快感’的满足压抑了对‘审美’和‘意义’的追求，‘看看而已’‘权且利用’的态度消弱了文学艺术的美和诗意的力量。”[1]

在这样一种“娱乐至死”的视像化氛围中，“娱乐”侵占“审美”空间，“快感”代替“美感”体验几乎是不可避免的事情。数字化的百花园固然会比现实版更加鲜艳夺目，但人们再也感受不到百花丛中那沁人心脾的芬芳。本雅明所感叹的那种“灵韵”的消逝，业已成为现代大众传媒的重要特征。在这种背景下，沉思让位于娱乐，美感臣服于快感，文学消费主义大行其道，文学创作和批评日渐式微，文学研究也因之走向没落。

毕竟时代不同了，年轻的一代是在电影电视文化的熏陶中长大的，更不用说被张颐武称之为“尿不湿”的一代，他们中的不少人抱着手机在网游和网剧中沉湎于“二次元”的梦幻世界。那些曾经在课堂上偷看《青春之歌》和《红楼梦》的一代人，如何能想象今天的网络青年，竟然不会把宝贵时间留给《诗经》《楚辞》以及曹雪芹和鲁迅呢？更别说一般文学作品了。就连文字在手机新新人类中也开始渐渐变得无足轻重！按照米勒的说法：“可悲的事实是旧模式意义上的文学在新的全球化文化中正起着越来越小的作用……所有的统计数据都表明越来越多的人花费越来越多的时间看电影电视。

---

[1]　杨菊芳：《新媒介语境下“为诗辩护”》，载《剑南文学》2012 年第 1 期。

如今又更迅速地转向了电脑屏幕。”[1] 米勒虽然谈论的是美国文学研究界的状况，但种种迹象表明，中国也开始进入这种状况的预热期。

毕竟，“因时而兴，乘势而变，随时而行”是文艺发展的一条基本规律。说到底网络文学只不过是传统文学在网络时代“与时代同频共振”的新形态而已。从这个意义上说，希利斯·米勒所谓的“文学精神永存”就显得顺理成章了。就既有研究成果看，有学者对电信时代文学精神不灭的论述有这样几点令人印象深刻：第一，传统文学阅读中“诗意体验”以及“语言魅力”无法替代。我们认为这恰恰是网络文学必须弥补的短板。第二，在传统文学语境中的形象韵味，图像文化难以企及。因此，网络文学必须坚持诗意书写。第三，技术更迭没有止境，而文学精神永世长存。[2] 网络文学是科技与人文高度融合的结晶，网络文学的崛起是传统文学顺势而为的结果。从这个意义上说，那些认为互联网将会葬送文学伟大传统的种种言论可以休矣。“以纸质为媒介的文学虽然遭受到前所未有的挑战，焦虑可以理解，但悲观则大可不必。虽然从来生不逢时，虽然永远不会独领风骚，但不管我们设立怎样新的研究系所布局，也不管我们栖居在一个怎样新的电信王国，文学——信息高速路上的坑坑洼洼、因特网之星系上的黑洞——作为幸存者，仍然急需我们去‘研究’。”[3] 纸质文学不会消逝，网络文学来日方长，这便是米勒断言“文学精神永世长存”的理由。

[1] 王逢振、周敏主编：《J. 希利斯·米勒文集》，中国社会科学出版社 2016 年版，第 156 页。

[2] 杨菊芳：《新媒介语境下“为诗辩护”》，载《剑南文学》2012 年第 1 期。

[3] ［美］J. 希利斯·米勒：《全球化时代文学研究还会继续存在吗？》，国荣译，载《文学评论》2001 年第 1 期。

众所周知，新媒介语境下，文学边界扩张（被扩张 / 弥散）到了想象所及的一切领域，有人进行了这样的描述：文学与人类学、心理学、哲学、性别学、生态学亲密结缘，文学与广告、装潢、酒吧、广场、公园等热烈拥抱，文学不再只躺在架上守在文人的身旁，也走向市井、工地，文学也不再只以语言文字作为自己的表达方式，还选择了电影、电视、DV 等，文学不再只钟情于传统意义上的高雅文学如托尔斯泰们，也钟情于大众文学如韩剧与金庸们。“大众文学的票房收入一路上涨，玄幻、穿越、鬼怪、网游、修侠、灵异、言情、身体等文学的网络点击率远远高于《安娜·卡列尼娜》《平凡的世界》等名著，在专家的担忧中，文学一边被消费着，一边被边缘着，诗性的光环失去了，传统的美感被快感取代了。”[1] 文学“成为游乐场、荷尔蒙的宣泄地和急功近利的交易所，诱使读者沦为欲望的窥视者，逐渐丧失审美力和判断力”。[2]“文学既无功利又有功利、既是形象的又是理性的、既是情感的又是认识的”“文学是一种审美意识形态”“文学是一种感兴修辞”等理解都不能完全解读消费时代的这种文学实践，普适性的结论遇到了新的问题。[3] 这种传统文论者眼中文学精神式微、诗性光环消逝的末世乱象，如果换一个视角来审视这些现象，或许能做出不同的结论，我们期待着相关研究取得突破性进展。

---

[1]　梁晓萍：《读图时代文学理论教学的困境及其可行性路径探略》，载《文艺理论研究》2012 年第 3 期。

[2]　王纪人：《大众传媒时代的文学与时尚》，载《天津师范大学学报》2007 年第 2 期。

[3]　梁晓萍：《读图时代文学理论教学的困境及其可行性路径探略》，载《文艺理论研究》2012 年第 3 期。

第 十 章

IP 时代：网络文学大趋势

网络文学20多年的发展历程一再表明，网络文学的崛起与发展是文学、科技和市场等多种因素共同作用的结果。近些年来，市场与科技的合力主要体现在网络文学“IP开发”方面，但在2017年IP开发热潮渐渐出现降温趋势的同时，中国网文的海外市场却行情看涨。“网文出海”成了网络文学研究的爆款热词。有鉴于此，笔者在设计《2020年中国网络文学年度报告》的写作提纲时，坚持将“IP开发”和“网文出海”单列成篇，以突出其重要地位。

一、唐家三少：“网络时代的赛车手”

2017年11月26日，中华文学基金会等单位举办的首届“茅盾文学新人奖·网络文学新人奖”（以下简称“茅盾网文奖”）评奖会在京召开。对唐家三少、天下归元等从“写手”蝶变为“大神”的获奖者而言，这次评奖有如一次加冕仪式。对始终为“身份认同危机”所困扰的网络文学而言，“茅盾网文奖”的设立无疑是一桩具有里程碑意义的大事件。

“茅盾网文奖”是在茅盾文学新人奖总框架内设立的专门针对网络文学作家的奖项。该奖在中国作协网络文学委员会指导下，由中华文学基金会、浙江省桐乡市人民政府、阿里巴巴文学联合主办，旨在鼓励优秀网络文学创作者不断涌现，创作出更多网络文学精品力作，促进中国网络文学事业繁荣发展。

“茅盾网文奖”评审细则规定“本奖每两年评选一次。每次评选奖励网络文学新人10名”。其评选标准是“坚持崇德尚艺、德艺双馨的原则，坚持人品文品统一，坚持网民公认与专家评价结合”。具体条件有如下五条：（1）拥护中国特色社会主义，践行社会主义核心价值观，坚持正确政治方向和创作导向。（2）作品坚持思想性与艺术性有机统一，具有深刻的思想内涵和优秀的艺术品位及艺术水准，具有良好的社会和网络影响力。（3）创作态度认真勤奋，长期坚持创作，持续有优秀网络文学作品发表。（4）无剽窃、抄袭等侵权行为，无违法违纪行为记录，社会声誉良好。（5）具有中国国籍，年龄在45周岁以下。

经过网站提名、专家推荐、初评、终评等一系列繁复而精细的评审程序，首届“茅盾网文奖”终于于2017年11月26日揭晓，获奖者名单如下：唐家三少（张威）、酒徒（蒙虎）、孑与2（云宏）、天下归元（卢菁）、天使奥斯卡（徐震）、我吃西红柿（朱洪志）、愤怒的香蕉（曾登科）、骠骑（董俊杰）、爱潜水的乌贼（袁野）、希行（裴云）。

十位获奖者无疑是数百万网络作家的杰出代表，他们每个人都有堪称传奇的写作经历，从这个意义上讲，这个简简单单的获奖者名单，实际上包含着丰富多彩的意义。应该如何评价评奖结果的意义，它对网络文学健康发展有何影响，这一类问题还需要系统而深入的研究，姑且不论。单就获奖来说，这些大神级作家，无疑都有过辉煌的创作实绩，在未来的岁月里，他们究竟还能走多远，谁也无法肯定，但有一样是可以肯定的，那就是十位获奖者，任凭提起哪个，都是一面镜子，都是一面反映当下网文创作与接受现状的镜子。从这个意义上说，这十位网络文学作家其人其作就是一部极有分量的实录式的当代网络文学史。对这些获奖者不失时机地做一些作者研究、作品研究或影响研究，对我们深入细致地认识当代网络文学创作现状与发展态势，无疑具有无可替代的现实意义。

（一）在守正与创新中奋力前行

我们注意到，在这些获奖作家中，酒徒和孑与 2 堪称“大神中的大神”，但他们同时也是网文界凤毛麟角的异数。与其他网络文学作家相比，与其说他们是网络写手，毋宁说是传统文学作家。从这个意义上说，他们固然是顶尖级的优秀网络作家，但在数百万网文作家群体中，无论就文学观念、创作风格而言，还是从构思方法、表达方式来看，或许还都不是具有鲜明网文特色的代表性作家。因为在他们的作品里，我们所看到的更多的还是传统文学所崇尚的东西。从一定意义上讲，他们是网络时代与时俱进的传统文学精神的守护者，正是酒徒和孑与 2 这样一批作家，自觉承担着守正与创新的时代使命，在传统文学与网络文学之间起到了桥梁与纽带作用。

酒徒是网文界公认的“架空历史小说的开山鼻祖”，他的历史小说《秦》（2000）和《明》（2003），红透网络文学界，《隋乱》《开国功贼》《盛唐烟云》（合称“隋唐三部曲”）等都是足以入史的优秀作品。他的代表作《隋乱》在 17K 小说网拥有千万读者，繁体中文版曾创下台湾金石堂、诚品、博客来三大连锁书店畅销排行榜“三榜齐上”的傲人销售纪录，在衍生产业链上也是实绩硕果累累且前景风光无限。值得一提的是，《隋乱》泰文版还是中国第一部被翻译成外文出版的网络小说。

孑与 2 是起点中文的白金作家，被读者和评家誉为“生活化历史流派的开山鼻祖”。作为历史类广受欢迎的网络作家，他曾连续四年蝉联历史类小说销售冠军，享有“历史类小说第一人”的美誉。他的代表作《唐砖》在网上掀起跟风狂潮，迄今为止，他还 11 次蝉联历史军事小说月票榜冠军。其名下作品不仅电子销售火爆，游戏、影视、漫画、简体出版各种衍生版权也高价售出，长期占据历史类热搜作品前三名，可谓硕果累累，成绩斐然。

相比之下，天使奥斯卡、愤怒的香蕉、骠骑、爱潜水的乌贼都是离开了网络便难以生存的地道的网络作家。值得一提的是，上述获奖名单中的两位女作家——天下归元和希行，也同样是“无网不神”的超级大咖。以天下归元为例：2008 年，她就在潇湘书院网站创作《燕倾天下》，当时主要是走传统文学的路子，在主体提炼、人物塑造、情节安排和语言锤炼等方面，处处精益求精，但作品点击率极低，甚至还未能加 V，但她仍然咬着牙花了一年时间几乎是免费地写了本 70 万字的小说！她的第二本书选择了悬疑题材，所行的仍然是传统文学的路数。小说内容复杂深沉，文字含蓄晦涩，显然与网络读者浅性阅读的习惯不相适应。有学者认为，她的“前两部作品的目的都是纯粹奔出版去的，但失败的现实使她彻底看清了网络文学的游戏规则。她放弃了出版的执念，直接将目光定位在纯网络文学基准上，从设定、架构，到语言、思路，完全网络化，在坚持个人写作原则和迎合读者口味之间，寻求了一个基本的平衡”[1]。于是，她很快实现了华丽转身，在网文天空“扶摇直上”，一跃而成为穿越玄幻小说领域中的“扶摇皇后”。

酒徒、孑与 2 和天下归元的创作经验说明，网络文学和传统文

[1] 聂庆璞等：《网络写手名家 100》，中央编译出版社 2014 年版，第 294–295 页。

学一样，都是文学，二者之间并没有不可逾越的鸿沟，例如在激发情感、发挥想象、呵护良知、展现语言魅力等方面，二者之间就难分彼此，尽管传统文学与网络文学在媒体技术方面存在着明显的差异，但在审美体验、想象力和才华，及由此而生的独创性等方面，二者的愿景与诉求却是大体相当的。“不管是传统写作还是网络创作，都需要坚持‘以人民为中心’的创作导向，反映时代要求和人民心声，做到‘感国运之变化、立时代之潮头、发时代之先声’。网络文学变化的是媒介载体，不变的应该是艺术品质；网络作品变化的是内容和生产方式，不变的是内容背后的人文立场和创作者的文学初心。”[1]

作为本次评奖委员会成员，笔者注意到，唐家三少、我吃西红柿（即番茄）等超级白金写手，几乎是毫无悬念地走进了获奖者行列。但出人意料的是，在评委会委托笔者为唐家三少和番茄等人撰写授奖词时，笔者却迟疑再三。因为，该如何从“茅奖”的视角，也就是说从传统文学的视角来评价唐家三少和番茄等，这显然是一个充满悖论的难题。大家知道，如果仅就文学性而言，网络文学作家队伍中比所谓“三番”写得好的人可以说比比皆是，在文学价值或审美艺术性的层面上看，他们的作品大多以通俗浅易的小白文著称，传统文学那种博雅精纯的审美气韵和诗意浓郁的艺术品格显然不是他们的强项。但是，如果就其所拥有的阅读影响力或市场冲击力而言，他们却都是当之无愧的网文超级大神。

当然，任何评奖都不是“造神封圣”，也不是对“完美无缺者”的

[1] 欧阳友权：《网络文学创作并非“从零开始”》，载《光明日报》2017年12月11日。

认定，文学评奖活动本质上只不过是对参评者进行综合比较以挑选出人品文品相对好些的作者而已。根据前文所说的“评奖原则”和“具体条件”，笔者为唐家三少和番茄所撰写的授奖词如下：“唐家三少是加入中国作家协会的第一位网络作家。十多年来，他以时不我待、只争朝夕的敬业精神，‘日均八千字，数年不断更’，创作了大量脍炙人口的小说，作品数千万字，读者数以亿计，在取得惊人经济效益的同时，也获得了较好的社会效益，享有‘人气天王’的美誉。他的小说选材精当，构思精巧，语言简洁，价值观健康向上。其代表作《光之子》《斗罗大陆》等，为开创玄幻文学的黄金时代作出了重大贡献。”“我吃西红柿是起点中文网最著名的‘白金大神’之一。作为盛极一时的网络‘小白文’的开创者和代表作家，他创作的《寸芒》《星辰变》《盘龙》《吞噬星空》等小说，语言浅白、情节流畅、人物单纯，成功争取到了数量巨大的读者群。他的作品和写法，在网络文学类型化形成和市场化转型过程中产生了巨大影响，为网络小说的发展和繁荣作出了重要贡献。”[1]

不言而喻，正如“写手”一词一样，“小白文”这个说法一开始多少有些贬义色彩，但这类明显包含蔑视意味的词语，恰恰是番茄和三少等网络作家成为大神之前的常用标签。大多数人认为番茄是“小白文”的创立者，而唐家三少可以说是“小白文”最重要的代表人物和最主要的受益者。众所周知，唐家三少是第一个入选中国作协的写手，多次高居作家富豪榜榜首的大神，入选福布斯名人榜的

[1] 2017年12月16日，第二届“茅盾文学新人奖”暨首届“茅盾文学新人奖·网络文学新人奖”颁奖典礼在茅盾故乡浙江省桐乡市举行。中国作协金炳华、何建明、高洪波、陈崎嵘、鲍坚等出席典礼并为获奖者颁奖，现场颁奖词略有改动。

明星作家，最近还开了自己的公司……他头上的光环越来越明亮，但这一切实际上都与他像辛勤的小蜜蜂一样孜孜不倦地经营“小白文”有关。

有好事者在“知乎”里提了这样一个问题：“唐家三少该算是网络小说作家里最成功的吧？”对这一问题，幻剑书盟曾经的写手兼论坛版主“法克大人”颇有感慨地说：“别看现在起点是龙头，但在从前，幻剑书盟是绝对的业内老大。不因为别的，只因为《紫川》《诛仙》《新宋》《少林八绝》等作品都在那儿。这其中有本书，名曰狂神！那时候包括我，所有的驻站都看不起这本书，大部分读者，还有我们这些作者，包括我。……他那时候跟老猪、萧鼎是根本没法比的。”然而，2005年5月，在幻剑书盟遭遇变故之前，唐家三少成功转站“起点”。“他坚持了下来，并且成为了现今网文届当之无愧的第一人。扮猪吃虎啪啪啪打脸这种事，不是出现在书中，现实中，如果把网络小说的发展本身看成一本网络小白文，那唐家三少绝对是第一主角，没有之一。够简单，够粗糙，够逆袭，够打脸。”就像作家自己笔下的众多人物一样，唐家三少的成长与成名也经历了一个由“丑小鸭”变“白天鹅”的传奇过程。如果说在酒徒与孑与2身上更多体现出对传统文学的守正倾向的话，那么在唐家三少和我吃西红柿身上，则更多地体现出了网文写作的创新性特征。特别是在唐家三少的“自来水效应”式的写作情形中，网文写作的现状及其发展态势，可以说都得到了集中、突出，甚至戏剧化的呈现。

（二）唐家三少“数年不断更”的秘密

唐家三少，本名张威。1981年1月10日生于北京，1998年毕业于河北大学政法学院。现在的主要身份是中国网络小说作家，同时还是炫世唐门文化投资有限公司董事长。

大学毕业后，唐家三少进入了一家相当体面的国家文化部门——中央电视台，从事央视国际网站工作。但那时的网站正处在起步阶段，经济效益很差，员工工薪自然不理想。两年后他便跳槽至一家IT公司。但他跳槽之后，恰逢2003年IT业泡沫经济遭遇寒潮，各类公司都要大量裁员，年纪轻、资历浅的张威就此变成了“待业青年”。

相关资料表明，唐家三少的写作生涯是从失业之后开始的。2004年2月，受网络小说的影响，他在读写网开始创作处女作《光之子》，但不久之后，他离开了读写网加盟了如日中天的“幻剑书盟”，并很快创作了当时不被看好后来却大受追捧的《狂神》。2005年1月，《狂神》完结，他又创作了“告别幻剑书盟”的《善良的死神》。同年5月，转战起点中文，开始创作《惟我独仙》，并逐渐走向了“惟我独仙”的超级大神之路。自此之后，他的《空速星痕》（都市异能）、《冰火魔厨》（玄幻类）、《生肖守护神》（都市类）、《琴帝》（玄幻类）、《斗罗大陆》（异世大陆）、《阴阳冕》（后更名为《酒神》，异世大陆）、《天珠变》（奇幻玄幻）、《绝世唐门》（异界大陆）、《天火大道》（都市生活）、《斗罗大陆外传·神界传说》（玄幻奇幻）等著名小说鱼贯而出，作者本人也在各类人气榜和财富榜上排名步步高升。勤奋创作13年，作品超过5000万字！人们称他为“网络时代的赛车手”，我们认为主要有如下两点缘由：一是创作速度奇快；二是控制力度超强。

2011年他的《斗罗大陆》系列和《天珠变》系列开始在线下发力，他的《神印王座》在线上线下分头并进，网文与纸书以极快的速度向前推进。就在这一年，唐家三少当选中国作家协会全国委员会委员，并担任北京作协青创会副主任、北京作协网络创作委员会主任，他也因此成为进入中国作协的第一位网络作家，不久之后，他还当选中国作协主席团委员，开创了网络作家进入中国作协主席团的先例。

唐家三少最为引人注目"头衔"之一是"中国网络作家富豪榜"上蝉联多年的"榜首"。2012 年，他以 3300 万版税收入问鼎第七届中国网络作家富豪榜榜首。2013 年，他的版税收入高达 2650 万，又一次进入富豪榜并稳居榜首。2014 年他甚至入选福布斯中国名人榜，成为榜单上唯一的网络作家。2015 年他的《天火大道》系列开始出版，并获得首届中国"网络作家之王"称号。2016 年他以 1.1 亿元版税收入四度蝉联网络作家富豪榜冠军。这个借自己的恋爱故事开掘写作生涯第一桶金的网文写手，在成为"威震天下"的成功人士之后，开始"重温旧情"，又写起了自传体爱情小说《为了你，我愿意热爱整个世界》，不出所料，他的这种轻车熟路的老套写作又一次获得了"近乎平庸的成功"。在网络类型小说势不可挡的语境下，唐家三少这样的网络大神，可以说已经达到了一种"纵横天下全无敌"的境界。有人在形容唐家三少这一拨大神的"神威"时说，他们是"指哪儿打哪儿，打哪儿赢哪儿"！事实上他们"不战而屈人之兵"的本领一样不可小觑。譬如天蚕土豆的《武动乾坤》在其刚刚发布一个题目的时候，就出现了"正文零字数，点击过百万"的奇迹。方想更是创造了"72 个字卖了 800 万"[1] 的网络传奇。

[1]　2015 年 10 月，《五行天》发布当天，寥寥 72 字，在 IP 交易现场，其影视改编权即以 800 万天价成交，创造了"更新 72 字版权售出"的神话。如今，《五行天》更跻身 2016 年度福布斯・中国原创文学风云榜总榜第七位，再度验证了它作为一部超白金 IP 的价值。

但是，不少人常会有这样一个疑问：为什么在传统文坛上屡遭白眼的小白文在网络上竟然获得了如此辉煌的业绩呢？这个看似简单的问题一直没有令人信服的答案，学者见仁见智，读者更无定论。有人认为唐家三少靠“小白文”一路斩关夺隘的秘诀在于他接地气、通人心，有讨巧阅读市场的套路。也有人认为他不过只是运气好，较早地占据了网文卖场的“有利摊位”。相较而言，自称 Shanpow 创始人的党宇航的看法有一定代表性。他认为，唐家三少的成果归根到底是小白文的胜利，因为小白文能够迎合读者的需要，满足粉丝们的爱好。(1)小白文直白无碍，具有口语化的亲和力，无须太多知识储备就可以自由享用；(2)小白文写成的故事，逻辑简单直接，没有晦涩的东西，通俗易懂；(3)情节节奏把握到位，基本没有大段过场，这也是唐家三少最为人称道的优点；(4)故事高潮迭起，总能抓住眼球；(5)要么扮猪吃老虎，要么肆意纵横，要么沉冤得雪，小白文小说总能抓住粉丝们的“爽点”。这样的“小白文”（通常也称为“小爽文”），基本不需要动用脑子就可以牢牢抓住眼球，粉丝们读起来顺溜、轻松、兴奋、痛快、解渴、过瘾…… 一个字 —— 爽！粉丝可以享受各种“爽”！“这就是快餐文学的需求！他们满足了，没理由不火啊！如果你觉得他们都是小白文，毫无文学价值，逻辑幼稚等等…… 都对！但只能说明你不是他们的目标人群。”说到底，“小白文”是特定“用户群”的“专供品”，读者在这里变成了“用户”与“粉丝”，即所谓“目标人群”。

最大限度地满足金字塔底层读者的需求，尽力做大阅读市场收益的基本面，即尽量扩大“目标人群”。其实这可以说是古今小说百试不爽的“圈粉”之道。明代绿天馆主人在《〈古今小说〉叙》中描述了“说话人”带给听众的惊人效果：“试令说话人当场描写，可喜可愕，可悲可涕，可歌可舞；再欲捉刀，再欲下拜，再欲决脰，再欲捐金；怯者勇，淫者贞，薄者敦，顽钝者汗下。虽小诵《孝经》《论语》，其感人未必如是之捷且深也。"[1] 小白文最重要的功能就是像"说话人"一样讲故事，通过故事直截了当地打动读者，深深地打动粉丝。绿天馆主人的这段名言，如果翻译成今天的网络语言，就是"小白"能使粉丝"蓝瘦香菇"，使读者产生强烈的代入感（捉刀）和五体投地的钦佩感（下拜，"跪了"），让想看的人"喷血急求"（决脰），让看了的人"倾情打赏"（捐金）。

看看当今网文界的"土三番"（即天蚕土豆、唐家三少和番茄），哪一个不是网络时代的"说书人"？天蚕土豆被称为"无线之王"，他的《斗破苍穹》在移动阅读上点击过30亿！番茄享有"主站之王"的美誉，每本书在小说分类的百度搜索指数中都稳居三甲之列。唐家三少被说成是"实体之王"，每年畅销数百万本，连年版税过亿！这些大神，如果没有一大批甘愿为之"决脰""捐金"的铁杆粉丝，他们纵有"吸金大法"，也难有用武之地。从这个意义上讲，如果唐家三少他们果真有什么秘诀的话，那一定就是发现了"目标人群"，这个群体不是一般意义上的"读者"或"观众"，而是多情的"粉丝"与薄情的"用户"。

众所周知，一旦文娱有了足够的粉丝，或产品有了足够的用户，成功与否就在于娱星或业主是否努力了。有网友总结，唐家三少成功的"秘诀"主要有两点：（一）"锁定目标人群"；（二）"长年苦耕不辍"。用想周游世界的作家安以道的话来说，唐家三少"垄断一个年龄层！很多人刚接触到网文的时候都会看三少的书…… 小白每

[1] 冯梦龙：《喻世明言》，中华书局2009年版，第1页。

年都会源源不绝地涌进网文界，尤其现在是全民阅读时代，读者基数更大！而三少呢？可以说是中小学生杀手，凡是爱看小说的中小学生，几乎没有不看三少的，为什么说三少是一个顶尖的作者，一个成功的作者，因为他垄断了一个年龄层…… 三少就是一个业界的标杆，网文界的常青树！写了十几年的小说，从未有一天断更过，简直是业界楷模”。定位中小学生，因为这个人群基数大。能够作“标杆”与“常青树”，主要依靠“长年苦耕”，“从不断更”。

一位中学生粉丝坦言，他是在某个五一黄金周才读唐家三少的，他读到第一本书是《光之子》。这位小读者认为，唐家三少的文笔并不算好，故事也有些老套，人物也有脸谱化之嫌。但他还是经不住故事的诱惑，与小说人物越走越近，并不知不觉把自己当成了书中的主角。从一定意义上述，这种强烈的代入感或许就是其畅销的秘密武器。按照这个粉丝的说法，唐家三少为他们提供了一个梦境，这样的梦境和他们小时候抑或现在常做的白日梦差不多。在这样的梦里，读者是绝对的主角，剧情一定朝着对读者有利的方向发展，周围的人是配角，而且肯定不如自己，但自己又具有很多美德，能够和周围的人相交至深。“自己带着一帮人，一步步晋级，直至成为世界大英雄。而且我觉得唐家三少小说中更符合我们梦境的是，主角遇到困难，总是能够轻而易举地解决，不用费太多周折。试想我们做白日梦，是不是也是这样？总是很少设想困难，即使想了想困难，也会一下子跨过去，而直奔辉煌！”“目标人群”大多就是这样被“锁定”的，“目标”一旦锁定，它必将欲罢不能。

剩下的关键问题就主要是“勤奋码字”了，即，千万不能让“追更者无更可追”。如前所述，笔者在为唐家三少写“茅盾网文奖”颁奖词时对其“数年不断更”的说法进行过考证。他真的像网友们说的那么勤奋吗？当有人问唐家三少何以能十几年坚持日更近万字时，他讲了两个意味深长的故事。笔者姑且将其命名为《产房外的准爸爸》和《高烧的 30 岁生日》。前者是关于他在妻子的产房外六神无主时，只有靠写作才能使自己安静下来的故事。很多人说过，妻子临盆之际是丈夫最难熬的时刻，海明威的著名小说《印第安人营地》，讲述的就是丈夫因无法忍受妻子分娩的痛苦而以剃刀割喉自尽（决脰）的故事。唐家三少为何能如此镇定，在等候孩子降生的过程中，居然能安坐产房前，埋头膝上笔记本，轻松敲出数千字！他究竟像机器一样无情还是像情圣一样多情？或许正因为他魂不守舍，所以只能依靠编故事来消磨这段难熬的时间，毕竟，女人分娩的痛苦，男人真没法分担。有人问唐家三少，十几年如一日，天天不断更，如果生病了怎么办？唐家三少说，30 岁生日那一天，他高烧 40 多度，实在没法写。但晚上 10 点以后，他一退烧就开始工作，直到写完 6000 多字才安心睡觉。这两个足以催人“决脰”“捐金”的传说，在网络上流传甚广，还有许多类似的励志故事，都印证了“茅盾网文奖”颁奖词中“时不我待，只争朝夕”的说法。

从网络文学研究者的眼光看，在大多数研究者的著述中，唐家三少被归入第三代写手阵营，这无疑是正确的，因为他是“网站造神”运动中崛起的网文作家群体里当之无愧的优秀代表。但在笔者撰写的《中华网络文学史》中，唐家三少却是被作为第四代大神来评介的。因为，就唐家三少十多年的创作历史看，他固然是第三代写手中的重要人物之一，但他真正的辉煌业绩几乎都是和第四代写手一同打造的。从某种意义上说，他既是前 IP 时代的种子选手，更是 IP 时代的当红大神。

仅在 2016 年，唐家三少就联手云莱坞，一口气放出 4 部神级

IP，有娱记宣称，这四部IP皆有移山倒海的潜力，每部都足以构建一个“娱乐帝国”。其中《大龟甲师》曾是粉丝们望眼欲穿的玄幻之作。而炉火纯青的《神印王座》更是人气蒸腾的“神作”；拥有万千粉丝的《生肖守护神》和《酒神》在IP开发商眼里几乎就是触手可及的摇钱树。谙熟网络游戏规则的唐家三少，还不失时机地推出自家公司“炫世唐门”的另外10部重量级作品。

（三）“风口理论”与“IP神话”

唐家三少如何成为网络文学的标杆“大神/写手”，相关阐释可谓见仁见智。有人从后现代理论中借用武器，有人从经济学中发掘资源，也有人从媒介视角寻找灵感，还有人拿技术市场一体化趋势说事儿……总之是异见纷呈，莫衷一是。有趣的是，IT业界有一个现成的说法，即所谓的“风口理论”，能较好地解释“小白文何以百战不殆”的谜团，但这个“理论”却较少有人提及。这个“理论”用一句话高度浓缩表述就是：“站在风口，猪都会飞。”[1] 据考，这是小米科技创始人雷军在“2013中国企业领袖年会”上提出的一个有趣的说法。自此之后，这一说法就成了科技业界，尤其是IT业界最时髦的流行语之一。

众所周知，在当今风头正健的所谓“企业领袖”中，雷军大约算得上与马云齐名的业界大神了。他用了不到两年的时间，就让一头名叫“小米”的“猪”飞了起来，而且越飞越高。

[1] 2016年5月22日晚，小米CEO雷军再次在微博上表示：“站在风口，猪都会飞。”来自《孙子兵法·兵势篇》：“故善战人之势，如转圆石于千仞之山者，势也。”意思是，善于指挥打仗的人所造就的“势”，就像让圆石从极高极陡的山上滚下来一样，来势凶猛。这句话的核心意思是审时度势，顺势而为。

雷军的成功在于他恰逢其时地选择了互联网手机这个“台风口”，并恰到好处地把控住了“小米”的飞翔方向与速度，使其越飞越快，越飞越稳。这个所谓“风口理论”说到底也不过只是一个有趣的比喻而已，事实上这也只能说是一个相当蹩脚的比喻，业界称其为“风口理论”，多少有些嘲讽意味。

尽管如此，我们也不得不承认，就某些具体问题而言，一个恰当的比喻，往往要比那些玄妙莫测的理论更能说明问题。譬如说，有研究者就认为唐家三少是“风口理论”的践行者和获益者，这个说法不仅颇接地气，而且有根有据，尽管它有可能被传统学者嗤之以鼻。

众所周知，网络作家从写手到大神并非只靠作者的意愿和能力，而是一个类似于恩格斯所说的“平行四边形”的多方力量互相博弈的最终合力催生的结果。没有几十年市场经济的一路高歌猛进，没有科学技术的飞速发展，没有第三产业的大规模扩张，没有移动互联网的全覆盖式大力推进，没有粉丝经济的爆炸式兴起，没有娱乐产业群体的跨越式拓展，深谙产业发展趋势的互联网大佬们，岂肯纷纷押注以烧钱闻名的文娱产业？他们“一手伸向游戏影视制作，一手剑指 IP 创意源头”，呼风唤雨，撒豆成兵，制造出一个个新时代的新神话。不用问他们何德何能，因为他们知道“风从何处来”。

单就网络文学产业而言，在互联网创意产业中网文产业每年的几十个亿或许微不足道，但“网文行业”正如批评家马季所说的像发动机一样，在整个文化产业的 IP 运作中，具有原动力的意味，因为在当下中国 IP 产业新型业态开发领域，网文写作无疑是整个产业链的创意源头。[1]

譬如说，“前IP时期”的《杜拉拉升职记》，其创意源头不过是两千字的小博文，经过网站卓有成效的创意开发后，衍生出了长盛不衰的畅销书、姚晨主演的同名话剧《杜拉拉升职记》、徐静蕾制作的电影《杜拉拉升职记》、王珞丹饰演的电视剧《杜拉拉升职记》，“从2000字的博客，到图书、电影和话剧直接产值超过3亿元，一本书衍生出一条产业链”。[2]这里还没有涉及更为火爆的网游与手游业。

众所周知，网络文学与网络游戏几乎一开始就是相互依存、共生共荣的“兄弟产业”。唐家三少等人的玄幻小说IP成了网游与手游改编者竞相争抢的创意资源。所有那些被业内人士看到的IP，都是网络公司重金收购的对象，例如，2015年方想的玄幻小说《五行天》，“区区72个字，居然卖出800万”！其影视改编IP创意被逗乐游戏果断收购。2016年该作跻身“福布斯中国原创文学风云榜总榜”，排名第七位，这也充分验证了《五行天》作为神级IP的潜在价值。在网文IP的影视改编方面，2015年中国电影票房440亿人民币，由天下霸唱的《鬼吹灯全集》系列丛书所改编的《寻龙诀》和《九层妖塔》两部电影就分享了其中的23亿6000万。像《甄嬛传》《琅琊榜》《花千骨》《芈月传》《盗墓笔记》这些为广大观众喜闻乐见的电视剧也都是网络IP改编的成功之作。2017年，以56.8亿票房收官的《战狼2》，更是让影评家们惊呼“IP的伟大胜利”。有网友称，如今，“网文成为中国IP产业链条重要的创意源头基本成为一个共识！”

[1] 据中华人民共和国财政部《文化产业信息周刊》2016年第36期公布的数字看，中国网文的市场规模在2016年已达90亿，其年市场产值更是突破5000亿元。

[2] 杨雪梅、刘阳：《杜拉拉“升值”记》，载《人民日报》2010年7月13日。

站在网络时代之“风口”的唐家三少，并非全凭“网络台风”的“托举”，事实上，他对网络风潮的把控能力才是其成功的最重要的因素。凡是对唐家三少的网文创作与经营情况稍有了解的人都不难发现，作为国内最早重视IP版权及全版权运营的创作者，唐家三少在转战起点并有幸成为大神之后，他已经对网文的后续产业链开发模式有一个比较清晰的思路。事实上，他也是网评界公认的最早的“全能写手”，即最早为自己的小说进行游戏、漫画、影视改编等全版权运作的写手。唐家三少对一系列重要作品，如《斗罗大陆》《绝世唐门》等的后续产业链的锻造，如今已成为网文产业化深耕的经典案例。最为令人惊讶的是，唐家三少竟然是著名的“网文IP六波推动模式”的重要创立者。所谓“六波推动”即由网文孵化IP的“六波推动模式”的简称，其基本内容可简要概括如下：（1）创作前找到版权合作方；（2）网络连载提供内容影响力；（3）实体书出版增强故事活性；（4）游戏改编加深读者阅读外乐趣；（5）漫画改编下探读者年龄层；（6）影视改编扩大作品影响力。[1]普通读者或传统批评家受当下文化产业随意混搭潮流的影响，很可能会想当然地认为，唐家三少的上述“六波”之间并没有严格的先后顺序，因为“这一波”与“那一波”看上去应该是一种彼此勾连互相助益的关系，它们都是“核心IP”综合孵化模式的六种常见方法而已。但是，在唐家三少的“全产业链多维度”开发程序中，每一波的时间节点与推进节奏都有“严格的时间把控”，既不容躐等，也不容延迟。“云莱坞”IP交易被业内看作是当下购买优质IP的最高效渠道，“云莱坞”的IP交

[1] 参见娱乐硬糖《唐家三少联手云莱坞放出4部神级IP，每部都可构建一个娱乐帝国》，http://www.sohu.com/a/199177025_104421.

易，聚合国内头部IP，通过线上、线下渠道触达三万余家影视机构和一千多位专业制片人，基本全量覆盖影视行业，让优质IP在短时间内得到充分、高效的集中展示，并通过云莱坞专业的版权经纪团队快速完成评估、成交。

有批评者指出："在IP泛滥的时代，独到精准的市场眼光与高效合理的资源整合能力变得愈发重要。相信唐家三少旗下手握大把优质内容的炫世唐门，与专业扎根影视版权市场的云莱坞双方的合作是一种双赢的模式。而对于数千万级别的唐家三少粉丝来说，这一合作将很可能快速推动一部分优质故事的影视化进程，值得期待。"[1] 人们对唐家三少的期待究竟何时在何种程度上"变现"，我们无须妄加推测。从唐家三少的类型化写作和产业化设计的评介过程中，我们不难看出网络时代创作观念的变迁和文学范式的更替。

从网络文学发展的大趋势看，目前正是"类型化"和"产业化"这对孪生兄弟大显身手的时候。概而言之，第三代和第四代写手是网络小说类型化的推动者和利益既得者，我们注意到，首届"茅盾网文奖"得主们几乎都是第三代和第四代网文大神。他们所经营的类型化写作园地，正处在一个头茬收成意外丰盛的好时期。大神们正在第三代写手开拓的类型化的跑道上一路狂奔，创造了人类写作史上的一个又一个奇迹，如写手规模之大，可谓前所未见，日更字数之多令人咋舌，版税收入高更是令人叹为观止。

如前所述，效率优先"苦耕不辍"的市场化运作和锁定"目标人群"的类型化策略是唐家三少成功的重要原因，对于所有"茅盾网文

---

[1] 参见娱乐硬糖《唐家三少联手云莱坞放出4部神级IP，每部都可构建一个娱乐帝国》，http://www.sohu.com/a/199177025_104421.

奖”获奖者而言，这两点都是立足“网文江湖”的制胜法宝。大抵说来，市场化是类型化的目的与推手，类型化是市场化的手段与途径。从网文发生发展的嬗变轨迹看，早期网络文学一直具有民间文学或大众文学的特点，民间文学注重心理表达，是内心情感的自然表露，所以早期写手出于春蚕吐丝一样的必要写出了一系列“心灵化”的作品，他们所从事的是王朔所谓“手对着心”的写作，不是那种直接奔着钱去的东西。按照聂庆璞的说法，心灵化写作是不在意消费的，也不能进行工业生产，是一种与类型化写作完全不同甚至敌对的东西。第四代写手“终于摸到了类型的门路，开始文字产品的制作。…… 至此，我国网络文学终于完成了从心灵化到类型化的转换”[1]。

随着网络文学产业化进程的日益深入，类型化写作唯点击率马首是瞻的情况会越来越普遍。一个有趣的现象是，第四代写手主要关注玄幻与言情，从前异常火爆的官场、黑幕、武侠等似乎受到了一定程度的冷落，为什么会出现这种情况呢？有人认为这与有关部门倡导的“净网”行动有关，也有人认为，这是读者阅读趣味之潮转向的结果，但无论出自何种原因，第四代写手专注于点击率所得到的回报，不仅超出了读者与研究者们的想象，即便是作者本人，在面对自己的收入账单时，偶尔也会有几乎不敢相信眼睛的时候。

相较于网络文学的高歌猛进和 IP 改编春风得意而言，传统文学日薄西山的颓败境况至今看不到改观迹象。站在伟大“新时代”的历史转折处，回望文学千年帝国曲曲折折的风雨沧桑路，我们看到的是网络文学的崛起和传统文学的式微，这种超乎想象的戏剧化景象，既令人惊叹也叫人疑惑。谁也不能肯定，眼前的这场所谓“逆

[1] 聂庆璞等：《网络写手名家 100》，中央编译出版社 2014 年版，第 4–5 页。

天惊变”，究竟是时代长河中即生即灭的小浪花，还是历史潮流滚滚向前的大趋势。

二、耳根:《一念永恒》的仙幻世界

2020年笔者应肖惊鸿的邀请，撰写了《耳根与〈一念永恒〉》一书。该书对耳根其人其作做了如下简介：

耳根，本名刘勇，阅文集团白金作家，网络文学仙侠小说旗帜，中国作家协会第九届全委会委员，中国作家协会会员，安徽省网络作家协会副主席，上海市网络作家协会会员，黑龙江省作家协会第七届委员会兼职副主席，2019年荣获第二届中华文学基金会茅盾文学新人奖·网络文学新人奖提名奖。

近十年来，耳根创作了大量在粉丝圈中轰动一时的优秀网络小说，主要作品有《仙逆》《求魔》《我欲封天》《一念永恒》《三寸人间》等，这些作品点击量数以亿计，作品累计收藏量达到数千万，长期位居点击、推荐、热销等各大榜单前列，其中多部已出版图书，还被翻译多国语言输出海外，作品在电子销售、实体出版、影视改编等领域均有不俗成绩。

《一念永恒》作为耳根的重要代表作之一，这篇小说主要讲述了一位天资聪颖且本性纯良的山乡少年的成长故事。小说主人公白小纯，一心求道，并在修炼之路不断成长奋进并最终修成正果。这位可爱的白小纯极其喜欢恶作剧，但由于他本性善良，愿为好友两肋插刀，因而演绎出了许许多多令人啼笑皆非的故事。凭借古怪的炼丹天赋，白小纯开启了一段不一样的爆笑修仙路。他从火灶房任伙计开始，逐渐修炼成长，生性胆小的他，却不轻言放弃。依靠着在药道上的坚持，在修炼上的执着，他逐渐崭露头角，闯出自己的一片天。

作品通过描写一个少年的成长史，展现一个不一样的仙侠世界，字里行间，展现出一种青春向上的朝气和活力，催人奋进。在阅读、收藏以及各类推优和评奖活动中，都有出色表现。在作品完结时，总收藏人次超 1400 万，九度蝉联男生原创风云榜仙侠分类月度榜单冠军，作品 QQ 阅读的读者评分高达 9.3 分，还曾入选 2016 年度原创榜单 · 年度仙侠作品，获 2016 年中国原创文学风云榜年度十大男生作品第三名，2017 年中国原创文学风云榜男生作品第二名，入选 2017 年度中国网络小说排行榜下半年榜（未完结作品），并入选北京大学网络文学研究论坛 2017 网络文学年度作品榜男频榜，被国家图书馆永久典藏。2016 年，该作品网络小说影视改编权售出千万天价，引发轰动，改编同名动画现已播出。

有评论认为，《一念永恒》是阅文集团白金作家耳根的代表作品，讲述了聪明伶俐的少年白小纯的爆笑修仙故事。作品通过描绘少年的成长史，将一个宏大瑰丽的仙侠画卷缓缓铺陈开来。书中有欢笑、有成长、有深思、有热血，故事情节轻松逗趣，又令人感慨万千，可读性极强。尤其是主人公白小纯从胆小少年郎，到克服恐惧，逐渐成为敢于直面危险和困难的勇士，其成长蜕变的过程牵动人心。作品自发布以来便深受读者欢迎，获得诸多荣誉和好评。尤为值得注意的是，这部作品的海外传播屡创佳绩，是继《盘龙》之后网文出海小说中的标杆式作品，在中国网络文学世界影响的排行榜上名列前茅。

如前所述，耳根成名于《仙逆》，他自己也多次说过：“没有《仙逆》，就没有耳根。”当《仙逆》线下结集出版时，媒体对该书的宣传广告语说，这部小说凭借“独特的构思、新颖的文风、鲜活的创意和深切的悲悯”在网络原创界“一鸣惊人”，“开创了”仙侠写作的新格局，受到数千万网友追读热捧，收获极佳口碑，并由此“奠定仙侠小说巅峰之作的地位”。要知道，这不过是耳根初试锋芒的作品。谁能想到他一出手就创作了“巅峰之作”！看上去，这个说法多少有些夸张，但此后的事实证明，耳根在玄幻仙侠小说这个竞争激烈的领域，的确不愧为“天骄”式的选手。

作者说：“没有《仙逆》，就没有耳根。”其实，我们也可以说：“没有《仙逆》，就没有《一念永恒》。”因此，在谈论《一念永恒》之前，我们应该先看看《仙逆》是一部什么样的小说。打开网页，我们看到的是这样几行文字：“自古顺天者，为天地之宠儿，这宠儿的背后，却是蝼蚁之身！我之道，非顺天，而是以心中之感动，逆天而行，逆仙而修，求的不仅是长生，更多的却是摆脱那背后的蝼蚁之身，此为逆！道在人为，少年王林几经转折，以平庸的资质踏入修真仙途，历经坎坷风雨，凭着其聪睿的心智，终于成就仙古大道！顺为凡，逆则仙，只在心中一念间……修真，到底是修的什么？修道，修仙，修真。神通，道法，仙法。”这是“起点中文”对《仙逆》所做的官宣式的“内容简介”。

2012年出版的实体书对上述“官宣”做了这样的补充：“报仇、战场、梦道、洞府、仙罡……看王林如何一步一步走向巅峰，凭一己之力，扬名修真界。《仙逆》书中‘化凡’一段尤为精彩，历来为人称道。该书在连载时多次拿下起点月票榜第一。耳根更是凭借此书一跃成为白金作家，同时耳根也成了网络仙侠类小说的一面旗帜。”[1] 在涉及《仙逆》的无数赞颂之语中，“巅峰”“旗帜”这类“刺激认知系统”的词语，令人印象深刻。

令人印象更为深刻的是，上述赞颂《仙逆》的“大词”，后来反复出现在《求魔》和《我欲封天》的评介文字中，尤其是当我们在搜集整理《一念永恒》的研究与批评材料时，有关《仙逆》的评介似乎已成为“耳评”的标准版本——当代网络仙侠小说的“巅峰”“旗帜”。

（一）“耳根：网络仙侠小说的一面旗帜”

首先，让我们以《仙逆》始发网站“起点”提供的资料为起点吧。现将耳根成名作的基本信息摘录如下：（1）小说类型：仙侠，玄幻；（2）首发平台：起点中文网；（3）上架日期：2009 年 6 月 8 日；（4）完结日期：2012 年 1 月 8 日；（5）总字数：651.55 万，若以书面出版计算，当在 800 万字以上；（6）完结时章节总数：2088 章；（7）线下出版时间与出版社：2012 年 8 月云南教育出版社；（8）完结时网络点击数：5105 万；（9）英文译名：*Renegade Immortal*（小说外译本正走红海外网站“武侠世界”）。上面这些信息，是网站介绍著名网络小说的基本选项。作者历时近三年，创作了将近七百万字，两千多个章节，点击数高达五千多万……如果以传统文学的眼光看，这里的每一个数字都堪称“奇迹”！

就文学史而言，仙侠文学至少可追溯到秦汉巫风和魏晋志怪，但直到唐代传奇问世之后，中国小说意识才真正逐渐苏醒，鲁迅说：“唐代传奇‘虽尚不离于搜奇记逸，然叙述宛转，文辞华艳，与六朝之粗陈梗概者较，演进之迹甚明，而尤显者乃在是时则始有意为小

---

[1] 耳根：《仙逆》，云南教育出版社 2012 年版。

说’。”如果说晋代干宝的《搜神记》在神祇灵异、神仙五行之外，还只是“偶有释氏说”，到了唐代传奇中，佛教观念甚为流行，尤其是佛教“无常母题”“因果报应”“人生如梦”“命运天定”等观念对民众心理影响极为深刻，此时的佛教在人心教化等方面与儒道两家形成了分庭抗礼的局面。这种文化观念的演变在明清小说中留下了深刻的印痕。鲁迅指出：“历来三教之争，都无解决，互相容受，乃曰‘同源’，所谓义利邪正善恶是非真妄诸端，皆混而又析之，统于二元，虽无专名，谓之神魔，盖可赅括矣 …… 当时的思想，是极模糊的。在小说中所写的邪正，并非儒和佛，或道和佛，或儒释道和白莲教，单不过是含糊的彼此之争，我就总结起来给他们一个名目，叫神魔小说。”[1]

鲁迅先生还有许多精彩论断对我们理解网络小说尤其是玄幻修仙类小说，具有极为重要的启示作用。例如，他曾说过：“中国根柢全在道教。”“以此读史，有许多问题可以迎刃而解 …… 懂得此理者，懂得中国大半。”[2] 英国学者李约瑟显然认同鲁迅的这个说法，他说：“中国人性格中有许多最吸引人的因素都来源于道家思想。中国如果没有道家思想，就会象是一棵某些深根已经烂掉了的大树。”[3] 如果要从文化史的视角看，玄幻与仙侠小说的“根柢”不也正在道家与道教吗？虽然我们不敢肯定地说，从道家观念来解读仙幻仙侠小说，许多问题必然可以迎刃而解，但有一点却是肯定的，那就是谈论网络仙侠小说，必然要涉及道家与道教文化。

---

[1] 鲁迅：《鲁迅全集》第九卷，人民文学出版社 2005 年版，第 160、337 页。

[2] 鲁迅：《鲁迅全集》第十一卷，人民文学出版社 2005 年版，第 365 页。

[3] ［英］李约瑟：《中国科学技术史》第 2 卷，科学出版社 1990 年版，第 178 页。

当然，中国的玄幻与仙侠小说所承传的文学资源异常丰富，“从盘古开天辟地、女娲造人补天的上古神话，到巫士鬼神的《楚辞》、荒诞不经的《山海经》，从神异鬼怪的魏晋南北朝志怪小说，到鬼神仙侠的唐传奇，从满天仙佛的明代神魔小说，到神狐鬼魅的清代《聊斋志异》”[1]，真可谓数不胜数。由此可见，当代玄幻仙侠小说所创造的如情似梦的奇幻空间，看似天马行空无所依傍，实则渊源有自，上溯远古神话、魏晋志怪、唐传奇、宋话本、明神魔、清武侠，不仅与之气脉相连，而且在其转化与改造过程中不断焕发出新的光彩。

在众多有关《仙逆》的评介文字中，我们比较认同这样一种说法：这是一部修真界的风云人物奋斗史，一部“修心”的名人传。主角“王林”在这个充满血雨腥风的仙侠故事中，伴随着接踵而至的灾难和阴谋，在无数的失败和挫折、无数的仇恨和追杀、无数的生死和离别、无数的孤独和落寞、无数的血泪和辛酸中一直勇往直前。面对这些仙侠中的“仙逆与人逆”，王林从来没有畏惧，没有退缩，没有放弃，他依靠自己的勤劳和睿智，自己的汗水和勇气，自己的那颗百折不挠的心灵，在这些“逆境”中创造出一个又一个名震修真界的不朽传奇！

在耳根粉丝团队的讨论中，我们看到了这样一个句式：“我们为什么喜欢看耳根的作品？因为我们从中看到了善良的人性与奋斗的希望。”按照这个有趣的句式，整理一下网友们关于《仙逆》的造句，能够比较直观地看到《仙逆》在粉丝心目中是一部什么样的作品。

我们为什么喜欢看《仙逆》？因为我们从中看到了至精至纯的感

[1]　李如、王宗法：《论明代神魔小说对当代网络玄幻小说的影响》，载《明清小说研究》2014 年第 3 期。

情："当光离开了暗，当海守望着天，我惟愿以身躯化为大地，承载你疲累的双足，万载不变，有黎明，有黑夜，有碧海，有蓝天。"我们看《仙逆》看的是孤独与忧伤："历尽一生孤独，方见求道之心。但这孤独的滋味，又有几人真能品味，就如这酒，入口辛辣，进腹却化作热流。"

我们为什么喜欢看《仙逆》？因为我们从中看到了逆天逆命的不屈与霸气："本君雨仙界清水，来此，取故物，灭此界"，"天要杀人，我要灭天！你要杀我，我便弑仙。"我们为什么喜欢看《仙逆》？因为我们从中看到了永恒的信念："自古顺天者，为天地之宠儿，这宠儿的背后，却是蝼蚁之身！我之道，非顺天，而是以心中之感动，逆天而行，逆仙而修，求的，不仅是长生，更多的，却是摆脱那背后的蝼蚁之身，此，使之为逆。"浓浓深情，满腔热血，满心酸楚，尽在《仙逆》。

是的，《仙逆》对人生的洞见与彻悟让人读来有如醍醐灌顶："这雨，出生于天，死于大地，中间的过程，便是人生，我看这雨水，不看天，不看地，看的也不是雨，而是这雨的一生。"《仙逆》给我们的思索与感悟让人刻骨铭心："你心中的天，便像这圆圈，你心中有天，自然这天也就存在，你把自己当成天地牢笼内的一介蝼蚁，挣扎欲要破开天地而出，这是道念，也是信念，但你即便从那圆圈内走出，又有何用，圈外，不过是另一圈罢了。"这些看似梦呓的文字，非耳根迷或许不知所云，但它们却是耳根及其书迷之间同声相应，同气相求的见证。

2012 年 8 月，共 600 多万字的《仙逆》前三本：《仙逆 · 天逆珠子》《仙逆 · 修魔内海》《仙逆 · 古神之秘》由起点中文网出版中心和云南教育出版社联合推出。同年 8 月下旬，出版方分别在北京西单图书大厦和上海书城举办了新书发布会暨签售会，会上的新闻稿称，《仙逆》为云南教育出版社"倾力打造的又一传世经典"，此前该社推出的《斗破苍穹》《武动乾坤》《吞噬星空》《全职高手》在市场上均获得了可观的收益。

云南教育出版社相关负责人认为："作者深厚的文字功底，严密的叙述结构和作品中鲜活的创意与深切的悲悯，以及修仙过程中处处贯穿的励志精神，使其在原创界一鸣惊人，在开创仙侠写作新格局的同时，更引发了网络上数十万粉丝的追捧，这正是出版社选择出版的重要原因。"在诸多并非纯属"溢美之词"的评语中，笔者渐渐不再惊异于这样的说法：耳根作为起点中文网的旗帜性作家，《仙逆》被网友誉为"奠定仙侠小说的巅峰之作"。2012年《仙逆》实体书的实地发布与签售，引起了京沪两地书迷的广泛关注，签售现场更是一度火爆。此外，《仙逆》的漫画版于2012年3月在《特优漫画》杂志开始连载，其网页游戏也在2011年由成都页游科技有限责任公司推出。

读者为什么喜欢耳根，当然不只是因为《仙逆》，其实《仙逆》不过是风头正健的耳根一系列超级长篇小说的"序篇"，从"开书"时间先后顺序看，《仙逆》稍稍晚于《天逆》，从一定意义上说，《仙逆》的成功不应忘记《天逆》投石问路所提供的经验教训。此后的《求魔》《我欲封天》直到《一念永恒》和《三寸人间》，从主体上看，都沿袭了《仙逆》"重仙轻侠"的套路。尽管耳根一再强调，仙侠小说重点在侠不在仙。

当我们讨论读者为什么喜欢耳根的时候，实际上也是在讨论为什么读者喜欢仙侠。关于这个问题，有人从"武侠缘何变仙侠"的视角进行了深刻的分析。首先，突飞猛进的城市化进程下的个体生存压力，为武侠热向仙侠热的转变提供了新的空间。后工业时代巨变，使年轻人在生存重压下渴望心灵的放飞，"理想与现实的落差、人世纷争的不平、奔波忙碌中的自我迷失、漂泊异乡的孤独苦闷，使每个个体的精神与心灵亟待找到一个可以安放的空间。亦真亦幻的仙侠世界在继承了武侠的侠义精神的基础上，在富于神话色彩的奇幻世界中为每个个体安放心灵、寻找自我提供了新的可能”[1]。具体说来，年轻一代读者对前辈正统化、革命化叙事语境已深感隔膜，大多仙侠读者是伴随着动漫成长起来的，他们对神话传说浪漫色彩的仙侠题材感到格外熟悉和亲切，尤其是那些初入职场的新人，很容易在仙侠奇幻世界中寻找到缓解现实挫败感的心灵抚慰。此外，“仙侠小说在融合了武侠小说侠义精神的基础上，在叙事空间、法术法宝、情境设置等方面进行了较大突破，加之神秘色彩、不同法术法宝想象的纵情发挥、三世轮回与六界往复的时空延展、仙家妖界芸芸众生的万象包罗，无一不为读者带来新的审美关注点。这些特征契合了碎片化阅读的时代特征，迎合了‘快餐文化’下读者的娱乐诉求与猎奇心理”[2]。

耳根始终以修仙类大神的身份奋力前行，从《天逆》《仙逆》到《求魔》《我欲封天》，再到《一念永恒》，他在这条崇尚原创精神的高速路上，一直小心翼翼、谨终慎始地保持着自己这辆“仙侠牌”豪车的方向与速度，他深知自己稍有闪失就会失去大量忠实的跟随者。表面上看，耳根作品中的人物，依旧专心修炼，他们为了修炼忍辱负重，为了修炼谨小慎微，为了修炼出生入死，即使是杀人如麻也是为了修炼，唯有得道长生才是耳根主人公的“永恒”之“一念”。

[1] 陈婧杰：《从武侠热到仙侠热：看通俗小说出版风向的变化》，载《中华读书报》2019 年 1 月 30 日。

[2] 陈婧杰：《从武侠热到仙侠热：看通俗小说出版风向的变化》，载《中华读书报》2019 年 1 月 30 日。

（二）《一念永恒》的“重写”与“新编”

重写是荷兰当代文论家与批评家佛克马提出的一个概念。他说：“所谓重写（rewriting）并不是什么新时尚，它与一种技巧有关，这就是复述与变更。它复述早期的某个传统典型或者主题（或故事），那都是以前的作家们处理过的题材，只不过其中也暗含着某些变化的因素——比如删削，添加，变更——这是使得新文本之为独立的创作，并区别于前文本（pretext）或潜文本（hypotext）的保证。重写一般比潜文体的复制要复杂一点，任何重写都必须在主题上具有创造性。”[1]

纵观中外文学史，几乎所有的经典作品都是“重写”与“被重写”的结果，如维吉尔《伊涅阿斯记》对《伊利亚特》的“重写”，莎士比亚对普鲁塔克的“重写”，《新约全书》中四福音书之间的“重写”与“被重写”都是如此。我们注意到，在耳根的一系列小说中，“重写性”是最鲜明的特点之一。

以具体作品为例，先说《天逆》与《仙逆》。姑且不说二者并行更新，具有互为参照的“彼此重写”意味，单是故事结构，人物设置，行文风格等相似性，就足以让读者看出二者有如孪生兄弟。尽管耳根声称这两篇小说一毛钱的关系都没有，但两本都有“王林”“逆天珠”和“司徒南”等标志性的人和物，无论多么粗心的读者也不会视而不见。一些浅尝辄止或望文生义的匆匆过客，往往会在跟帖中张冠李戴，这应该说是情理之中的事情。毕竟“二逆”之间具有一望而知的“重写性”特征。

---

[1] ［荷兰］杜威·佛克马：《中国与欧洲传统中的重写方式》，范智红译，载《文学评论》1999 年第 6 期。

有位书迷提出了一个有趣的说法，说耳根的《天逆》和《仙逆》，让人想到蒙古族的呼麦。这是蒙古人喜爱的一门古老的歌唱艺术，歌者用一种奇特的泛音唱法，一人竟然能同时唱出两种声音，就像二重唱一样。从上述“重写论”的意义上看，耳根的这两部书联袂上线，是否有点像一个蒙古族汉子演唱呼麦，或者干脆就是一种“二重写”？

鉴于《仙逆》稍稍晚于《天逆》，有人推测《仙逆》借鉴《天逆》的可能性要大一些。一位读过《仙逆》的读者在接着读《天逆》时说，还未读到一半，就发现两本书很多情节都是一样的。如套路、功法，甚至有些人名字都是一样的，像是共用一个模子生产的。“首先我们不考虑此王林是不是认识彼王林，司徒南是不是认识另一个司徒南，两个王林为什么都有黑色的天逆珠，也不考虑黄泉升窍诀是不是穿越过来的，就光看剧情，王林躲避凤凰族追杀的那段怎么这么眼熟，仔细一想，藤厉不就是这么死的吗？然后修炼黄泉升窍诀找极阴之地的时候一切经历都是一模一样的。”“二逆”雷同之处当然还有很多。有人替耳根解释说，情节相似很好理解，作者相同，情节相似这不很正常吗？类型化小说中不同作者之间的相似情节可谓俯拾即是。

某些词语的频繁使用，如“表情古怪”“高手姿态”等，某些句式如“我白小纯弹指一挥，××灰飞烟灭”等，这些文体修辞方面的一再复现，是耳根语言风格形成的基本元素，欺凌者反被欺凌，碾压者反被碾压等的桥段一再重复，也是耳根叙事套路的重要组成部分。例如：

“你们三个在这里堵住我，不担心门规？”白小纯看着陈飞，好奇地问道。

"门规？哈哈，这里已是宗门外，况且你技不如人，骨断筋伤也怨不得旁人，大不了我等回头道个歉也就结束了！"陈飞得意地笑道，他甚至可以想象白小纯接下来的面色，一定会非常难看，甚至他都准备好了后续的嘲讽。

曾因白小纯而失去晋升内门弟子机会的陈飞，对白痛恨入骨，一直伺机报复，当白走出山门时，他不失时机地纠集同伙，决心把仇家狠狠教训一顿。于是就有了上面的对话。结果，他们这次还是小看了白小纯，并出现了书中一再出现的"碾压者"反被"碾压"的精彩场面：

眼看白小纯如凶兽一样再次扑来，陈飞发出凄厉之音。

"白小纯，你就不怕违反门规！！"

"门规？哈哈，这里已是宗门外，况且你技不如人，骨断筋伤也怨不得旁人，大不了我等回头道个歉也就结束了！"白小纯干咳一声，把对方的话再次重复一遍后，上前一脚踢出。（《一念永恒》第 39 章）

在白小纯修仙晋级的道路上，每升级一次，都是一次"柔弱胜刚强"这一古老智慧的形象化呈现。核心观念只有一个，故事变化却万万千千。"俗语说，'戏法人人会变，各有巧妙不同。'其实是许多年间，总是这一套，也总有人看。"[1] 仙侠读者都知道，修真者有个千篇一律的套路：凝气、筑基、结丹、元婴、天人、半神 …… 这是修行入门者拾级而上的台阶，书中人物，都得按照套路"进步"，在《一念永

[1]　鲁迅：《鲁迅全集》第五卷，人民文学出版社 2005 年版，第 96 页。

恒》中，仅凝气就多达十个级别，每晋升一个级别都是千百次修炼、失败、再修炼、再失败的循环往复，直至成功晋级，于是又开始新一轮的循环。类型小说成功的不解之谜或许正在于此："许多年间，总是这一套，也总有人看。"当《仙逆》中的王林从"废柴"一步步修炼成仙时，耳根就需要"重新打鼓另开张"了。于是，《求魔》开始了，一个以苏铭为核心的同心圆螺旋圈在上述循环过程中不断扩大，当大饼大到托盘无法承载时，就再摊一张《我欲封天》，接着是《一念永恒》，再接着《三寸人间》……

当然，任何创作意义上的"重写"，必然是有所超越的"新编"。事实上很多人都注意到了耳根试图突破仙侠小说写作瓶颈的诸多努力。在《一念永恒》中，耳根的变化如此明显，以致有不少读者深感讶异。"白小纯甫一出场便与修真小说主角的经典形象不同，他既非沉默寡言，也非谨慎沉稳，倒像是隔壁家常气得大人直跳脚的熊孩子。偷吃长老炼药用的灵草也就罢了，连宗内豢养的灵鸡也不放过，短短一月'偷鸡狂魔'之名响彻全宗。在开发出自己身上古怪的炼丹天赋之后，更是一发不可收拾，今日引天雷砸这个山头，明日唤酸雨毁那个山峰，待被人发现，叫人来捉时，这位始作俑者早已在一道道'白小纯！'的含怒泣血声中抱头窜远了。有书友抓狂，说这男主角怎么都修炼几百年了还跟个孩子似的？不错，白小纯并不是'冷酷的成人'，而是'顽劣的孩童'，耳根这次要在《一念永恒》中塑造的，正是一位自始至终都能保有'赤子之心'的男主角。"[1]

必须说明的是，诗学范畴的"重写"概念与媒体意义上的"重复"完全不同，与媒体所谓"抄袭""洗稿""融梗"等更是分属不同体

[1] 田彤：《〈一念永恒〉："凡人流"的突围之作》，载《文学报》2018 年 1 月 4 日。

系。美国著名文论家哈罗德·布鲁姆说过："伟大的作品不是重写即为修正 …… 一首诗、一部戏剧或一部小说，无论多么急于直接表现社会关怀，它都必然是由前人作品催生出来的。"[1] 我们现在当然还无法断定《一念永恒》是否能算得上"伟大的作品"，但其"重写"与"新编"的叙事策略，肯定算得上类型小说互文性研究的经典个案。其实，从互文性的视角看，文学史上无数经典与非经典的作品，几乎都是"重写"与"被重写"的结果。杜甫所谓"递相祖述复先谁"强调的无非是"转益多师"的鉴古，黄庭坚所谓"无一字无来处"也同样是肯定"以故为新"的继承。从耳根作品对古代文化资源大量的"重写"式创新与改造看，他无疑是"转益多师"的网文高手，深谙"以故为新"的转化之道。

（三）从互文性视角看耳根的"仙侠系列"

越来越多的年轻学者开始以"互文性视角"研究网络小说。例如，有些青年学子就引用、仿作、戏拟、拼贴等常见的互文性手法在《诛仙》中的具体表现，提出了许多令人耳目一新的见解。这些方法同样可以用于对《仙逆》和《一念永恒》的研究。因为在耳根塑造的诸多形象中，不少是以中国的神话传说及志怪小说中的形象为蓝本的。事实上，有关玄幻小说互文性研究的成果，大多适用于仙侠小说。

互文性理论原本就起源于小说研究，前文提及的耳根的"重写"就可以归入互文性理论范畴，至少二者之间具有明显的"家族

[1] ［美］哈罗德·布鲁姆：《西方正典》，江宁康译，译林出版社 2005 年版，第 8 页。

相似性”。事实上，二者所指向的是同一种文学现象。当然，二者的差异性也是不言而喻的。“重写”是一种方式，一种技巧，它关注特定的潜文本以及重写文本的创造性，而“互文性”则是对重写方式的一种哲学阐释，从互文性概念出发，可以像罗兰·巴特一样得出“作者死了”的结论，“重写”则强调写作主体的职责，在考察重写问题时，不能忽视作者的主体性。重写不像互文性理论，他应该同时被看成一种文学史现象和一个技术术语，互文性强调同，而重写强调异，重写是有差异的重复，它是引起惊讶的差异，是新的看待事物的方法。[1]

西方人有句谚语：“太阳底下没有新东西。”这话可能有些绝对化，但其合理性也是显而易见的。单就耳根的仙侠小说而言，我们不仅可以看出古代神话、魏晋志怪、唐代传奇和明清小说的深刻影响，他对《蜀山》《诛仙》《凡人修仙传》的借鉴也是显而易见。

网络上流行一个颇得“重写”与“新编”之精髓的段子。为了节省篇幅，笔者对其进行了“重写”与“新编”：

许仲琳：各位大佬，《封神演义》开书了。美女、阴谋、神仙、渡劫、天才、地宝……各种元素应有尽有，不虐主，绝对爽，开辟神魔小说新维度！

吴承恩：无耻许老贼！你居然剽窃我的创意。读者大大们，《西游记》了解一下哈，收藏、推荐、月票走一波啊，绝对原创，带你走进神魔新世界！

---

[1] ［荷兰］杜威·佛克马：《关于比较文学研究的九个命题和三条建议》，张晓红、董方峰译，载《深圳大学学报》2005 年第 4 期。

元人杨讷（景贤）不干了，他大喝一声：无耻吴承恩！居然对我的剧本胡编乱造！

宋人沉不住气了，冷笑一声说：大胆杨景贤，你说吴承恩无耻，我看你更无耻！竟然把我朝《大唐三藏取经诗话》糟蹋得一塌糊涂，言辞粗鄙，不堪入目。

唐朝辩机（闻言大笑）：真正无耻的是你们宋人！你们连玄奘法师的《大唐西域记》也敢恶搞戏说，不怕遭天谴么？

唐玄奘的弟子慧立、彦琮实在忍不住了，他们站起来庄严地宣告说：各位看官，玄奘取经，正版在此！请看《大唐大慈恩寺三藏法师传》，它记录了玄奘法师真实西行见闻，我们可以负责地说，除"法师传"外，所有玄奘取经书籍，全部都是抄袭、洗稿、融梗、盗版、蹭热点！

今人似乎以为慧立、彦琮会为后人的"抄袭 / 洗稿 / 融梗 / 盗版 / 蹭热点"痛心疾首，但实际情况恰恰相反，古人书中常有与今人反盗版意识相反的诉求："如若翻印，功德无量。"文艺作品原本也是这样，如果没有感染"资本病毒"而成为追名逐利的"商品"，只要看官喜欢，任你"抄洗融盗蹭"，纵使万川月印，何损一轮朗照！毕竟，真正的经典必定模仿过前人，且注定要被后人所模仿。"世上原本没有热点，蹭的人多了，冷点也能蹭成热点。"（这话是不是也蹭了"世上本没有路"的名言？）所以说，无人蹭热点的经典何以称其为经典 / 热点？

从蹭热点的意义上说，耳根在玄幻仙侠正热的时候出山，可谓得其天时。天赋、毅力等因素固然重要，但离开了时势造英雄的"热点效应"，也许根本就不会出现我们所喜欢的耳根。耳根小说虽然具有许多与众不同的特异性，但作为仙侠类小说，总体上仍然没有超脱玄幻的一些基本模式与套路。例如《一念永恒》，和大多数同类小说一样，也可以说是“以主人公的成长推动故事情节，亦有复仇、争霸、修炼、夺宝等模式。‘侠客行侠’时，武力是解决矛盾冲突的惟一方案，并由此生发出对武道的探索以及对比武较技的津津乐道，而暴力化和简单化决定着武侠小说中‘二元对立’的江湖运行法则，正邪、黑白、爱恨、恩仇、强弱、生死等世间百态均被囊括其中”[1]。但耳根对一切都靠武力解决的老套路深感不满，就像白小纯说的，总是打打杀杀的有啥意思，就不能换换花样吗？职是之故，洋洋数百万字的《一念永恒》中居然找不到一个“侠”字。

当然，耳根对“侠”字的刻意回避，这是隐形互文性的惯用手法，耳根谙熟文本“重写”之“拟与避”的语法规则，在几部小说类似情节的微妙变化中，作者表现出了高超的拟避技巧。尤其在《天逆》与《仙逆》的互文性“二重奏”中表现尤为突出。其实《仙逆》前期，与当时大红大紫的《凡人修仙传》确有共用套路，以致被误解为抄袭，这也看出类型文套路的彼此渗透、交互为用现象是何等的普遍。

当然，在耳根所有作品之间，这种互文性书写也是极为明显的。所谓草蛇灰线，伏脉千里，耳根的几部作品之间看似没有关系，实则关系密切，作品类型、写作手法、语言风格等明显的耳根特色姑且不论，即便是故事情节，相互之间也未必毫无瓜葛。我们注意到，粉丝们在讨论耳根书中五个主角关系时，有位名叫傲世孤鸿的书迷以小说人物经历为线索，提出阅读耳根的“合理顺序”，即先读《求魔》和《仙逆》，再读《我欲封天》，然后再读《一念永恒》。这么说的依据在

[1] 赵依：《网络小说与仙侠传统》，载《文艺报》2015 年 1 月 21 日第 2 版。

哪里呢？这个线索隐藏在灭生老人和罗天的交集之中。灭生老人出现在《求魔》中，答应苏铭去逆尘界找秃毛鹤，即到王林的那个世界去找秃毛鹤。关于这一点，《求魔》的后记提供了依据。然后灭生死在《一念永恒》的永恒大界中。而追杀灭生的那个人说过，苍茫大界已成过去，要避免出现第二个罗天。罗天的手，曾被苏铭（魔）、王林（神）和身份不明的鬼各斩去一指，然后死于孟浩之手，孟浩可以说是取代罗天控制整个苍茫的人，此时王林、苏铭早就走远，在《一念永恒》的后记里面，白小纯还捡到了孟浩留下的漂流瓶。凡此种种，诸多线索将耳根不同作品连成了一个整体。

单就《一念永恒》与前三部书的联系而言，不少人认为，《仙逆》写的是神，《求魔》主角是魔，《我欲封天》写的是妖，而《一念永恒》所讲述的显然是一个中规中矩的修仙故事，称其主人公白小纯为“仙”似无不可，但他这个鬼头鬼脑的“黑大污”被称为“鬼”似乎更为贴切。诚如所言，《仙逆》深刻地描绘了修真世界的尔虞我诈，几段化凡经历和神通感悟，也的确写得十分精彩，无论是伏笔还是悬念，耳根都能够做到收放自如，恰到好处。作者在虚构仙侠世界里尽情地放飞想象，可谓“精骛八极，心游万仞”，呈现出一种海阔凭鱼跃的自由和天高任鸟飞的旷达，主人公王林最终成了第四步踏天修士，且成功实现了复活爱妻的心愿，使紧紧地揪着一颗心的读者终于可以长吁一口气。

尽管《仙逆》并非人人看好，但众多铁杆粉丝却坚信这样一个论断：“仙逆之后，再无仙侠！”在他们看来，读《仙逆》就是读人生：“当我们沉浸在王林的感情经历中，跟着他一起体悟思想的升华，一起思考人生的意义，一种声应气求的共鸣感，一次次潮水般地把我们淹没！”令人难以忘怀的是，《仙逆》主角王林不仅性格坚韧，杀伐果敢，而且胆大心细，沉着冷静，能在凶残狠毒的强敌之间巧妙周旋，就算遇到女性敌人也绝不拖泥带水，即便对待红蝶这种情丝屡屡的红颜知己，也总是拿得起，放得下。

此外，小说配角塑造也各具特色，有些与王林性格相反，形成鲜明对照；有些与王林形成互补，较好地起到映衬作用。如司徒南、徐立国、刘金彪、二代朱雀、散灵上人、疯子等，三教九流，数不胜数，任凭提起一个，都有耳根印迹。《仙逆》最出彩的地方是主角悟道时遭受的千难万险。“不经一番寒彻骨，怎得梅花扑鼻香？”但耳根并不贩卖励志鸡汤，情节推进一向干净利索。

但在《一念永恒》中，耳根似乎舍弃了《仙逆》的“苦寒”模式，让吊儿郎当的白小纯一再不费力气地获得战力，并一再依靠古怪的丹药青云直上，直到炼成打破至尊桎梏的不死长生功，但实际上白小纯的每次转折，都有忘我地苦炼丹药的经历，如果从这个角度看，似乎也可以说，白小纯的成长仍然没有超脱“苦寒”套路。

至于耳根新书《三寸人间》，有粉丝宣称：“把王胖子的名字替换成《一念永恒》中的黑大污，竟然毫无违和之感。感觉李婉儿和红尘女差不多，小白兔和黑大污身边那个傻白甜差不多，还有‘小毛驴’和‘小乌龟’也都有那么点似曾相识的感觉。”两书之间的互文性“重写”与“被重写”的关系，至此昭然若揭。

三、横扫天涯：《天道图书馆》与网文“金手指”

近十年来，中国网络小说在海外受追捧的场面越来越火爆。关于这方面的情况，《2020年度中国网络文学发展报告》中有专题评介。在这份广受关注的报告中，笔者指出：

中国网文得到越来越多的全球读者的欢迎与认可。在作品类型上，全面囊括玄幻、奇幻、都市等多元题材，内容丰富多样。如融合蒸汽朋克和克苏鲁神话等元素的《诡秘之主》；体现中国传统文化尊师重道的《天道图书馆》；来源于东方神话故事传说的《巫神纪》；弘扬中华传统美食的《异世界的美食家》；体现现代女性经营事业与爱情，自立自强的《青春从遇见他开始》；体现现代中国都市风貌和医学发展的《大医凌然》；讲述当代年轻人热血拼搏故事的《全职高手》等，讲述奋斗崛起励精图治的《修罗武神》等等不胜枚举，在海外读者中都有着很高人气。

报告中列举的《天道图书馆》，是笔者最喜欢的网络小说之一。近几年来，笔者在许多评比或评议场合都与这篇小说“打过交道”，而且曾应邀为一家学术研究机构为《天道图书馆》撰写过书评。根据自己的阅读体验和相关网络评论，简单介绍该小说的主要内容：

图书管理员张悬穿越到名师大陆，在这里，老师是最高尚的职业。上学期张悬的师德考核全校倒数第一，如果新学期还不能招收新生，他就会被校方开除。问题的严重性在于，一旦被学校除名，不仅遭人唾弃，颜面尽失，而且身家性命还会受到威胁。为了保住职位，张悬使出全身解数，招收了第一位学生王颖，实现了零的突破。此时，奇迹发生了，他成功地激活了脑海中的“天道图书馆”。

这个神奇的图书馆，隐藏着海量的信息，无论何人何物，只要张悬需要，就能以书籍的形式呈现他所需要的信息。借此，他先后收了刘扬、赵雅、郑阳等诸多弟子，并取得了一系列惊人的成绩。尽管张悬师徒屡遭质疑甚至陷害，但凭借图书馆的神助，张悬团队总能化险为夷。张悬也因此赢得了“学院第一师”的美誉。“废材”张悬的崛起，使学院的优秀教师们颇感意外，名师陆寻更是想设法揭穿“张悬奇迹”背后的“猫腻”，于是他别有用心地发动了一场学生比试。比试结果，张悬团队毫无悬念地碾压了一切对手。

为了帮助学生激活体质，张悬借助“杨玄”老师之手，行医治病，收购药材，帮助学生提升修为，成为强者。在这一过程中，张悬认识到，在众多职业中，名师最受人仰慕，因为任何职业都不能无师自通，自此，张悬立下了成为名师的誓愿。

不久之后，他意外发现自己穿越之前死于体内的一道毒气。为了自救，他离开天玄王国，在经历一系列传奇性的游历之后，他终于找到了解决体内先天胎毒的方法。此后，他在天武王城名师堂的诸多考核中，一路过关斩将，终于成为一位真正的“名师”，并收了爱徒路冲。在为路冲报仇时，不幸得罪了太子殿下，而路冲则为救张悬被杀。为了救活路冲，张悬倾尽全力彻底摧毁了轩辕国。为了让学生能有个更好的修炼环境，张悬先后为赵雅、袁涛等人找到进一步深造的地方，真正领悟了老师的意义。

寻找巫魂师，被困地宫，最终得到巫魂传承，成功将路冲救活，张悬也由此认识了洛七七和玉飞儿公主等人，认识了挚爱洛若曦，二人心意相通，互生爱慕。张家后人与洛家千金指腹为婚，张悬以为能和心爱的人永远在一起了，却在婚礼现场察觉，这位洛家公主，并非洛若曦，而是洛七七。洛若曦此时来到这里，让他跟着离开，二人共同寻找进入孔庙的重要宝物，进入孔庙后，张悬修为接连突破，明白了大陆和异灵族人的矛盾和争斗，也明白了孔师的诸多子弟并未死亡，而是躲藏在了另外一个世界。

争夺孔师宝物“春秋大典”的过程中，洛若曦破开了身体的修为，破碎虚空进入了另外一个世界，临走前，将“春秋大典”放在了张悬的脑海，和天道图书馆在一起。为了寻找洛若曦，张悬去了异灵族，将异灵皇斩杀，扶持刘扬成了新的异灵皇。找到了孔师传承的那个世界，在这里追随着孔师的脚步，找到了进入另外一个世界的通道。一番努力，张悬进入了更高级别的世界——上苍。

（一）别出心裁的“硬梗”“硬核”

仅从寥寥千余字的简介中，我们无法感受到《天道图书馆》的精彩与精妙，更无法理解为什么有人将其视为中国网络文学海外发展的一座“里程碑”。有评论说：“在海外读者中口碑爆棚的《天道图书馆》，它以无敌的姿态，拿下了 2017 海外最火玄幻作品的成绩，成了中国的骄傲。迅速掳获了广大的海外读者，向海外读者彰显了中国作者天马行空的想象力和对读者情绪超乎寻常的把控能力。”《天道图书馆》成功赢得海内外市场的成功理由自然很多，但笔者认为，作者能够出神入化地运用网络小说“金手指”技法，别出心裁地制造出一系列的“硬梗”“硬核”，这才是横扫天涯的小说之所以能“横扫天涯”的关键所在。

网络小说中的“金手指”，一般是指网络幻想类小说中演示“神迹”之“道具”的统称。在读者和网生评论家眼里，凡是主角拥有的“稀罕物”或“神助攻”皆可称为金手指。金手指的出现，意在斩断叙事逻辑链条的束缚，使濒临绝境的主角化险为夷或反败为胜。在玄幻小说中，众多出人意料的戏剧性情节大反转场面，主要是拜“金手指”操控的“叙事突转”模式所赐。网络小说中的“金手指”层出不穷，如法宝、系统、导师、天生异能等，可谓花样百出。在横扫天涯的

《天道图书馆》中，所谓“金手指”是隐藏于主人公张悬脑海里的图书馆，这里姑且以“金手指”作引子，对横扫天涯的这部小说谈点粗浅看法，以就教于作者和读者诸君。

《天道图书馆》是阅文集团作家横扫天涯的原创作品，首发、独签于起点中文网，讲述了张悬穿越异界成为名师，脑海中出现神秘图书馆，并借此叱咤风云的故事。张悬穿越异界，初为人师，心中茫然，因而受尽白眼与奚落。幸得“天道图书馆”的帮助，不管他遇到什么人，对方心中所思所想，以及过往所言所行，“书”中皆有详细记录。于是，对学院与教学一无所知的张悬摇身一变，成了一位无所不知的名师中的名师。小说以鲜活的人物群像和生动的故事情节，演绎这样一个愈久弥新的理念——知识就是力量，信息决定成败！

作者横扫天涯，原名杨汉亮，“80后”网络作家，自称老涯，在青海德令哈市从事教学工作多年。勤奋创作，一日数更，曾创下一日百更记录，号称“百更帝”，作品多是仙侠、玄幻类小说。如《拳皇异界纵横》（2009—2010）、《八神庵》（2010—2011）、《诸天》（2011—2013）、《万界独尊》（2014）、《无尽丹田》（2013—2016）。《天道图书馆》也在“玄幻”之列，属于“异世大陆”故事。该书自2017年底首发起点中文迄今，阅读量超过两亿。同期线下书有“成都时代社”“台湾说文频道”等多个版本，曾在起点国际占据过“点击”“推荐”“收藏”“畅销”四榜榜首，已被翻译为英语、德语、法语、土耳其语、越南语等多种语言，相关动画正在推进，有声阅读量超过3500万。《天道图书馆》为2017年阅文集团第3届中国原创风云榜第四名；2017年度湖南卫视阅文风云盛典海外最受欢迎IP奖；2018年5月，以橙瓜评分7.6分的优异成绩入选第三届“橙瓜网络文学奖”百强作品；入选第四届“橙瓜网络文学奖”年度百强作品。

如此骄人的成绩，必有骄人的“硬核”。该书的“硬梗”就是作为“金手指”的“天道图书馆”。书中一切传奇皆与此梗有关。主人公张悬，原地球图书管理员，遭遇大火，魂穿名师大陆，成为洪天学院废柴教师，得天道图书馆，凭借其超常眼力走出了一条名师之路。最初只是为了不被开除而招学生入门，后渐渐转变成真心为学生付出，以其高明的教学能力和至诚的态度赢得了学院师生的尊重。参加师者评测、考核名师、援救学生、被封天认圣者、领悟明理之眼、孤身闯名师堂、一言喝退千万军马、九天莲胎塑造不死分身、担任名师学院院长、对抗名师堂、追查自身身世……张悬一路走来，每每濒临绝境，却总能化险为夷，凭着“金手指”无往而不胜的力量，他终立于名师大陆顶端。在人族生死存亡之际，孤身打入异灵族内部，竟然歼灭十万大军，不仅化解了人族危机，还让弟子当上异灵族皇，彻底解决异灵族隐患。此后追随孔师周游世界，穿越封印，抵达上苍，成为宗主，消灭孔师恶念分身，晋级神灵，获得九天封王后，归还图书馆于天道，并突破帝君桎梏，最终登上修炼者的巅峰。张悬所成就的这段传奇，全得益于天道图书馆的知识与信息。

书中另一个“趣梗”是“天道之册”，只有收到学生真心的感激之情才可获得，金色书籍可以作为秒杀级别武器。但它有时限，且不可回收，能够封印任何级别的敌人，金色书页能够提升5.0的心境刻度，也可以用于将图书馆的内容灌注为大脑记忆，无意中发现其更拥有令血脉修炼者提升血脉的用处。书中这类“硬梗”，堪称玄幻小说之金手指家族中的翘楚。

（二）众星捧月的人物群像

就其身份而言，张悬原本是所谓的“九天莲胎”，修行过程中分别获得鸿远学院院长、圣子殿殿主、众多家族的族长，以及这个堂主那个堂的宗主等虚虚实实、奇奇怪怪的头衔。“前世的他，只是个图书管理员，过着两点一线的日子，平凡普通，平庸简单，继续干下去，也就只能拿着死工资，碌碌无为下去，到了这里不一样了，有了作为金手指的天道图书馆这个穿越大礼包，以后或许真能越走越远，越走越强，走出一个全新，绚烂多姿的人生！”（第12章）当然，他也知道，想要成为真正名师，还要多读书，多学习，知识量充足了，才能越走越远。

作为怀揣“名师梦”的修行者，他先后获得了一二十个“九星名师”称号，如生命炼丹师、炼器师、驯兽师、阵法师、医师、毒师、书画师、惊鸿师、魔音师、鉴宝师、天工师、启灵师、巫魂师等，令人眼花缭乱。至于他所掌握的各种技能，则更是五花八门，数不胜数。如什么天道伪装、天道毒功、天道剑法、流水剑诀、封禁真解、时间真解、空间真解、灵魂真解、言出法随。最终悟出天道并非永恒，唯感情超越一切，独创出“天若有情功法”。

女主角聂灵犀和张悬初次相遇便一见钟情，二人在火源城敞开心扉，于丘吾宫约定三生，后来终成眷属，结为夫妻。小公主洛七七受张悬指点炼丹术并喜欢上了对方，又因误会而与张悬订婚，后被拒。在张悬离开名师大陆后凭借静空珠之力破界离去寻找对方，并最终跟主角大婚。有人说，《天道图书馆》是一部老师写老师的修心小说。师徒缘分虽非天定，却不是亲人胜似亲人。张悬的亲传弟子众多，性格各异，如呆萌少女王颖、打赌赢来的学员刘扬、枪法奇才郑阳等，尤其是不可一世的大小姐赵雅，相关故事，情节跌宕多姿，“包袱”设计精妙，洋溢着喜剧气氛，而路冲的故事则为小说增添了悲壮的复仇色彩。路冲为报灭族之仇，隐姓埋名，忍辱负重，因张悬帮助得以报仇雪恨。八弟子张九霄追随张悬的修行经历具有一定的典型意义。九霄是圣人门阀张家旁支子弟，起初对张悬有竞争之心，后彻底拜服，因张悬使用天道之册提升其血脉，而被张悬定为下一任张家家主。跟随张悬前往上苍进入神界之后，被云璃大帝带走培养，成就封号神王。作品中还有众多有趣的人物，无论是同校学生、同事、校友，还是竞争者或敌手，他们各有各的故事。如擅长惊鸿舞的鸿远学院学员胡夭夭，原本想设法好好教训一下张悬，结果却反被收为学徒，后在张悬的帮助下和洛玄青等人修成正果，进入神界。

张悬的终极对手是异灵族的“狠人大帝”。“狠人”原本是数万年前的“绝世强者”，曾诈死于另一强者孔师刀下，身体四分五裂，心脏部分被张悬用天道之册收服，并多次为张悬化解危机，后陆陆续续暗中收集骸骨，在神界灵气潮汐到来之际，他趁机吸收神界天道力量，因而灵气大增，实力暴涨，于是他解除灵魂契约，轻松击败多位帝君，但最终还是被成功突破的张悬击杀。

（三）两极分化的网络批评

任何广受关注的作品，都会引发相应的争议。既有不虞之誉，必有求全之毁。《天道图书馆》自然也不能例外。批评与反批判主要表现在以下几个方面。

首先是关于“套路”产生审美疲劳引起的论争。有人说该书缺乏创新之意，无非是“废材逆袭”的无聊故事。“反反复复的装 B 打脸，这种老掉牙的套路，实在让人腻味。”但也有粉丝为之辩解说：“套路比较老，但是用得好！”譬如说，主角招生时，屡次被人冒犯，无可奈何之际，金手指突然开启，“图书馆”如“照妖镜”，将冒犯者的武功缺陷和盘托出，就算“命门”这种修炼者的绝密隐私也逃不过张悬的眼睛。“天道图书馆能够勘察一切缺陷，性格、行为上的也算。”（第 11 章）目中无人的冒犯者被狠狠打脸多么痛快！这样的套路有何不可？“说该书反智，有毒，全是脑残套路！言过其实了吧？网文不就是打脸吗？就好比这本书，再怎么弱智，都有一大票人捏着鼻子看，这本身就是一种成功。”

其次，对主角形象的喜爱与厌恶之争。有人说：“这本书被称为毒草，据说看到的人都活不过五章。”也有人声称“读了几章就果断弃坑”。其中比较有代表性的言论是认为主人公心胸不够坦荡，性格不够淳朴，好忽悠，爱使诈，形象猥琐！但也有书友回敬说：“果真如此，该书海量的粉丝数、追读人数、打赏数据又作何解释呢？看到这些动辄几百万的数据，我真的想说，如果这样也是毒草，我愿意做一个毒王之王。”还有人对书中不厌其烦的拜师情节甚为不满。“什么毒师、丹师、画师、驯兽师，几乎都是重复！”反批判者认为，不能肤浅地反对重复，恰如其分的重复是一种艺术境界。

最后，该书在海内外大受追捧很大程度上得益于其鲜活、通俗的语言风格，尤其是一些接地气的校园俚语，既有幽默感，又有表现力。当然，横扫天涯的局限性也在于俚语俗语过泛过滥。看看作品各章的标题就不难发现，网上众多吐槽张悬“太猥琐”的评语确非毫无道理。如第 1 章《骗子》、第 2 章《不要脸》、第 4 章《打脸》、第 10 章《赖账》、第 18 章《被坑了》、第 19 章《嫁祸》、第 141 章《你是个畜生》…… 至于“打脸”“暴打某某”之类近似于爆粗口的语言，书中触目皆是。过分追求口语化表达的爽快与劲爆固然可能红火一时，但这类粗鄙化的表达因缺少回味余地很快就会令人生厌。毕竟，文学是语言的艺术，无论如何，作品的语言是不能与审美精神背道而驰的。

当然，金手指并非网络文学所独有，传统文学中的上帝之手、阿拉丁神灯、孙悟空的救命毫毛等当属其列。戏法人人会变，诀窍各有不同。《天道图书馆》这样一部别出心裁的作品获得“2017最火玄幻作品，海外点推双榜第一”等多种殊荣，可谓实至名归，遭遇众多言辞激烈的吐槽，也在情理之中。对于“最火”和“第一”这两个概念的内在含义，或许不同的人会有不同的理解，因此，横扫天涯的这部作品拥有看似超乎寻常的赞誉和不近情理的苛求并不奇怪。若细读作品，深究缘由，就会发现这样一个事实，无论是“不虞之誉”还是“求全之毁”，对于《天道图书馆》这样一类不可按常理揆度的作品来说，一切又都在情理之中。

参考文献

中文专著

北京康世经济发展研究所编．网络流行语[M]．呼和浩特：内蒙古人民出版社，2001.

陈晓云．众人狂欢——网络传播与娱乐[M]．上海：复旦大学出版社，2001.

陈望衡．艺术设计美学[M]．武汉：武汉大学出版社，2000.

程正民．巴赫金的文化诗学[M]．北京：北京师范大学出版社，2001.

崔晓西．流动的边界——网络与信息[M]．厦门：厦门大学出版社，2000.

杜书瀛．文学会消亡吗——学术前沿沉思录[M]．广州：中山大学出版社，2006.

方舟子．网路新语丝[M]．石家庄：河北人民出版社，2000.

风中玫瑰．风中玫瑰[M]．北京：人民文学出版社，2001.

高亮华．人文主义视野中的技术[M]．北京：中国社会科学出版社,1996.

郭良 . 网络创世纪 —— 从阿帕网到互联网[M]. 北京：中国人民大学出版社,1998.

韩模永 . 超文本文学研究[M]. 北京：中国社会科学出版社,2013.

胡延平 . 奔腾时代[M]. 北京：企业管理出版社,1998.

胡泳,范海燕 . 网络为王[M]. 海口：海南出版社,1997.

黄鸣奋 . 电脑艺术学[M]. 上海：学林出版社,1998.

黄鸣奋 . 超文本诗学[M]. 厦门：厦门大学出版社,2002.

黄顺基 . 科技革命影响论[M]. 北京：中国人民大学出版社,1997.

姜红志,等 . 创业与高新技术[M]. 北京：中国青年出版社,1995.

江潜 . 数字家园 —— 网络传播与文化[M]. 上海：复旦大学出版社,2001.

金惠敏 . 媒介的后果 —— 文学终结点上的批判理论[M]. 北京：人民出版社,2005.

黎鸣 . 信息时代的哲学思考[M]. 北京：中国展望出版社,1987.

李河 . 得乐园 · 失乐园 —— 网络与文明的传说[M]. 北京：中国人民大学出版社,1997.

李洁 . 超文本文学之兴：从纸媒介到数字化[M]. 广州：世界图书广东出版公司,2013.

李叙 . 网界辞典[M]. 上海：上海三联书店,2001.

李醒民，宋德生，王身立 . 科学发现集[M]. 长沙：湖南科学技术出版社,1998.

李玉华等 . 网络世界与精神家园 —— 网络心理现象透视[M].

西安：西安交通大学出版社，2002.

李玉平．互文性：文学理论研究的新视野[M]. 北京：商务印书馆，2014.

刘大椿．何立松．现代科技导论[M]. 北京：中国人民大学出版社，1998.

柳珊．与时尚抬杠——网络时评[M]. 合肥：安徽教育出版社，2001.

刘小枫．现代性中的审美精神[M]. 上海：学林出版社，1997.

陆俊．重建巴比塔——文化视野中的网络[M]. 北京：北京出版社，1999.

陆扬．后现代性的文本阐释：福柯与德里达[M]. 上海：上海三联书店，2000.

陈宗周等．怎样用电脑写文章[M]. 重庆：重庆出版社，1992.

罗钢，刘象愚．文化研究读本[M]. 北京：中国社会科学出版社，2000.

吕同六.20 世纪世界小说理论经典[M]. 北京：华夏出版社，1996.

马季．读屏时代的写作——网络文学 10 年史[M]. 北京：中国工人出版社，2008.

马季．网络文学透视与备忘[M]. 北京：中国社会科学出版社，2010.

闵惠泉．科技文明[M]. 北京：华夏出版社，2000.

南帆．双重视域——当代电子文化分析[M]. 南京：江苏人民出版社，2001.

欧阳友权等．网络文学论纲[M]. 北京：人民文学出版社，2003.

欧阳友权．网络文学本体论[M]. 北京：中国文联出版社，2004.

祁述裕．市场经济下的中国文学艺术[M]. 北京：北京大学出版社，1998.

乔岗．网络化生存[M]. 北京：中国城市出版社，1997.

秦文华．翻译研究的互文性视角[M]. 上海：上海译文出版社，2006.

曲光．电脑启示录[M]. 北京：电子工业出版社，1991.

邵燕君．破壁书：网络文化关键词[M]. 北京：生活·读书·新知三联书店，2018.

邵燕君．网络时代的文学引渡[M]. 桂林：广西师范大学出版社，2015.

盛宁．人文困惑与反思——西方后现代主义思潮批判[M]. 北京：生活·读书·新知三联书店，1997.

孙洁，李露璐．网络态度[M]. 合肥：安徽教育出版社，2001.

孙小礼．现代科学的哲学争论[M]. 北京：北京大学出版社，1995.

孙雪萍．当代网络奇才[M]. 济南：山东文艺出版社，2001.

陶东风．文化研究 第1、2、3、4辑[M]. 天津：天津社会科学院出版社，北京：中央编译出版社，2000-2003.

铁马，曦桐．赛伯的文学空间[M]. 济南：山东文艺出版社，2001.

王潮．后现代主义的突破——外国后现代主义理论[M]. 兰州：敦煌文艺出版社，1996.

王大珩，于光远．论科学精神[M]. 北京：中央编译出版社，2001.

王逢振等．最新西方文论选[M]. 桂林：漓江出版社，1991.

王逢振．网络幽灵[M]. 天津：天津社会科学院出版社，2000.

王列生．世界文学背景下的民族文学道路[M]. 合肥：安徽教育出版社，2000.

王瑾．互文性[M]. 桂林：广西师范大学出版社，2005.

汪民安等．后现代性的哲学话语——从福柯到赛义德[M]. 杭州：浙江人民出版社，2001.

王强．网络艺术的可能——现代科技革命与艺术的变革[M]. 广州：广东教育出版社，2001.

王小东．信息时代的世界地图[M]. 北京：中国人民大学出版社，1997.

王岳川，尚水编．后现代主义文化与美学[M]. 北京：北京大学出版社，1992.

吴伯凡．孤独的狂欢——数字时代的交往[M]. 北京：中国人民大学出版社，1998.

巫汉祥．寻找另类空间——网络与生存[M]. 厦门：厦门大学出版社，2000.

伍蠡甫，胡经之．西方文艺理论名著选编（下）[M]. 北京：北京大学出版社，1987.

夏烈．大神们：我和网络作家这十年[M]. 广州：花城出版社，2018.

夏烈．网络文学的新传统与未来性[M]. 杭州：杭州出版社，2019.

肖峰．高技术时代的人文忧患[M]. 南京：江苏人民出版社，2002.

许行明等．网络艺术[M]. 北京：北京广播学院出版社，2001.

许志龙．中国网络问题报告[M]. 北京：兵器工业出版社，2000.

严峰，卜卫．生活在网络中[M]. 北京：中国人民大学出版社，1997.

严锋．2001 年中国最佳网络写作[M]. 沈阳：春风文艺出版社，

2002.

严耕,陆俊,孙伟平 . 网络伦理[M]. 北京: 北京出版社,1998.

叶永烈,凌启渝 . 电脑趣话[M]. 上海: 上海文汇出版社,1995.

翟振明 . 有无之间 —— 虚拟实在的哲学探险[M]. 北京: 北京大学出版社,2007.

张博颖, 徐恒醇 . 中国技术美学之诞生[M]. 合肥: 安徽教育出版社,2000.

张国良 . 神奇的机器人[M]. 北京: 新华出版社,1985.

张京媛 . 后殖民理论与文化批评[M]. 北京: 北京大学出版社,1999.

张晓红 . 互文视野中的女性诗歌[M]. 桂林: 广西师范大学出版社,2008.

张兴军 . 沟通无极限[M]. 济南: 山东文艺出版社,2001.

赵毅衡 . 当说者被说的时候 —— 比较叙述学导论[M]. 北京: 中国人民大学出版社,1998.

周昌忠 . 西方科学的文化精神[M]. 上海: 上海人民出版社,1995.

周寰 . 点击网络文明[M]. 北京: 中国城市出版社,2001.

周宪 .20 世纪西方美学[M]. 南京: 南京大学出版社,1997.

周志雄 . 网络空间的文学风景[M]. 北京: 人民文学出版社,2010.

周志雄 . 网络文学的发展与评判[M]. 北京: 人民出版社,2015.

中文译著

[德]西奥多 · 阿多诺 . 美学理论[M]. 王柯平, 译 . 成都: 四川

人民出版社，1998.

[法]吕特·阿莫西等．俗套与套语——语言、语用及社会的理论研究[M]．丁小会，译．天津：天津人民出版社，2003.

[美]M.H.艾布拉姆斯．镜与灯浪漫主义文论及批评传统[M]．郦稚牛，等译．北京：北京大学出版社，1992.

[美]马克·爱德蒙森．文学对抗哲学[M]．王柏华，等译．北京：中央编译出版社，2000.

[美]约书亚·艾登斯．虚拟现实半月通[M]．石祥生，译．北京：电子工业出版社，1994.

[意]安伯托·艾柯等．诠释与过度诠释[M]．王宇根，译．北京：生活·读书·新知三联书店，1997.

[法]弗兰克·埃夫拉尔．杂闻与文学[M]．谈佳，译．天津：天津人民出版社，2003.

[英]托马斯·斯特尔那斯·艾略特．艾略特文学论文集[M]．李赋宁，译注．南昌：百花洲文艺出版社，1994.

[法]罗贝尔·埃斯卡皮．文学社会学[M]．于沛，选编．杭州：浙江人民出版社，1987.

[英]A.M.安德鲁．人工智能[M]．刘新民，译．西安：陕西科学技术出版社，1987.

[加]马克·昂热诺．问题与观点：20世纪文学理论综论[M]．史忠义，等译．天津：百花文艺出版社，2000.

[美]V.C.奥尔德里奇．艺术哲学[M]．程孟辉，译．北京：中国社会科学出版社，1986.

[苏]米哈伊尔·巴赫金．巴赫金全集[M]．李兆林，等译．石家庄：河北教育出版社，1998.

[法]罗兰·巴特.符号学美学[M].董学文,等译.沈阳:辽宁人民出版社,1987.

[法]罗兰·巴特.文之悦[M].屠有祥,译.上海:上海人民出版社,2002.

[法]让·波德里亚.消费社会[M].刘成富,等译.南京:南京大学出版社 2000.

[波]齐格蒙·鲍曼.立法者与阐释者——论现代性、后现代性与知识分子[M].洪涛,译.上海:上海人民出版社,2000.

[美]丹尼尔·贝尔.资本主义文化矛盾[M].赵一凡,等译.北京:生活·读书·新知三联书店,1989.

[美]丹尼尔·贝尔.后工业社会的来临——对社会预测的一项探索[M].高铦,等译.北京:商务印书馆,1984.

[英]克莱夫·贝尔.艺术[M].周金环,等译.北京:中国文联出版公司,1984.

[英]凯·贝尔塞等.重解伟大的传统[M].黄伟,等译.北京:社会科学文献出版社,1999.

[英]凯瑟琳·贝尔西.批评的实践[M].胡亚敏,译.北京:中国社会科学出版社,1993.

[美]斯蒂芬·贝斯特,[美]道格拉斯·科尔纳.后现代转向[M].陈刚,等译.南京:南京大学出版社,2002.

[法]让·贝西埃.诗学史[M].史忠义,译.天津:百花文艺出版社,2002.

[德]瓦尔特·本雅明.机械复制时代的艺术作品[M].王才勇,译.杭州:浙江摄影出版社,1993.

[德]瓦尔特·本雅明.发达资本主义时代的抒情诗人[M].张

旭东，等译 . 北京：生活 · 读书 · 新知三联书店，1992.

[德]瓦尔特 · 本雅明 . 德国悲剧的起源[M]. 陈永国，译 . 北京：文化艺术出版社，2001.

[德]彼得 · 比格尔 . 先锋派理论[M]. 高建平，译 . 北京：商务印书馆，2002.

[英]艾勒克 · 博埃默 . 殖民与后殖民文学[M]. 盛宁，等译 . 沈阳：辽宁教育出版社，1998.

[法]夏尔 · 皮埃尔 · 波德莱尔 . 波德莱尔美学论文选[M]. 郭宏安，译 . 北京：人民文学出版社，1987.[法]让 · 博德里亚尔 . 完美的罪行[M]. 王为民，译 . 北京：商务印书馆，2000.

[法]亨利 · 伯格森 . 笑与滑稽[M]. 乐爱国，译 . 广州：广东人民出版社，2000.

[英]蒂姆 · 伯纳斯 – 李 . 编织万维网[M]. 张宇宏，萧风，译 . 上海：上海译文出版社，1999.

[美]肯尼斯 · 博克等 . 当代西方修辞学：话语演讲与批评[M]. 常昌富，等译 . 北京：中国社会科学出版社，1998.

[美]马克 · 波斯特 . 第二媒介时代[M]. 范静哗，译 . 南京：南京大学出版社，2000.

[荷兰]佛克马 · 伯顿斯编 . 走向后现代主义[M]. 王宁，译 . 北京：北京大学出版社，1991.

[美]阿瑟 · 阿萨 · 伯格 . 通俗文化、媒介和日常生活中的叙事[M]. 姚媛，译 . 南京：南京大学出版社，2000.

[美]马克 · 波斯特 . 信息方式——后结构主义与社会语境[M]. 范静哗，译 . 北京：商务印书馆，2000.

[法]皮埃尔 · 布尔迪厄，[美]汉斯 · 哈克 . 自由交流[M]. 桂

裕芳,译.北京:生活·读书·新知三联书店,1996.

[日内瓦]乔治·布莱.批评意识[M].郭宏安,译.南昌:百花洲文艺出版社,1993.

[美]哈罗德·布鲁姆.批评、正典结构与预言[M].吴琼,译.北京:中国社会科学出版社,2000.

[美]哈罗德·布鲁姆.影响的焦虑[M].徐文博,译.北京:生活·读书·新知三联书店,1989.

[美]哈罗德·布鲁姆.巨人与侏儒[M].张辉,选编.北京:华夏出版社,2003.

[美]H.G.布洛克.现代艺术哲学[M].滕守尧,译.成都:四川人民出版社,1998.

[美]H.G.布洛克.美学新解[M].滕守尧,译.沈阳:辽宁人民出版社,1987.

[美]韦恩·布斯.小说修辞学[M].付礼军,译.南宁:广西人民出版社,1987.

[法]尚·布希亚.物体系[M].林志明,译.上海:上海人民出版社,2001.

[美]阿瑟·丹托.艺术的终结[M].欧阳英,译.南京:江苏人民出版社,2001.

[比利时]保罗·德曼.解构之图[M].李自修,等译.北京:中国社会科学出版社,1998.

[法]雅克·德里达.文学行动[M].赵兴国,等译.北京:中国社会科学出版社,1998.

[法]雅克·德里达.书写与差异[M].张宁,译.北京:生活·读书·新知三联书店,2001.

[美]迈克尔·德图佐斯.未来会如何——信息新世界展望[M].周昌忠,译.上海：上海译文出版社,1999.

[法]米盖尔·杜夫海纳.美学与哲学[M].孙非，译.北京：中国社会科学出版社,1987.

[法]米盖尔·杜夫海纳.审美经验现象学[M].韩树站，译.北京：文化艺术出版社,1996.

[法]达维德·方丹.诗学——文学形式通论[M].陈静，译.天津：天津人民出版社,2003.

[美]斯坦利·费什.读者反应批评：理论与实践[M].文楚安，译.北京：中国社会科学出版社,1998.

[英]约翰·费斯克.理解大众文化[M].王晓珏，等译.北京：中央编译出版社,2001.

[荷兰]杜威·佛克马等.文学研究与文化参与[M].俞国强，译.北京：北京大学出版社,1996.

[德]莫里茨·盖格尔.艺术的意味[M].艾彦，译.北京：华夏出版社,1999.

[美]大卫·雷·格里芬.后现代科学——科学魅力的再现[M].马季方,译.北京：中央编译出版社,1995.

[美]弗雷德里克·杰姆逊.后现代主义与文化理论[M].唐小兵,译.西安：陕西师范大学出版社,1986.

[美]弗雷德里克·杰姆逊.晚期资本主义的文化逻辑[M].陈清侨,等译.北京：生活·读书·新知三联书店,1997.

[美]乔纳森·卡勒.论解构[M].陆扬，译.北京：中国社会科学出版社,1998.

[德]恩斯特·卡西尔.人论[M].甘阳，译.上海：上海译文出

版社,1985.

[美]道格拉斯·凯尔纳,[美]斯蒂文·贝斯特.后现代理论:批判性的质疑[M].张志斌,译.北京:中央编译出版社,1999.

[瑞士]沃尔夫冈·凯塞尔.语言的艺术作品[M].陈铨,译.上海:上海译文出版社,1984.

[英]史蒂文·康纳.后现代主义文化[M].严忠志,译.北京:商务印书馆,2002.

[美]戴安娜·克兰.文化生产:媒体与都市艺术[M].赵国新,译.南京:译林出版社,2001.

[美]莫瑞·克里格.批评旅途:六十年代之后[M].李自修,等译.北京:中国社会科学出版社,1998.

[英]R.G.科林伍德.艺术原理[M].王至元,等译.北京:中国社会科学出版社,1985.

[意]贝奈戴托·克罗齐.美学原理美学纲要[M].朱光潜,等译.北京:外国文学出版社,1983.

[捷克]米兰·昆德拉.小说的艺术[M].孟湄,译.北京:生活·读书·新知三联书店,1992.

[捷克]米兰·昆德拉.被背叛的遗嘱[M].孟湄,译.上海:上海人民出版社,1995.

[法]让·拉特利尔.科学和技术对文化的挑战[M].吕乃基,等译.北京:商务印书馆,1997.

[美]保罗·莱文森.数字麦克卢汉:信息化新纪元指南[M].何道宽,译.北京:社会科学文献出版社,2001.

[美]苏珊·朗格.艺术问题[M].滕守尧,等译.北京:中国社会科学出版社,1983.

[美]苏珊·朗格.情感与形式[M].刘大基，等译.北京：中国社会科学出版社，1986.

[法]让－弗朗索瓦·利奥塔.后现代性与公正游戏：利奥塔访谈、书信录[M].谈瀛洲，译.上海：上海人民出版社，1997.

[法]让－弗朗索瓦·利奥塔尔.后现代状态：关于知识的报告[M].车槿山，译.北京：生活·读书·新知三联书店，1997.

[以色列]里蒙－凯南.叙事虚构作品[M].姚锦清，等译.北京：生活·读书·新知三联书店，1989.

[美]M.李普曼编.当代美学[M].邓鹏，译.北京：光明日报出版社，1986.

[法]保罗·利科尔.解释学与人文科学[M].陶远华，等译.石家庄：河北人民出版社，1987.

[英]戴维·洛奇.二十世纪文学评论[M].葛林，等译.上海：上海译文出版社，1993.

[美]西奥多·罗斯扎克.信息崇拜——计算机神话与真正的思维艺术[M].苗华健，陈体仁，译.北京：中国对外翻译出版公司，1994.

[美]赫伯特·马尔库塞.现代文明与人的困境[M].李小兵，等译.北京：生活·读书·新知三联书店，1989.

[美]赫伯特·马尔库塞.审美之维[M].李小兵，译.北京：生活·读书·新知三联书店，1989.

[美]赫伯特·马尔库塞.单向度的人：发达工业社会意识形态研究[M].张峰，等译.重庆：重庆出版社，1993.

[美]华莱士·马丁.当代叙事学[M].伍晓明，译.北京：北京大学出版社，1990.

［美］罗伯特·R. 马格廖拉 . 现象学与文学［M］. 周宁，译 . 沈阳：春风文艺出版社，1988.

［英］詹姆斯·W. 麦卡里斯特 . 美与科学革命［M］. 李为，译 . 长春：吉林人民出版社，2000.

［加］埃里克·麦克卢汉，［加］弗兰克·秦格龙编 . 麦克卢汉精粹［M］. 何道宽，译 . 南京：南京大学出版社，2000.

［加］马歇尔·麦克卢汉 . 理解媒介——论人的延伸［M］. 何道宽，译 . 北京：商务印书馆，2000.

［加］马歇尔·麦克卢汉 . 麦克卢汉书简［M］. 何道宽，仲冬，译 . 北京：中国人民大学出版社，2005.［德］赫伯特·曼纽什 . 怀疑论美学［M］. 古城里，译 . 沈阳：辽宁人民出版社，1990.

［英］H.A. 梅内尔 . 审美价值的本性［M］. 刘敏，译 . 北京：商务印书馆，2001.

［美］J. 希利斯·米勒 . 重申解构主义［M］. 郭英剑，等译 . 北京：中国社会科学出版社，1998.

［美］威廉·J. 米切尔 . 比特之城——空间·场所·信息高速公路［M］. 范海燕，胡泳，译 . 北京：生活·读书·新知三联书店，1999.

［美］丹迪·摩尔 . 皇帝的虚衣——因特网文化实情［M］. 冯鹏志，王克迪，译 . 保定：河北大学出版社，1998.

［英］安吉拉·默克罗比 . 后现代主义与大众文化［M］. 田晓菲，译 . 北京：中央编译出版社，2001.

［英］巴特·穆尔-吉尔伯特 . 后殖民理论——话境、实践、政治［M］. 陈仲丹，译 . 南京：南京大学出版社，2001.

［美］约翰·奈斯比特 . 高科技·高思维［M］. 尹萍，译 . 北京：新华出版社，2000.

[德]瑙曼．作品、文学史与读者[M]. 范大灿，编．北京：文化艺术出版社，1997.

[美]尼古拉·尼葛洛庞蒂．数字化生存[M]. 胡泳，范海燕译．海口：海南出版社，1997.

[德]E·潘诺夫斯基．视觉艺术的含义[M]. 傅志强，译．沈阳：辽宁人民出版社，1987.

[苏联]B.R. 普罗普．滑稽与笑的问题[M]. 杜书瀛，等译．沈阳：辽宁教育出版社，1998.

[奥地利]彼埃尔·V. 齐马．社会学批评概论[M]. 吴岳添，译．桂林：广西师范大学出版社，1993.

[斯洛文尼亚]斯拉沃热·齐泽克．图绘意识形态[M]. 方杰，译．南京：南京大学出版社，2002.

[法]热拉尔·热奈特．叙事话语 新叙事话语[M]. 王文融，译．北京：中国社会科学出版社，1990.

[英]艾·阿·瑞恰慈．文学批评原理[M]. 杨自伍，译．南昌：百花洲文艺出版社，1992.

[法]蒂费纳·萨莫瓦约．互文性研究[M]. 邵炜，译．天津：天津人民出版社，2003.

[法]让-保罗·萨特．萨特文学论文集[M]. 施康强，等译．合肥：安徽文艺出版社，1998.

[英]拉曼·塞尔登．文学批评理论．从柏拉图到现在[M]. 刘象愚，等译．北京：北京大学出版社，2000.

[法]R·舍普．技术帝国[M]. 刘莉，译．北京：生活·读书·新知三联书店，1999.

[日]神沼二真，[日]松本元．生物计算机——日本的下一代计

算机[M]. 顾仲梅,甘云祥,译. 北京:国防工业出版社,1996.

[英]尼克·史蒂文森. 认识媒介文化——社会理论与大众传播[M]. 王文斌,译. 北京:商务印书馆,2001.

[苏联]维克托·什克洛夫斯基等. 俄国形式主义文论选[M]. 方珊,等译. 北京:生活·读书·新知三联书店,1989.

[苏联]维克托·什克洛夫斯基. 散文理论[M]. 刘宗次,译. 南昌:百花洲文艺出版社,1994.

[美]南希·斯顿,[美]罗伯特·斯顿. 计算机走向社会[M]. 陆春江,等译. 上海:上海译文出版社,1987.

[英]多米尼克·斯特里纳蒂. 通俗文化理论导论[M]. 阎嘉,译. 北京:商务印书馆,2001.

[英]约翰·汤林森. 文化帝国主义[M]. 冯建三,译. 上海:上海人民出版社,1999.

[法]茨维坦·托多罗夫. 巴赫金、对话理论及其他[M]. 蒋子华,张萍译. 天津:百花文艺出版社,2001.

[法]茨维坦·托多洛夫. 批评的批评[M]. 王东亮,王晨阳译. 北京:生活·读书·新知三联书店,1988.

[美]阿尔文·托夫勒. 未来的冲击[M]. 孟广均,等译. 北京:新华出版社,1996.

[法]贝尔纳·瓦莱特. 小说[M]. 陈艳,译. 天津:天津人民出版社,2003.

[美]伊恩·P. 瓦特. 小说的兴起[M]. 高原,等译. 北京:生活·读书·新知三联书店,1992.

[美]韦勒克,[美]沃伦. 文学理论[M]. 刘象愚,等译. 北京:生活·读书·新知三联书店,1984.

[英]雷蒙德·威廉斯.文化与社会[M].吴松江，等译.北京：北京大学出版社，1991.

[英]珍妮特·沃尔芙.艺术的社会生产[M].董学文，等译.北京：华夏出版社，1990.

[意]德拉·沃尔佩.趣味批判[M].王柯平，等译.北京：光明日报出版社，1990.

[英]特里·伊格尔顿.当代西方文学理论[M].王逢振，译.北京：中国社会科学出版社，1988.

[英]特里·伊格尔顿.后现代主义的幻象[M].华明，译.北京：商务印书馆，2000.

后 记

北京大学曹文轩教授说:“有些专业只是面对从前,它们的财富基本上是固定的,后来的一些通过学者们的苦心追索而获得的新发现,实际上并不能从根本上改变研究对象的总的价值。其情形犹如一个富翁,多一块钱,少一块钱,既不能使他们变为更大的富翁,也不能使他变为穷人。而中国当代文学这个专业所面对的财富却是不停地增长的。它虽然不总是财源滚滚,但总能不断地有所进项。它不是靠利息吃饭,而是靠新的财富增长。”[1] 从学科划分的层面看,网络文学理所当然属于当代文学的范畴,因此,曹先生的这番学术研究感言,完全适用于网络文学研究。当然,本书主要是从文艺理论的视角以学术漫谈的形式来讨论超文本和网络文学的。但无论是当代文学研究还是文艺理论批评,对于网文研究来说,都是殊为不易的。守正传统固然不易,开创新篇尤为艰难。

---

[1] 曹文轩:《二十世纪末中国文学现象研究》,人民文学出版社 2010 年版,第 478–479 页。

本书是2009年申请立项并获准的中国社会科学院文学研究所重点课题“网络文学：超文本与互文性研究”阶段性成果。看着不成样子的书稿，想起自己竟然会如此痴迷于网络文学，屏前一坐，二十余年岁月，一晃而过，窗前花开依旧，豪情不似当年，不禁感慨系之。

1998年，我开始把阅读兴趣转向网络，很快落入“上网上瘾”几乎无法自拔的陷阱，那么一段“累并快乐着”的日子，虽然不分白天黑夜，但内心始终保持着一种阳光灿烂的感觉。不知不觉之间，网络渐渐变成了一日不见如隔三秋的“宠物狗”。在我准备撰写学位论文的时候，曾打算将“狗肉版”的网络文学作为研究对象，但由于当时的相关研究基本还处在一种大众文化批评的泡沫状态，用当时媒体上流行的一句话来说，“谁也不知道网络文学究竟是垃圾还是黄金”，于是，我不无遗憾地放弃了这个将“狗肉”搬上“正席”的念头。但从1998年开始，我实际上已经开始了我的网络文学研究之旅，阅读了大量资料，撰写了多篇论文，其中《电脑高科技的兴起与古典艺术的终结》一文就是1998年撰写的。自此以后，我先后在《社会科学辑刊》《甘肃社会科学》等刊物上发表了《现代传媒对文学艺术的影响》《赛伯空间中当代文学艺术的命运》《现代传媒带来的审美观念的转型》《论科技意识形态及其对艺术生产的意义》等一系列研究数字化媒介与网络文学的文章。从“中国知网”的检索情况看，在世纪之交两三年间，自己居然发表了近30篇与网络媒介相关的文章。回顾“陈年网事”，仿佛就在昨天，二十余年过去，弹指一挥间！

1999年，蒙何西来老师、何志慈老师推荐，我参与了中国人民大学书报资料中心部分刊物的编辑工作，担任《文艺理论文摘》执行主编和《文艺理论》责编，在此后的几年时间里，我结识了不少研究网络文学的朋友，其中不少著名学者，如金元浦教授、陶东风教授、欧阳友权教授、黄鸣奋教授等为我的研究工作和编辑工作提供了大力支持。欧阳先生的新书《数字媒介下的文艺转型》(2011)后记中有这样一句话:“记得是从1999年起,我把自己的学术触角切入到网络文学与新媒体文化领域,那一年我完成了这一领域的第一篇研究报告《互联网上的文学风景——我国网络文学现状调查与走势分析》和专题论文《网络文学:挑战传统与更新观念》等,发表后即被人大复印资料等刊物转载,引起了较好的学术反响。”[1]这几句平常话语,对我来说具有特别的意义,因为它让我意识到,在欧阳先生启动中国网络文学研究破冰之旅的时刻,我竟意外地变成了最初的参与者和见证人。想当年,正是我从当月堆积在办公桌上的近500篇文章中,毫不犹豫地选中了欧阳先生的《互联网上的文学风景》一文,那时,我对欧阳先生一无所知,对刊发其文的《三峡大学学报》也知之甚少。但出于对网络文学的关注,我几乎一口气读完了欧阳先生的文章,并当即编入了“人大复印资料”送审稿。欧阳先生的文章也毫无悬念地通过了何西来主编的审阅。

正是得益于这几篇文章,我和欧阳先生成了朋友。也正是得益于欧阳先生等人的勤奋工作,我从2000年开始,有条件在人大复印资料《文艺理论》分册上,开辟了一个“网络文学研究”的不定期栏目。与此同时,我还与国内一些著名刊物联手推出了一组组“网络文学研究”专题文章,从“中国知网”所显示的引用率和下载频次看,这些文章无疑对刚刚起步的网络文学研究起到了较大的推动作用。

2002年,我有幸参加了欧阳先生主持的国内第一个网络文学国

[1] 欧阳友权:《数字媒介下的文艺转型》,中国社会科学出版社2011年版,第475页。

家社科基金项目，参与了国内相关理论研究的第一本专著《网络文学论纲》(2003)的撰稿工作。在此过程中，我利用自己做资料工作的便利，收集了大量相关文献，并初步奠定了从事网络文学研究的最基本的“资料库家底”。从那时起，欧阳先生及其研究团队的学术成果逐渐变成了包括我在内的不少网络文学研究者竞相仿效的“摹本”和重要的参考资料。

2003年，我从高校调回中国社科院文学所工作，协同党圣元、郑永晓等先生筹建“中国文学网站”。2004年，在杜书瀛、高建平、金惠敏等先生的帮助下，我申报的中国社会科学院重大研究课题(B类)“网络时代的文学生产研究”获准。自此，我从一个网络文学研究的“客串”编辑人员，变成了一个专职研究者，这让我体会到了某种类似于“有情人终成眷属”的喜悦。在独立主持院重大项目期间，我先后在《人民日报》《光明日报》《中国社会科学》《文学评论》等报纸与刊物上，发表了数十篇网络文学研究论文和学术评论文章，结项成果《比特之境：网络时代的文学生产与消费研究》(2011)也顺利出版。2014年出版的《文之舞：网络文学与互文性研究》可以算作上述课题的额外收获。这部《有无之间：网络文学与超文本研究》则是《文之舞》的姊妹篇。作为姊妹篇，书中自然隐含着一些互文性复现的材料。谁都知道，新书之中使用旧著材料是学术创新的大忌，但材料的取舍问题向来不可一概而论，用与不用，主要看材料是否能说明问题和解决问题。如果旧材料能够更好地表达新观点，以旧为新，不亦宜乎？近来有怀念冯友兰先生的文章说，冯老晚年曾有过重写七部著作的经历，至今仍被传为美谈。如此看来，庸常我辈，在拙著个别章节中对前作部分文稿进行重写式修订，不仅合情合理，而且势必如此。况且拙著与当下以学位、职称或课题为目的的成果完全不同，除了出于“春蚕吐丝”的天性，笔者出版此作，似乎也找不到其他功利诉求了。

绕了一大圈，再回到2009年主持的这个“超文本与互文性”研究的课题上来。这个选题一开始是从“网络时代的文学生产研究”的一个论题引申出来的，我曾在《比特之境》一书中提出了这样一种观点，网络文学最大的特点是其不同于传统文本的超文本性，而超文本最大的特点是它极大地释放了传统文本的“互文性”潜能。所以，研究网络文学，首先应该研究超文本，而要研究超文本，则首先要研究互文性。于是便有了这个课题，写了一本“网络文学与互文性研究”的小书。那本研究互文性的小书之所以有“文之舞”这个题目，主要得益于罗兰·巴特的《文之悦》的启示，文本的欣悦，让人有如观赏符号精灵的舞蹈。文字符号并非只是些僵死的木乃伊，它们一旦冲破书籍的牢笼，必将获得鲜活的生命。网络技术赋予了它们自由跳转的灵魂，它们不仅可以发声、吟诵，甚至可以发声歌唱，还能像敦煌壁画上的飞天一样翩翩起舞！超文本激活了互文性，而互文性，有如阿芙洛狄忒唤醒了皮革马利翁刻刀下的格拉提娅，它唤醒了沉睡千年的文本女神。可以说，貌似轻薄花哨的“文之舞”三个字，实际上包含着我对超文本和互文性奥秘的全部理解。

朱丽娅·克里斯蒂娃说：“任何文本都是由许多引文镶嵌而成的，任何文本都是对其他文本的吸收和转化。”[1] 按照这一说法，每一文本都是众多文本组成的文本海洋中潜力无限的家族成员，每一文本都是其他文本存在的前提和延伸的媒介，文本与文本之间彼此

[1] Julia Kristeva, *Word, Dialogue and Novel*, in The Kristev Reader, Toril Moi ed. Oxford: Blackwell Publisher Ltd., 1986, p.36.

支撑，互相渗透，且互为对方无限繁衍的隐含意义之链条的组成部分。文本与文本之间，相互参照、彼此牵连，形成了一个你中有我、我中有你的无限开放系统，而互文性则使所有文本变成了声应气求、心心相印的优秀舞者。正如范尼瓦设想的超文本一样，基于互文性的所有文本，共同构成了一个融过去、现在以及将来于一体的、没有边界的文本网络和意义永恒流转嬗变的符号系统，超文本贯通古今和互文性无处不在的情形，让人联想到一句佛家偈语："千江有水千江月，万里无云万里天。"任何文本与其他文本之间，总有看得见与看不见的"千江月"与"万里天"，或潜伏其后，或环绕其间。在一个数字化信息编制的"文本宇宙"中，永恒的互文性联系，无往不复；圆通的超文本世界，辽阔无疆。总之，超文本就是这样一个互文性时隐时现的存在，存在于"有无之际"，存在于"虚实之间"。

基于对超文本和互文性理论的上述理解，这个"后记"也就未必意味着研究工作的结束，它或许是既往研究工作的一个"尾声"，但同时也是后续研究工作的一个"序曲"。

作者　谨识

2021 年 3 月 31 日

图书在版编目（CIP）数据

有无之间：网络文学与超文本研究 / 陈定家著. --
宁波：宁波出版社；杭州：杭州出版社，2023.11
（中国网络文学研究名家论丛. 第一辑）
ISBN 978-7-5526-4433-3

Ⅰ. ①有… Ⅱ. ①陈… Ⅲ. ①网络文学－文学研究－
中国 Ⅳ. ①I207.999

中国版本图书馆 CIP 数据核字（2021）第 225518 号

中国网络文学研究名家论丛

有无之间 网络文学与超文本研究
YOUWUZHIJIAN

▷ 陈定家 著

策　　划 袁志坚
责任编辑 陈凌欧　朱金文
文字编辑 郑　孜
责任校对 叶呈圆
装帧设计 金字斋　甘巧丽
出版发行 宁波出版社
（宁波市甬江大道 1 号宁波书城 8 号楼 6 楼　315040）
杭州出版社
（杭州市拱墅区西湖文化广场 32 号 6 楼　310014）
印　　刷 宁波白云印刷有限公司
开　　本 710mm × 1000mm　1/16
印　　张 23.75
字　　数 302 千
版　　次 2023 年 11 月第 1 版
印　　次 2023 年 11 月第 1 次印刷
标准书号 ISBN 978-7-5526-4433-3
定　　价 70.00 元

如发现印装质量问题，请与出版社联系调换，电话：0574-87248279